reverie

SOPHIA COMO

Infinite NIGHTS

Wo du auch bist

Roman

reverie

1. Auflage 2025
Originalausgabe

Valentinskamp 24 · 20354 Hamburg
info@harpercollins.de
Gesetzt aus der Minion Pro
von GGP Media GmbH, Pößneck
Druck und Bindung von GGP Media GmbH, Pößneck
Printed in Germany
ISBN 978-3-7457-0489-1
www.reverie-verlag.de

Liebe Leserinnen und Leser,

dieses Buch enthält potenziell triggernde Inhalte.
Deshalb findet ihr am Romanende eine Themenübersicht,
die demzufolge Spoiler enthalten kann.

Wir wünschen euch das bestmögliche Erlebnis
beim Lesen der Geschichte.

Eure Sophia und euer Team von reverie

Für P.

Wieder und wieder und wieder

Prolog

Camila

Die Berührung von etwas Kaltnassem an meinem Bein riss mich aus dem Schlaf. Das Erste, was ich sah, war die Decke meines Zimmers, deren sonst so strahlendes Weiß in der Dunkelheit wie ein düsteres Grau wirkte. Mein Blick wanderte darüber hinweg, während diese feuchte Kälte meinen Oberschenkel entlangglitt, zähflüssig und widerlich. In der linken Ecke meines Zimmers tanzten die langen Schatten der großen Eiche vor meinem Fenster, der Wind heulte, irgendwo knarzte es.

Ein Geräusch rechts von mir ließ meinen Blick ruckartig zur Seite huschen – doch ich konnte nichts erkennen. Der Versuch, meinen Kopf zu bewegen, scheiterte. Ich konnte mich nicht rühren, war versteinert. Ein weiteres Mal versuchte ich, gegen die Schlafparalyse anzukommen, meinen Körper aufzuwecken, doch sämtliche Glieder waren gelähmt. Ich konnte nichts tun, konnte nicht sehen, wer neben meinem Bett stand.

In meiner Brust begann es zu rasen. Das nasse Gefühl kehrte zurück. Es wanderte höher an meinem Bein, glitt über die empfindliche Haut meines Oberschenkels. Waren es Finger? Lange, kalte, schleimige Finger? Panik packte mich mit der Wucht eines

Sturms, während Ekel sich wie ein brennendes Gift in mir ausbreitete. Ich wollte schreien, wollte nach Luft schnappen, doch selbst mein Atem blieb wie eingefroren.

Plötzlich raschelte es. Viel zu nah an meinem Ohr. Schritte. Schwere, langsame Schritte, die die Dielen meines Zimmers knarzen ließen. Rechts. Links. Rechts. Links. Ich spürte, dass er am Fußende meines Bettes haltmachte. Den Blick, der sicherlich auf mir haftete, konnte ich fast physisch spüren. Wie eine Raspel kratzte er über meine Haut, befleckte meinen ganzen Körper und schälte mich – Schicht für Schicht –, bis nichts mehr von mir übrig war.

Wäre ich nicht in diesem verdammten schlafenden Körper gefangen, wäre ich zusammengezuckt, als die Schritte wieder einsetzten. Sie kamen immer näher, wurden lauter. Ich war mir sicher, sie waren auf Höhe meiner Hüfte, als sie wieder verstummten. Das Hauchen eines Atems, der nicht meiner war, durchbrach die Stille. Doch ich konnte noch immer nicht den Kopf drehen. Sah nur einen Schemen, der an meinem Augenwinkel vorbeiglitt.

Dann tauchte er ab. Richtung Boden. Und alles wurde still. Kein Geräusch, keine Bewegung. Mein Körper brannte vor Anspannung, jede Sekunde schien endlos. Erst eine viel zu lange Ewigkeit später bemerkte ich einen Atem direkt an meinem Ohr. Warm, feucht, viel zu nah. Ich konnte nichts sehen, aber ich wusste, dass er da war. Direkt neben meinem Gesicht. Er kauerte an meiner Bettkante, starrte mich an wie ein Raubtier, das seine Beute beobachtet – *mich*.

Kapitel 1

Miguel

Ich konnte nicht aufhören.

Die Bandagen um meine Hände waren längst durchgeschwitzt, meine Fingerknöchel brannten von den Schlägen gegen den Sandsack. Ich war müde, ausgelaugt, kaputt. Aber aufzugeben würde mich wahrscheinlich endgültig zerstören.

Der Aufprall meiner Knöchel gegen das Leder hallte durch die Stille der alten Lagerhalle, beruhigte mich für die Sekunde, in der ich nur sein Echo hörte. Doch kaum war es verklungen, dröhnten andere Dinge durch mein Gedächtnis. Erinnerungen. Momente.

Schreie.

Blut, das auf den Boden tropfte.

Mein eigenes Keuchen, irgendwo inmitten des Johlens der Menge.

Atemlos schloss ich die Augen, lehnte mich gegen den Sandsack, doch das machte alles nur noch schlimmer. Die Bilder rissen mich mit sich. Die dunklen Erinnerungen legten sich wie Schlingen um meine Kehle und drückten mir schmerzhaft gegen alle Wunden. Ich spürte ein Stechen, das sich wie Feuer durch meine Seite fraß, dort, wo er mich getroffen hatte.

Mit einem scharfen Atemzug riss ich die Augen auf und kehrte in die Gegenwart zurück, taumelte durch das flackernde Licht der Neonröhren und ließ mich schließlich auf einer Bank nieder, wo ich meine Wasserflasche fast in einem Zug austrank. Das Blut rauschte mir in den Ohren und ich brauchte lange, um wieder richtig zu Atem zu kommen. Gerade als ich mich erhob und zurück an den Sandsack treten wollte, hallte ein Schnauben, zischend und laut. Abrupt blieb ich stehen, starrte in die Dunkelheit, aus der das Geräusch gekommen war. Eine kalte Welle brach über mich herein, als er aus den Schatten trat.

»Miguel Pérez, so sieht man sich wieder.« Meine Hände ballten sich zu Fäusten. César Fuente trat in einen schwarzen Anzug gekleidet aus der Dunkelheit. Toro und Delgado folgten. Obwohl ich mir geschworen hatte, niemals mit ihnen in Berührung zu kommen, hatte mich ein verdammter Fehler doch in ihre Arme getrieben.

César lehnte sich lässig gegen den Boxring und zündete sich eine Zigarette an, als wäre er hier zu Hause. Seine dunklen Augen ruhten auf mir, sein Blick war wie eine kalte, unsichtbare Klinge, die mir über die Haut fuhr. Die scharf geschnittenen Gesichtszüge waren vom Leben auf der Straße und in den Ringen geprägt: Eine alte Narbe zog sich von seiner linken Schläfe bis zum Kiefer, kaum sichtbar unter dem leichten Bartschatten, der sein kantiges Kinn betonte.

»Was wollt ihr von mir?« Mein Kiefer spannte sich an, doch ich versuchte, locker zu bleiben.

César grinste. Sein Silberzahn blitzte im schwachen Licht auf, ehe er sich zu seinen Männern umdrehte, die in das Lachen mit einstimmten.

»Ganz ruhig, Pérez. Keine Angst. Wir wollen nur reden.« Er trat näher und blies mir den Rauch ins Gesicht. »Nach deinem letzten Kampf wollen wir unter gar keinen Umständen riskieren, dass du uns noch mal fast abkratzt. Du bist zu wertvoll für uns.«

Meine Finger zuckten. »Wovon sprichst du?«

Er schnaubte amüsiert und musterte mich mit zusammengekniffenen Augen. »Es ist wirklich bewundernswert, wie ähnlich du ihm siehst«, begann er und leckte sich die Lippen. »Als du im Ring vor mir standest, dachte ich kurz, er wäre es …« Mein Magen zog sich schmerzhaft zusammen. Ich wandte den Blick ab, während César nur kalt grinste.

»Ich habe nichts mit meinem Vater zu tun«, spuckte ich ihm entgegen und griff nach meiner Tasche. »Also langweilt mich mit einem anderen Thema.«

»Mensch, er muss dir ja mächtig wehgetan haben.« Delgado verhöhnte mich, doch ich gab mir alle Mühe, ruhig zu bleiben. »Das tut mir riesig leid, aber leider müssen wir dich weiter damit belästigen.« Als ich wieder zu ihm aufsah, hatte er seine Hände gehoben und sah mich gespielt bedauernd an. »Weißt du, dein Vater hat uns nämlich 'ne Menge Schulden hinterlassen.«

»Nicht mein Problem.«

Er lachte erneut, diesmal war es dunkler, ernster. »Doch. Das ist leider genau dein Problem.« Sein Blick wurde düsterer, als er sich mir noch weiter näherte. »Du hast mitgekämpft, jetzt steckst du mit drin. Aber ich bin mal nicht so. Ich mache dir einen fairen Vorschlag.« Noch bevor er weitersprach, ahnte ich schon, dass nichts an seinem Vorschlag fair sein würde. »Entweder du zahlst seine Schulden ab und wir lassen dich in Ruhe … oder du trittst in seine Fußstapfen und kämpfst in Zukunft für uns. Ich möchte dich in unserem Ring haben.«

Ich spürte, wie sich mein Herzschlag beschleunigte, presste die Lippen aufeinander und starrte ihn einfach nur an. Dann schnaufte ich. »Das kannst du vergessen. Ich habe nichts mit euren dreckigen Machenschaften zu tun.«

Sein Grinsen verschwand. Eine Ewigkeit starrte er mich stumm an. »*Vergessen*«, wiederholte er. »Natürlich könnte ich es einfach vergessen.« Während er sprach, kam er noch näher und zückte dabei ein scharfes Messer. Die Erinnerungen waren zurück, die Narbe pochte, und für einen Moment rang ich innerlich um

Gleichgewicht. Der Schweißfilm auf meiner Stirn war in der Zwischenzeit eiskalt geworden. »Kannst du denn auch vergessen?«, fragte er und sah zu mir auf, während er mit seinem Messer spielte. Ich blieb standhaft, auch wenn es mir alles abverlangte. Dieser Mistkerl hatte mir genug genommen, meine Würde bekam er nicht auch noch. Also starrte ich weiter, versuchte auszublenden, dass auch Delgado und Toro näher traten, mich einkesselten. Ich wusste, allein und mit meinen bloßen Händen würde ich gegen sie nicht ankommen.

»Wenn ja, wäre es mir ein Vergnügen, dich noch mal daran zu erinnern, dass du keine verdammte Wahl hast«, presste César hervor und hielt mir die Spitze des Messers direkt an die Seite meines Bauches. Dorthin, wo es seit Monaten schmerzte. Mein Kiefer knackte, so sehr presste ich die Zähne aufeinander. Er hätte mich abstechen können, eine einzige Bewegung hätte gereicht. Doch stattdessen zeigte er nur ein breites Grinsen, offenbarte mir seine widerlichen gelben Zähne, geschmückt mit silbernen Planken, und lachte mir gehässig ins Gesicht.

»Nein, mein Lieber, das wollen wir ja nicht.« Endlich löste er das Messer, brachte wieder Abstand zwischen uns, ließ mich dabei jedoch nicht aus den Augen.

»Überleg es dir.« Seine Stimme war dunkel, sein Ausdruck todernst. »Wir kommen wieder.«

Kapitel 2

Camila

Noch bevor ich die Augen öffnete, wusste ich, dass an diesem Morgen irgendetwas anders war.

Vielleicht war es der Duft, der in der Luft lag. Nicht der vertraute Hauch von Lavendel aus den Laken oder der frische Morgenwind, der durch den Spalt des Fensters blies, sondern etwas Schweres, seltsam Metallisches. Ich blieb einen Moment reglos liegen, lauschte. Außer meinem Atem, dem Rascheln des Baumes und dem leisen Ticken der antiken Standuhr im Flur konnte ich nichts hören.

Müde blinzelte ich gegen das Halbdunkel an. Der Kronleuchter über mir schimmerte schemenhaft im ersten Licht des Tages. Die dunklen Vorhänge waren noch zugezogen, nur wenig Licht drückte sich von den großen Kreuzfenstern zwischen den Gardinen hindurch und zeichnete Schatten auf meine Möbel. Meine Finger fanden den Rand der Decke, zogen sie beiseite. Dabei schlug mein Herz schneller, ohne erkennbaren Grund.

Schließlich richtete ich mich auf. Eine Bewegung, die sich schwerer anfühlte als sonst. Als hätte mein Körper einen Kampf hinter sich, von dem mein Verstand nichts wusste. Ich konnte mich nicht erinnern, geträumt zu haben, und doch klebte ein schauriges Gefühl an mir wie kalter Schweiß.

Ich zog mich vor zur Bettkante, wohl wissend, dass auch dieser Tag wie alle anderen in den letzten drei Wochen ablaufen würde: ich eingesperrt, ohne Handy und Kontakt zur Außenwelt, eingehüllt in den Stoffen meines Ateliers, weil mir nichts anderes mehr übrig blieb.

Seit Monaten bestimmte *er* mein Leben, hatte meinen übervorsichtigen Vater dazu gebracht, mich zu Hause einzusperren, und ein drängendes Gefühl sagte mir, dass er damit nicht so schnell aufhören würde. Auch wenn die Polizei vor drei Wochen einen Verdächtigen geschnappt hatte, auch wenn dies eine Hoffnung in mir weckte, die viel zu schön war, um sie greifen zu können. Die Hoffnung, dass das endlich ein Ende fand, dass ich endlich mein normales Leben weiterführen und aus diesem Gefängnis, das sich auch Zuhause nannte, ausbrechen konnte.

Müde vergrub ich das verschlafene Gesicht in den Händen. Als ich mich erhob, fühlte ich plötzlich etwas Nasskaltes an meinen Oberschenkeln. Verwundert befühlte ich meine Stoffhose und stellte fest, dass sie an der Rückseite nass war. Ich tappte durchs Halbdunkle zu meinem Spiegel, versuchte, etwas zu erkennen. Und da war es. An meinen Beinen prangte ein großer dunkler, nasser Fleck. Weil ich mit den Händen darübergefahren war, klebte die Flüssigkeit auch an meinen Fingern. Mein Herz begann zu rasen. Ich wollte das Licht anmachen, es gleichzeitig auslassen. Denn eine Seite von mir fürchtete sich vor der Wahrheit. Davor, um was es sich für eine Flüssigkeit handelte. Obwohl ich es schon längst wusste.

Blut.

Panisch tastete ich mich ab und versuchte festzustellen, ob ich irgendwo eine offene Wunde hatte. Oder hatte ich meine Tage? Nein, das konnte nicht sein.

In dem Moment wurde die Tür aufgerissen. Unsere Haushälterin Señora Expósito kam wie jeden Morgen herein, um mich zum Frühstück zu rufen.

»Señora Luminia, das Frühstück erwartet …« Sie knipste das Licht an, entdeckte mich und stockte. Dann löste sich ein lauter Schrei aus ihrer Kehle. Im hellen Licht des Kronleuchters drehte ich mich erneut zum Spiegel um und musste selbst mit den Tränen kämpfen.

»Was ist passiert?« Mein Vater hatte den Schrei gehört und eilte zu uns ins Zimmer. Als er mich erblickte, taumelte auch er zurück. Sämtliches Blut wich aus seinem Gesicht, während meines damit beschmiert war. Mein ganzer Körper, an manchen Stellen war es bereits trocken und krustig. Ich sah aus, als wäre ich direkt aus einem Horrorfilm entsprungen.

Panik übermannte mich. Plötzlich tat mir alles weh, plötzlich fühlte es sich so an, als würde ich überall bluten. Ich wusste nicht mehr, was Einbildung und was reale Schmerzen waren. Und weil mir schwindelig wurde, sackte ich langsam zu Boden.

»Camila!« Papá war mit einem großen Schritt bei mir, packte mich an den Schultern und sah mich mit geröteten Augen an. Sein Blick machte es noch schlimmer. Er sah aus, als würde er dem Tod entgegensehen. Meinem Tod?

»Was ist passiert? Wo blutest du?« Noch bevor ich antworten konnte, fiel sein Blick auf mein Bett. Tränen rannen über meine Wangen, spülten das Blut fort. Doch als sich Papás Ausdruck von besorgt zu verärgert wandelte, wurde mir klar, was das Blut zu bedeuten hatte.

Mein Herzschlag beschleunigte sich noch mehr. Nicht aus Angst, nicht, weil ich verletzt war. Mühsam zog ich mich an seinen Schultern wieder auf die Beine, den Blick fest auf meine Matratze gerichtet. Bis sich das Bild von blutigen Worten auf weißen Laken schließlich durch den Schleier meiner Tränen drückte. Ich öffnete den Mund, holte tief Luft und ließ sie mit einem ebenso lauten Schrei wie dem von Señora Expósito wieder raus. Nur dass dieser Schrei keinem Schock galt.

Er galt *ihm* und seinen Machenschaften. Und der Hoffnung, er wäre endlich gefasst worden, die nun ein für alle Mal zerstört worden war. Er hatte gewartet. Er hatte uns wirklich glauben lassen, dass die Polizei ihn geschnappt hatte. Dass mein übergriffiger Ex-Freund Freddy tatsächlich mein Stalker war. Und dass ich mein Leben bald endlich wieder normal weiterleben konnte. Doch nun stand ich hier vor rot verschmierten Buchstaben und wusste, dass er heute Nacht bei mir gewesen, mich berührt und beschmutzt und mir auch das letzte Stück Würde genommen hatte. Und ich war mir sicher, dass ich ihn dabei sogar gespürt hatte.

Hast du mich vermisst?

Kapitel 3

Miguel

Schwere Regentropfen rannen über die dreckige Fensterscheibe und verschmierten das Bild des grauen Blocks gegenüber.

Erst gestern war César aufgetaucht, jetzt suchte mich noch jemand anderes aus meiner Vergangenheit heim. Hatte ich denn vor niemandem mehr meine Ruhe?

Verbissen starrte ich hinab zur Straße. Sein schwarzer Aston Martin parkte schon seit Tagen immer wieder am Straßenrand und zog in einer Gegend wie dieser alle Augen auf sich. Was zur Hölle wollte er? Dass ich wieder kämpfte? Das konnte er vergessen.

»Wer ist das, Miguel?« Die zierlichen Hände meiner kleinen Schwester Aya krallten sich an mein Bein, ehe sie sich an mir hochzog und ebenfalls hinaussah. Hastig wandte ich mich vom Fenster ab, um meiner kleinen Schwester keine Angst einzujagen. In dem Moment betrat auch Mamá unser Wohnzimmer und schenkte mir einen angespannten Blick.

»Nur jemand mit einem sehr schönen Auto«, sagte ich an Aya gerichtet, um abzulenken, nahm sie in meinen Arm und drückte sie an mich. Sie kicherte und etwas Dunkelheit in mir wurde von Licht verdrängt.

»Nimmst du mich heute wieder mit zum Boxen?«

Mein Blick zuckte zu meiner Mutter, die ebenfalls aufsah. Die Sorge, die in ihrem Gesicht stand, ließ mich schwer schlucken. Ein ernster Zug um ihre Lippen, diese Falte zwischen ihren Brauen und die breite Narbe, die mich an den schlimmsten Moment meines Lebens erinnerte. »Vielleicht das nächste Mal. Musst du dich jetzt nicht für die Schule fertig machen? Geh zu Valeria.« Nur widerwillig nickte sie schließlich und verschwand bei meiner anderen Schwester im Bad, um sich die Zähne zu putzen. Ein Blick hinaus verriet mir, dass er nach wie vor dort stand. Er wartete auf mich.

»Miguel, was soll das?« Meine Mutter trat neben mich. Ich musste sie nicht ansehen, um zu wissen, auf welche Art und Weise sie mich musterte. Warnend. Todernst. Voller Angst. »Ich weiß nicht, in was für krumme Dinge du mittlerweile verwickelt bist, aber ich habe keine Lust drauf, noch mal um dein Leben zu bangen. Nach der ganzen Sache mit deinem Vater und …«

»Mach dir keine Sorgen«, bat ich sie. »Ich kämpfe nicht mehr. Versprochen.«

»Und die Schulden?« Als ich ihr den Blick zuwandte, stand das Wasser in ihren Augen. Ich schluckte. Sie dachte an das Geld meines Krankenhausaufenthaltes, ich an die Schulden meines Vaters. Sie wusste nichts davon; und das war auch besser so. Dieser Mistkerl hatte ihr schon genug genommen. Wie sehr ich es hasste, sie so zu sehen.

»Ich regle das.« Mit diesen Worten drehte ich mich um, lief zur Haustür und eilte die Treppen unseres Wohnhauses hinab. Trotz des Regens, der mir ins Gesicht peitschte, war es so heiß, dass schwerer Dunst in der Luft hing und das Wasser auf dem Asphalt sofort verglühte. Ich fixierte den Wagen, lief schnellen Schrittes auf ihn zu, ehe ich die Tür aufriss und auf die Rückbank sank.

»Was wollen Sie?« Meine nasse Sporthose klebte auf den nagelneuen Ledersitzen seines Wagens. Ich hatte ihn seit Monaten nicht gesehen. Um genau zu sein, seit meinem Unfall. Er trug wie immer einen edlen dunkelblauen Anzug. Seine schwarzen Haare waren ordentlich gestylt, der Blick distanziert – nur seine Augen … Seine Augen zeigten, wie müde und voller Angst er wirklich war.

»Ich brauche deine Hilfe.«

»*Meine* Hilfe?« Ich rümpfte die Nase. »Ist Ihnen entgangen, dass Sie *mir* etwas schulden? Nicht andersrum.«

Besänftigend hob er die Hände. »Du hast recht. Und es tut mir leid, dass ich dich zu diesem Kampf gedrängt habe. Ich wollte nicht, dass …, dass es so kommt. Bitte glaub mir.« Schnaubend schüttelte ich den Kopf. »Ich möchte es wiedergutmachen, dir einen Vorschlag machen.«

Obwohl ich immer noch wütend war, ließ mich das aufhorchen. »Einen Vorschlag?«

»Ich erstatte dir das Fünffache der Krankenhauskosten.«

Etwas an meinem stählernen Ausdruck schwand, ich blinzelte überrumpelt. »Das Fünffache«, wiederholte ich, wohl wissend, dass die Summe, die ich nun in meinem Kopf zusammenrechnete, ein Klacks für Spaniens vermögendste Familie war. »Das sind fünfzigtausend Euro.«

Señor Luminia nickte. »Im Gegenzug brauche ich deine Hilfe.«

Ich schnaufte belustigt. »Fünfzigtausend Euro sind das Mindeste, das Sie mir nach allem schulden. Wegen Ihnen habe ich keinen Job mehr, La Sangre Negra im Nacken, weiß nicht mehr, wie ich …«

»Genau deshalb bin ich hier«, unterbrach er mich. »Ich biete dir Geld und einen sehr gut bezahlten Job. Und noch dazu ist er nicht illegal und holt dich hier raus.«

Skeptisch kniff ich die Augen zusammen. »Was für einen Job?«

»Ich möchte, dass du auf meine Tochter aufpasst.«

»Was?« Ich musste mich verhört haben. »Soweit ich weiß, ist Ihre Tochter keine drei mehr.«

»Sie wird belästigt, bedroht …« Am Kratzen in seiner Stimme erkannte ich deutlich, wie sehr ihn das Thema mitnahm. »Und das seit über einem halben Jahr. Wir haben alles versucht, sie sogar bei meiner Schwester in Madrid untertauchen lassen. Er hat sie immer wieder gefunden und er wird immer gefährlicher. Ihr Leben hat sich von einem auf den anderen Tag um hundertachtzig Grad gedreht, sie kann nicht mehr ohne Angst auf die Straße gehen und … letzte Nacht ist er sogar in ihr Zimmer vorgedrungen.«

Etwas krampfte sich in meinem Magen zusammen. Es gab so widerliche Menschen auf unserer Welt, denen ich am liebsten allen einmal auf die Fresse geschlagen hätte. Doch ich hatte eigene Probleme. Señor Luminias privilegierte Tochter sollte keines davon sein.

»Wieso engagieren Sie keinen richtigen Bodyguard?«

»Weil wir langsam nicht mehr ausschließen können, dass es jemand aus den eigenen Reihen ist. Wie ist er sonst ins Haus gekommen? Ich vertraue niemandem.«

Ein kehliges Lachen löste sich aus meinem Mund. »Und mir schon, ja? Mir vertrauen Sie?«

Entgegen meiner Erwartung konnte ich in seinem Ausdruck keine Skepsis erkennen. Ehrlich und aufrichtig blickte er mir entgegen und mein Lachen verklang. »Es gibt momentan wenige, denen ich bei dieser Sache mehr vertraue.« Hatte ihn das ganze Stalker-Thema verrückt werden lassen? »Ich habe dich jetzt eine Weile begleitet und beobachtet. Ich weiß, dass du selbst Schwestern hast. Ich weiß, dass du immer ehrlich gekämpft hast und Verantwortung übernehmen kannst. Du hast Militärerfahrung, und ich bin mir sicher, dass, wenn du dir etwas vornimmst, du es mit hundertfünfzigfacher Überzeugung tust. Ich brauche dich, Miguel.«

Einen Moment scannte ich sein Gesicht. Darin lag etwas Flehendes. Etwas, das mir das Gefühl gab, dass neben all diesen Gründen noch etwas anderes ihn in meine Arme trieb. Als wäre ich seine einzige Wahl.

»Okay, aber das ist eine Nummer zu groß. Ich will diese Verantwortung nicht tragen, wenn ihr doch etwas passiert. Suchen Sie sich jemand anderen.« Mit diesen Worten wollte ich die Tür öffnen, doch er packte mich am Arm. Als ich mich wieder ihm zuwandte, sah er mich aus blutunterlaufenen, glasigen Augen an.

»Ihr wird nichts passieren«, gab er zögernd von sich. Ich runzelte die Stirn, ehe er hin- und hergerissen den Kopf schüttelte. »Also … ich gehe von keiner lebensbedrohlichen Gefahr aus. Ich möchte nur verhindern, dass er näher an sie herankommt.«

Eine ganze Ewigkeit starrte ich ihn an, versuchte, seine Worte zu verstehen, schüttelte dann aber den Kopf.

»Bitte, Miguel«, flehte er erneut. »Denk nur daran, was wäre, wenn es Valeria oder Aya passieren …«

Ihre Namen aus seinem Mund zu hören, ließ mich rotsehen. Im nächsten Moment hatte ich ihn am Kragen gepackt und mit voller Wucht in den Sitz gedrückt. Der Schock in seinem Gesicht wandelte sich schnell zu einem kleinen Lächeln. Das war genau das, was er wollte: meine Wut.

»Ein Arschloch weniger auf den Straßen bedeutet auch mehr Sicherheit für sie«, fügte er gepresst hinzu.

Schließlich ließ ich von ihm ab, sah ausweichend aus dem Fenster und überlegte. Césars widerliches Grinsen huschte mir durch den Kopf.

»Ich will hunderttausend Euro«, sagte ich entschlossen.

Als ich zu ihm zurückblickte, lächelte er zufrieden, auch wenn etwas Unsicherheit über seinen Ausdruck huschte. »Alles, was du willst.«

»Gut.« Mit einem Ruck riss ich die Tür auf und schwang mich aus dem Wagen. »Ich überlege es mir«, waren meine letzten Worte, die ihm sein Lächeln aus dem Gesicht wischten. Auch wenn meine Entscheidung längst feststand. Ich hatte schließlich keine andere Wahl.

Kapitel 4

Camila

»Ihr Vater erwartet Sie im Salón de la Luz.«

Ich spürte Señora Expósitos Blicke in meinem Rücken. Dennoch regte ich mich nicht, starrte stattdessen auf das tiefrote Stück Seide in meinen Händen, das wie fließendes Wasser über meinem Schoß lag. Mein Atelier war mein Rückzugsort. Kein Lärm, keine Stimmen, keine Erwartungen, keine Angst. Nur das weiche Licht der Stehlampen, die Nadel in meiner Hand und die stetige Bewegung meiner Hände. Jedenfalls war es mal so gewesen.

Ich saß auf dem hohen Stuhl an meinem Arbeitstisch, umgeben von einer Symphonie aus Farben und Texturen. Rollen von Seide, Wolle und Organza türmten sich in sorgfältigem Chaos um mich, ihre verschiedenen Töne schienen miteinander zu flüstern. Als ich den Blick hob, fiel er aus dem großen gerahmten Fenster über die Dächer Barcelonas. Irgendwo in der Ferne das Mittelmeer. Die geordneten Straßen und Gassen des Eixample breiteten sich vor mir wie ein kunstvoller Teppich aus, an manchen Stellen durchbrochen von Palmen, Plätzen und Parks. Barcelona war meine Heimat, mein Safe Space, meine Inspiration. Doch ich vermisste die

Stadt. Denn seit Wochen hatte ich ihre Schönheit nur von meinem Gefängnis aus betrachten dürfen.

Ein Gefängnis, das ich selbst gewählt hatte. Warum ich mich von meinem Vater hatte einsperren, mir das Handy wegnehmen und mich kontrollieren lassen und trotzdem blieb, verstand ich selbst nicht. Vermutlich, weil ich ihm keine Sorgen bereiten, weil ich es ihm recht machen wollte.

»Ich komme gleich«, antwortete ich mechanisch, ehe ich mich erhob und an die Schneiderpuppe in der Mitte des Raumes trat. Der Anblick des Kleides daran verhöhnte mich, obwohl ich einst so sehr dafür gebrannt hatte. Es sollte ein Abendkleid werden. Eines, an dem ich nun schon seit Monaten arbeitete, aber nie zur Vollendung gekommen war. Dunkelblaue Seide bestickt mit silbrig schimmernden Blüten. Doch an meinen Fingern haftete zu viel Chaos, zu viel Schmerz, zu viel von *ihm*.

Es war also wirklich nicht Freddy, der mich seit Monaten mit Drohungen heimsuchte. Schon bei seiner Verhaftung war ich skeptisch gewesen. Als er mir nach ein paar Wochen unverfänglichem Sex etwas zu aufdringlich und besitzergreifend geworden war, hatte er ein paar unüberlegte und dumme Dinge getan, wie zum Beispiel meinen Wagen zu zerkratzen, die ihn in ziemlich verdächtiges Licht gestellt hatten. Drei Wochen lang war er in Untersuchungshaft. Drei Wochen, in denen weder eine Nachricht noch irgendein anderes Zeichen von meinem Stalker bei mir angekommen war, was uns natürlich hatte hoffen lassen. Seitdem war ich hier eingesperrt, ohne Smartphone, ohne Kontakt zur Außenwelt. *Bis sich die Dinge geklärt haben*, hatte mein Vater gesagt. Nun, jetzt hatten sich die Dinge geklärt – er war wieder da und Freddy hatte mit alldem nichts zu tun.

Seufzend verließ ich mein Atelier, um mich auf den Weg ins Erdgeschoss zu machen. Vor meiner offenen Zimmertür hielt ich kurz inne und ließ den Blick über mein großes Himmelbett gleiten. Es war ordentlich zurechtgemacht, mit großen Zierkissen und einer beigen Tagesdecke. So clean, so perfekt, als hätten die

Blutspuren nie existiert, als wäre das alles hier nur ein dummer Traum.

Dieser miese Mistkerl, dachte ich und rümpfte die Nase, weil ich es hasste, dass mir irgendjemand Angst machen wollte. Ich hatte keine Angst, ich war stinksauer, denn seinetwegen hatte ich nicht nur mein Privatleben, sondern auch schon beinahe zwei Monate meines ersten Semesters auf der *EstiloArte* verpasst, der angesehensten Universität für Mode in ganz Spanien. Natürlich hatte Papá mit der Leitung gesprochen, natürlich machten sie für mich eine Ausnahme, damit ich auch später noch beginnen konnte. Natürlich bekam ich eine Scheißextrawurst, als wäre es nicht schon schlimm genug, dass ich wegen meiner Familie immer bevorzugt wurde und überall für Aufmerksamkeit sorgte. Dabei wollte ich meinen eigenen Erfolg formen, meinen eigenen Weg gehen, meine eigenen Ziele verfolgen, deswegen auffallen, nicht wegen meiner Familie.

Seufzend lief ich weiter und durchquerte unsere Stadtvilla. Während ich den langen Gang in Richtung Treppe passierte, warf ich einen Blick hinaus durch die großen Kreuzfenster. Zwei Streifenwagen und ein schwarzer Mercedes verließen gerade die Einfahrt. Gleich mehrere Ärzte hatten mich nach dem Vorfall gestern Morgen gründlichst untersucht und zum Glück nichts festgestellt. Und wie sich herausstellte, war das Blut auf meinem Körper wohl auch nur Kunstblut gewesen. Für echtes war er also zu feige, was?

Sobald ich den Salon betrat, spürte ich die Anspannung meines Vaters bis ins Mark. Er trug einen teuren Anzug des Familienlabels *Vestura* und schenkte sich am Barwagen einen Whiskey ein. Am anderen Ende des Salons stand Juan Gomez, Securityleiter von *Vestura*, der meiner Familie bei anderweitigen Sicherheitsfragen immer wieder beiseitestand. Ich war mir sicher, dass er Papá auch in meiner Angelegenheit beraten hatte.

Ohne mich anzusehen, begann mein Vater zu sprechen.

»So kann das nicht weitergehen.« Am Klang seiner Stimme konnte ich erkennen, dass er einen Kloß im Hals hatte. Mich blutüberströmt zu sehen, hatte viel mit ihm gemacht, vermutlich auch schlechte Erinnerungen heraufbeschworen, denn auch seine eigene Schwester hatte er vor einigen Jahrzehnten so erblicken müssen. Und der kritische mentale Zustand meiner Mutter verbesserte sich durch die Umstände auch nicht wirklich.

»Die Polizei findet keine Indizien und dieses Arschloch kommt dir immer näher. Dass er in der Nacht tatsächlich in deinem Bett …« Er brach ab, nahm einen Schluck und schüttelte den Kopf. Auch ich schluckte, auch ich merkte, dass die Situation mich nicht so kaltgelassen hatte, wie ich dachte. Was zu Beginn nur nervig gewesen war, wurde nun immer gefährlicher.

»Der Polizei vertraue ich nicht mehr, und wer weiß, was dir passieren könnte. So kann das nicht weitergehen. Du kannst deinen Alltag unmöglich weiter so einschränken, bis sie endlich etwas finden. Es wird wieder Zeit für Normalität.«

Meine Anspannung wich einem hoffnungsvollen Lächeln. »Ich bin froh, dass du das sagst. Ich möchte endlich wieder …«

»Deswegen habe ich dir einen Bodyguard besorgt.«

Mein Mund blieb offen stehen und ich sah meinen Vater verwirrt an. »Ein Bodyguard?«, krächzte ich aufgebracht. »Wie soll mir ein Bodyguard Normalität bieten? Jeder wird mich für lächerlich halten! Ich bin doch nicht Taylor Swift!« Ich beendete meinen Satz mit einem belustigten Schnaufen, um zu überspielen, was sein Vorschlag in mir auslöste.

Ich wollte doch einfach nur ich sein. Nicht Camila Luminia, nicht die Tochter und das Aushängeschild einer berühmten Familie. Es war schwer genug, unter all den Erwartungen und Vorurteilen als Mensch gesehen zu werden, vor allem jetzt, da ich sowieso später mit der Uni begann und eine Extraportion Aufmerksamkeit als *die Neue* auf mich ziehen würde – da half ein Bodyguard bestimmt nicht.

Er würde allen zeigen, wie anders ich war.

Reicher.

Verletzlicher.

Jemand, der beschützt werden musste.

Ich sah es schon vor mir – die Blicke in der Uni, das Tuscheln auf dem Campus. Menschen, die mich mieden oder sich an mich heranmachten, weil sie glaubten, ich wäre etwas Besonderes. Ich wollte das nicht. Ich wollte dazugehören. Ganz allein meinetwegen.

Ich brauchte keinen Aufpasser. Jedenfalls sagte ich mir das immer wieder. Sagte mir innerlich, dass dieser Mistkerl mir nichts anhaben könnte, dass er mich nur langweilte und dann hoffentlich bald damit aufhörte. Wenn ich nicht auf ihn reagierte, würde er vielleicht irgendwann damit aufhören. So wie es bei Geschwistern war, die sich ärgerten und es nur interessant blieb, solange der andere sich weiter aufregte.

»Es ist mir egal, was die anderen denken. Was mir nicht egal ist, ist deine Sicherheit, Camila! Und wenn das die einzige Lösung ist, dich sicher durch den Alltag zu bringen, werde ich sie nutzen, bis dieser Spuk endlich ein Ende hat!«

»Aber …« Papá hob die Hand, ließ mich nicht zu Wort kommen, denn im nächsten Moment rief er nach seinem Sekretär.

»Señor de Armas«, die Flügeltür wurde geöffnet, »Sie können ihn reinlassen.«

Dieser nickte und verschwand im Anschluss wieder um die Ecke. Komplett aus dem Konzept gebracht, wirbelte ich herum. »Was …«, stammelte ich. »*Ihn?* Du hast schon jemanden eingestellt?« Mein Vater ignorierte mich, stellte sein Glas zur Seite und sah schließlich mit freundlichem Lächeln zur Tür hinter mir.

»Miguel!«, rief er erfreut und lief an mir vorbei, ohne mich auch nur noch einmal zu beachten.

Ich drehte mich um und stockte. Es waren nicht seine stechend grünen Augen, sein einnehmender Blick oder die breiten Schultern, die mich sprachlos machten. Viel mehr wunderte ich mich über die Art und Weise, wie mein Vater ihm fast schon väterlich die Hände auf die Schultern legte. Viel zu vertraut. Miguel hingegen schenkte meinem Vater nur einen gereizten Blick, sah missbilligend auf seine Hand hinab, woraufhin Papá sie von seiner Schulter löste. Miguel wirkte völlig fehl am Platz in unserem Salon. Er hatte eine große Narbe an der Schläfe, viele Tattoos, die an seinen muskulösen Armen prangten, er trug ein sehr schlichtes Outfit – bestehend aus einem weißen Shirt, Jeans, einer ziemlich abgenutzten Lederjacke und dreckigen Boots. All das ließ ihn zwischen teuren Anzügen, stuckverzierten Wänden und glänzenden Marmorfliesen deplatziert wirken.

Unter einem professionellen Personenschützer hatte ich mir immer einen Mann mittleren Alters vorgestellt. Jemand, dem man ansah, dass er schon einige Jahre Berufserfahrung hinter sich hatte, der Souveränität und Sicherheit ausstrahlte, so wie Gomez zum Beispiel. Das, was Miguel ausstrahlte, würde ich als das Gegenteil von Sicherheit bezeichnen. Gefahr, ein Risiko, eine Bedrohung.

Papá überprüfte jeden seiner Mitarbeiter bis ins kleinste Detail. Mit seinem rauen Auftreten gehörte Miguel nicht zu den Männern, bei denen ich gedacht hätte, dass Papá sie als vertrauenswürdig oder sogar *gut genug* einstufte, legte er doch immer etwas zu viel Wert auf ein professionelles und ordentliches Äußeres. Vielleicht war ich aber auch einfach nur oberflächlich, vielleicht wirkte Miguel einfach nur verrucht und unerfahren, wusste aber trotzdem genau, was er tat.

»Camila«, sagte Papá und sah mich an. Ich verschränkte die Arme vor der Brust, in dem Moment, in dem mich Miguel mit seinem Blick fixierte. Es war kein Streifen, kein Zucken, kein unbehagliches Wieder-Wegsehen. Er sah mir ohne Umschweife direkt in die Augen, regte sich dabei kein einziges Mal, und – wie unangenehm mir das Ganze auch war – irgendetwas machte dieser direkte Augenkontakt mit mir.

»Das ist Miguel Pérez. Er ist einer der Besten und er wird auf dich aufpassen.« *Auf dich aufpassen.* Wie das klang.

»Einer der Besten? Worin?«

Mein Vater sah mich warnend an. »Im Personenschutz natürlich.«

Mein Blick zuckte zu Gomez, der sich bei diesen Worten verdächtig räusperte. Weil ich ihm kein Wort glaubte, trat ich langsam näher und richtete das Wort nun direkt an Miguel. »Von welcher Securityagentur kommst du?«

»Von keiner«, antwortete mein Vater für ihn. Ich runzelte die Stirn. »Wir können nicht ausschließen, dass dein Stalker jemand aus unseren eigenen Reihen ist.« Entgeistert warf ich Gomez einen erneuten Blick zu, der nur ausweichend zu Boden sah. »Unsere Securityagentur leistet gute Arbeit, aber wenn es um deine Sicherheit geht, möchte ich jemand Neutrales haben, dem ich zu hundert Prozent vertraue.«

Dem ich zu hundert Prozent vertraue.

Ich fühlte mich wie im falschen Film. Mein Vater vertraute irgendeinem Typ, mit dem ich ihn noch nie gesehen und von dem er noch nie gesprochen hatte? Kannte er ihn überhaupt richtig oder hatte er ihn einfach nur irgendwo aufgegabelt, weil er glaubte, breite Schultern, ein böser Blick und Tattoos wären Merkmale eines guten Personenschützers?

»Dass es jemand aus den eigenen Reihen ist?«, fragte ich. »Willst du jetzt jeden verdächtigen? Gomez? Unsere Angestellten? Woher weißt du, dass Miguel es nicht selbst ist? Dass er nicht selbst eine Bedrohung für mich darstellt?« Ich wandte mich an ihn, hob die Hände vor die Brust. »Nichts für ungut«, betonte ich, weil ich nicht wollte, dass er meine Worte persönlich nahm. Ich hatte nichts gegen ihn, ich kannte ihn ja gar nicht, ich hatte nur etwas gegen den Kontrollwahn meines Vaters.

Entgegen meiner Erwartung zuckte Miguels Mundwinkel ganz sanft. So kurz, dass ich mir nicht sicher war, ob ich es mir nur eingebildet hatte. Ich öffnete den Mund, um weiterzusprechen und meinen Vater anzukeifen, blieb aber, überrumpelt, wie ich von seinem Schmunzeln war, mit dem Blick an ihm hängen.

»Natürlich verdächtige ich weder Gomez noch andere Angestellte«, schimpfte mein Vater und nickte seinem Securitychef zu. »Señor Gomez leistet seit Jahren gute Arbeit für uns, aber er ist für die Firma zuständig und nicht für den Personenschutz. Selbstverständlich wird er Miguel beistehen und ihn unterstützen. Ansonsten ist jetzt Schluss mit der Diskussion. Du musst meine Entscheidungen nicht verstehen. Sie stehen fest. Oder muss ich dich daran erinnern, was alles passiert ist?«

Nein, er musste mich nicht erinnern. Die Bilder jagten einen kalten Schauer über meinen Rücken. Zettel mit Worten, die sich wie kalter Rauch in meinen Alltag geschlichen hatten, Blut auf meiner Haut, das nicht meines war, Schatten in Räumen, in denen ich mich sicher geglaubt hatte.

Nein, ich hatte nichts vergessen. Kein einziges Detail.

Trotzdem reagierte eine trotzige Seite in mir, die sich nicht eingestehen wollte, dass ich Schutz brauchen könnte. »Aber …«

»Nichts *aber*, keine Diskussion. Miguel ist geschult, er ist eingeweiht, er weiß, was zu tun ist, und er hat immer ein Auge auf dich.«

Er hat immer ein Auge auf dich. Mir lief es eiskalt den Rücken runter, weil es mir nicht behagte, ständig von einem Mann beobachtet und begleitet zu werden. Also verschränkte ich die Arme vor der Brust. »Beim Duschen auch, oder was? Putzt er mir auch den Hintern ab?«

»Jetzt mach dich nicht lächerlich, Camila«, schimpfte Papá. »Miguel bezieht das Zimmer neben deinem und bleibt bei solchen Angelegenheiten natürlich vor der Tür. Aber er lässt dich nicht allein, das ist die Abmachung.«

Erneut stöhnte ich und legte den Kopf in den Nacken. »Darf ich dann jetzt wenigstens mein Handy wiederhaben?«

»Natürlich. Señor de Armas?« Er bedeutete seinem Sekretär, mir mein Smartphone zu bringen.

»Und das Haus verlassen? Und *endlich* mein Studium beginnen?«

Nun lächelte Papá sanft, kam auf mich zu und legte mir die Hand an die Wange. In seinen Augen lag nach wie vor Angst. Ich wusste, dass er mich nur schützen wollte, weil er in der Vergangenheit versagt hatte, und er mich nicht auch noch verlieren wollte. Eigentlich war unser Verhältnis die meiste Zeit sehr eng. Anders als bei meiner Tante und meinem Cousin, die nur eine sehr unterkühlte Beziehung zueinander hatten, gab es in meiner Familie trotz der vielen Erwartungen noch etwas Normalität und Wärme. Na ja … jedenfalls den Umständen entsprechend …

»Bitte, Señora.« Señor de Armas reichte mir mein iPhone, das ich sofort hektisch anschaltete. Noch im selben Moment nahm ich mir vor, meine besten Freunde Ester und Matteo zu kontaktieren.

»Señor Pérez, ich zeige Ihnen Ihr Zimmer und Ihre Ausrüstung.« Als ich vom Display aufsah, hatte sich Gomez an Miguel gewandt. Dieser nickte ihm zu, drehte sich aber noch mal in meine Richtung.

»Señora Luminia«, begann er, was seltsam klang, wenn man bedachte, dass wir wahrscheinlich im selben Alter waren. »Ich verspreche Ihnen, dass ich mein Bestes gebe, Sie zu schützen.«

Er sprach mit solcher Distanz und Höflichkeit, dass ich nicht verstand, warum mir dabei so warm wurde. Das war sein Job. Er musste nett zu mir sein, er musste mich schützen, und nichts an seinen Worten hatte etwas mit mir persönlich zu tun. Trotzdem blieb ich einen Moment reglos stehen und starrte in seine dunkelgrünen Augen, nicht dazu in der Lage, etwas zu erwidern.

Schließlich nickte er erneut, bedankte sich auch bei meinem Vater und verschwand anschließend um die Ecke. Auf der Rückseite seines schwarzen Shirts blätterte das Logo irgendeines Clubs ab, ich konnte nur einen Boxhandschuh erkennen. Zweifelsohne stammte Miguel aus keinen Kreisen, in denen meine Familie normalerweise verkehrte. Aber … woher kannte Papá ihn dann?

Gerade als ich mich ebenfalls zum Gehen wandte, packte mein Vater mich noch mal am Handgelenk.

»Sobald du das Haus verlässt, gibst du Miguel Bescheid. Ist das klar? Ich möchte dich aufrichtig bitten, keine blöden Spielchen zu spielen. Hau nicht einfach ab, lass die Partys und mach es bitte nicht noch schlimmer, als es ist! Miguel ist hier zu deiner Sicherheit, dafür darfst du alles machen, was du möchtest.«

Ich atmete tief durch. Natürlich wusste ich, worauf er anspielte. Zu viel teurer Champagner, zu viele Partys, zu viele zu Bruch gegangene Vasen. Alles Aktionen einer Tochter, die versuchte, sichtbar zu sein. Nicht für die Welt, sondern für ihren Vater.

Auch wenn mich nach wie vor der Ärger über die neue Situation zwickte, ließ ich meine Abwehrhaltung etwas los und nickte schließlich. Was war schon dabei? Dann wurde ich ab sofort halt von vier Augenpaaren beobachtet … super.

Kapitel 5

Miguel

Das letzte Mal, dass ich in so edlen Räumlichkeiten gestanden hatte, war vor zwei Jahren im Königspalast Spaniens gewesen. Meine kleine Schwester Aya hatte mir monatelang in den Ohren gelegen, wie gerne sie als Prinzessin verkleidet wenigstens ein Mal ein Schloss besichtigen würde. Nächtelang hatte ich gearbeitet, gekämpft, gespart, um ihr diesen einen Nachmittag zu ermöglichen. Und nun stand ich hier in einem ebenso noblen Raum, der sicherlich dreimal so groß wie unsere Zweizimmerwohnung war, würde ab sofort in einem Bett schlafen, in das ich mich querlegen konnte, so groß war es, und arbeitete für einen Mann, auf den ich angewiesen war, ganz egal, wie sehr ich ihn verachtete. Die Luft hier roch förmlich nach Geld – altem, fauligem Geld, das nie eine Fabrikhalle, einen Boxring oder auch nur den Hauch von echter Anstrengung gesehen hatte. Eigentlich hatte ich mir geschworen, nie wieder mit Señor Luminia zu reden. Doch ich hatte keine andere Wahl.

»Ich möchte ganz ehrlich zu Ihnen sein«, begann der Securitytyp, nachdem er die Tür hinter uns geschlossen hatte, und kam mit verschränkten Armen auf mich zu. Seine schwarzen Haare passten perfekt zu dem ebenso dunklen Jackett, das er trug und das seine autoritäre und seriöse Art unterstrich. Seit Señor Luminia mich ihm vorgestellt hatte, ließ er keinen Zweifel daran, was er von mir hielt. Dieser missbilligende Blick sagte alles – als würde er mich am liebsten rauswerfen, bevor ich noch einen weiteren Schritt in diese makellose, überpolierte Welt setzen konnte.

»Ich traue Ihnen nicht. Ich weiß nicht, was sich Señor Luminia dabei gedacht hat, aber ganz offensichtlich scheint ihn diese Stalkersache nicht klar denken zu lassen. Ich habe keine Ahnung, wie Sie für Señora Luminias Sicherheit sorgen sollen.«

Ich konnte ihn verstehen. Nur weil ich Kraft hatte, gut zuschlagen konnte und meine zehn Finger nicht reichten, um aufzuzählen, wie viele Menschen wegen mir schon im Krankenhaus gelandet waren, brauchte es offensichtlich mehr als das. Doch auch wenn ich es ungern zugab, *brauchte* ich diesen Job und ich *brauchte* Señor Luminias Geld, also musste ich mich zusammenreißen.

»Ich bin ein schneller Lerner«, beteuerte ich, »und ich weiß, wie man in gefährlichen Situationen handelt, weiß, wie man mit Waffen umgeht.«

»Und das wissen Sie woher?«

Ausweichend senkte ich den Blick und überlegte, ob ich es wirklich aussprechen sollte. Umrahmt von diesen prunkvollen und mit wertvollen Gemälden geschmückten Wänden würde eine Wahrheit, wie ich sie in mir trug, noch viel schmutziger aussehen als sonst. Dass mein Scheißkerl von Vater mir schon mit zehn zum ersten Mal eine illegale Waffe in die Hand gelegt und gemeint hatte, dass es wichtig wäre, mein Revier zu beschützen. Dass ich von jetzt auf gleich als gewalttätiger Teenager Verantwortung für meine zwei jüngeren Schwestern hatte übernehmen, meine Mutter finanziell unterstützen und lernen müssen, wie man sich auch ohne Waffe in der Hand verteidigt. Und dass ich daraufhin aus Geldnot in eine Nische gerutscht war, die mich bis heute gebrandmarkt hatte. Körperlich und seelisch. Nein, die Welt, von der ich sprach, war zu hässlich für diese feine Gesellschaft.

»Ach wissen Sie was«, meinte Señor Gomez und winkte ab, »ich will es eigentlich gar nicht wissen. Und ich will auch nicht wissen, woher Señor Luminia Sie kennt.« *Ja, glauben Sie mir, das wollen Sie nicht.* »Lassen Sie uns keine Zeit verschwenden. Hier finden Sie Ihre Ausrüstung. Headset, Notfalltelefon, Taschenlampe, Messer, Schussweste und die Waffe. Sie tragen alles jederzeit bei sich, und zwar so, dass man es nicht sieht. Ich empfehle eine Jacke, ein Sweatshirt oder ein Jackett.«

Er trat an einen großen Tisch, auf dem alles ausgebreitet war. Sobald ich die Waffe erblickte, wurde mir ganz flau im Magen. Demonstrierend öffnete er sein Jackett und zeigte, wie er seine trug. »Ich war zwanzig Jahre lang beim Militär. Nun bin ich für die Sicherheit des Unternehmens zuständig, nicht für einzelne Personen, aber Sie informieren mich trotzdem über jede Unstimmigkeit, über jeden Verdacht und über jeden Schritt, den Sie machen. Señor Luminia meinte zwar, Sie haben stets ein Auge auf seine Tochter, so ganz richtig ist dies aber nicht. Sie behalten nicht sie im Blick, sondern ihr Umfeld. Sobald Sie nur einen Verdacht hegen, entfernen Sie sie lieber aus der Situation. Selbstverständlich können Sie sich freinehmen, wenn Señora Luminia zu Hause ist und nicht vorhat rauszugehen. Geben Sie mir in jedem Fall aber trotzdem Bescheid. Achten Sie zudem jederzeit auf ihre Tasche, auf ihr Essen, auf ihre Getränke, verhalten Sie sich stets diskret und im Hintergrund – bleiben Sie unsichtbar. Reden Sie mit niemandem, außer es ist notwendig, und was Señor Luminia auch noch außerordentlich wichtig war«, er räusperte sich, hob die Brauen mit einem Blick, den ich als leicht irritiert deutete, »egal, wer sie kontaktiert, Sie informieren ihn oder mich darüber.«

»Egal, wer sie kontaktiert?«, fragte ich und schüttelte ebenso verwirrt den Kopf.

»Ja, er möchte Auskunft, mit wem sie redet, telefoniert, in Kontakt tritt.« Einen Moment sahen wir uns unschlüssig an. Er ließ sich zwar nicht viel anmerken, doch ich spürte deutlich, dass auch er den Kontrollwahn von Señor Luminia vielleicht als etwas zu viel empfand. Wie viel Privatsphäre blieb ihr am Ende noch übrig?

»Ach, und am allerwichtigsten«, schließlich trat er einen Schritt näher, starrte mich nieder und hob dabei warnend die Brauen, »kommen Sie Señora Luminia nicht näher als notwendig. Ich glaube, ich muss Ihnen nicht sagen, dass ein privates Verhältnis mit ihr absolut inakzeptabel ist.«

Ich gab mir alle Mühe, kein gehässiges Lachen von mir zu geben. Auch Camilas Vater hatte mindestens fünf Mal betont, dass ich seine Tochter unter gar keinen Umständen anfassen durfte. Dabei war ein persönliches Verhältnis zwischen ihr und mir sowieso absolut ausgeschlossen. Camila Luminia war wunderschön – keine Frage –, aber ich musste mich nur kurz in ihrem Zuhause umsehen, um zu wissen, dass wir nichts gemeinsam hatten. Wer so viel Reichtum gewohnt war, musste sicherlich ein verwöhntes Püppchen sein, mit dem ich meine Zeit nicht verschwenden wollte. Während sie sich mit ihren Freundinnen zum Brunch traf, Galas besuchte oder sich nicht entscheiden konnte, welchen teuren Seidenmorgenmantel sie tragen sollte, schlief ich mit meinen Schwestern in einem Zimmer mit schimmeligen Wänden und undichten Fenstern und musste jeden Tag darum kämpfen, dass sie genug zu essen bekamen. Dieser Job sollte das endlich ändern.

»Gut, dann fangen wir direkt an.« Mit diesen Worten klatschte Señor Gomez einmal in die Hände und zeigte mir, wie ich die Ausrüstung anlegte und nutzte. Und während ich das schwere Metall der Pistole in meiner Hand fühlte, mich Erinnerungen heimsuchten und sich alles in mir verkrampfte, verdrängte ich sie mit der Wut, die seit Jahren in mir schlummerte.

Ich tat das nicht für Camila Luminia, ich tat das nicht für ihren Vater. Ich tat es für meine Schwestern. Für ihre Sicherheit.

Kapitel 6

Camila

»Oh mein Gott« war das Erste, das aus Matteos Mund kam, als ich die Nummer meines besten Freundes wählte, »ich dachte schon, ich höre nie wieder von dir!«

Während meines Aufenthalts in Madrid – ein hoffnungsloser Versuch, bei meinem Cousin unterzutauchen, um meinen Stalker abzuschütteln – hatte mich Matteo einige Male besucht. Mit meiner besten Freundin Ester hingegen hatte ich tagtäglich telefoniert. Wir drei waren seit Jahren unzertrennlich und verbrachten normalerweise die meiste Zeit zusammen. Noch etwas, das mir mein Stalker genommen hatte.

Umso mehr freute es mich, ihnen endlich berichten zu können, dass ich ab sofort wieder aus dem Haus durfte. Rasch holte ich auch Ester zu dem Facetime-Anruf dazu und erzählte ihnen von seinem letzten Angriff. Während meine Freundin nur fassungslos und besorgt den Kopf schüttelte, klappte Matteos Mund ungläubig auf.

»Süße, wie geht es dir?«, fragte Ester.

Einen Moment lauschte ich in mich. Natürlich war mir das alles schon längst nicht mehr egal, auch wenn ich immer wieder beteuerte, dass es so war, in der Hoffnung, dass es dann auch wirklich keine Bedeutung mehr haben würde. Doch für diesen Moment sollte er keinen Raum einnehmen, für diesen Moment wollte ich mich einfach nur freuen.

»Ich freue mich, dass ich endlich wieder vor die Tür darf und mein Studium beginnen kann«, antwortete ich, woraufhin Ester ihre braun gebrannte Stirn runzelte.

»Verstehe, aber … wie geht es dir wirklich? Hast du gar keine Angst?«

»Nein«, log ich. »Der Typ kann mich mal. Warum traut er sich nicht, sich zu zeigen? Ich glaube, er hat mehr Angst vor mir als ich vor ihm.« Obwohl ich meinen Satz mit einem Lachen beendete, zuckten die Lippen meiner Freunde kaum. Sie machten sich sichtlich Sorgen.

»Ihr müsst keine Angst haben«, begann ich und blickte ausweichend aus dem Fenster über die Dächer Barcelonas. Nun war ich diejenige, deren Stimmung getrübt wurde, denn … »Mir kann ab sofort nichts mehr passieren.«

»Wie meinst du das?«

»Mein Vater hat ernsthaft einen Bodyguard engagiert.«

»Einen was?!«, kreischten beide im Chor.

Nickend seufzte ich. »Jap, ihr habt richtig gehört. Ich habe jetzt einen Babysitter.«

Eine ganze Weile lang sagten sie nichts, blickten nur ungläubig in die Kamera und für einen Moment dachte ich, die Verbindung hätte sich aufgehängt.

»Und …«, begann Ester, »wie finden wir das?«

Erneut zuckte ich mit meinen Schultern. »Ich weiß nicht. Einerseits ermöglicht er mir wieder mehr Freiheiten, andererseits schränkt er sie auch ziemlich ein. Er wird ab sofort immer dabei sein. Könnt ihr euch das vorstellen?«

»So einen richtigen Bodyguard?«, fragte Matteo, weil er ganz offensichtlich noch nie einen live gesehen hatte. »Irgendwie creepy, wenn der jetzt immer dabei ist.«

Meine Lippen wurden zu einer schmalen Linie. »So bezeichnet mein Vater ihn jedenfalls. Als einen der *besten*. Kaufe ich ihm irgendwie nicht ab.«

»Wieso?«

»Keine Ahnung … er sieht nicht aus wie ein Bodyguard. Eher wie jemand, vor dem man geschützt werden sollte.«

»Vielleicht gehört er zu den Bodyguards, die nur *private* Aufträge annehmen.«

Mich überkam ein mulmiges Gefühl. »Was meinst du?«

»Du weißt, was ich meine.«

Ich ahnte, was Esters Worte zu bedeuten hatten, trotzdem verdrängte ich den Gedanken, Miguel könnte ein illegaler und blutrünstiger Auftragskiller sein, in die letzten Ecken meines Hirns.

»Ist er wenigstens heiß?« Ich warf dem Bild meiner Freundin einen entgeisterten Blick zu und schüttelte fassungslos den Kopf, weil ich den extremen Themenwechsel nicht hatte kommen sehen. Obwohl ich mir eigentlich hätte denken müssen, dass sie selbst die Vorstellung eines Auftragskillers romantisierte. Ester war einer dieser Menschen, die es nie lange allein aushielten, aber in einer Beziehung auch nicht funktionierten. So verliebte sie sich alle paar Monate neu bis über beide Ohren, suchte nach dem perfekten Märchenprinzen und redete sich jeden dahergelaufenen Mann schön. Und die meisten Männer verfielen ihr auch sofort, denn meine schwarzhaarige Freundin war nicht nur unfassbar klug und hinterließ mit ihrer Ausstrahlung einen einschneidenden Eindruck, sie war mit ihrem Latina-Auftreten dazu auch noch wunderschön. Natürlich würde Miguel für sie interessant sein, denn auch ich musste zugeben: Er war heiß. Doch das sagte ich ihr natürlich nicht.

»Keine Ahnung, darauf habe ich nicht geachtet.«

Ester seufzte. »Dann ist er es sicherlich nicht.«

Bevor wir weiter über Miguel sprechen konnten, meldete sich Matteo zu Wort. Er schmiss sich rücklings auf sein Bett, wobei seine wilden dunklen Locken durcheinandergewirbelt wurden.

»Okay, aber das bedeutet, dass du jetzt jederzeit wieder rausdarfst?«

»Sozusagen.«

»Mit Miguel?«, fragte Ester, woraufhin ich nickte.

Matteo verzog das Gesicht. »Klingt ziemlich einengend.«

»Besser, als eingesperrt zu werden, und wer weiß … vielleicht können wir ihn ja irgendwie abwimmeln. Ich kann mir vorstellen, dass er ebenfalls keine Lust hat, mit euch abzuhängen.«

Ich beendete meinen Satz mit einem Kichern, auch Matteo verdrehte schmunzelnd die Augen, nur Ester blieb ernst.

»Ich finde den Gedanken, dass du jetzt jemanden hast, bei dem du sicher bist, gar nicht schlecht. Das ist ernst, Camila. Wir machen uns Sorgen.«

Bevor ich antwortete, atmete ich tief durch und senkte den Blick. Einen Moment ließ ich das Blatt meiner Zimmerpflanze, die auf der Fensterbank stand, durch meine Finger gleiten, bevor ich die Lippen zusammenpresste und meine Mundwinkel zum Heben zwang.

»Mein Vater übertreibt einfach vollkommen, er macht das Ganze schlimmer, als es ist«, antwortete ich abwinkend.

Ester schüttelte nur den Kopf. »Versprich mir, dass du keine Dummheiten machst, nur um deinen Vater zu ärgern.«

»Ja, ja«, gab ich von mir und schenkte ihr ein ergebenes Lächeln. »Ich versuche bei meiner nächsten Wutattacke auf ihn, dran zu denken.«

Damit lösten sich auch im Gesicht meiner Freundin die ernsten Falten langsam auf, auch wenn sie nach wie vor etwas skeptisch dreinblickte.

»Dann sehen wir uns morgen?«, fragte sie einen kurzen Moment später, diesmal etwas euphorischer. Ihr Vater war Pablo Suàrez, Eigentümer von Barcelonas renommiertestem Kaufhaus Galerías Suàrez, weshalb wir uns dank der Freundschaft unserer Eltern schon von klein auf kannten. Seit wir denken konnten, hatten wir geplant, gemeinsam an der *EstiloArte* unser Modestudium zu beginnen. Ester hatte die ersten Wochen leider ohne mich verbringen müssen, mich dafür aber immer über den aktuellen Stoff informiert.

Ein Lächeln tauchte auf meinen Lippen auf, weil ich erst jetzt so richtig realisierte, dass die Zeit, auf die wir uns schon so lange gefreut hatten, nun endlich begann. Wenn auch etwas holprig und unter seltsamen Umständen, doch von nun an konnten meine beste Freundin und ich endlich gemeinsam Kleidung designen, in Vorlesungen nebeneinandersitzen und unseren Teil zur Modewelt beitragen. »Ich denke schon … ja. Wenn alles gut läuft, werde ich morgen die großen Hallen der *EstiloArte* betreten.«

»Ich freue mich auch schon, dich endlich wiederzusehen«, warf auch Matteo ein. Wir kannten ihn von einer Modenschau von *Vestura*, die vor drei Jahren im Galerías Suàrez stattgefunden hatte. Er hatte gerade sein Fotografiestudium begonnen, mit der Modewelt noch nicht viel Berührung gehabt und eine Werkstudententätigkeit beim Magazin *il Papiro* angenommen, das an jenem Abend Fotografen zur Fashionshow geschickt hatte. Weil er ziemlich unbeholfen zwischen den hektischen Paparazzi und Journalisten gewirkt hatte, hatte Ester ihm einige Tipps gegeben, woraufhin er sich bei der Aftershowparty mit ein paar Drinks revanchiert hatte. Seitdem waren wir unzertrennlich und er stetiger Begleiter von Ester, die einen Modeblog führte und aus Matteo einen professionellen Fashionfotografen gemacht hatte.

»Wir müssen am Wochenende unbedingt alle wieder ausgehen«, warf Ester ein. »Freitag?«

Während ich nickte, verzog Matteo das Gesicht. »Freitag kann ich nicht. Mein Vater hilft mir, in unserem Keller eine Dunkelkammer einzurichten. Samstag?«

»Dann Samstag. Vielleicht schmeiße ich mal wieder eine Party, um meinen Vater zu bestrafen für diesen Bodyguard-Move«, meinte ich mit einem Lachen, mein Blick fest auf das Bild von Ester gerichtet. Ihr Ausdruck verdunkelte sich sofort. »Das war ein

Spaß!«, warf ich hastig nach, auch wenn ich zugegeben noch nicht ganz so sicher war, ob nicht doch etwas Ernst drinsteckte.

Partys, Rausch und lautes Chaos waren meine Methoden, alles auf stumm zu stellen und wenigstens ein bisschen Aufmerksamkeit von meinem Vater zu erhalten. Jedenfalls war das mal so gewesen. Ob das immer noch so gut funktionierte, musste ich erst noch rausfinden.

In dieser Nacht konnte ich nicht schlafen. Natürlich.

Ich versuchte mir weiszumachen, dass es an der Aufregung vor dem morgigen Tag lag, doch in Wirklichkeit huschten mir andere Gedanken durch den Kopf. Seitdem das Schwarz der Nacht mein Schlafzimmer eingenommen hatte, hatten mich Fragen eingeholt, die ich den gesamten Tag über verdrängt hatte.

Von wo war er die Nacht reingekommen? An welchen Stellen hatte er mich berührt? Hatte er mich betäubt, damit ich nicht aufwachte? *Hatte ich ihn vielleicht sogar gesehen?*

Um kurz nach zwei schälte ich mich aus dem Bett, zog mir meinen seidigen Morgenmantel über und trat an die Tür. Einen Moment lauschte ich, öffnete sie erst, als ich mir sicher war, dass niemand draußen war, und lief in den Flur. Ich wusste, dass Mamá im Schrank unten in der großen Küche einen Melatonin-Tee hatte, der ihr schon einige Male beim Einschlafen geholfen hatte.

Statt direkt nach unten zu gehen, trugen mich meine Schritte fast unbewusst einige Stufen nach oben, in Richtung des zweiten Stocks. Dorthin, wo ihre Zimmertür lag – immer geschlossen, immer still. Von der Treppe aus sah ich das schmale Lichtband unter der Tür. Es war wie ein flackernder Beweis dafür, dass sie noch da war, irgendwie. Und doch fühlte es sich sehr oft an, als hätte ich auch sie verloren. Ich wusste nicht, ob sie las oder einfach nur in die Dunkelheit starrte, wie so oft. Der Kloß in meinem Hals wurde dicker, je mehr ich mich nach ihr sehnte.

Einen Moment blieb ich dort stehen, ließ die Stille auf mich wirken. Dann wandte ich mich ab und ging hinunter in Richtung Küche. Im dunklen Flur war es gespenstig ruhig. Sobald ich an Miguels Tür vorbeikam, blieb ich stehen und lauschte. Er schlief sicherlich und ich fragte mich, wie er so in der Lage sein konnte, aufzupassen. Schließlich hatte vorletzte Nacht auch niemand etwas mitbekommen – nicht mal ich selbst.

Ich schlich weiter zur Küche. Sobald das warme Licht auf den beigen Marmor der Küchenzeile fiel, fühlte ich mich etwas sicherer. Meine Kindheit hatte ich mit meiner Mutter in diesen Räumlichkeiten verbracht, stets mit ihr gemeinsam gekocht, bevor wir wegen ihrer Krankheit eine Haushaltshilfe hatten einstellen müssen. Irgendwo zwischen teuren Goldarmaturen und edlem Porzellan, diamantbesetzten Kronleuchtern und teuren Originalkunstwerken waren wir lange Zeit trotzdem eine ganz normale Familie gewesen, ganz im Gegensatz zu meiner Tante Beatriz – dem Oberhaupt des gesamten Imperiums – und meinem Cousin Felipe.

Ich hatte die Kälte, die zwischen den beiden herrschte, mein Leben lang zu spüren bekommen und wusste daher, was Reichtum und Macht mit einem Menschen machen konnten. Beatriz war so unfassbar gefühlskalt, dass es auf Felipe abgefärbt hatte. Seine Einsamkeit hatte er mit Partys, Sex und Drogen kompensiert – immer stets im Auge der Öffentlichkeit. Umso erleichterter war ich, dass er mittlerweile eine bodenständige Freundin an seiner Seite hatte, die ihn verstand und ihm die Zuneigung gab, die ihm seine eigene Mutter immer verwehrt hatte.

Ich füllte den Wasserkocher, schaltete ihn an und bereitete die Tasse Tee zu. Das Rauschen des kochenden Wassers füllte den Raum, als es irgendwo hinter mir knackte. Schlagartig drehte ich mich um, konnte außer der geöffneten Vorratskammer nichts entdecken. Hatte sie eben auch schon offen gestanden?

Die Angst, die ich mit einem Mal verspürte, versuchte ich, mit Wut zu übertönen, und ballte die Fäuste. Langsam trat ich um die Marmorinsel herum, näherte mich der Tür. Der geöffnete Spalt offenbarte mir, wie dunkel es darin war. Mit jedem Schritt beschleunigte sich mein Herzschlag. Ich spürte ihn in meinen Schläfen, in meinem Bauch, in meinen schwitzigen Handflächen, in die ich meine Fingernägel bohrte. Versteckte er sich darin? Starrte er mir aus der Dunkelheit heraus entgegen? War er bewaffnet? Dieser Mistkerl sollte sich zeigen.

Ich kam dem Spalt so nah, dass ich den Umriss eines Regals in der diesigen Dunkelheit ausmachte. Und daneben … die Silhouette von etwas Undefinierbarem. Wie nah musste ich ihm sein? Gerade als ich die Tür aufriss, durchbrach eine Stimme die Stille.

»Alles in Ordnung?«

Ich fuhr erschrocken herum, ein kleiner Schrei entwich meiner Kehle, während ich einen Schritt zurückstolperte. In der Küchentür stand Miguel, seine Brauen zusammengezogen. Mit rasendem Herzen drehte ich mich hastig zurück zur Vorratskammer und …

Nichts. Dort, wo ich eben noch eine Silhouette vermutet hatte, stand nur ein großer Sack Mehl. Einen Moment schloss ich die Augen, atmete tief durch und spürte Miguels Blick deutlich in meinem Rücken. Meine Wangen waren heiß vor Scham. Wie lange hatte er da schon gestanden? Was musste er von mir denken? Dass ich verrückt war? Paranoid? Dass ich Geister sah an Orten, wo keine waren? Ich fühlte mich bloßgestellt, vertraute mir selbst nicht mehr.

»Ja, alles okay«, sagte ich also mit einem bemüht lockeren Lachen und winkte ab. Dabei drehte ich mich wieder zu ihm um und ließ den Blick über seinen Körper wandern. Statt der Lederjacke trug er nun ein weißes Hemd, dessen Ärmel er lässig hochgekrempelt hatte, und eine dunkle Hose, die seine athletische Statur betonte. Ich merkte, wie mein Blick wie von selbst an den breiten Schultern hängen blieb und dann langsam zu den kräftigen Unterarmen wanderte. Seine Hände, groß und stark, lagen locker ineinander verschränkt. Alles an ihm strahlte eine gefährliche Ruhe aus, die mich gleichermaßen verunsicherte wie faszinierte.

»Du kannst ruhig wieder schlafen gehen.« Meine Hände zitterten noch immer leicht. Hastig widmete ich mich also wieder meinem Tee, um zu überspielen, wie kalt mir war. Doch Miguels Antwort sorgte dafür, dass ich innehielt.

»Ich bleibe.«

Blinzelnd sah ich auf. »Bitte?«

»Ich werde warten, bis Sie fertig sind, und Sie dann zu Ihrem Zimmer begleiten.« Sein Ausdruck änderte sich kein einziges Mal, es war, als hätte mein Vater einen Roboter eingestellt. Nur ein Mal kurz zuckte sein Blick in Richtung Abstellkammer, weswegen ich mich sofort wieder ertappt fühlte.

»Im Ernst«, betonte ich erneut. »Geh wieder schlafen. Ich bin zu Hause. Hier musst du mich nicht beschützen.«

»Ihr Stalker hat Sie vorletzte Nacht angegriffen. In Ihrem Zimmer.«

Mein Mund klappte auf, weil ich antworten wollte, blieb aber dann einfach offen stehen. Wie konnte er so sprechen – so entschlossen, so mechanisch, so kühl und gefühllos – bei einem Thema, das den meisten Menschen tief unter die Haut ging?

»Okay, also zuallererst«, begann ich schließlich und schüttelte verwirrt den Kopf. »Wenn du mich schon babysitten musst und so seltsam das hier auch ist«, ich deutete einmal auf ihn, anschließend auf mich, »wir müssen es nicht noch unangenehmer machen. Ich weiß nicht, wie du oder mein Vater sich das vorgestellt habt, aber mir wäre es recht, wenn wir es in der Uni hinbekommen, nicht ganz so auffällig zu zeigen, dass du mein … Bodyguard bist. Also duze mich bitte.«

Er legte die Hände an seinem Hosenbund übereinander, wodurch seine auffallend muskulösen Arme noch mehr zur Geltung kamen. Ich fragte mich, ob er für solche Fälle ausgebildet war und daher so viel trainierte oder ob es für seine Muskeln andere Gründe gab.

»Und zweitens: Du brauchst Schlaf, also bitte leg dich hin und ruh dich aus. Mein Stalker ist zwar nervig, aber er hat mir bisher nicht wehgetan.«

»Er hat Sie, soweit ich weiß, mit Erdnüssen vergiftet«, erinnerte er mich, wieder in derselben kalten, gefühllosen Stimmlage, als würde er lediglich einen belanglosen Fakt aufzählen. »Er ist in Ihre Privatsphäre eingedrungen. Er raubt Ihnen Ihre Freiheiten. Er hat Ihnen schon längst wehgetan.«

Obwohl er weiterhin sprach, als würde er einen Sachtext vortragen, machte sein Wachrüttelungsversuch etwas mit mir. *Er hat Ihnen schon längst wehgetan.* Miguel hatte mit jedem Wort recht, führte mir mit jedem Satz vor Augen, was ich mir selbst nicht eingestand: dass mein Stalker mich leiden ließ.

Doch das wollte ich nicht hören. Dieser Mistkerl konnte mir verdammt noch mal nichts antun.

Ausweichend schüttelte ich den Kopf und wandte mich an den Wasserkocher, um endlich meinen Tee aufzugießen. »Nein, hat er nicht«, sagte ich mit fester Stimme, wenn auch ein Kratzen zu hören war. Obwohl da noch immer diese professionelle Distanz in seinem Ausdruck lag, musterte er mich mit einer Intensität, die mir das Gefühl gab, er könnte hinter meine Lügen schauen. Erst jetzt, wo er mich so ansah, erkannte ich, wie dunkel das Grün seiner Augen wirklich war. Wie ein Tannenwald bei Nacht. Düster, aber gleichzeitig … so beruhigend. »Nur weil mein Vater sich so viele Sorgen macht, heißt das noch gar nichts. Und in meinen Augen bist du überflüssig. Und noch mal: Sag Du zu mir!«

»Ich werde Sie nicht duzen, Señora«, entgegnete er zu meiner Überraschung. »Bei allem Respekt, wir sind keine Freunde, wir sind keine Bekannte und das soll auch so bleiben. Ihre Welt, Ihre Lebensrealität unterscheidet sich sehr stark von meiner. Es ist mir egal, ob Sie der Ansicht sind, ich wäre überflüssig. Ich mache meinen Job, mehr nicht.«

»*Meine* Lebensrealität?« Langsam ging ich einen Schritt auf ihn zu, kniff voller Rage die Augen zusammen. »Was weißt du schon von meiner Lebensrealität?«

»Genug.«

»Genug?« Obwohl in seiner Miene kaum Bewertung zu erkennen war, fühlte ich mich angegriffen.

»Genug, um zu erkennen, dass unsere Leben nicht unterschiedlicher sein könnten.«

Ich verstand seltsamerweise genau, wovon er sprach, auch wenn ich es nicht wahrhaben wollte. Oder konnte es mir denken. Die meisten Menschen reduzierten meine Familie oder mich gern nur auf unser Geld und unsere Privilegien, begegneten mir mit Abscheu, weil sie dachten, ich wäre ein verwöhntes Püppchen. Und ganz ehrlich – ich verstand sogar, weshalb. Wenn ich mich in den Kreisen meiner Familie umsah und die vielen versnobten Persönlichkeiten sah, konnte ich selbst nur die Nase rümpfen. Dennoch war ich dafür, dass man jedem Menschen eine Chance geben sollte, ihn wenigstens kennenzulernen. Ich wollte meinen Weg unabhängig vom Namen meiner Familie gehen, wollte etwas Eigenes erreichen.

Obwohl ich jedes seiner Worte verabscheute, schwieg ich nun. Ich hätte ihn nach seiner Lebensrealität fragen können, hätte fragen können, woher er kam, doch weil ich ahnte, dass er mir die Frage nicht beantworten wollte, ließ ich es sein.

»Gut«, schnaufte ich genervt, »willst du, dass ich dich auch sieze?«

»Wie Sie mich nennen oder was Sie von mir denken, ist mir egal.«

»Ist dir irgendetwas nicht egal?«

Seltsam, dass ich ihm mit genau der Frage eine Reaktion entlocken konnte. Obwohl es kaum zu vernehmen war, zuckte sein Kiefer, als hätte er die Zähne aufeinandergepresst.

»Ich bringe Sie jetzt auf Ihr Zimmer.« Als sein Blick sich ausweichend von mir löste, wanderte er prüfend durch die Küche und anschließend hinaus in den dunklen Flur. Ergeben griff ich nach meiner Tasse Tee und verließ mit ihm den Raum. Statt neben mir lief er die ganze Zeit mit einem Meter Abstand hinter mir. Es fühlte sich absolut lächerlich an, in den eigenen vier Wänden von einem Bodyguard verfolgt zu werden, doch ich musste zugeben, dass ich mich gleich viel sicherer fühlte, auch wenn es einsam war, mit jemandem zusammen und doch allein zu sein.

Kapitel 7

Camila

Auch mit Tee konnte ich die halbe Nacht nicht schlafen und wachte am nächsten Tag vollkommen übermüdet auf. Doch die Vorfreude auf das Studium gab mir einen ausreichenden Adrenalinkick, weshalb das Aufstehen letztendlich gar nicht so schwer war.

»Guten Morgen, Amor«, begrüßte mich Mamá, als ich eine halbe Stunde später fertig gemacht in den Salon Indigo trat und mich an den gedeckten Frühstückstisch setzte. Sie saß auf ihrem gewohnten Platz am Fenster, eine Tasse Kaffee in der einen, die Tageszeitung in der anderen Hand. Ihr Blick hob sich, als ich mich zu ihr gesellte, müde, aber liebevoll. Es war die letzten Jahre nicht oft vorgekommen, dass wir gemeinsam gefrühstückt oder Zeit miteinander verbracht hatten. Seit zehn Jahren kämpfte meine Mutter mit Depressionen, weshalb ich sie nicht mehr so oft zu Gesicht bekam wie früher. Die meiste Zeit verschanzte sie sich in ihrem Schlafzimmer, schlief viel oder versuchte es. Ich vermutete, dass sie oft wach lag und an früher dachte.

Seitdem mein Stalker aufgetaucht war, hatte sie wieder öfter nach mir geschaut. Wahrscheinlich, weil sie Angst hatte, mich auch noch zu verlieren. Doch so schön ich das auch fand, vermisste ich die *echte* Zeit mit ihr.

»Guten Morgen, Mamá.«

»Wie geht es dir? Bist du aufgeregt?« Ihre Haut war fahl und blass, trotzdem sah sie atemberaubend gut aus. Das braune Haar fiel ihr in natürlichen Wellen über die Schultern, an Händen und Ohren trug sie schlichten *Luminia*-Schmuck und an ihren Körper schmiegte sich ein seidiger Morgenmantel.

Bevor ich antwortete, fiel mein Blick zur Flügeltür, die hinaus in den Korridor führte. Ich wusste, dass Miguel bereits im Eingangsbereich wartete, weil ich ihn an der Treppe stehen gesehen hatte, um mich zur Uni zu begleiten. Während die Vorfreude also durch meinen Körper flitzte, wurde sie zeitgleich von Sorgen überschattet. Sorge, nicht ernst genommen zu werden, wenn ich mit einem Bodyguard auftauchte. Sorge, dass ich keinen Anschluss finden würde. Sorge, dass mir auch Miguel keine Normalität zurückgeben konnte.

»Ja, total. Ich freue mich«, antwortete ich mit einem breiten Strahlen, weil ich meiner Mutter meine Unsicherheit nicht zeigen wollte. Sie sorgte sich bereits genug. Ich wollte für sie stark sein.

»Das ist schön.« Sie griff nach dem Brotkorb und legte ein Croissant auf den leeren Teller neben sich. »Darío wird auch bald kommen. Dein Vater hat es mir versprochen.«

Mein Magen zog sich schmerzhaft zusammen. Ihre Worte klangen so beiläufig, so selbstverständlich, als hätte sich niemals etwas verändert. Als wäre alles beim Alten.

Ich schluckte, sagte nichts. Versuchte nur, das Zittern in meiner Stimme zu verbergen. »Wo ist Papá?«

Meine Mutter nahm einen Schluck Kaffee. »Er ist schon ins Büro gefahren, wahrscheinlich sucht er ihn vorher noch. Ich soll dir von ihm viel Glück wünschen.«

Erneut schluckte ich, erneut versuchte ich, ihr verwirrtes Gerede mit einem Lächeln abzutun. Alles, was ich fühlte, war dieser schreckliche Schmerz. »Er ist schon …«, kam es aus meinem Mund. »Ich dachte, er bringt mich vielleicht zur Uni …«

Mein Vater wusste, wie sehr ich mich auf dieses Studium gefreut hatte, er wusste, dass ich schon von klein auf in das Familienunternehmen hatte einsteigen und meine eigenen Ideen einbringen wollen. Die *EstiloArte* war eine von *Vestura* geförderte private Universität für Modemanagement, und ich hatte für unsere Kollektionen, die sich vor allem klassischer Abendmode widmeten, Neues vor. Dass ich mit bezahlbarer Abendmode den Zeitgeist meiner Generation und Menschen außerhalb der Elite treffen wollte, könnte bedeuten, dass *Vestura* die Herzen neuer Kunden gewann, und er hatte mir immer mit offenem Ohr zugehört. Ihn an diesem für mich so wichtigen Tag, auf den ich so lange hingefiebert hatte, nicht dabei zu haben, traf mich zwar, überraschte mich dennoch nicht, schließlich hatte er immer viel zu tun. Manchmal glaubte ich, die Sache mit meinem Stalker nervte ihn nicht nur aus Sorge um mich, sondern auch, weil sie ihm wichtige Arbeitszeit raubte.

»Dafür hast du ja jetzt Señor Pérez.« Mamás Stimme klang liebevoll und zärtlich, stach dennoch wie Messerstiche in meinen Bauch. Als wäre Miguel ein Ersatz für den Zuspruch und Mut, den ich mir von meinem Vater für diesen besonderen Tag gewünscht hätte. Als könnte ein Fremder mir die Aufregung und Angst nehmen, die ich gern in einer Umarmung mit Papá zurückgelassen hätte.

Meine Mutter schenkte mir ein herzliches Lächeln, das ich lange nicht mehr auf ihren Lippen gesehen hatte, also schluckte ich die Tränen runter und lächelte ebenfalls.

Eine Viertelstunde später trat ich in den Flur. Miguel sah mich kurz an und nickte.

»Guten Morgen.«

Ich gab mir alle Mühe, mir den schwachen Moment, den ich soeben im Bad gehabt hatte, nicht anmerken zu lassen, ehe ich an ihm vorbei in die Einfahrt lief. »Guten Morgen«, kam es dennoch mit einem viel zu starken Krächzen aus meinem Mund. Bevor ich an meinen Wagen treten konnte, registrierte ich Miguels Hand auf meiner Schulter – vorsichtig, aber bestimmend. Überrascht drehte ich mich um.

»Ist etwas passiert, von dem ich wissen sollte?« Mit zusammengekniffenen Augen scannte er mein Gesicht. Natürlich, er machte seine Arbeit, fragte nach meinem Stalker, so wie es jeder die letzten Monate getan hatte. Dabei gab es so viel anderes in meinem Leben, das mich *auch* beschäftigte. Dieses Studium, meine ungewisse Zukunft, meine Familie, mein …

»Nichts, was in deinen Zuständigkeitsbereich fällt«, sagte ich mit einem Lachen, doch Miguel lachte nicht, zog nur noch enger die Brauen zusammen. Jetzt, wo er im Tageslicht so dicht vor mir stand, entdeckte ich zum ersten Mal, dass im Grün seines linken Auges braune Sprenkel zu sehen waren. Daneben eine Narbe. Ich ließ den Blick für eine Sekunde über seinen Körper schweifen, suchte ihn nach anderen Dingen ab, die mir bisher nicht aufgefallen waren, doch außer dass er – das musste ich zugeben – ziemlich gut in seinem Anzug aussah, konnte ich nichts Auffälliges finden. Also winkte ich ab und trat an meinen schwarzen Audi.

»Wir fahren nicht mit Ihrem Wagen«, sagte Miguel bestimmend, aber gleichzeitig auch höflich. Als ich mich mit gerunzelter Stirn umdrehte, trat er an ein Auto, das ich zwischen den vielen anderen meines Vaters bisher übersehen hatte. Eine schwarze Mercedes G-Klasse mit breiten Reifen und hohen Türen. Er öffnete die Beifahrertür, und obwohl er in seinem dunkelblauen edlen Anzug neben dem großen AMG unfassbar anziehend aussah, schüttelte ich ablehnend den Kopf.

»Was soll das? Darf ich jetzt nicht mal mehr selbst Auto fahren?«

»Nein.«

»Nein?« Seine Direktheit schockte und faszinierte mich zugleich.

»Ich halte mich nur an die Regeln. Dieser Wagen wurde extra für Sie bestellt. Er hat schusssichere Fenster und eine gepanzerte Karosserie.«

»Schusssichere Fenster?« Ich lachte, auch wenn ich nichts an all dem witzig fand. »Ihr übertreibt echt alle.«

»Steigen Sie bitte ein.«

»Was, wenn nicht?«, fragte ich, verschränkte die Arme vor der Brust und warf ihm einen herausfordernden Blick zu. »Was, wenn ich einfach in mein Auto steige und losfahre?«

Sein sonst so nichtssagender Ausdruck zeigte nun deutlich, dass er keine Diskussion zulassen würde. Er trat einen einnehmenden Schritt näher und baute sich vor mir auf.

»Das werden Sie nicht tun.«

»Doch, du kannst mich nicht zwingen. Willst du mich einfach packen und …«

»Ja, wenn es nötig ist, werde ich Sie im Ernstfall auch einfach packen, ob es Ihnen passt oder nicht.« Seine Stimme war fest und laut, er klang entschlossen. Und obwohl sich alles in mir gegen die Vorstellung sträubte, wie er mich gegen meinen Willen in dieses Auto zerrte, wurde es zeitgleich heiß in meiner Brust.

»Ich bin nicht einer Ihrer Assistenten oder Angestellten, die nach Ihrem Kommando arbeiten. Meine Aufgabe ist es, Sie zu schützen – und das werde ich tun, auch wenn ich dafür Entscheidungen treffen muss, die Ihnen nicht gefallen. Wenn Sie sich in Gefahr begeben, werde ich nicht höflich bitten. Ich handle. Ihre Sicherheit steht über Ihrem Stolz und auch über Ihrem Willen.«

Eine gefühlte Ewigkeit starrten wir uns an. Zwischen uns eine hochexplosive Spannung. Hatte seine laute Stimme soeben noch die Einfahrt gefüllt, konnte man nun nur noch unseren Atem hören. Erst jetzt fiel mir auf, wie nah mir Miguel mittlerweile war. Er überragte mich, sah auf mich hinab und ich musste den Kopf in den Nacken legen, um ihn zu fixieren. Die Kraft seines massiven Körpers war beinahe spürbar, obwohl wir uns nicht berührten. Seine grünen Augen fokussierten abwechselnd die meinen, und für einen Moment löste sich die Anspannung darin. Nur ein bisschen weiteten sich seine Pupillen, ehe er den Blick abwandte, zur Seite trat und mit einer Handbewegung zum Wagen deutete.

»Steigen Sie jetzt bitte ein.«

Die Fassade der *EstiloArte* war die perfekte Mischung aus historischem Charme und modernem Design – hohe Fensterbögen, verschnörkelte Balkone und helle Sandsteinfassaden durchzogen von schlichten, minimalistischen Glaselementen. Begrünte Innenhöfe mit mediterranen Pflanzen und Schatten spendenden Olivenbäumen boten Oasen der Ruhe inmitten des kreativen Trubels. Kleine Mosaikdetails an den Wänden erinnerten an den Einfluss Gaudís, während kunstvolle schmiedeeiserne Geländer die Treppenhäuser zierten.

Obwohl ich schon zigmal an der Universität hier in der Innenstadt Barcelonas vorbeigefahren war, sogar schon an einigen Veranstaltungen teilgenommen hatte, die mein Vater oder Partner von ihm in den Sälen der Uni ausgerichtet hatten, versetzte mich das Gebäude vor allem jetzt, als wir davor zum Stehen kamen, trotzdem von Neuem in Staunen. Schon aus dem Wagen heraus entdeckte ich Ester, mit der ich mich vor der Uni verabredet hatte. Ich streifte meine schwarzen Miniskorts zurecht, richtete die burgunderfarbenen Stiefel zu meinen Füßen und schob mir eine schmale Sonnenbrille auf die Nase – nicht nur weil die Sonne heute besonders stark vom Himmel knallte, sondern weil ich gleichzeitig verhindern wollte, dass mir irgendjemand auch nur ansatzweise die Nervosität vom Gesicht ablesen konnte. Camila Luminia war nicht nervös, Camila Luminia war stets gelassen, locker und gut drauf.

Ich warf einen letzten Blick in den Spiegel, ehe ich mich aus dem Wagen schwang. Dies schien auch Miguels Zeichen gewesen zu sein, der nun ebenfalls die Tür öffnete und mir mit einem Meter Abstand folgte. Die ganze Fahrt über hatten wir kein Wort miteinander gesprochen und ich hatte nur genervt aus dem Fenster gestarrt.

»Aaah, Camila!« Esters Stimme hallte kreischend über den Platz. Ein paar Kommilitoninnen drehten sich ebenfalls um, reckten ihre Hälse, andere beäugten mich nur kritisch, wandten sich anschließend wieder ab. Ich zeigte ihnen dennoch ein lockeres Lächeln, versuchte, mir nicht anmerken zu lassen, was es mit mir machte, dass ich von ihnen erkannt wurde.

Voller Vorfreude fielen Ester und ich uns in die Arme. Ich hatte sie wochenlang nicht mehr gesehen und sog das wohlige Gefühl, endlich wieder bei ihr zu sein, loslassen und durchatmen zu können, voll und ganz in mir auf. Erst als sie sich wieder löste, nahm sie Miguel hinter mir wahr und ihr aufgeregtes Strahlen verwandelte sich in ein angetanes Lächeln.

»Miguel, oder?«, fragte sie ihn. Dieser schien nicht damit gerechnet zu haben, überhaupt angesprochen zu werden, und nickte nur, ehe er weiter die Umgebung scannte. »Ich bin Ester, freut mich sehr. Du bist also jetzt immer dabei?«

Warnend drückte ich Esters Hand, denn der Ton, in dem sie mit ihm sprach – so flirtend –, war ganz und gar nicht angebracht. Vor allem, weil ich wusste, dass er bei ihm nicht fruchten würde. Miguel ignorierte ihn professionell.

»Ich bewege mich im Hintergrund. Ihr werdet mich kaum bemerken.« Schon wieder dieser sachlich distanzierte Unterton. Ich fragte mich, wie er es hinbekam, sich keine einzige Emotion anmerken zu lassen. Er war vollkommen undurchschaubar, ich konnte nicht sagen, was er dachte, was er fühlte, ob er diesen Job gerne machte oder sich dazu zwingen musste. Doch war mir das nicht eigentlich sowieso egal?

»Kaum bemerken?«, fragte Ester gespielt überrascht und zog mit ihren perfekt geschminkten Lippen einen Schmollmund. »Das wirst du, glaube ich, nicht hinbekommen. Nicht, wenn du *so gut* aussiehst.«

Eigentlich hatte ich mich an Esters direkte und ehrliche Art längst gewöhnt – sie sagte zu jedem Menschen stets das, was sie dachte, und verteilte Komplimente und positive Stimmung überall, wo sie auftauchte. Nie hatte es mich in irgendeiner Weise gestört oder verunsichert, schließlich war ich ab und an gar nicht anders. Dass ich nun trotzdem die Augen verdrehte, konnte ich mir nur mit dem allgemeinen Unwohlsein erklären, das ich mit diesem ersten aufregenden Tag verband.

Prüfend zuckte mein Blick zu Miguel, der sich selbst von diesem Kompliment nicht aus der Ruhe bringen ließ. Dennoch begegnete er für den Hauch einer Sekunde meinem Blick, etwas zuckte an seinem Kiefer. Ob er durch meine getönten Brillengläser wahrgenommen hatte, dass ich ihn ebenfalls musterte?

»Ich glaube, es wird Zeit reinzugehen«, unterbrach ich den seltsamen Moment und zog Ester von ihm fort. »Du musst mir noch alles zeigen und erzählen.«

Ein letztes Mal sah ich hinter uns. Miguel hatte sich mit reichlich Abstand zurückfallen lassen. Wie ein herumstreifender Löwe sah er sich überall um, während er von einigen Kommilitoninnen in Augenschein genommen wurde. Doch sie schienen ihn allesamt nicht mit mir in Verbindung zu bringen, was mich erleichtert aufatmen ließ. Vielleicht würde es doch nicht so unangenehm werden, mit Bodyguard durch die Uni zu laufen. Nicht, wenn er sich so diskret verhielt.

Kapitel 8

Camila

»Señora Luminia, es ist uns eine Ehre, Sie an der *EstiloArte* begrüßen zu dürfen.« Mit einem Strahlen ergriff ich die Hand von Rektorin Jimenez, die im Anschluss die Tür ihres Büros hinter sich verschloss und auf den breiten Designersessel vor ihrem Schreibtisch deutete.

»Ich freue mich ebenfalls, endlich hier sein zu dürfen. Vielen Dank!«, antwortete ich, sobald ich mich niedergelassen hatte.

Ihre schwarzen Slingpumps gaben auf dem dunklen Parkett laute Töne von sich, während sie zurück zu ihrem Platz schritt und mich durch die große Designerbrille hinweg musterte. Auf ihren Wangen eine leichte Röte, strich sie sich eine blonde Strähne aus dem Gesicht. Sie wirkte nervös, was vermutlich an meinem Vater lag.

»Ihr Vater hat mich über die besonderen Umstände aufgeklärt.« Ihr Lächeln verwackelte. »Ich möchte, dass Sie wissen, dass wir an der *EstiloArte* sehr diskret damit umgehen und dafür sorgen werden, dass Sie sich sicher fühlen.«

Ausweichend sah ich auf meine Hände, spielte nervös an meinen rot lackierten Nägeln. »Vielen Dank, aber mir wäre es lieber, wenn ich keine Extrabehandlung bekäme.«

»Vollkommen verständlich.« Hektisch nickte sie. Um ihrer Empathie Nachdruck zu verleihen, lehnte sie sich etwas zu mir vor und legte die flache Hand auf den Tisch. »Wir möchten nur sicherstellen, dass Sie sich wohlfühlen. Wie geht es Ihnen denn heute?«

Das Ticken der Uhr über ihrem Kopf ließ mich aufsehen. Die letzten Stunden waren wie im Flug vergangen, Vorlesungen und Module an mir vorbeigerast, und obwohl Ester mir die letzten Wochen stets Updates und Arbeitsmaterialien zukommen lassen hatte, damit es nicht ganz so viel gab, das ich aufarbeiten musste, merkte ich dennoch, dass mein Kopf von den vielen neuen Informationen und Eindrücken rauchte.

»Es ist alles noch etwas neu, aber ich bin hoch motiviert.«

»Das habe ich mir gedacht«, meinte sie und kramte in einem Ordner. »Ich will Sie daher auch ungern mit noch weiteren Informationen überfallen, jedoch …«, sie legte mir einen Flyer vor die Nase. *Pasarela Futuro – Laufsteg der Zukunft* stand darauf, »kennen Sie wahrscheinlich schon die Pasarela Futuro, oder?«

Natürlich kannte ich die Pasarela. Ein Event, das alle drei Jahre von der *EstiloArte* veranstaltet und bei dem jungen Nachwuchskräften die Möglichkeit geboten wurde, vor einem Publikum, bestehend aus den wichtigsten Persönlichkeiten der Modebranche, ihr Können zu beweisen. Ich selbst hatte meinen Vater schon zahlreiche Male begleitet und voller Bewunderung zu den verschiedensten und innigsten Kollektionen aufgesehen.

»Selbstverständlich.«

»Wie schön«, sagte sie und deutete erneut auf den Flyer. »Dann wissen Sie sicherlich auch, dass die diesjährige Pasarela Futuro bereits in zwei Monaten am 9. Oktober stattfindet. Es ist zwar leider nicht mehr viel Zeit, doch es wäre uns eine Ehre, wenn Sie ebenfalls teilnehmen und eine passende Kollektion bieten.«

Mein Mund klappte überrascht auf. Obwohl ich lächeln wollte, blickte ich sie nur ungläubig an. Die Pasarela Futuro war eigentlich ausschließlich für die Abschlussjahrgänge vorgesehen, welche bereits einiges mehr an Erfahrungen und Wissen mitbrachten. Nur die besten Studierenden wurden hierfür ausgewählt, und obwohl ich bereits lange darauf hinfieberte, selbst irgendwann die Chance zu bekommen, wurde ich nun doch misstrauisch.

»Verzeihen Sie, aber … ich muss Sie das fragen …«, begann ich mit vorsichtiger Vorfreude, »haben Sie das entschieden oder war das die Idee meines Vaters?«

Von klein auf hatte ich viele Privilegien besessen, die andere nicht hatten, und dafür war ich so dankbar. Dennoch widerstrebte es mir, einfach in die Fußstapfen meines Vaters zu treten und alles zugeschmissen zu bekommen, ohne auch nur einen Finger dafür krümmen zu müssen. Ich wollte etwas Eigenes kreieren, für mein eigenes Können bewundert werden und keine Sonderbehandlung erhalten.

Rektorin Jimenez lächelte. »Glauben Sie mir, Ihr Vater hat hiermit nichts zu tun. Wir wählen wirklich selten Erstsemester für diese Veranstaltung aus, doch wenn uns die Bewerbung bereits so gut zusagt und wir Potenzial in ihren Entwürfen sehen, scheuen wir auch vor solch einer Entscheidung nicht zurück. Wir sind begeistert von den Ideen und Visionen, die Sie in Ihre Entwürfe stecken, und würden gern sehen, wie diese zum Leben erweckt werden.«

Während sie sprach, wuchs mein Lächeln mit einem Mal wieder. Breiter und breiter. Mein Herz schlug mir vor Aufregung bis zum Hals. Ich konnte nicht fassen, dass ich nun tatsächlich das tun durfte, was ich schon immer wollte. Und das wegen meines eigenen Könnens. Vielleicht würde mein Vater mich endlich im Unternehmen involvieren. Wenn er mitbekam, dass die *EstiloArte* Potenzial in mir sah, brachte ihn das vielleicht auch dazu, mir mehr Verantwortung bei *Vestura* zu überlassen. »Es ist ganz klar, Sie kommen aus einer talentierten Familie mit einem besonderen Auge fürs Detail«, langsam lehnte sie sich vor, fixierte mich, »aber dennoch besitzen Sie Ihre eigene Identität, einen Wiedererkennungswert. Vielen Nachwuchskünstlern, die aus einer Mode-

Familie stammen, fällt es schwer, einen eigenen Ton zu finden, ohne das Konzept der bestehenden Marke zu übernehmen. Das sehe ich bei Ihnen nicht. Ihre Entwürfe sind leichter, lockerer und dennoch elegant – sie lösen sich von der klassischen Steifheit traditioneller Abendmode. Statt schlichter Smokings oder bodenlanger Roben entwerfen Sie fließende Schnitte, moderne Interpretationen, die Haut zeigen, ohne platt zu wirken. Ihre Designs wirken wie gemacht für eine neue Generation – jünger, mutiger, lebendiger. Es ist, als würden Sie eine ganz neue Marke kreieren wollen.«

»Irgendwie ist dem auch so«, antwortete ich mit einem Nicken. »Ich habe mit *Vestura* Großes vor, will dem Ganzen neuen Wind einhauchen und neue Zielgruppen ansprechen.«

»Und ich gehe stark davon aus, dass Sie damit Erfolg haben werden.«

Meine Freude wärmte meinen gesamten Körper. Die letzten Wochen waren so düster und aussichtslos gewesen, dass ein normales Leben mit all meinen Träumen mir viel zu weit weg erschienen war. Ich hatte keine Ahnung gehabt, ob ich jemals wieder die Chance dazu bekommen würde, meine Träume zu verwirklichen. Und jetzt saß ich hier und sie wurden wahr.

»Denken Sie darüber nach, auch im Hinblick auf die Zeit. Ich weiß, es ist sehr kurzfristig und bedeutet viel Arbeit.«

Mit einem Nicken steckte ich den Flyer in meine Tasche, auch wenn mein Entschluss bereits feststand. »Vielen Dank.«

»Die Pasarela Futuro?«

Eine weitere Vorlesung über Konzeptentwicklung und Materialkunde später setzten Ester und ich uns in das gut besuchte Café des Campus und gönnten uns eine leckere Bowl mit Avocado, Feta und Falafel. Obwohl ich meine gesamte Aufmerksamkeit den Vorlesungen schenken sollte, schließlich hatte ich vieles nachzuholen, geisterte mir seit dem Gespräch mit Rektorin Jimenez diese

Aufregung durch den Kopf und ich hatte in meinen Entwürfen bereits nach Designs gestöbert, die ich für die Veranstaltung nutzen konnte.

Ester starrte mich mit offen stehendem Mund an, der sich zu einem Grinsen verzerrte, als ich ihr endlich davon erzählte.

»Oh mein Gott, Camila!« Sie legte mir die Hand an die Schulter. »Das ist das, was du immer wolltest! Ich freue mich so für dich.«

Kurzerhand zog sie mich in eine Umarmung, was mir Tränen der Freude in die Augen trieb. Erst jetzt realisierte ich so richtig, welche Tür sich für mich geöffnet hatte. Und es war meine eigene Arbeit, die mich dorthin gebracht hatte.

»Rektorin Jimenez meinte, ich soll es mir überlegen.«

»Was gibt es da groß zu überlegen?«

»Eigentlich nichts, aber … ich weiß nicht, ob ich das in so kurzer Zeit hinbekomme.«

»Wir«, beteuerte sie und drückte meine Hand. »Wir bekommen das hin. Ich helfe dir und Matteo macht die Fotos. Das wird ein Spaß!«

»Meinst du das ernst?«, fragte ich voller Rührung.

»Natürlich, dafür sind Freunde da. Und nach der ganzen Scheiße, die die letzten Wochen dein Leben bestimmt hat, hast du dir das so was von verdient.«

Ich wollte gerade mein iPad hervorziehen, um ihr die Designs zu zeigen, die ich für die Pasarela Futuro angedacht hatte, da trat ein hochgewachsener schlanker Mann an unseren Tisch. Ich erkannte ihn sofort.

»Camila Luminia, richtig?«

Das charmante Strahlen auf seinen Lippen war einnehmend. Aber er fokussierte mich damit so intensiv, dass es mir ein bisschen unangenehm war.

»Louis Lambert, richtig?«

Louis war der Enkel von Hubert Lambert – CEO von Maison Douceur, Frankreichs bestem Kaschmirhersteller. Mein Vater hatte mir bereits erzählt, dass Louis ebenfalls an der *EstiloArte* Kurse belegte, denn Ester und ich kannten seine Familie flüchtig, da sie mit unseren Vätern eng zusammenarbeitete. Persönlich war ich ihm jedoch noch nie begegnet, was mein Vater immer wieder offenkundig bedauerte. Er war nicht der typische *Ich-verheirate-dich-mit-dem-besten-und-reichsten-Mann-der-auch-meine-Beziehungen-stärkt*-Vater, er würde mich niemals zu einer Liebesbeziehung mit jemandem drängen, den ich gar nicht mochte, trotzdem war ich mir sicher, dass er eine innige Bekanntschaft mit dem Enkel eines so wichtigen Geschäftspartners mehr als befürworten würde.

Dabei war Louis mit seinem kantigen Gesicht, den vollen Lippen, dem geschwungenen dunkelblonden Haaren und stark ausgeprägten Adamsapfel für mich fast schon *zu* schön. Er trug eine blaue Chinohose, ein leicht aufgeknöpftes weißes Hemd und ein Jackett darüber – er strahlte eine Eleganz aus, mit der er alle Blicke stets auf sich zog. So wie auch jetzt: Eine tuschelnde Frauengruppe am Nachbartisch reckte die Köpfe, zwei Männer am Tresen warfen ihm missbilligende Blicke zu und … auch Miguel, der am Eingang stand und den ich den ganzen Tag kaum wahrgenommen hatte, fixierte ihn scharf. Nur dass er andere Gründe dafür hatte.

In seinen Augen lag eine Intensität, die mich beinahe glauben ließ, er könnte Louis nur mit seinen Augen zu Fall bringen, würde er mir wehtun wollen. Obwohl er am anderen Ende des Cafés stand, registrierte ich selbst von hier die Falte zwischen seinen Brauen. Sie war vorhin noch nicht da gewesen, da war ich mir sicher. Für eine Millisekunde sah er mir in die Augen, die Falte glättete sich, sein Ausdruck wurde etwas weicher. Ich hätte direkt wegblicken können, ich hätte ihn ignorieren können, hätte es für vollkommen normal halten können, dass er meine Umgebung mit solcher Konzentration überblickte, blieb aber dennoch an ihm hängen. Warum, konnte ich nicht sagen. Vielleicht weil mir immer noch nicht ganz klar war, dass ich jetzt tatsächlich einen Bodyguard hatte, vielleicht weil ich es so interessant fand, wie kühl und distanziert er wirkte, vielleicht waren es aber auch andere Dinge an ihm, die meinen Blick gefangen hielten …

»Camila?« Erst jetzt registrierte ich Esters Hand, die wild vor meinem Sichtfeld herumfuchtelte. Entschuldigend verzog ich das Gesicht und schenkte den beiden ein Lächeln. Louis hatte sich in der Zwischenzeit auf dem Stuhl neben uns niedergelassen.

»Ich wollte mich nur kurz vorstellen«, sagte er zwar höflich, hatte aber ein anzügliches Lächeln auf den Lippen, dass mir dennoch unwohl wurde. »Schön, dass wir uns endlich mal begegnen.«

»Freut mich auch.« Ich ergriff seine Hand, die er einen Moment länger festhielt, als mir lieb war. Im selben Moment trat plötzlich eine schlanke Studentin mit straff hochgestecktem schwarzem Haar an unseren Tisch. Ihre Absätze klackerten so laut, dass sie alle Aufmerksamkeit auf sich zog. Mit perfektem Make-up und einem Kleid, das jede Kurve betonte, war sie kaum zu übersehen. Ohne uns anzusehen, legte sie Louis besitzergreifend den Arm um die Schultern - nicht innig genug, sodass man von einer Beziehung ausgehen konnte, aber doch war es ein klares Zeichen, dass zwischen den beiden irgendetwas lief.

»Louis, kommst du?«, fragte sie mit honigsüßer Stimme, auf ihren Lippen ein verführerisches Lächeln.

Er drehte leicht den Kopf in ihre Richtung, als wäre er selbst überrascht, dass sie plötzlich neben ihm stand. Noch bevor er antworten konnte, sah sie mich an. Täuschte ich mich oder war da etwas Missbilligendes in ihren Augen, das eine Sekunde später sofort wieder verflog?

»Oh, entschuldigt, habe euch gar nicht bemerkt«, lachte sie. Mein Blick zuckte zu Ester, die nur die Augenbrauen hochzog. »Ich bin Selena Rodriguez. Du bist ...«, nachdenklich kniff sie die Augen zusammen, »Camila Luminia, richtig?« Ich nickte. »Ich dachte schon, du hast es vielleicht nicht auf die Uni geschafft. Wo warst du denn die letzten Wochen?«

Ich spürte, wie sich meine Schultern leicht anspannten, zwang mich aber zu einem ruhigen Lächeln. Auch Louis sah mich nur fragend an. »Mein Semesterbeginn hat sich etwas verzögert.

Familienangelegenheit.« Ihre Augen verengten sich, ehe Louis das Wort ergriff.

»Das tut mir leid. Ich hoffe, dir und deiner Familie geht es gut.«

»War nichts Wildes«, winkte ich ab und verfluchte mich im selben Moment dafür, dass ich mir vorher gar keine Gedanken über eine Erklärung für mein verspätetes Auftauchen gemacht hatte.

»Freut mich, bitte sag deinem Vater einen schönen Gruß.« Er schenkte auch Ester ein Lächeln und erhob sich anschließend.

»Wir müssen los. Wir wollten doch noch an meiner Kollektion arbeiten«, drängelte Selena und hakte sich bei ihm unter.

Statt ihr zu antworten, winkte er nur hastig ab und lehnte sich noch mal näher über den Tisch. Ihr Lächeln verschwand sofort.

»Gleich«, meinte er, wandte sich dann an Ester und mich. »Ich wollte euch zu meiner Geburtstagsfeier einladen. Samstag auf meiner Jacht.« Mit beiden Händen lehnte er sich auf die Tischplatte, kam unseren Gesichtern mit seinem näher. Für den Hauch einer Sekunde sah er mir in den Ausschnitt, ehe seine Lippen sich zu einem Grinsen verzogen. Selenas Augen starrten mich nieder. Ich fühlte ihren messerscharfen Blick, ohne hinsehen zu müssen.

»Ich würde mich jedenfalls sehr freuen, wenn wir uns dort noch näher kennenlernen können.« Auf *welche Art* er sich freute, war unverkennbar. Doch ich hatte Grenzen. Bestimmend fasste ich ihm an die Brust und gab ihm mit einem Drücken deutlich zu verstehen, dass er Abstand halten sollte.

»Wir überlegen es uns.«

Erst als er sich wieder aufgerichtet hatte, zuckte sein Blick überrascht hinter mich. Sein Lächeln fiel ihm aus dem Gesicht, dafür tauchte ein ernster Zug um seine Lippen auf. Auch Selena hob skeptisch die Brauen. Ich nahm verzögert wahr, dass Miguel sich in der Zwischenzeit neben mich gestellt hatte. Wie leise und unauffällig er sich bewegen konnte, wurde mir jetzt zum ersten Mal klar. Er sagte nichts, er rührte sich nicht, er starrte nur. Und es reichte, um Louis vollkommen zu verunsichern.

Stirnrunzelnd sah er Ester an. »Gehört der zu euch?«

Mein Herz rutschte mir in die Hose, weil es mir so unfassbar unangenehm war, einen Babysitter dabeizuhaben. Ich wusste, wenn Louis, Selena oder die anderen erfuhren, wer Miguel wirklich war, würde sich die gesamte Uni über mich lustig machen.

»Ein Freund«, kam es also urplötzlich aus mir herausgeschossen, bevor Ester etwas Falsches sagen konnte. »Miguel.«

Louis lächelte überfordert. Sichtlich irritiert über Miguels Starren nickte er ihm dennoch zu und streckte die Hand aus.

»Hey, ich bin Louis.« Miguel reagierte eine gefühlte Ewigkeit nicht und ich hielt die Luft an. Erst als er sie endlich entgegennahm und Louis in seinem sichtlich starken Griff kurz das Gesicht verzog, konnte ich wieder erleichtert ausatmen.

Ein letztes Mal sah Louis sich in der Runde um, ein letztes Mal blickte er Miguel verunsichert entgegen, ehe Selena ihn schließlich fortzog. »Also dann, bis Samstag.«

»Hast du schon deine Hausarbeit für den Kurs bei Señora Lin begonnen?«

Am frühen Nachmittag machten wir uns auf den Heimweg. Da Ester noch ins Fitnessstudio gehen wollte, das beim *Vestura* Headquarter um die Ecke lag, nahmen wir sie mit. Ich musste sowieso noch mal im Büro meines Vaters vorbei, um mir ein paar Materialien zu holen, und da ich nicht wusste, wann ich ihn das nächste Mal zwischen all seinen Terminen zu Gesicht bekam, wollte ich ihm direkt von den Neuigkeiten erzählen.

Mit tausend Fragezeichen im Gesicht drehte ich mich zum Rücksitz um und sah sie an.

»Welche Hausarbeit?«

Sie tippte sich ans Kinn. »Ich dachte, ich habe dir davon erzählt. Na ja, ist nicht so schlimm, wir haben den Auftrag erst letzte Woche erhalten und Zeit bis Ende des Monats. Wird dir sowieso leichtfallen, wir müssen ein kurzes Essay zum Thema *Mode als*

Ausdruck von Identität schreiben. Ich maile dir alles.« Noch während sie sprach, zückte sie ihr iPad und tippte wild darauf herum, ehe ich zurück in den Sitz sank und das Chaos auf den Straßen beobachtete. Hier in der Ciutat Vella, der Altstadt von Barcelona, gab es selten eine ruhige Minute. Touristen tummelten sich auf den Wegen, Lieferwagen verstopften die Straßen. Hinter ein paar Wohnhäusern ragten die Spitzen der Kathedrale hervor, Straßenkünstler lockten Fußgänger an und sandfarbene Fassaden spiegelten das goldene Licht der Sonne. Auch wenn ich mein Barcelona liebte, nervte mich der Verkehr heute besonders, schließlich rauchte mein Kopf von den vielen neuen Informationen und Eindrücken, die ich in der Uni gesammelt hatte.

»Wer war das vorhin?« Miguels tiefe Stimme überraschte mich. Als ich zu ihm rübersah, hielt er den Blick starr aufs Straßengeschehen gerichtet. »Dieser Louis.« Nun sah er mich an. Ein undefinierbarer Ausdruck auf seinem Gesicht, den ich als Abneigung einordnete.

»Louis Lambert«, antwortete Ester für mich und schob sich von hinten zwischen uns. »Unsere Eltern kennen sich. Er ist keine Gefahr, Brummbär.«

Ich stieß ihr in die Seite. Dass sie Miguel jetzt auch noch Spitznamen geben musste! Dieser ignorierte sie gekonnt.

»Ich werde ihn im Auge behalten.« Miguels Stimme schien so mechanisch und monoton, zeitgleich sprach sein Körper eine andere Sprache: An der festen Art, mit der er sich ans Lenkrad krallte, erkannte ich deutlich, wie angespannt er war.

»Wenn es unbedingt sein muss«, seufzte ich und verdrehte die Augen. »Dann mach es aber bitte nicht so auffällig. Ich möchte nicht, dass irgendjemand merkt, dass du mein Bodyguard bist.«

»Das kann ich nicht ausschließen.«

»Du kannst dir aber Mühe geben«, zischte ich zurück. »Den ganzen Tag hast du nur böse dreingeschaut. Die Leute haben dich alle entgeistert angesehen. Verhalte dich doch einfach so, als wärst du ein normaler Student.«

»Wieso tut ihr nicht einfach so, als wärt ihr ein Paar?«, schlug Ester vor.

Ich drehte mich schlagartig zu ihr um. Sogar Miguels Blick zuckte überrascht zur Seite, wandte sich dann aber wieder der Straße zu. Doch ich hatte seinen entgeisterten Ausdruck bemerkt.

»Was zur Hölle, Ester?«

Sie zuckte die Schulter, als wäre es keine große Sache. »Entspannt euch, ich dachte nur, das wäre eine gute Ausrede dafür, dass Miguel die ganze Zeit bei dir ist. Dann schöpfen die Leute keinen Verdacht.«

Ich musste zugeben, dass es theoretisch gar keine schlechte Idee war, praktisch war sie jedoch unmöglich. Wie sollte das mit Miguel funktionieren?

»Ganz beschissener Vorschlag«, meinte ich mit einem belustigten Lachen und spähte zu ihm rüber. Keine Ahnung, ob ich es mir einbildete, doch anhand seiner weißen Knöchel konnte man deutlich sehen, dass er sich noch mehr ans Lenkrad krallte als sonst.

»Oookay.« Ester hob schützend die Hand vor die Brust und ließ sich in ihren Sitz zurückfallen. »Ihr könnt mich hier rauslassen.«

Miguel stoppte den Wagen in einer Gasse, ehe sich Ester noch mal vorlehnte und mir einen Kuss auf die Wange hauchte. »Bis bald und danke fürs Mitnehmen, Brummbär.«

»Ester!«, zischte ich, doch da hatte sie die Tür schon zugeknallt und schlenderte Richtung Gym. »Tut mir leid, sie ist manchmal …«

»Ist egal«, winkte er ab, im selben Moment, in dem sein Handy vibrierte und er in Richtung Headquarter abbog, das mitten im Eixample-Viertel lag. Stimmt, ihm war ja alles egal. Mit einer hastigen Bewegung griff er in seine Hosentasche und wimmelte den Anruf ab. »Sie kann mich nennen, wie sie will.«

»Dich stört das nicht?«

»Mich hat es nicht zu stören«, sagte er viel zu rasch. »Ich bin für diesen Job hier, mehr nicht. Wenn es Ihrer Freundin gefällt, kann sie mich nennen, wie sie möchte.«

Eine ganze Zeit lang wusste ich nicht, was ich darauf antworten sollte und ließ den Blick nur aus dem Fenster und über die beeindruckenden antiken Fassaden Barcelonas schweifen. Von Weitem konnte man bereits die Altbau-Front des mehrstöckigen Headquarters erkennen. Durch die hohen Fenster konnte ich die riesige Atelierhalle und einzelnen Showrooms sehen, stylishe Möbelstücke, goldene Akzente an den Wänden und ein marmorner Empfangsbereich, in dem Angestellte geschäftig hin und her eilten.

»Job hin oder her«, beteuerte ich schließlich, als Miguel direkt vor dem Eingang zum Stehen kam, und schüttelte den Kopf, »dich *darf* es trotzdem stören. Du bist immer noch ein Mensch und Gefühle kann man nicht ausstellen.« Jetzt sah er zu mir rüber. »Hör zu. Ich bin nicht wirklich begeistert darüber, dass du jetzt auf mich … aufpasst …«, der Begriff ging mir immer noch schwer über die Lippen, »und ich weiß auch echt nicht, was ich von dir halten soll, aber ich kann die Situation nicht ändern. Wir werden jedenfalls sehr eng zusammenarbeiten, und auch wenn es um meine Sicherheit geht, ist es mir trotzdem wichtig, dass du dich ebenfalls wohlfühlst.«

Große grüne Augen blickten mir entgegen, ein Funken Verwunderung darin. Mir entging nicht, dass er zum ersten Mal seine stählerne Fassade fallen ließ. »Auch wenn du denkst, wir würden unsere Angestellten *herumkommandieren*, liegst du falsch. Wir legen Wert auf ihre Gefühle und Bedürfnisse. So ist das schon immer gewesen. Bei allen Menschen, mit denen wir zusammenarbeiten. Von daher: Sag mir bitte, wenn dir etwas nicht passt, du dich unwohl fühlst oder eine Pause brauchst.«

Seine Miene versteinerte sich und er sah nun wieder mit zusammengezogenen Brauen aus der Windschutzscheibe. Erneut vibrierte sein Handy, erneut drückte er den Anrufer weg. »Das wird nicht nötig sein, Señora.«

Ich seufzte. »Camila. Ich heiße Camila.« Dann wieder das Vibrieren. »Du kannst da übrigens rangehen.«

Stattdessen drückte er den Anrufer ein weiteres Mal weg und

ich konnte nicht umhin, mich zu fragen, ob er eine Familie hatte. War er ganz allein? Schließlich lebte er jetzt bei uns im Haus, war Tag und Nacht in meiner Nähe. Wenn er jemanden hatte, dann würde er sie doch sicherlich vermissen.

»Ist nichts Wichtiges.« Mit diesen Worten öffnete er die Tür und trat um den Wagen herum. Ich seufzte lautstark, schüttelte den Kopf, weil ich das Gefühl bekam, er würde mir die Zeit mit ihm noch schwerer machen als gedacht.

Nachdem auch ich ausgestiegen war, betraten wir das Headquarter. Der sanfte Duft von teurem Leder, Stoffmustern und frisch gebrühtem Kaffee empfing uns sofort. Der Eingangsbereich war mit hohen Glasfronten versehen, die dem Licht ermöglichten, den Raum damit zu fluten. Überall standen kunstvoll arrangierte Blumengestecke in antiken hohen Vasen.

Ein paar Mitarbeiter begrüßten mich freundlich oder nickten mir zu, ehe wir in den Fahrstuhl traten. Oben angekommen, betraten wir das Atelier, eine abgeschlossene Etage, die speziell für die kreative Arbeit der Designer von *Vestura* eingerichtet war. Überall lagen Skizzenbücher, Stoffproben und angefangene Designs auf großen Schneidertischen verteilt. Schneiderpuppen trugen halb fertige Kleider, einige mit filigranen Stickereien oder aus glänzendem Satin. Die riesigen Fenster ließen das Sonnenlicht in den Raum und verliehen dem Atelier eine fast magische Atmosphäre. Schon seit Jahren träumte ich davon, dass mein Vater mir auch endlich die Chance gab, hier mitzuarbeiten.

»Señora?« Rabea Avila, die Assistentin meines Vaters, kam zielstrebig auf mich zu. Auf ihren Lippen ein wohlwollendes Lächeln, die blonden Haare in einen hohen Dutt gebunden. In ihrem Loewe-Hosenanzug aus dunkelbraunem Leinenstoff sah sie einfach nur umwerfend aus und ich bewunderte sie für jeden festen Schritt, den sie mit ihren Zehn-Zentimeter-Absätzen mühelos tat.

»Wie schön, Sie hier zu sehen«, meinte sie, stockte kurz, als sie Miguel erblickte, fing sich aber schnell wieder. Anschließend zog sie mich in einen vertrauten Wangenkuss.

»Hallo, Rabea«, begrüßte ich sie ebenfalls. »Ich wollte eigentlich kurz bei meinem Vater vorbei. Ist er in seinem Büro?«

Ihr Blick zuckte erneut zu Miguel, die Brauen leicht zusammengezogen. »Nein, tut mir leid«, gab sie bedauernd zu. »Er ist bei einem Meeting außer Haus. Kann ich ihm etwas ausrichten?«

Mein Lächeln verwackelte, ich konnte mir ein leises Seufzen nicht verkneifen, nickte aber dennoch. »Oh okay … nein danke, dann rede ich später mit ihm.« Rabea nickte zufrieden. »Ich würde mich bei den Stoffen aber etwas umsehen, wenn das in Ordnung ist.«

Sie tat eine ausladende Geste, die den gesamten Raum einschloss. »Natürlich. Toben Sie sich aus. Sie kennen sich ja aus. Wenn Sie etwas brauchen, geben Sie Bescheid.« Damit verabschiedete sie sich, verschwand wieder um die Ecke, woraufhin ich zu den Stoffproben trat und mit den Fingern über die seidigen Texturen fuhr.

»Sie arbeiten auch hier?« Während ich nach den richtigen Mustern griff, beugte sich Miguel über einige Skizzen, immer noch distanziert, doch man konnte ihm seine Neugierde deutlich ansehen.

»Nein«, ich schüttelte den Kopf, »ich habe mein Atelier zu Hause. Meine Designs sind bisher nicht Teil von *Vestura.*«

»Wieso nicht?«

Weil sie nicht gut genug sind.

Ich stockte und überlegte kurz, musste das Stechen in meiner Brust irgendwie überspielen. Schließlich sah ich mit einem Lächeln auf und zuckte mit den Schultern. »Meine Ideen passen bisher noch nicht zu *Vestura*. Ich konzentriere mich jetzt erst mal auf die Pasarela Futuro.«

Einen viel zu langen Moment sah er mich prüfend an, nickte dann aber. Zum ersten Mal war ich dankbar für sein Desinteresse.

Kapitel 9

Miguel

»Louis Lambert«, teilte ich Señor Gomez mit. »Er hat sie für Samstagabend eingeladen. Sonst nichts Auffälliges.«

Señora Luminia hatte sich vor einer halben Stunde an den Pool gelegt, kurz nachdem wir wieder bei ihr angekommen waren. Da Señor Gomez anwesend war, wollte ich mich nun guten Gewissens etwas zurückziehen und nach Mamá und meinen Schwestern sehen. Valeria hatte schließlich mehrmals versucht anzurufen.

»Gut«, sagte Señor Gomez mit tiefer autoritärer Stimme, bevor ich das Anwesen verlassen konnte, und nickte mir zu. »Ich gehe bei Louis Lambert von keiner Gefahr aus, aber behalten Sie sie im Auge.«

Kurz nachdem er sich abgewandt hatte, schnaufte ich gehässig und trat hinaus in die Einfahrt. Mochte sein, dass dieser Louis nicht ihr Stalker war, mochte sein, dass er nicht für die Angriffe verantwortlich war, doch ihn als keine Gefahr einzustufen, war falsch. Männer waren unberechenbar, verantwortlich für so viel Leid auf dieser Welt und schlichtweg gefährlich. Ich hatte genau gesehen, wie auffällig dieser Louis ihr auf die Brüste gestarrt hatte, wie rücksichtslos er ihr immer näher gekommen war, gleichgültig, wie unangenehm es ihr gewesen war.

Louis Lambert war eine *versteckte* Gefahr. Männer wie er nutzten seine Macht und seinen Status gern aus, um sich zu nehmen, was sie wollten. Mit solchen Menschen würde ich nun tagtäglich zu tun haben. Menschen, die verblendet von all dem Geld die Realität nicht mehr vor Augen sahen. Menschen wie …

… ist es mir trotzdem wichtig, dass du dich auch wohlfühlst.

Señora Luminias Worte huschten mir immer und immer wieder durch den Kopf. Ich musste zugeben, dass ich sie mir gleichgültiger vorgestellt hatte, arroganter, egoistischer. Dass ich nicht davon ausgegangen war, dass sie sich überhaupt um jemanden wie mich scherte. Einen Bediensteten, einen Angestellten, einen asozialen Dreckskerl aus dem Untergrund.

Doch auch wenn Camila nervtötend und stur war, war sie mir bisher aufrichtig und freundlich begegnet, ihre Angestellten waren keine Menschen, die *für sie*, sondern *mit ihr* arbeiteten, und es tat mir fast schon leid, dass ich so kühl mit ihr umging, auch wenn ich unbedingt meinem Vorsatz treu bleiben wollte. Und der lautete nun mal: keine emotionale Nähe zulassen, um mich nicht zu tief in ihre Situation zu verstricken, das Geld kassieren und meine Schulden begleichen.

Ich trat aus dem hohen, blickdichten Tor und an meinen Wagen. Nicht die G-Klasse, mit der ich sie nun immer begleiten würde. Nein, *mein* Wagen. Ein alter kaputter Opel, dessen Karosserie bereits verrostete. Auf der Straße der Luminias, in der sich eine Villa an die andere reihte, wirkte er verloren.

Ich stieg ein und fuhr los. Sobald ich dabei mein Handy zückte, wurde mir bewusst, was ich verpasst hatte. Valeria hatte sechs Mal angerufen.

»Warum bist du nicht rangegangen?!« Ihre Stimme klang aufgebracht, zickig und gleichzeitig verzweifelt. Mein Herz begann sofort zu rasen.

»Ich habe gearbeitet«, zischte ich. »Was ist denn passiert?«

»Du *arbeitest?*«, fragte sie misstrauisch. »Was arbeitest du denn? Warte … egal, ich will es gar nicht wissen.«

»Keine Sorge, es ist ein guter Job. Ich erkläre es euch später.«

Valeria klang atemlos. »Du warst die letzte Nacht nicht zu Hause und … Mamá und ich haben uns gestritten …«

Seufzend fuhr ich mir über das Gesicht. »Schon wieder? Valeria, was ist denn immer los bei euch …«

»Sie will, dass ich nachmittags immer auf Aya aufpasse, aber ich will doch auch mal was mit meinen Freundinnen machen, Klavier üben und …«

»Du weißt, dass es nicht so leicht ist. Aya ist noch jung.«

»Und warum kannst du das nicht mehr machen?«

»Weil ich arbeiten muss. Genau wie deine Mutter.«

»Also arbeitest du jetzt Tag und Nacht? Oder warum warst du letzte Nacht nicht zu Hause?«

»Ja, ich kann momentan nicht so oft hier weg.«

Sie stöhnte. »Warum tust du so geheimnisvoll? Oder bist du wieder im …«

»Nein, du weißt, dass ich mit den Wettkämpfen aufgehört habe. Das hier ist ein richtiger Job und er wird uns weiterhelfen, okay?« Angespannt lehnte ich den Kopf zurück in den Sitz, versuchte, die Erinnerungen zu ignorieren, die sich wieder in mein Bewusstsein drängen wollten.

»Ich weiß nicht, ob ich dir trauen kann … ich … ich will dich nicht noch mal …«

»Mach dir keine Sorgen, das wird nie wieder passieren«, versicherte ich ihr – und irgendwie auch mir selbst. »Jetzt schau bitte nach Aya. Ich komme gleich mal vorbei und nehme sie mit ins Training, dann kannst du dich mit deinen Freundinnen treffen. Versprochen.«

Das altbekannte Gefühl von Schuld machte sich bemerkbar. Schließlich sollte sie mit sechzehn nicht schon solche Verantwortung übernehmen müssen, stattdessen ihre Jugend genießen. Auch wenn ich jünger als sie gewesen war, damals, als ich von jetzt auf gleich zum Familienoberhaupt geworden war und es mir zur Aufgabe gemacht hatte, für Mamá und meine Schwestern zu sorgen, wusste ich, dass Valeria anders gestrickt war. Sie zog es nach draußen, sie wollte sich treffen und Spaß haben. Und ich hätte ihr so gerne ermöglicht, dass sie einfach sorgenfrei ihr Leben leben konnte. Doch nun standen wir vor diesem Haufen Schulden, der sowohl wegen meines Vaters als auch meinetwegen entstanden war und den ich begleichen musste. Mit diesem Job würde ich es wiedergutmachen. Ich *musste* es wiedergutmachen.

»Okay«, sagte Valeria. »Nimmst du mich dann auch mit? Dann gehe ich rüber ins Jugendzentrum.«

»Alles klar.«

Zwanzig Minuten später bog ich in die vertraute Gasse ein, in der ich meine Kindheit verbracht hatte, und spürte sofort, wie sich hier in Sant Cosme, im hintersten Viertel von Barcelona, die Atmosphäre veränderte. Die Sonne stand hoch am Himmel, aber zwischen den dicht gedrängten Gebäuden war das Licht gedämpft, als ob selbst ihre Strahlen nicht recht wussten, was sie hier sollten.

Die Fassaden der Häuser, schief und abgenutzt, erzählten Geschichten von Jahrzehnten des Verfalls. Graffiti bedeckte fast jede freie Fläche – manche Sprüche voller Schimpfwörter, andere so kunstvoll, dass sie hier deplatziert wirkten. Überquellende Müllcontainer säumten den Rand der Straße, der Gestank von fauligem Abfall und abgestandener Feuchtigkeit stieg mir in die Nase, als ich parkte und mich aus dem Wagen schwang. Und doch war da irgendwo ein Kinderlachen, bunte Bilder waren mit Kreide auf den mit Kaugummi übersäten Asphalt gemalt und abseits des Gestanks erreichte mich der Duft von frittierten Churros aus einem geöffneten Küchenfenster. Ein Zeichen dafür, dass gerade hier zwischen den dunkelsten Mauern doch die tiefste Liebe steckte.

Ich ließ mein Jackett im Wagen, weil ich mich in diesem Anzug hier ziemlich fehl am Platz fühlte, und machte mich auf den Weg zu unserer Wohnung im dritten Stock. Unsere Tür klemmte wie immer, als ich den Schlüssel ins Schloss steckte und sie aufstieß. Sofort kam mir Aya entgegengerannt und sprang in meine Arme.

»Miguel, Miguel!« Ihre zierlichen Hände krallten sich an mein Hemd und sie strahlte mich mit ihren großen braunen Puppenaugen an. »Warum bist du denn so hübsch angezogen?«

Ich stupste ihre Nase an. »Das ist meine Arbeitsuniform«, erklärte ich und lief mit ihr in meinem Arm ins Wohnzimmer, was eigentlich keines war. Dies war das Alles-Zimmer. Hier aßen, spielten, schliefen wir. Neben der Balkontür stand Mamás Bett, in dem sie mit Valeria schlief. Aya und ich hingegen nächtigten gemeinsam auf der Schlafcouch am anderen Ende des Raumes.

»Deine Arbeitsuniform?« Sie kicherte. »Bist du jetzt ein Spion?«

»Kann man so sagen. Ich muss aufpassen, dass einer wichtigen Person nichts passiert.«

Sie kniff die Augen zusammen und fixierte mich, weil sie nicht zu wissen schien, ob ich die Wahrheit sprach oder nicht. Schließlich lachte sie. »Ich will auch eine Spionin sein. Kannst du mich mal mitnehmen?«

»Das geht leider nicht. Aber was hältst du davon, mit mir ins Training zu kommen?«

»Au ja!« Sobald ich sie wieder abgesetzt hatte, lief sie zu einer Kommode und kramte aus der Schublade ihren Rucksack mit Sportsachen. Aya liebte den Boxclub. Ich vermutete, dass sie später, wenn sie groß war, wahrscheinlich selbst einige Ärsche versohlen würde. Was gut war. Somit konnte sie sich in dieser grausamen Welt besser schützen.

In dem Moment öffnete sich die Tür zum Badezimmer und Valeria trat heraus. Ihre aschbraunen Haare hatte sie als Zopf zusammengebunden und sie trug einen meiner Meinung nach viel zu kurzen Jeansrock. Sobald sie mich erblickte, verschränkte sie die Arme vor der Brust und ließ den Blick beinahe geschockt über meinen Körper gleiten.

»Was zur Hölle hast du da an?«

»Bist du fertig?«, fragte ich ausweichend.

Entgeistert schüttelte sie den Kopf, trat näher und zupfte an meinem Hemd. »Woher hast du das? Hast du das geklaut?«

»Nein«, raunte ich ihr entnervt entgegen, ehe ich selbst an die Kommode trat und meine Trainingssachen rauskramte. Wenn die Reaktion meiner Schwester schon so ausfiel, wollte ich die der Leute im Jugendzentrum vermeiden. »Und du? Was zur Hölle trägst du da?«

Gleichgültig verdrehte sie die Augen. »Du bist nicht mein Vater, also nerv mich nicht damit.«

»Mit wem triffst du dich?«

»Mit Leonora, reg dich wieder ab! Außerdem ist Ricardo heute auch da.«

Das erleichterte mich ein bisschen. Ricardo war der Leiter des Jugendzentrums und zählte seit Ewigkeiten zu meinen besten Freunden. Er hatte eine sehr positive Wirkung auf Jugendliche, die sich auffällig verhielten oder von zu Hause ausbrachen, hörte ihnen zu, hatte ein Auge auf sie und sprach in einer passenden Mischung aus Empathie und Autorität mit ihnen, sodass sie sich seine Worte zu Herzen nahmen. Die Kinder sahen in ihm einen sicheren Hafen und man merkte, dass auch er Spaß an der Sache hatte. Wenn Valeria mit ihren Freundinnen dort war, hatte ich immer ein gutes und sicheres Gefühl.

»Gibt er dir wieder Klavierunterricht?«

Ihre Augen strahlten und sie nickte. Weil wir uns kein eigenes Piano leisten konnten, übte sie regelmäßig mit ihm im Jugendzentrum. Eine Leidenschaft, die sie für sich entdeckt hatte. »Ich kann jetzt *Una Mattina* spielen.« Ich hatte keine Ahnung, wie dieses Stück klang, trotzdem hob ich staunend die Brauen. »In ein paar Wochen haben wir ein Vorspiel. Kommst du bitte auch?«

Mit zusammengepressten Lippen warf ich einen Blick auf die Uhr. »Ich werde es versuchen. Momentan muss ich viel arbeiten.«

Der Ausdruck, der sich nun auf Valerias Gesicht niederließ, versetzte mir einen Stich. Enttäuscht zog sie die Brauen zusammen, rang sich dennoch ein Lächeln ab. Auch Aya sah mit traurigem Blick zu mir auf. Es brach mir das Herz, sie immer wieder hier zurückzulassen, doch wenn ich ihnen helfen wollte, war dieser Job meine Chance.

»Kommt«, ich warf mir meine Tasche über die Schulter, »wir müssen los.«

Als wir vor dem Jugendzentrum ankamen, parkte ich meinen Wagen auf dem großen Parkplatz davor. Das Gebäude war schlicht, ein zweistöckiger Betonbau mit bunten Graffitis an den Wänden, die die Kinder und Jugendlichen in den letzten Jahren gemeinsam gestaltet hatten. Direkt daneben lag das Boxstudio, das wie ein zweites Zuhause für mich war.

Valeria und Aya sprangen aus dem Auto, bevor ich den Motor ausgeschaltet hatte. Ich folgte ihnen, sah mich dabei kurz in der Umgebung um. Doch die Luft schien rein zu sein. César ließ mich nach wie vor in Ruhe, auch wenn ich wusste, dass er seine Drohung ernst gemeint hatte.

Die Lautstärke, die im Eingangsbereich des Jugendzentrums herrschte, ließ meine Ohren klingeln. Jugendliche unterhielten sich, ein paar spielten Tischfußball und irgendwo erklang das gedämpfte Klappern von Billardkugeln. Es roch nach frischem Kaffee und der unverkennbaren Mischung aus Holz und leicht muffigem Teppichboden, die dem Zentrum seinen eigenen Charakter verlieh. Valeria nahm Ayas Hand und verschwand mit ihr Richtung Aufenthaltsraum, wo ihre Freundin Leonora bereits auf sie wartete. Ich sah ihnen nach, bevor ich meinen Blick durch den Raum schweifen ließ.

Ricardo war schnell auszumachen. Hochgebaut und wie immer mit einer rostbraunen Kappe, unter der seine längeren schwarzen Haare hervorlugten, stand er an einem Billardtisch und erklärte etwas einer Gruppe von Jugendlichen. Sein offenes Lachen und die lockere Haltung machten es leicht zu verstehen, warum er von allen so geschätzt wurde. Er schien in diesem Job aufzugehen wie kein anderer. Als er mich bemerkte, hob er kurz die Hand, entschuldigte sich bei den anderen und kam auf mich zu.

»Miguel, was geht ab? Wo warst du die letzten Tage?« Seine Stimme war warm, irgendwie beruhigend. Wir klatschten uns brüderlich ab und klopften uns gegenseitig auf die Schulter. Seine positive Stimmung lockerte auch mich etwas auf, als ich in sein von Lachfalten durchzogenes Gesicht blickte. Dennoch reagierte ich ausweichend.

»Ich war arbeiten«, antwortete ich und deutete zur Tür. »Ich wollte jetzt etwas trainieren gehen.«

Sein Lächeln verschwand und er verschränkte seine Arme vor der Brust, die von kleinen vereinzelten Tattoos übersät waren. Neben einem Notenschlüssel waren auch Flügel sowie römische Zeichen zu sehen. »Du warst arbeiten?«

Ich sah zu Boden. Ricardo war einer der wenigen Menschen neben meiner Familie, die während meiner Verletzung stets an meiner Seite gewesen waren, was ich ihm niemals vergessen würde. Er wusste, dass das Boxen meine Arbeit war, er wusste, dass dieser Job mir vor Monaten genommen worden war, und er kannte mich gut genug, um misstrauisch zu werden.

»Nein, es ist nichts Illegales. Nein, ich werde mir nicht wehtun. Nein, du brauchst dir keine Sorgen zu machen«, antwortete ich mit einem auflockernden Schmunzeln, in das Ricardo jedoch nicht mit einstimmte.

»Was ist das für eine Arbeit?«

»Keine, über die du dir Gedanken zu machen brauchst.«

»Hat dieser Luminia etwas damit zu tun?« Stöhnend verdrehte ich die Augen. »Du weißt, er ist …«

»Lass das, Ricardo«, bat ich ihn, hob besänftigend die Arme. »Es ist alles gut.«

Eine Ewigkeit starrte er mich unschlüssig an, nickte schließlich, wenn auch widerwillig, und klopfte mir noch mal brüderlich auf die Schulter. »Du weißt, was du tust.«

»Ricardo, können wir jetzt wieder üben?«, ertönte Valerias Stimme aus dem Hinterzimmer im selben Moment, in dem Aya auf mich zurannte, bereit, mit mir rüber ins Boxstudio zu gehen. Ein Lächeln huschte über unsere Lippen.

»Bin gleich da!«, rief er zurück, wandte sich dann wieder an mich. »Du kommst doch zu ihrem Vorspiel, oder?«

Ich seufzte leise und rieb mir den Nacken. »Ich werde es versuchen …«

Er presste die Lippen aufeinander. »Versprich mir nur eins.« Sein Ausdruck war viel zu ernst, viel zu einnehmend. »Rede mit mir, wenn du etwas brauchst.«

Meine Stirn legte sich in Falten, ehe ich zögernd nickte. »Mache ich.«

Kapitel 10

Tito

Es war eine Lüge.

Die Wärme, die von den großen Bodenstrahlern ausging und auf die sandfarbene Fassade fiel. Die roten exotischen Drillingsblumen, einladend und fröhlich. Das Lächeln auf seinen Lippen, als er ans Fenster trat, sein Handy am Ohr.

Alles war eine Lüge. Diese Villa. Diese Familie.

Ich zog die Kapuze tiefer über mein Gesicht und wich zurück hinter den Stamm des Olivenbaums, sobald ich auch sie sah. Sie hob den Blick und scannte die Dunkelheit außerhalb der Gemäuer ab. Etwas in mir zog sich schmerzhaft zusammen. Keine Ahnung, warum ich immer noch hier war. Warum ich das hier immer noch tat. Doch da war zu viel Hass, zu viel Schmerz in mir. Ich konnte mich nicht davon lösen.

Ein Klicken am Eingang ließ mich zurückschrecken. Auch wenn ich Meister im Verstecken war und immer unsichtbar blieb, musste ich hier besonders vorsichtig sein. Ich erkannte, dass die schwere Eingangstür sich lautlos öffnete, dann trat er hinaus. Raul. Die siedende Wut in mir ließ mich schwerer atmen. Wie sehr ich ihn verachtete. Die Art und Weise, wie er sich bewegte.

Im Anzug. Voller Arroganz. Er sah sich verstohlen um, ließ sich anschließend in seinem Wagen nieder und fuhr davon.

Ich folgte ihm mit meinem Motorrad. Die Nacht war schwül, der Asphalt glänzte vom Nieselregen, der alles mit einem trügerischen Schleier überzog. Erst als Raul von den Hauptverkehrsstraßen abfuhr, ließ ich mich weit genug zurückfallen. Sant Cosme.

In einer verlassenen Seitenstraße drosselte er das Tempo. Ich parkte zwei Gassen weiter, schlich mich durch die Schatten und bemerkte an einer Ecke, dass er ausgestiegen war. Immer wieder sah er sich um, in seinem Gesicht stand die Angst geschrieben. Hier im hintersten Teil der Stadt wirkte die Schwärze der Nacht noch bedrohlicher, die Schatten größer, die Furcht tiefer.

An einer rostigen Industrietür blieb er stehen, sah sich noch mal um und ich huschte zurück hinter zwei große Mülltonnen. Ein anschließendes Quietschen verriet mir, dass er eingetreten war. Hastig sah ich mich um, entdeckte ein kleines Fenster und kletterte geschickt an einer alten Außentreppe hinauf. Ein Blick durch das milchige Glas und mir gefror das Blut. Mein Puls raste. Mein Herz klopfte bis in meine Fingerspitzen. Raul war nicht allein.

»Ich habe alles getan, was ihr wolltet.«

Seine Stimme hallte durch die Dunkelheit der Nacht, drang nur gedämpft zu mir, und doch reichte es, um jedes Wort zu verstehen. Das fahle Licht einer Laterne warf flackernde Schatten auf die Falten der Männer.

»Seit Ewigkeiten warte ich auf die versprochenen Informationen!«, zischte er seinem Gegenüber entgegen. César Fuente. Er war ganz anders als Raul. Ruhig. Berechnend. Sein dunkles Hemd spannte über seinem sehnigen Körper, die Ärmel waren hochgekrempelt, sodass seine tätowierten Unterarme im schwachen Licht aufblitzten. Er trug kein Jackett, keine Krawatte, keine Statussymbole wie Raul.

»Ihr habt sogar Pérez bekommen!«

César lachte. Auch wenn es eine solche Genugtuung war, zu sehen, wie sehr Raul unter seiner Macht litt, war der Hass, den ich für La Sangre Negra verspürte, mindestens genauso stark.

»Das Ding ist noch nicht erledigt. Es fehlen noch ein paar Kämpfe«, sagte er schließlich und machte einen Schritt auf Raul zu, bis ihre Gesichter nur noch eine Handbreit voneinander entfernt waren. *»Ich entscheide, wann es genügt.«*

Ich erkannte deutlich, wie Rauls Hand sich zu einer Faust ballte, nur um sich im nächsten Moment wieder zu entspannen.

»Das war nicht die Abmachung! Du hast gesagt …«

»Ich habe gesagt, dass ich Informationen habe!«, zischte César. *»Aber nicht, wann du diese Informationen bekommen wirst!«*

Rauls Atem ging schwer. So sah ein Mann aus, der am Rande eines Abgrunds stand und sich krampfhaft an einer bröckelnden Kante festhielt. Wenn ich ihn nicht so sehr verachten würde, würde er mir beinahe leidtun.

»César«, flehte er. *»Bitte. Es geht um meine Familie. Ich brauche diese Infos.«*

Das Lächeln des Anführers von La Sangre Negra wurde breiter. Langsam hob er eine Hand und tätschelte Raul gönnerhaft die Wange.

»Geduld, Amigo«, flüsterte er und lachte. *»Sonst macht das alles doch gar keinen Spaß. Tu, was wir sagen, und du bekommst, was du möchtest.«*

Kapitel 11

Camila

»Camila, Schatz.« Mein Vater breitete die Arme aus, während er an den Esstisch trat, hauchte mir einen Kuss auf die Wange und ließ sich schließlich am anderen Ende der Tafel nieder. »Wie läuft das Studium? Hast du dich etwas einleben können?«

Es war das erste Mal, dass ich ihn wiedersah, seit ich Montag die *EstiloArte* betreten hatte. Drei Tage keine Nachricht, kein Anruf. Ich wusste, dass mein Vater viel zu tun hatte und oft auf Dienstreisen war, trotzdem hatte ich erwartet, dass er sich an einem für mich so besonderen Tag melden würde. Vor allem, weil ich ihm geschrieben hatte, dass ich unbedingt mit ihm sprechen wollte.

»Ich liebe es«, schwärmte ich und schob den Frust beiseite. Wenigstens war er jetzt da. »Es ist noch besser, als ich es mir vorgestellt habe. Und du wirst nicht erraten können, was passiert ist!« Während ich enthusiastisch erzählte, zückte er sein Handy und tippte eine Nachricht, wirkte dabei irgendwie geistesabwesend. Etwas bedrückt fiel mein Blick auf den Platz neben mir. Er war gedeckt, obwohl niemand dort saß. So wie beinahe jeden Tag. Mamá aß mittlerweile fast nur noch allein auf ihrem Zimmer, trotzdem ließen wir den Tisch immer auch für sie decken.

»Das klingt toll!« Papá packte sein Handy wieder weg und sah mit müden Augen zu mir auf. »Willst du mir davon erzählen?«

»Ich wurde als Erstsemester für die Pasarela Futuro ausgewählt«, platzte es mit einem Grinsen aus mir heraus. Mein Vater lächelte mich zwar stolz an, doch die explosive Freude darüber, die ich mir tagelang ausgemalt hatte, blieb aus. Ich hatte gehofft, dass er endlich erkannte, wie viel Potenzial in mir und meinen Ideen steckte und dass diese so gut zu *Vestura* passen könnten.

»Ich habe nichts anderes erwartet«, sagte er und schob sich eine Gabel gekochter Bohnen in den Mund. Dabei nahm ich wahr, dass sein Bein unruhig auf und ab wippte. Auch wenn seine Worte auf den ersten Blick positiv klangen, hatte diese Phrase, die er oft verwendete, doch stets einen bitteren Beigeschmack. *Ich habe nichts anderes erwartet.*

Doch, Papá, ich hatte etwas anderes erwartet. Ich hatte erwartet, dass ich erst in ein paar Jahren die Chance auf einen Platz bei der Pasarela Futuro bekam, hatte erwartet, dass ich dafür erst ein paar Jahre studieren und noch weitere Erfahrungen sammeln musste, um mich qualifizieren zu können. Eine Chance wie diese war absolut selten und besonders, und mit seinen Worten, die wohlwollend gemeint waren, nahm er diesem einzigartigen Ereignis seine Kostbarkeit. Gleichzeitig machte es mir Druck.

»Ich werde eine eigene Kollektion vorstellen. Vielleicht passt sie ja auch zu *Vestura*?«, fragte ich in der Hoffnung, damit endlich in dem Unternehmen Fuß fassen zu dürfen.

»Vielleicht«, antwortete er mit einem schnaubenden Lächeln, das sich nach Spott anfühlte. »Das können wir schauen, wenn es so weit ist.«

Etwas stach in meiner Brust. Seit über einem Jahr versuchte ich, meinen Vater zu überreden, mich eine eigene Kollektion für *Vestura* kreieren zu lassen, und obwohl er meine Entwürfe toll fand, hatte er sie doch stets abgelehnt, immer mit der Begründung, dass seine große Schwester Beatriz das letzte Wort hatte. Doch ich glaubte, dass er sich einfach vor dem Neuen fürchtete und ungern die Kontrolle losließ.

»Ist die Veranstaltung nicht bereits in zwei Monaten?«

Der Druck auf meiner Brust wurde stärker. »Ja, ich hoffe, ich schaffe das.«

Nun schenkte er mir ein wohlwollendes Lächeln. »Du hast letztes Jahr eine gesamte Kollektion innerhalb eines Monats entworfen, erinnerst du dich?«

Natürlich erinnerte ich mich. Diese Erinnerung hatte sich schmerzhaft in mein Hirn gebrannt, denn sie war der erste Versuch gewesen, die Anerkennung meines Vaters zu erhalten. Die ich auch bekommen hatte, doch dem Lob war ein großes Aber gefolgt, das mir die Freude an alldem genommen hatte. *Du hast wirklich großes Talent, mi hija, aber ... die Kollektionen überlassen wir dann doch lieber unseren Designern.*

Manchmal fragte ich mich, ob meine Bemühungen jemals genug sein würden.

»Kann ich dir später vielleicht ein paar meiner Entwürfe zeigen, die mir für die Veranstaltung vorschweben? Ich möchte sie *Elegancia para todos* nennen. *Eleganz für alle.* Du weißt ja, dass ich für *Vestura* ein paar Ideen habe, mit denen ich neue Kunden ansprechen möchte. Schöne Abendmode sollte für jeden zugänglich sein, unabhängig von der Körperform oder des sozialen Status und ...«

Mein Vater räusperte sich und ich brach ab. Am strengen Runzeln seiner Stirn ahnte ich, was er antworten würde. »Heute nicht, mein Schatz. Ich fahre morgen wieder nach Madrid, um ein paar Termine wahrzunehmen. Wie wäre es mit nächster Woche?«

Die Enttäuschung verflüchtigte sich mit seinem Vorschlag wieder. Ein Strahlen legte sich auf meine Lippen.

»Klingt perfekt!«

»Señor Lambert berichtete mir, dass Louis und du euch bereits kennengelernt habt?«

Ich brauchte einen Moment, um den raschen Themenwechsel zu verarbeiten.

»Ja«, antwortete ich, ehe ich mir eine kleine Kartoffel in den Mund schob. »Ich bin Samstagabend auf seiner Geburtstagsparty.«

»Schön, schön. Louis ist wirklich ein toller junger Mann. Bring ihn gerne mal mit.«

Skeptisch runzelte ich die Stirn. »Ja … mal schauen«, gab ich von mir, ehe ich ein etwas schwierigeres Thema ansprach. »Wenn wir schon dabei sind … Louis' Party findet auf seiner Jacht statt … Nur geladene Gäste, Security, et cetera. Mir kann nichts passieren … Denkst du, ich kann ausnahmsweise ohne Bodyguard hin?«

»Auf gar keinen Fall.« Die Stimme meines Vaters war fest und entschlossen. Dabei hasste ich es, überwacht zu werden und ständig erklären zu müssen, wer Miguel war. Ich hatte wirklich versucht, mich daran zu gewöhnen. Doch der Druck und das Gefühl, belächelt zu werden, verstärkte sich mit jedem weiteren Tag, der mit Miguel verging. Ob sie bereits ahnten, dass das *sowieso schon verwöhnte Püppchen Camila Luminia* jetzt einen Bodyguard hatte?

»Aber …«

»Nichts aber, Camila.« Seine Augen fixierten mich warnend, ehe er seine dunkelblaue Krawatte lockerte und mir ein mitfühlendes Lächeln schenkte. »Hör zu, ich kann dich verstehen. Aber Miguel ist momentan deine einzige Möglichkeit, ein halbwegs normales Leben zu führen. Solange wir diesen Mistkerl nicht geschnappt haben, wird er nicht von deiner Seite weichen.«

Ich seufzte, sank tiefer in meinen Stuhl und konnte nicht umhin, mir auszumalen, in was für einer großen Katastrophe das Ganze enden würde.

»Wir fahren in fünf Minuten los.« Mit dem Handy zwischen Ohr und Schulter geklemmt hetzte ich durch mein Zimmer, um meine letzten Sachen zusammenzupacken. »Kommt raus, wenn ich euch schreibe.«

»Wenn Ester bis dahin fertig ist«, seufzte Matteo und ich hörte an dem neckenden Ton in seiner Stimme, dass er vermutlich gerade liebevoll die Augen verdrehte. Im nächsten Moment rumpelte etwas. »Hast du gerade ernsthaft mit deinem Schuh nach mir geworfen?«

»Ja, und ich werde den zweiten noch fester werfen, wenn du mich weiterhin so stresst«, hörte man Ester im Hintergrund. Obwohl auch ihre dreihunderttausend Follower ihre Outfits liebten, jammerte sie tagtäglich darüber, dass sie angeblich nichts zum Anziehen hatte.

»Alles klar«, gab ich mit einem Schmunzeln von mir. »Klärt das unter euch. Bis gleich.«

Sobald ich aufgelegt hatte, verstaute ich mein iPhone in meiner Triomphe Bag und huschte in mein Ankleidezimmer, um meine Heels überzuziehen und mit einem letzten Blick in den Spiegel mein Outfit zu checken. Ich trug ein schwarzes Neckholderkleid mit tiefem gerafftem Ausschnitt, hatte meine blondierten Haare zu einem strengen Zopf hochgebunden und den Pony voluminös geföhnt, sodass er mir teilweise in die Augen hing.

»Ist alles in Ordnung?« Miguels Stimme ertönte gleich nach seinem Klopfen von der anderen Seite der Zimmertür. Ich verdrehte genervt die Augen. Natürlich war alles in Ordnung. »Ja, bin gleich so weit«, trällerte ich freundlich und griff nach meinen schwarzen High Heels mit den silbernen Strasssteinen. Ein heftiger Schmerz an meinem Finger ließ mich jedoch zusammenzucken. Ich sog scharf die Luft ein und schüttelte meine Hand aus, als der Schuh zu Boden fiel. Einer der Steine hatte sich wohl gelöst und ich hatte mich an ihm geschnitten.

»Scheiße!«, zischte ich, legte instinktiv den Finger an meine Lippen und sog an dem Schmerz. Doch es half nichts, der Schnitt war zu tief. Als ich die Wunde näher in Augenschein nahm, erkannte ich, dass das Blut in dicken Tropfen daraus hervorquoll. Ich erstarrte, während immer mehr über meine Haut rann. Tropfen für Tropfen. Rotes, dickes, klebriges Blut. Nur langsam und mit angehaltenem Atem sah ich auf und blickte in mein Spiegelbild. Auf einmal trug ich nicht mehr mein schwarzes Neckholderkleid, sondern meinen Satin-Pyjama, meine Haut war klebrig, überströmt von dunklem Blut.

Hastig schüttelte ich den Kopf, kniff die Augen zusammen. Als ich sie wieder öffnete, war die Erinnerung zwar weg, dennoch zog sich meine Brust krampfend zusammen. Hitze breitete sich in meinem Körper aus, meine Haut war zeitgleich schweißkalt. Ein Gefühl von Enge in meiner Lunge ließ mich nach Luft schnappen, trotzdem schien der Sauerstoff nicht zu reichen. Was war mit meinem Körper los? Warum wurde mir so schwindelig?

Schwärze glitt an den Rändern meiner Augen entlang, breitete sich über meiner Sicht aus wie ein dunkler Nebel. Instinktiv ließ ich mich auf dem Boden nieder, weil ich Angst bekam, gleich umzukippen.

Tief ein- und ausatmen. Langsam. Bedacht. *Du bekommst ganz normal Luft, Camila. Du kannst atmen*, versicherte ich mir in Gedanken, während ich die Lider zusammenpresste, dem Rasen meines Herzens lauschte und die Symptome immer und immer mehr nachließen. Bis letztendlich nur noch ein flaues Magengefühl übrig blieb und ich etwas benommen aufsah. Mein Spiegelbild blickte mir mit glasigen Augen entgegen.

Was zur Hölle war das bitte eben, Camila?

Hastig wischte ich mir über das Gesicht, schüttelte den Kopf und rappelte mich auf. Ein Blick auf meinen Finger verriet mir, dass er nicht mehr blutete. Nur ein trockener Blutfilm blieb zurück. Also kramte ich ein Pflaster aus einer Schublade hervor und überdeckte den Schnitt damit.

Meine Gefühle überdeckte ich mit einem Lächeln.

Kapitel 12

Camila

»Willkommen, willkommen. Nur hereinspaziert, Ladies and Gentlemen.« Louis' Stimme musste gegen die wummernden Bässe seiner Jacht anbrüllen. In der Abenddämmerung schimmerte sie wie ein *Luminia*-Juwel. Ihre weiße Fassade reflektierte die letzten Strahlen der Sonne, während die Wellen des Mittelmeers träge gegen die Seiten des Boots schwappten. Ich trat neben Ester und Matteo die Gangway hinauf. Die Absätze meiner Louboutins klackerten auf den glatten Holzplanken und ich sog den leichten Salzgeruch des Meeres in mich auf, der sich mit Parfümnoten und dem scharfen Hauch von Champagner vermischte. Golden glühende Lampions, die an den Geländern und Masten befestigt waren, tauchten diesen lauen Sommerabend in eine warme Atmosphäre und ich fuhr mir über die nackten Oberarme, die trotz der Hitze immer noch eiskalt waren. Das Gefühl, das mich in meinem Ankleidezimmer heimgesucht hatte, ließ mich nicht mehr los. Hoffentlich konnten mich ein paar Drinks etwas ablenken.

Louis kam mit ausgestreckten Armen auf uns zu. Sein aufgeknöpftes Hemd ließ freie Sicht auf seinen schmal gebauten Oberkörper. In der linken Hand hatte er eine Flasche Veuve Clicquot, in der rechten eine Zigarette.

Ich wich ein Stück zurück, ließ mich dennoch von ihm in eine Umarmung ziehen. »Happy Birthday, Louis«, beglückwünschte ich ihn, ehe er auch die anderen umarmte. »Richtig schöne Jacht!«

An seinem vernebelten Blick konnte man deutlich erkennen, dass er bereits einiges intus hatte.

»Noch schöner, jetzt, wo du hier bist«, erwiderte er mit einem übertriebenen Zwinkern, und es war, als könnte ich Miguels missbilligenden Blick hinter mir förmlich spüren. Seine Präsenz bohrte sich wie ein Schatten in meinen Rücken. Ester kicherte nur, während Matteo die Augen verdrehte.

Louis ließ sich von unseren Reaktionen nicht beirren. Stattdessen deutete er auf das Deck, wo die Gäste in kleinen Grüppchen beisammenstanden, lachten, Gläser hoben. Einige tanzten auf einer improvisierten Tanzfläche, die in der Mitte des Bootes mit LED-Streifen markiert war, andere standen an der Reling und ließen sich von Kellnern in makellosen weißen Uniformen mit Champagner versorgen. Ich sah mich neugierig zwischen den Gästen um, konnte aber kaum bekannte Gesichter ausmachen.

Wir mischten uns unter die Leute. Miguel folgte uns – wenige Meter hinter mir, wie immer. Ich drehte mich zu ihm um, erkannte, dass er die Umgebung scannte. Er hatte die Hände locker in den Taschen seiner Jeans vergraben, aber sein Ausdruck war wachsam. Selbst hier, zwischen all den sorglosen Partygästen, schien er eine Gefahr zu wittern, die ich nicht sehen konnte. Obwohl er in seinem weißen Hemd und der schwarzen Jeans wirklich gut aussah, merkte man dennoch, dass er so gar nicht hierherpasste, und das lag weniger an seinem Äußeren, sondern vielmehr an seiner Haltung und seiner Anspannung.

»Hör zu«, begann ich und trat einen Schritt näher, damit er mich trotz der lauten Musik verstehen konnte. »Das hier ist eine Party, keine Mission. Du musst nicht die ganze Zeit an meiner Seite kleben.«

Seine waldgrünen Augen fixierten mich und ich konnte einen leichten Anflug von Missfallen darin erkennen.

Ich seufzte und warf einen Blick über die Schulter, um sicherzugehen, dass niemand uns beobachtete. »Kannst du dich bitte so verhalten, als wärst du ein normaler Gast? Rede mit den Leuten. Halt Abstand. Ich will nicht, dass jeder hier denkt, ich brauche einen Bodyguard.«

Seine Kiefermuskeln spannten sich an, während er mich viel zu eingehend betrachtete.

»Was ist dort passiert?« Er deutete auf das Pflaster an meinem Finger, an dem ein roter Fleck haftete. Die Wunde hatte im Nachhinein noch mal zu bluten begonnen. Als ich es beäugte, begann der Boden unter mir zu wanken. Bis ich registrierte, dass es nicht die Jacht war, sondern mein Inneres, hatte sich das Tempo meines Herzschlags bereits viel zu sehr beschleunigt.

Ich gab mein Bestes, nicht die Kontrolle über meine Atmung zu verlieren. Mit starrem Blick auf meine Hand driftete ich dennoch in alte Erinnerungen ab. Erinnerungen, die ich nicht einordnen konnte, weil sie irgendwo verschwommen durch mein Gedächtnis schwebten. Das Gefühl von Kälte, das sich an meinen Beinen ausbreitete und eine eisige Gänsehaut hinterließ, das Drücken einer Hand auf meiner Haut, die nirgends zu sehen war, ein Hauchen an meinem Ohr, das aus dem Jenseits zu kommen schien. Ich kannte diese Empfindungen, kannte sie aus einem ganz spezifischen Moment, wusste nur nicht, aus welchem, und das machte mich wahnsinnig. Mein Magen verkrampfte sich, dennoch konnte ich mich nicht bewegen. Wie erstarrt stand ich in der Menschenmenge, hörte lediglich meinen Herzschlag, das Vibrieren der dumpfen Bässe und …

»Señora?« Es war Miguels ungewohnt warme Stimme und sein fester Griff an meinen Schultern, die mich wieder zurück ins Hier und Jetzt zogen. Benommen blickte ich auf, hing mit den Gedanken jedoch nach wie vor bei diesen seltsamen Empfindungen fest, die mir zum zweiten Mal an diesem Abend jeglichen Atem geraubt hatten. Konnte es sein, dass ich krank wurde?

»Ist bei Ihnen alles in Ordnung?« Seine großen Hände lagen immer noch auf meinen Schultern. Je deutlicher ich mir seiner Berührung bewusst wurde, desto mehr taute ich auf. Trotz seines kühlen, distanzierten Auftretens schenkte seine Nähe mir eine Wärme, die wohltuend und gleichzeitig total unpassend war.

Als ich den Blick hob, war er mir näher als je zuvor. Meine Augen fanden die seinen – dieses tiefe, unruhige Tannengrün, das sich je nach Lichteinfall veränderte. Eine Sicherheit durchströmte mich, je länger wir uns ansahen. Natürlich – er war schließlich mein Bodyguard. Doch irgendwas war anders. Eine Sicherheit dieser Art hatte ich zuletzt vor langer, langer Zeit verspürt …

Miguel musterte mich. Die Falte auf seiner Stirn glättete sich und in seinem Ausdruck war beinahe etwas Sanftes.

»Hab mich nur geschnitten«, kam es eine ganze Ewigkeit zu spät aus meinem Mund. Mit voller Wucht strömte die Geräuschkulisse zurück in meine Ohren und ich sah mich benommen um.

Matteo und Ester standen mit Champagner bei einer Gruppe und schienen nichts mitbekommen zu haben. Zum Glück. Als ich mich zu Miguel umwandte, ließ er von mir ab. Die Stelle, die er berührt hatte, wurde mit einem Mal eiskalt und ich erschauderte. Für einen Moment dachte ich, er würde noch mal nachhaken. Stattdessen nickte er schließlich knapp. »Ich halte mich im Hintergrund auf.«

»Danke.« Ich lächelte und wollte mich meinen Freunden anschließen. Doch ich kam nicht weit, ein Griff an meinem Arm ließ mich stocken. Verwirrt drehte ich mich noch mal um. Miguels große Finger lagen um mein Handgelenk.

»Wenn etwas ist, bin ich da«, sagte er mit einem Flüstern und kam meinem Gesicht sehr nah. So nah, dass mir ein Hauch seines Aftershaves in die Nase flog und es in meiner Brust zu prickeln begann. Sein Duft brannte sich in mein Hirn, ohne dass ich es wollte. Mein Mund klappte stumm auf, während er mich mit einer Intensität fokussierte, die mir wie ein Stromschlag durch den

Körper fuhr. Schließlich nickte ich nur, löste mich aus seiner Berührung und ließ ihn mit all den ungewohnten Gefühlen hinter mir.

Den gesamten Abend klammerte ich mich an das altbekannte Freiheitsgefühl, das mich stets durchströmt hatte, wenn ich mit meinen besten Freunden unterwegs gewesen war. Ich wollte lachen wie früher, tanzen wie früher, trinken wie früher. Einfach loslassen, während wir grölten und mit Matteos Polaroidkamera unzählige Fotos machten. Auf der Tanzfläche trafen wir Sofia und Gabriella, Kommilitoninnen von Ester, die seit Neuestem nun auch meine waren, ich lernte den ein oder anderen näher kennen, flirtete beiläufig, lachte an den richtigen Stellen. Alles so wie früher.

Nur dass ich immer wieder unbewusst den Blick umherschweifen ließ. Da war dieser einnehmende Druck in meiner Brust, der sich jedes Mal meldete, wenn sich jemand zu nah hinter mir bewegte oder eine fremde Hand zu lange an meinem Arm blieb. Ich zwang mich zu unzähligen Lächeln, lachte ein wenig zu laut, redete ein bisschen zu schnell. Doch unter der Oberfläche tobte eine unterschwellige Unruhe, die ich nicht loswurde, so sehr ich es auch versuchte. Und sie drohte nur beim kleinsten Trigger überzusprudeln.

»Ich geh mal kurz Luft schnappen.« Nach meinem dritten Drink beschloss ich, die stickige Enge der Tanzfläche im überdachten Bereich zu verlassen. Vielleicht half etwas frische Luft dabei, den Knoten in meinem Brustkorb zu lösen. Auch wenn der viele Champagner mein Inneres zwar bisher etwas hatte betäuben können, merkte ich, dass etwas darin immer noch verkrampft war. Wachsam. Wie auf Abruf.

Ein Blick zur Bar verriet mir, dass auch Miguel etwas lockerer geworden zu sein schien und sich mit zwei Studentinnen unterhielt. Es war ein seltsamer Anblick – er unter Menschen. Mit einem Glas in seiner Hand wirkte er beinahe so, als würde er wirklich dazugehören, als wäre er wirklich nur ein normaler Student, der seinen Samstagabend auf einer Party verbrachte. Nur das regelmäßige Aufsehen und prüfende Scannen der Umgebung zeigte, dass auch er nicht ganz abschaltete.

Einen etwas zu langen Moment blieb ich mit dem Blick an ihm hängen. Er lehnte mit dem linken Ellbogen am Tresen hinter sich, eine kurzhaarige Blondine stand nah an seinem Körper und fuhr ihm mit den Fingern über das Hemd, während eine Dunkelhaarige ihm ein vielsagendes Lächeln zuwarf. Ich musste zugeben, würde ich ihn nicht kennen und wäre er ein einfacher Gast dieser Party, hätte ich ihn mir sicherlich auch näher angesehen.

Die Abneigung, die ich gegen ihn hegte, weil er mich als Bodyguard in den Wahnsinn trieb, hatte mich bisher nicht sehen lassen, wie attraktiv er wirklich war. Breite Schultern, markante Kinnlinie, volle Lippen und dann diese dunklen, einnehmenden Augen, die den *Fick-dich*-Blick perfekt beherrschten. Obwohl die zwei Damen neben ihm laut lachten, zeigte sich in seinem Gesicht keine Regung. Stattdessen sah er nun erneut auf, suchte die Menge ab und fand mich mit dem nächsten Blinzeln. Ich wandte mich hastig ab.

Im Außenbereich angekommen, lehnte ich mich an die Reling, den Blick auf das Meer gerichtet, das in der Dunkelheit der Nacht mittlerweile pechschwarz geworden war. Die Lichter der Jacht spiegelten sich auf den Wellen, glitzerten und strahlten Ruhe aus. Durchatmend starrte ich auf den Ozean, spürte seine sanften Bewegungen unter mir und schloss für einen Moment die Augen. Hier draußen, wo plötzlich alles so ruhig und still war und ich wieder meinen Herzschlag hörte, wurde mir klar, dass dieses *Etwas*, das mir immer wieder das Gleichgewicht und den Atem nahm, nach wie vor in mir schlummerte. Es lauerte in meinem Inneren, bereit, mich zu verhöhnen und auszubrechen, wann immer es wollte. Und ich hatte noch immer keinen Namen dafür.

»Camila.« Erschrocken zuckte ich zusammen, als eine vertraute Stimme viel zu nah hinter mir ertönte. Ich drehte mich um und blickte in Louis' benommene Augen. »Amüsierst du dich gut?«

Mit einem hungrigen Grinsen glitt sein Blick über meinen Körper. Er ließ keine Zweifel daran, dass ihm gefiel, was er sah. Normalerweise hätte ich mich in so einer Nacht vermutlich auf ihn eingelassen. Louis war attraktiv und sicherlich für Spaß gut zu haben. Doch seitdem meine letzte lockere Sex-Beziehung in einer Obsession geendet und Freddy Züge meines Stalkers angenommen hatte, war ich vorsichtiger geworden.

Bevor das alles begonnen hatte, war ich auf jeder Party gewesen und hatte mich gern auf lockere Geschichten eingelassen. Doch jetzt, wo sich ein kleiner Teil in mir danach sehnte, bei Louis alles in Lust zu ertränken, ein größerer jedoch viel lieber von dieser Party verschwinden wollte – eine Seite, die ich gar nicht an mir kannte –, merkte ich, wie viel mir dieser Mistkerl bereits kaputt gemacht hatte.

»Ja, ist wirklich 'ne coole Party.«

»Das freut mich«, sagte er mit einem Grinsen und trat näher. Ausweichend wandte ich mich zur Reling. »Wenn du möchtest, kann ich dir eine Führung durch meine Jacht geben und dir meine privaten Räumlichkeiten zeigen …«

Das unangenehme Gefühl in meinem Inneren tat ich mit einem Lächeln ab. »Vielleicht ein anderes Mal.«

»Jederzeit«, hauchte er an meinem Ohr. Ich war mir nicht sicher, ob mein Vater Freudensprünge machen oder ihn über Bord werfen würde, könnte er uns sehen. Vorsichtig, aber bestimmend drückte ich ihn fort und brachte wieder Abstand zwischen uns.

»Louis«, begann ich, »wie wäre es, wenn du uns etwas zu trinken besorgst? Ich nehme eine Cola.«

Sein Blick hing verloren an meinen Lippen, er lächelte und nickte, ehe er sich schwankend abwandte und zurück in Richtung Menge taumelte. Ich bezweifelte, dass er in dem Zustand zu mir zurückfinden würde, also hatte ich ab jetzt endlich meine Ruhe.

Mit einem tiefen Seufzer lehnte ich mich wieder über die Reling, schloss die Augen und ließ den Kopf hängen. Müde atmete ich ein paarmal tief durch und ließ mich vom Rauschen des Meeres mit Ruhe berieseln.

Es passierte ganz schnell. Ich nahm hinter mir zwei Schritte wahr und wurde auch schon nach vorn gestoßen. Orientierungslos versuchte ich, mich an der rutschigen Reling festzuklammern, doch bevor ich überhaupt realisieren konnte, was geschah, hatte ich das Gleichgewicht verloren. Meine Füße lösten sich vom Boden, ich kippte vornüber, starrte für eine Sekunde in die tödliche Tiefe.

Mein Hirn versuchte, in den wenigen Sekunden irgendwie zu verarbeiten, was geschah und wer verantwortlich dafür war, versuchte, mich dazu zu bringen, mich umzudrehen und der Person ins Gesicht zu blicken, irgendwas zu tun. Doch stattdessen fiel ich nur. Ich fiel und fiel und fiel und konnte nichts tun. Die Schwerkraft drückte mir eine gefühlte Ewigkeit gegen den Magen, schnürte mir die Luft zum Atmen ab und es war, als würde die Welt für einen Moment stillstehen.

Bis mein Körper mit voller Wucht auf der Wasseroberfläche aufschlug. Mit einem Mal war alles dumpf. Von allen Seiten strömten mir die Massen des Meeres entgegen und außer meinem eigenen Herzrasen konnte ich nichts mehr hören. Sobald ich die Augen öffnete, setzte sich das Salz ätzend auf meiner Netzhaut fest. Vor mir nichts als Dunkelheit. Alles war schwarz. Um mich herum eine Leere, in denen gefährliche Kreaturen zu lauern schienen.

Bis plötzlich etwas nach mir griff.

Kapitel 13

Miguel

Diese Party war ein einziger Fiebertraum aus oberflächlichem Scheiß und ekelerregendem Geprotze, so weit entfernt von meiner Welt, dass ich mich deplatziert fühlte.

Ich stand am Rand der Party und beobachtete, wie sich eine Gruppe junger Frauen Pillen auf die Zungen legte, entdeckte Louis, der sichtlich unter Drogeneinfluss übers Deck taumelte, und Señora Luminias Freunde, die betrunken zu einem Reggaeton-Song mitgrölten, in dem es um die Kluft zwischen Reich und Arm ging – die Ironie.

Als ich an meiner Cola nippte, wurde mir bewusst, dass sie bereits warm geworden war. Angewidert stellte ich sie auf dem polierten Marmortresen ab, der das warme Licht unzähliger Kristallleuchter reflektierte. Jede verdammte Ecke auf dieser Jacht glitzerte. Champagnergläser, funkelnde Edelsteine an Hälsen, Handgelenken und Fingern, gebleichte Zähne und frisch polierte Lederschuhe. In der Luft lagen schwere Parfümnoten – eine Mischung aus floralen, holzigen und manchmal beinahe zu süßen Düften, die sich überlagerten wie die Stimmen der Partygäste. Gespräche, oberflächlich und dennoch betont lebhaft drangen zu mir durch. Ich hörte Worte wie *Papás Fonds*, *Investition* und *exklusive Aktiendepots*, die zwar von ungezwungenen Lachern begleitet wurden, sich dennoch wie kalkulierte Geschäftsstrategien anhörten. Das war mir alles zu viel.

Ich zückte mein Handy und öffnete den Chat mit Señor Luminia.

Miguel

Ich bin jetzt seit einer Woche dabei, wo bleibt das Geld?

Gähnende Leere herrschte nach meiner Nachricht, die ich ihm heute Morgen geschickt hatte, und in mir machte sich ein wütendes Krampfen bemerkbar. Bisher hatte ich noch keinen einzigen Cent zu Gesicht bekommen. Entweder wollte dieser Mistkerl mich für dumm verkaufen oder er hielt mich hin, wohl wissend, dass ich keine andere Wahl hatte. Doch lange würde ich das Ganze nicht mitmachen – ganz egal, ob ich dadurch riskierte, in meinen Schulden zu versinken.

Miguel

Ich will eine Anzahlung haben, sonst bin ich ganz schnell wieder weg und Ihre Tochter kann zusehen, dass sie allein zurechtkommt.

Obwohl sich irgendetwas in mir dagegen sträubte, tippte ich auf Senden und packte mein Handy wieder weg.

Ein prüfender Blick zur Reling verriet mir, dass Señora Luminia etwas abseits der Menge aufs Meer starrte. Keine Ahnung, warum, doch urplötzlich schwirrte mir ihr Anblick von vorhin durch den Kopf. Es war, als hätte ein Schatten von Angst – eine Gefühlsregung, die ich bei ihr nie erwartet hätte – in den Augen dieser sonst so furchtlosen und toughen Frau gelegen. Etwas an diesem Moment hatte mich tiefer getroffen, als es sollte. Die Sorge, die ich empfand, fühlte sich fast schon intim an. Ich durfte mich auf gar keinen Fall emotional in ihre Lage verstricken lassen, musste mich auf meinen Auftrag und das Geld konzentrieren. Das war alles, was zählte.

Die Frauen, die mich schon vor wenigen Minuten versucht hatten, in ein Gespräch zu verwickeln, traten wieder zu mir. Nun krallten sie sich an zwei perfekt polierte Champagnergläser.

»Okay, Abella, was können wir noch versuchen, damit er redet?«, fragte die Blondine an die Dunkelhaarige gerichtet und fuhr mit ihren Nägeln über meinen Oberarm.

»Willst du uns nicht mehr von dir erzählen?« Sie zog einen Schmollmund und warf mir einen vielsagenden Blick zu. Ich antwortete mit einem knappen Lächeln und richtete den meinen ausweichend zurück in die Menge, aber sie ließen sich nicht abschütteln.

»Du siehst aus, als wärst du nicht hier, um Spaß zu haben«, sagte die Braunhaarige – ich glaube, sie hatte sich als Abella vorgestellt – und lehnte sich mir leicht entgegen.

»Vielleicht hat er einfach niemanden, mit dem er hier sein will.«

Beide warteten auf eine Antwort.

»Mit wem bist du hier, Süßer?« Das Kratzen ihrer Fingernägel fuhr nun über meinen Brustmuskel. Weil ich mich eingeengt fühlte, richtete ich mich auf und räusperte mich. Doch auch das schüttelte sie nicht ab.

Also überlegte ich kurz. Vielleicht ließen sie locker, wenn ich ihnen eine Antwort gab. Mein erster Impuls war, die Wahrheit zu sagen: dass ich als Señora Luminias Personenschutz tatsächlich nicht zum Spaß hier war. Doch ich wusste, dass sie das nicht wollte, ich wusste, dass sie es hasste, einen Aufpasser zu haben. Vielleicht, weil sie sich schämte, vielleicht, weil es sie verletzlich aussehen ließ. Auch wenn mich ihre Meinung nicht interessieren sollte und ich nicht hier war, um ihr zu gefallen, ließ es mich doch zögern.

»Ein Freund hat mich eingeladen«, log ich schließlich und winkte ab. Mein Blick wanderte erneut über die Menge hinweg und blieb wieder bei Señora Luminia hängen. In der Zwischenzeit hatte sich dieser widerliche Louis an ihre Seite geheftet, lehnte sich immer wieder nah zu ihr vor und ignorierte ihre sehr deutlich ablehnende Körperhaltung. Umgehend spannte ich mich an, bereit, mich zu nähern, sollte sie meine Hilfe brauchen.

Doch stattdessen schien sie gut selbst mit ihm klarzukommen. Mit einer selbstbewussten und deutlichen Geste drückte sie ihn von sich weg und trat zurück. Im nächsten Moment ließ er von ihr ab, taumelte in die Menge, und sie blieb allein an der Reling stehen. Meine Fäuste lösten sich, mit gelockerten Schultern lehnte ich mich zurück an die Bar und atmete die aufgestaute Luft aus.

»Welcher Freund denn?«

»Wir haben dich hier noch nie gesehen. Also … wer ist der mysteriöse Freund? Ist er auch neu hier?«

Die vielen Fragen der beiden Damen brachten mich dazu, den Blick abzuwenden. Eine Sekunde schloss ich die Augen, weil ihre Stimmen langsam, aber sicher in meinen Ohren zu klingeln begannen. Ich wollte mich gerade von ihnen abwenden, als ein erschrockenes Raunen gefolgt von einem lauten Platschen die Partygeräusche übertönte. Mein Herz setzte für einen Schlag aus, als ich zurück zur Reling sah und Señora Luminia nirgendwo ausmachen konnte. Gäste stürmten an den Rand der Jacht und sahen hinab in das dunkle Wasser. Auch wenn ich mir noch nicht sicher sein konnte, ahnte ich, was passiert war. Sie war über Bord gefallen. Oder gestoßen worden?

Mit großen Schritten drückte ich mich an den Gästen vorbei, bis ich neben ihrer Freundin Ester zum Stehen kam und in die schaumige Gischt blickte, in die sie eingetaucht zu sein schien. Die Sorge in ihrem Gesicht schürte meine Alarmglocken. Ich hatte keine Zeit, nachzudenken. Meine Beine reagierten, bevor mein Verstand es konnte.

Im nächsten Moment zog ich mein Jackett mit meiner Ausrüstung aus, warf alles Ester in die Arme und sprang über die Reling ins dunkle Wasser. Sobald ich darin eintauchte, fraß sich das kühle

Meerwasser durch meine Kleidung. Die Geräusche der Party verstummten, nur die Bässe der Musik drangen noch gedämpft zu mir durch. Ich öffnete die Augen, konnte aber nicht weiter als bis zu meinen eigenen Händen blicken. Es war viel zu dunkel. Also tauchte ich auf und suchte hektisch an der Wasseroberfläche nach ihr.

Ich wusste nur noch vage, wo sie eingetaucht sein musste, und schwamm in Richtung der schaumigen Stelle. Hektisch sah ich mich um, bis ich endlich ein paar Meter entfernt eine Bewegung ausmachte. Ihre Arme schlugen unkoordiniert um sich, sie schien panisch nach Halt zu suchen. Ich schwamm mit kraftvollen Zügen in ihre Richtung und zog sie in meine Arme, bevor sie noch tiefer sank. Ihre Haut war kalt, ihre Bewegungen fahrig.

»Ganz ruhig«, sagte ich mehr zu mir als zu ihr. Sie krallte sich an mich. Ihr Körper bebte, entweder vor Kälte oder vor Schock. Schwer atmend rang sie nach Luft und beruhigte sich, sobald sie realisierte, dass sie dem Wasser nicht mehr hilflos ausgeliefert war. Ihre Arme ruhten um meinen Nacken, meine um ihre Kniekehlen und an ihrem Rücken. Sie sah auf.

Von jetzt auf gleich waren sich unsere Gesichter näher, als ich es jemals gewollt hatte. So nah, dass ich jeden einzelnen Tropfen erkennen konnte, die von ihren vollen Lippen und dem langen filigranen Hals abperlten. Ihre Haut hatte selbst im kühlen Nass des Wassers einen warmen Schimmer, doch es waren andere Dinge, die mich innehalten ließen. Die kleinen Sommersprossen, die sich kaum sichtbar über ihren Nasenrücken zogen, oder der sanfte Schwung ihrer Wimpern, die jetzt mit Wasserperlen bedeckt waren wie winzige Kristalle.

Normalerweise lag in ihrem Ausdruck stets dieses knallharte Selbstbewusstsein, diese Furchtlosigkeit. Nichts konnte sie aus der Bahn werfen. Doch jetzt erkannte ich darin etwas Verunsichertes und Zerbrechliches. Es war, als hätte das Wasser ihre vielen Schichten fortgespült und mir einen Blick auf all das gegeben, das darunter lag. Der Anblick traf mich tiefer als erwartet.

Ein Zittern durchzuckte ihren Körper und erinnerte mich daran, weshalb wir überhaupt hier waren. Mit einem kraftvollen Zug schwamm ich mit ihr Richtung Leiter, doch bevor ich sie erreichen konnte, drückte sie sich von mir weg.

»Ich komme selbst klar«, krächzte sie mit einem gezwungenen Lachen und zog sich an dem Geländer hoch. »Danke.«

Ich kam wenige Momente später an Deck an und beobachtete, wie sie sich durch die Menge schob. Ihr schwarzes Kleid klebte triefend an ihrem Körper und einige gierige Blicke hafteten an ihren Rundungen, ehe ihr Ester mit einem Handtuch entgegenkam und sie darin einhüllte.

Kapitel 14

Camila

»Geht es dir gut? Was ist denn passiert?« Matteo und Ester starrten mich mit großen entsetzten Augen an. Die Sorge, die darin lag, schnürte mir die Kehle zu, weshalb ich den Blick abwandte und ihn stattdessen auf den Boden heftete – ja nicht in die belustigten und entsetzten Gesichter der anderen Gäste … ja nicht in Miguels Augen, in die ich viel zu tief versunken war.

»Es ist nichts passiert, meine Güte«, winkte ich mit einem auflockernden Lachen ab, auch wenn es in meiner Brust nach wie vor raste. Vorsichtig spähte ich in die Menge. Irgendwo zwischen ihnen war derjenige, der mich mit voller Wucht über die Reling gestoßen hatte. Es konnte doch nicht sein, dass niemand etwas gesehen hatte. Auf einer so gut besuchten Party? Oder hatte ich mir den Stoß nur eingebildet?

In dem Moment trat einer von Louis' Angestellten zu uns heran. Louis selbst war vermutlich bereits so durch, dass er gar nichts mitbekommen hatte.

»Kommen Sie mit. Ich bringe Ihnen etwas Trockenes zum Anziehen«, sagte er, blickte dabei ebenfalls einmal hinter mich in Miguels Richtung. Nur zögerlich wagte ich einen Blick über die

Schulter. Triefend nass stand er wenige Meter von uns entfernt. Das weiße Hemd klebte durchsichtig an seinem muskulösen Oberkörper. Schwarze Tinte schimmerte darunter hervor und ich merkte, dass die Blicke der Gäste nicht nur an mir, sondern vor allem auch an ihm hafteten. Tuschelnd, kichernd. Auch mir fiel es schwer, mich wieder abzuwenden.

»Habt ihr gar nichts mitbekommen?« Ich klammerte mich an Matteos Arm und zupfte an Esters Kleid, während wir Louis' Angestelltem ins ruhige Innere der Jacht folgten. Beide sahen mich fragend an.

»Was meinst du?«, fragte Ester.

Einen Moment lang sah ich sie unschlüssig an. Unsicher, ob ich meine Vermutung aussprechen oder sie lieber für mich behalten sollte. Schließlich wusste ich langsam selbst nicht mehr, was Illusion und was Realität war, ob ich paranoid wurde oder irgendjemand mich wirklich …

»Ich glaube …«, begann ich schließlich trotzdem flüsternd, »… ich glaube, jemand hat mich gestoßen.«

Vorsichtig spähte ich hinter uns in Miguels Richtung in der Hoffnung, er hatte nichts gehört. Warum ich es ihm nicht sagen wollte, wusste ich selbst nicht so ganz.

Ich wollte kein großes Ding draus machen. Was war, wenn ich mir den Stoß wirklich nur eingebildet hatte, wegen des vielen Champagners über die Reling gefallen war und mit einem Aufstand noch mehr Aufmerksamkeit auf mich zog? Was würden die anderen von mir denken? Viele mochten mich wahrscheinlich sowieso schon nicht. Was würde Miguel denken, wenn er merkte, dass ich verrückt wurde?

»Gestoßen?« Matteo sah mich entgeistert an. »Wer würde so was tun?«

»Ich … ich weiß es nicht«, meinte ich, »aber ich glaube schon, dass ich nicht einfach gefallen bin.«

»Wir werden das herausfinden«, versprach Ester mir, sobald wir in einem langen und warm beleuchteten Gang an einer Tür stehen blieben und der Mitarbeiter der Lamberts hineindeutete.

»Señora, Sie können sich in diesem Salon umziehen. Ich werde Ihnen trockene Klamotten besorgen, befürchte aber, dass wir nichts Passendes hierhaben.«

»Sie kann mein Jackett nehmen«, ertönte Miguels Stimme hinter uns. Er deutete auf die schwarze Jacke in Esters Arm, die mir erst jetzt auffiel. »Sie ist trocken und müsste groß und lang genug sein, um alles zu verdecken.«

Miguel trat zu uns heran, nahm meiner Freundin die Jacke ab und fischte aus den Innenseiten ein paar Utensilien hervor. Darunter auch eine Waffe. Matteo und Ester sahen mich überrascht an und auch mir rutschte das Herz in die Hose, als ich realisierte, wie ernst es mein Vater anscheinend wirklich meinte. Umgehend kam mir die Frage in den Kopf, wie oft Miguel in seinem Leben schon eine Waffe hatte nutzen müssen … ob er schon mal auf jemanden geschossen hatte …?

»Hier.« Miguel jedenfalls verhielt sich, als wäre nichts ungewöhnlich an der Situation und reichte mir die Jacke. Sein Ausdruck wie immer distanziert, von der ungewohnt intimen Wärme war nichts mehr übrig.

»Danke.« Ich nahm das Jackett an mich und trat in den Salon, ehe Miguel einen Raum weitergeführt wurde.

»Wir warten draußen und versuchen, schon mal etwas rauszufinden, okay?«, meinte Matteo, bevor ich die Tür verschließen konnte. Ich nickte ihnen dankbar zu. »Kommst du wirklich klar?«

»Ja«, ich winkte ab und lachte, »total. Wirklich, mir ist nichts passiert.«

Obwohl sie mich beide eine Spur zu lang und zu intensiv musterten, nickten sie schließlich und ich schloss die Tür hinter mir.

Einen Moment sah ich mich um. Der Raum, in dem ich mich befand, war überraschend schlicht eingerichtet für eine Jacht, die zweifellos Millionen gekostet hatte. Die Wände waren cremewarm und mit dunklem Holz getäfelt. In der Mitte gab es eine kleine Sitzecke mit grauen Polstern und einem flachen Glastisch. Links von mir stand ein schmaler Kleiderschrank, in den einige frische

Handtücher lagen. Die Stille des Raumes wurde nur von dem leisen Summen der Klimaanlage durchbrochen.

Zögerlich trat ich vor den beleuchteten Wandspiegel. Ich legte Miguels Jackett beiseite, ehe ich mir mit einem Handtuch über die Glieder fuhr. Meine Wimperntusche war leicht verschmiert, der Rest vom Make-up saß erstaunlicherweise noch ziemlich gut. Das Wasser in meinem Pferdeschwanz tropfte hörbar auf den polierten Marmorboden, während mir mein Pony nass an der Stirn klebte.

Frustriert entleerte ich meine gute Triomphe Bag. Sie war vollkommen ruiniert, das Salzwasser hatte sich in das Leder gefressen und der Inhalt schwamm förmlich darin. Ich fischte mein iPhone hervor, das zum Glück wasserfest war, und legte auch den Rest – einen Lippenstift, meinen Schlüssel und Pfefferspray, das mir mein Cousin Felipe gegeben hatte – auf ein Handtuch zum Trocknen.

Schließlich schlüpfte ich aus meinen Heels, ehe ich mich an mein Kleid machte. Dabei bemerkte ich ein Brennen an meiner Wade, das ich durch das Adrenalin zuvor nicht registriert hatte. Im Spiegel sah ich, dass sie knallrot war. Ich war damit direkt auf der Wasseroberfläche aufgeschlagen. Ich presste das nasse Kleid dagegen, um es zu kühlen, doch es half nichts. Also versuchte ich, den Schmerz einfach zu ignorieren.

Ein ungewohntes Gefühl der Sicherheit überkam mich, als ich in Miguels übergroßes Jackett schlüpfte und den warmen Stoff auf meiner nackten Haut spürte. Ich knöpfte es vorne zu, woraufhin es an meinem zierlichen Körper wie ein Blazerkleid hinabfiel. Jedenfalls ging es mir bis zur Mitte der Oberschenkel und war damit groß genug, um meine gesamte Nacktheit zu überdecken.

Einen Moment, der meiner Meinung nach viel zu lang war, betrachtete ich mich darin und fuhr über den edlen Stoff. Ich wusste, dass dieses Jackett nicht wirklich Miguel gehörte. Es war von *Vestura* und somit sicherlich nur geliehen. Dennoch haftete seine Nähe in diesen Fasern. Seine Körperwärme, seine Sicherheit, sein Duft. Ohne es wirklich zu steuern, fasste ich den Kragen und zog ihn zögerlich zu meiner Nase heran.

Miguels Aftershave roch anders als jene, die ich von den Typen in meiner Umgebung kannte. Nicht so aufdringlich und stechend, dafür zurückhaltender und nur wahrnehmbar, wenn man einen tiefen Atemzug des rauen, ledrigen Dufts nahm. Der Atemzug, den ich nun tat, zog mir beinahe den Boden unter den Füßen weg, so sehr überrumpelte mich sein Duft und die Gefühle, die ich damit verband. Hastig ließ ich von dem Stoff ab, strich ihn wieder glatt und schüttelte den Kopf.

Ich wandte den Blick von meinem Spiegelbild ab. Während ich vergebens versuchte, meine guten Louboutins zu trocknen, fiel mein Blick auf eine Verbindungstür zum Nachbarraum. Erst jetzt realisierte ich, dass sie nur angelehnt war, denn ein schmaler Lichtstreifen fiel hindurch. Ohne darüber nachzudenken, trat ich leise näher. Ein kurzer Blick durch den Spalt genügte, um zu erkennen, dass dies der Raum war, in dem Miguel sich umzog.

Er stand mit dem Rücken zu mir, hantierte an den Knöpfen seines nassen Hemds, ehe er es sich vom Körper streifte. Unwillkürlich hielt ich den Atem an. Ich starrte auf seine Rückenmuskeln – verfolgte, wie sie sich unter seiner Haut spannten und bewegten. Kunstvolle Linien und Schatten, die unbekannte Geschichten erzählten, bedeckten seine Schultern. Irgendwo in dem künstlerischen Wirrwar erkannte ich eine Reihe lateinischer Worte: *Fortis Fortuna Adiuvat*. Links davon war ein zerbrochenes Uhrwerk, dessen Zahnräder ineinandergriffen. Daneben ein Kompass, dessen Nadel genau Richtung Norden zeigte, als bräuchte er ihn für seinen inneren Orientierungssinn.

Ich spürte ein Ziehen in meiner Brust und zuckte zurück, als er sich in meine Richtung drehte. Von vorne sah er nicht weniger gut aus. Doch es war weder seine pralle Brust noch seine definierten Brustmuskeln, an denen mein Blick hängen blieb. Es war eine Narbe. Lang und rosa zog sie sich an seiner linken Seite entlang. Seinem vorsichtigen Drüberfahren nach zu urteilen, schien sie ihm nach wie vor Schmerzen zu bereiten.

Ein leises Knarzen ertönte an der Eingangstür, was mich zusammenschrecken ließ. Hastig wich ich zurück und sah zur anderen Tür hinüber. Einen viel zu langen Moment war es gespenstisch still, dann sah ich es. Ein Schatten. Er bewegte sich nur kurz und blieb direkt vor der Tür stehen. Der Schauer, der mir nun über den Rücken lief, war lähmend. Eine Gänsehaut jagte über meine Arme. Der Moment zog sich in die Länge, während ich darauf wartete, dass etwas passierte. Dass er etwas tat. Dass er reinkam. Doch nichts geschah. Der Schatten verharrte einfach nur.

Mit langsamen Schritten näherte ich mich, bereit, die Tür aufzureißen und ihn ein für alle Mal zu enttarnen. Doch im selben Augenblick setzte sich auch Miguel nebenan in Bewegung. Seine Schritte ertönten, woraufhin der Schatten forthuschte. *Shit!*

Verärgert stürmte ich zur Tür, doch als ich sie aufriss, tat sich vor mir nur der viel zu stille Gang auf. Keine Schritte, keine Geräusche, keine Spur irgendeiner Person. Was zur …

Ich kam nicht dazu, weiter darüber nachzudenken, denn in dem Moment trat Miguel in den Flur. Er trug ein Poloshirt, das sicherlich irgendwem der Familie Lambert gehörte und sichtlich an den Oberarmen spannte. Seine Jeans hatte er nicht gewechselt, obwohl sie ihm klamm an den Beinen klebte.

Hastig versuchte ich, meine Haltung wieder zu lockern und zu überspielen, wie aufgewühlt ich war. Er sollte nicht mitbekommen, dass ich mich von meinen Gedanken mal wieder verrückt machen ließ. Etwas Dunkles huschte über sein Gesicht, als sich unsere Blicke trafen, doch er wirkte offener und irgendwie vertrauter als sonst.

»Alles okay?«, fragte er mich mit einem Kratzen in der Stimme und trat noch einen Schritt näher.

»Ja, klar. Du hättest mir wirklich nicht hinterherspringen müssen«, antwortete ich eine Spur zu gleichgültig, weil mich die vielen Gefühle überforderten. Der Stoß, der Schatten, die Ungewissheit über mein eigenes Einschätzungsvermögen, *Miguel*. Ich wollte das alles nicht, ich wollte das alles verdammt noch mal nicht spüren. »Mir geht es gut.«

Miguel musterte mich, ehe alles Vertraute aus seinem Blick verschwand, er distanziert nickte und seine Stimme wieder fest und laut wurde. »Gut, dann muss ich jetzt wissen, was passiert ist. Wurden Sie gestoßen?«

Ich öffnete den Mund, um wie auf Knopfdruck zu verneinen, wieder alles runterzuspielen, weil ich mir immer noch unsicher war, was Wirklichkeit war. Doch noch während ich mich wieder zu einem Lächeln zwang, wurde mir bewusst, dass ich etwas sagen sollte. Wenn mein Gefühl recht behielt, hatte mich soeben jemand vorsätzlich von einer zehn Meter hohen Jacht geschubst und mich in Gefahr gebracht.

»Ich glaube schon«, antwortete ich also schließlich ehrlich, hob aber sofort beruhigend die Hände. »Aber dafür gibt es bestimmt eine Erklärung.«

»Ja, jemand hat es auf Sie abgesehen. Das ist die Erklärung«, meinte er und sah aus, als wäre er bereit, das ganze Boot nach dem Verantwortlichen abzusuchen.

»Nein«, beteuerte ich und stellte mich vor ihn, damit er nicht weiterlaufen konnte, »ich kenne ihn mittlerweile ganz gut. So was tut er nicht.«

Miguel verzog das Gesicht und trat alarmiert näher. »So was tut *er* nicht?«

»Ja, also … er, sie, wer auch immer … mein Stalker.«

»Sie kennen Ihren Stalker also?«

Weil ich wusste, dass ich komplett bescheuert klang, verzog ich entschuldigend das Gesicht. »Ein bisschen … Ich meine, ich kann einschätzen, wie er drauf ist, was er tun würde und was nicht. Und das passt nicht zu ihm.«

Miguel sah mich an, als wäre ich auf den Kopf gefallen, was ich streng genommen auch tatsächlich war. Trotzdem stimmte es, ich kannte meinen Stalker am besten. Besser als alle anderen zusammen.

»Bei allem Respekt, Señora, aber Sie wissen nicht, wovon Sie sprechen.« Miguels Stimme war schneidend kühl. »Vielleicht ist

Ihnen nicht klar, wie ernst die Lage wirklich ist. Halten Sie sich zurück und lassen Sie mich meine Arbeit machen. Dann passiert Ihnen nichts.«

Ohne ein weiteres Wort drängte er sich an mir vorbei, seine breiten Schultern streiften meinen Arm. Ich spürte die Kälte, die er hinterließ, doch noch bevor er den Gang hinuntergehen konnte, explodierte etwas in mir. Ich war es so leid, bevormundet zu werden.

»Ja, dann mach doch deine verdammte Arbeit mal richtig!«

Meine wütende Stimme hallte von den Wänden wider und ließ ihn innehalten. Am Ende des Ganges blieb er stehen, steif wie ein Fels, bevor er sich langsam umdrehte. Seine Augen verengten sich, darin ein missbilligender Schatten. Doch ich war noch nicht fertig. Mit schnellen, entschlossenen Schritten ging ich auf ihn zu.

»Mein Vater, mein Cousin, Señor Gomez – und jetzt auch du!« Meine Stimme brach, aber ich zwang mich, weiterzusprechen. »Ihr alle behandelt mich wie ein Kind. Ihr tut so, als wärt ihr allwissend, als hättet ihr alles unter Kontrolle, und ich wäre zu dumm, um irgendetwas zu begreifen. Dabei seid ihr diejenigen, die keine Ahnung haben!« Meine Brust hob und senkte sich rasch, während meine Wut unaufhaltsam überkochte. »Keiner von euch – kein Einziger – hat mich jemals gefragt, was ich von alldem denke. Was meine Einschätzung ist. Ich bin diejenige, die mit ihm leben muss, die mit seinen Nachrichten, seiner Präsenz, seiner … seiner krankhaften Obsession fertigwerden muss! Nicht ihr. Ich!«

Ein brennender Kloß saß in meinem Hals und ich spürte, wie meine Augen sich mit Tränen füllten. Bevor sie die Oberhand gewinnen konnten, wischte ich sie hastig weg. »Also ja, Miguel, ich *kenne* meinen Stalker. Ich lebe mit ihm seit über einem halben Jahr. Vielleicht hörst du mir einfach mal zu, statt mich wie ein dummes Kind zu behandeln! Vielleicht machst du deine Arbeit mal richtig, indem du mich nicht nur beschützt, sondern mir auch vertraust und nicht nur nach der Einschätzung meines Vaters handelst!«

Die Worte hingen schwer in der Stille, die folgte. Meine Brust zog sich eng zusammen und ich hielt den Atem an, während ich auf eine Reaktion wartete.

Die kalte Abwehr war aus Miguels Zügen verschwunden. Stattdessen lag da etwas anderes in seinen Augen, ein Ausdruck, den ich nicht einordnen konnte. Verständnis? Einsicht? Mitgefühl?

Bevor er etwas erwidern konnte, ertönten Stimmen von den Treppen, die hinauf an Deck führten. Im nächsten Moment tauchten Ester und Matteo auf.

»Wir wissen, wer es war«, erklärte meine beste Freundin. Als sie mein Outfit musterte, erhellte sich ihre Miene einen Moment. »Krass, sogar ein übergroßes Jackett steht dir richtig gut.«

Miguel trat einen bestimmten Schritt auf sie zu, woraufhin sie zurückwich. »Wer hat sie geschubst?«

Nun ergriff Matteo das Wort. »Es war Selena Rodriguez.«

Etwas in mir löste sich aus Erleichterung, nicht den Verstand verloren zu haben, zeitgleich wurde alles eiskalt. »Selena Rodriguez?«

Ester nickte. »Eine Kommilitonin hat sie gesehen. Sie meinte, sie wäre schon seit Tagen pissig auf dich.«

»Aber warum? Was hab ich ihr getan?«

»Na ja ...« Ester und Matteo sahen sich verunsichert an. »Sie und Louis haben wohl etwas miteinander und außerdem ... Selena hat ihren Platz bei der Pasarela Futuro verloren, damit du teilnehmen kannst.«

Mein Mund klappte auf, raus kam jedoch nichts. Ich hatte nicht gewusst, dass jemand anderes ihren Platz für mich hatte hergeben müssen, und wenn ich ehrlich war, wäre ich an Selenas Stelle sicherlich ebenso wütend auf mich. Ein Gemisch aus Wut, Verzweiflung und Enttäuschung begann in mir zu brodeln, weil ich mir erneut die Frage stellte, ob ich alles nur wegen meines Vaters zugeworfen bekam und nicht, weil ich gute Arbeit leistete. Dass andere weichen mussten, nur damit ich meinen Weg gehen konnte, war das Letzte, was ich wollte, und das konnte ich nicht auf mir sitzen lassen.

»Camila?« Erst als Matteo mir mitfühlend über den Oberarm strich, merkte ich, dass sich eine Träne aus meinem Auge gelöst hatte und nun über meine Wange lief. Hastig wischte ich sie mir aus dem Gesicht und traute mich, einen Blick in Miguels Augen zu werfen. Er sah mich viel intensiver an, als mir lieb war.

»Sie ist zu weit gegangen«, meinte Ester. »Ich meine – ja, wir verstehen, dass das eine Scheißsituation für sie ist, aber wenn sie einfach zu schlecht ist, muss sie nicht dir die Schuld dafür geben.« Ester wollte mich vermutlich trösten. Doch die Schwere in meinem Magen wurde immer heftiger. Ich musste hier weg.

»Ich will jetzt gehen« waren meine letzten Worte, ehe ich mich an ihnen vorbeidrückte und den Ausgang ansteuerte.

Nur zwanzig Minuten später erreichten wir unsere dunkle Einfahrt. Ein Blick hinauf zum Fenster meiner Mutter verriet mir, dass noch Licht brannte. Sie hatte durch die Depressionen mit Schlafproblemen zu kämpfen und war oft nachtaktiv, ließ das Licht stets an, als würde sie auf seine Rückkehr warten. Manchmal legte ich mich nachts zu ihr, um ihr nah zu sein, auch wenn sie so weit entfernt war. Auch diese Nacht würde ich sie wieder brauchen.

Der Motor verstummte. Meine Stirn lehnte an der Fensterscheibe, und obwohl die Heizung lief, spürte ich immer noch die Kälte des Wassers, die in meinen Knochen steckte. Und die Kälte, die die Wahrheit mit sich gebracht hatte.

Selena. Es war Selena Rodriguez gewesen, die mich geschubst hatte.

Zu Recht.

Diese Erkenntnis hatte sich in meinen Kopf gebrannt, egal, wie vehement ich versuchte, sie wegzuschieben. Auch wenn ihre Eifersucht, was Louis betraf, absolut lächerlich war, war die Pasarela Futuro für sie sicherlich genauso wichtig, wie sie es für mich war. Es war eine Chance, auf die sie bestimmt seit Jahren hinarbeitete. Und dann war ich gekommen mit meinem scheißbekannten Nachnamen und der unvermeidlichen Extrabehandlung, die mich schon mein ganzes Leben lang begleitete, und hatte ihr damit alles genommen. Obwohl ich nicht darum gebeten hatte, hatte ich den Platz bekommen, der eigentlich ihr zustand. Ich fühlte mich nicht nur schuldig, ich fühlte mich vor allem auch von der *EstiloArte* hintergangen, nicht ernst genommen und nur auf meinen Namen reduziert.

Seufzend ließ ich meinen Kopf gegen die Lehne sinken und schloss kurz die Augen. Die Wut, die ich zuvor gespürt hatte, war einer tiefen, nagenden Traurigkeit gewichen. Welchen Anerkennungen konnte ich noch trauen? Waren die Dinge, die ich erreichte, wirklich meine Erfolge? Oder waren sie nur das Ergebnis des Reichtums und der Macht meiner Familie?

»Sie hatten recht«, unterbrach Miguels leise Stimme meine Gedanken. Ich blinzelte überrascht und drehte den Kopf zu ihm. Er starrte hinaus, reglos. Erst einen langen Moment später wandte er sich mir zu. »Ich habe Sie wie ein Kind behandelt und hätte Ihnen zuhören müssen. Ich weiß nicht, was Sie haben durchmachen müssen, aber wenn Sie sich bereit fühlen«, er machte eine Pause, in der sein Blick mein Gesicht abfuhr, ehe er sich etwas näher lehnte, »dann höre ich Ihnen zu.«

Mein Mund klappte auf. Sein Eingeständnis kam unerwartet. Würde er mich nicht mit diesem lästigen Sie ansprechen, hätte ich den Klang seiner Worte und wie er mich dabei ansah beinahe als vertraut aufgefasst.

»Was willst du wissen?«

»Was *muss* ich wissen? Was hat Sie so sicher gemacht, dass er es nicht war, der Sie gestoßen hat?«

Mein Blick schweifte ins Leere. Gedankenversunken holten mich Erinnerungen ein, die ich mit aller Kraft verdrängen wollte. »Er ist bisher nicht handgreiflich geworden. Ich habe das Gefühl, er möchte mir nicht wehtun, stattdessen hat er es vielmehr darauf abgesehen, mir das Leben schwer zu machen. Er …«, ich rümpfte angewidert die Nase, »er will meine Angst, doch die bekommt er nicht.« Damit sah ich auf, direkt in seine Augen. Es überraschte mich, dass ich innerlich ins Straucheln kam, als ich in Miguels sanfte und doch so raue Iriden sah. Also wandte ich mich hastig wieder ab und sah hinab auf meine Finger.

»Das Erste, das von ihm kam, war eine verloren gegangene Brosche meines Vaters mit dem Familienwappen. Er hatte sie mir geschenkt, als ich fünfzehn wurde, und ich hatte vor einem Jahr gemerkt, dass sie weg war. Dann lag sie plötzlich vor der Haustür, eingepackt wie ein Geschenk. Zuerst dachte ich, jemand hat sie gefunden und zurückgebracht, doch die Nachricht, die dabei lag …« Ich schluckte, spürte dasselbe unwohle Drücken in meiner Brust, das sich auch damals schon in mir breitgemacht hatte. Nur dass ich da noch nicht hatte deuten können, was das alles zu heißen hatte. *»Hüte die Dinge, die dir wichtig sind. Früher oder später werde ich sie euch nehmen«*, erinnerte ich mich und zuckte mit den Schultern. »Ich habe es nicht ernst genommen, auch wenn es seltsam war.«

»Hat er je etwas gesagt, das auf sein Motiv hinweist?«, fragte Miguel.

»Nein. Alles, was er tut, wirkt so … kalkuliert. Er zeigt, dass er mich kennt, dass er weiß, was mir wichtig ist.« Einen Moment presste ich die Lippen zusammen, als sich in meiner Brust ein schmerzhaftes Ziehen bemerkbar machte, je tiefer ich in meinen Erinnerungen wühlte. »Ich habe angefangen, Zettel an Orten zu finden, an denen ich mich sicher gefühlt habe. Im Atelier, in meinem Auto, einmal sogar in meinem Buch. Sie alle enthielten ähnliche Botschaften: *Ich sehe dich*. Dinge, die mir signalisieren: Ich tu dir nicht weh, aber ich hab dich unter Kontrolle. Auch die Sache mit den Erdnüssen … Sie waren gemahlen unter meinen Salat gemischt worden. Ich habe zwar nur eine leichte Allergie, doch eine gewisse Anzahl an Nüssen reicht, um mich auszuknocken. Nicht lebensbedrohlich, aber es kann mich echt umhauen. Es war … als wüsste er das. Ich habe manchmal das Gefühl, er kennt mich besser, als ich denke.«

Miguel hatte in der Zwischenzeit die Brauen zusammengezogen. Sein Kiefer zuckte, ehe er sachte den Kopf schüttelte und tief durchatmete, als müsse er sich sammeln. »Hat er jemals Kontakt zu jemandem aufgenommen, den Sie kennen? Sind anderen auch komische Dinge passiert?«

Ich nickte langsam. »Er schickte ein Paket an meinen Vater, kurz nachdem die erste Nachricht auftauchte. Darin war ein Kleid aus meiner Kollektion, das ich nie veröffentlicht hatte – ein Entwurf, der damals noch nicht fertiggestellt war. Mein Vater dachte, ich hätte es verschickt, aber ich hatte keine Ahnung, wie er darangekommen war. Auch als ich in Madrid bei meinem Cousin untertauchte, war er trotzdem überall, schickte mir Briefe und … es kam sogar zum Brand in meinem Zimmer dort. Es hat sich angefühlt, als ob er mir sagen wollte, dass er in meine Welt eindringen kann, wann immer er will.«

Mein Blick verdunkelte sich, sobald er auf die Wunde an meinem Finger fiel. Ich musste das Pflaster im Meer verloren haben. Vorsichtig fuhr ich über den Schnitt, während eine blutrote Erinnerung durch mein Gedächtnis zuckte. Ich presste die Augen zusammen. »Der Nachtangriff letztens … das viele Kunstblut auf meinem Körper …«, begann ich mit viel zu kratziger Stimme. »Ich weiß nicht, ob es beabsichtigt war oder ob mein Kopf spinnt, aber …« Ich machte eine Pause, hob den Blick und ein Schauer lief mir über den Rücken. »Mein Spiegelbild hat mich an meine Tante erinnert.«

»Ihre Tante?«

Ich nickte. »Ich war noch ein kleines Kind, als auch sie von einem Stalker angegriffen wurde. Sie fiel in einen Glastisch und hatte am ganzen Körper Schnittwunden. Mein Cousin Felipe hat sie blutüberströmt auf dem Boden gefunden.«

Miguel schnaubte hörbar. »Und Sie denken, das könnte …«, begann er irgendwann nach einer nachdenklichen Pause.

»Das hat nichts mit meinem Stalker zu tun.« Ich schüttelte entschlossen den Kopf – nein, das konnte nicht sein. »Meiner verhält sich ganz anders als der meiner Tante. Viel ruhiger, hält sich nur im Hintergrund auf, und ihr Stalker ist damals auch festgenommen worden. Doch … ich weiß nicht, das Blut hat mich einfach nur daran erinnert.«

Irgendetwas brachte mich dazu, mich wieder zu ihm umzudrehen. In Miguels Gesicht stand pure Härte. Nur in seinen Iriden … je länger ich hineinsah, desto mehr erkannte ich so was wie Mitgefühl, etwas Zartes, Zerbrechliches. Schließlich schüttelte er fassungslos den Kopf.

»Wie halten Sie das alles aus?«, hauchte er mit ruhiger Stimme. Eine solche Frage war das Letzte, was ich erwartet hatte. Ich hatte vielmehr damit gerechnet, dass er sich sachlich und distanziert ein paar Informationen zu meinem Stalker einholen wollte – ohne Emotionen, ohne Mitgefühl. Doch die Regung in seinen Augen, das Kratzen in seiner Stimme, beinahe so, als würde er sich sorgen, brachte mich vollkommen aus dem Konzept. Und ich hasste alles daran. Ich hasste Sorge. Ich hasste Angst. Ich hasste Mitleid.

»Ich verabscheue ihn und alles, was er getan hat«, gab ich also entschlossen von mir und richtete mich auf. »Er hat meine gesamte Familie aufgewühlt, mir meinen Alltag genommen und so vieles kaputt gemacht. Alles, was ich für ihn übrighabe, ist Hass. Aber Angst oder Schwäche … die bekommt er nicht von mir.«

»Sie wissen aber, dass Angst keine Schwäche ist, oder?« Seine Worte kamen unerwartet, vor allem von jemandem, von dem ich gedacht hatte, dass er das Wort Schwäche gar nicht kannte. Mühevoll versuchte ich, den Kloß, der sich nun in meiner Kehle bildete, wegzuatmen, presste die Lippen aufeinander und spürte, dass mein Herz wieder zu rasen begann. Dabei war Miguels Blick so verdammt sanft, dass ich mich fragte, ob mir sein Doppelgänger gegenübersaß. Das warme Licht vom Eingang ließ seine Züge weicher wirken als sonst. Für einen Moment verlor ich mich in ihm.

»Die einzige Angst, die ich habe, ist, verrückt zu werden«, flüsterte ich, der Blick ins Leere gerichtet. »Vielleicht bin ich das schon längst. Sehe Dinge, die nicht da sind. Nachdem man wochenlang ohne Kontakt zur Außenwelt eingesperrt war, freundet man sich vermutlich irgendwann mit Geistern an.« Um die Schwere des Themas etwas zu lösen, grinste ich schief. Doch Miguel erwiderte es nicht. Er sah mich nur an.

»Sie waren wochenlang eingesperrt?«

»Ja, mein Vater hat mir jeglichen Kontakt zu anderen Menschen verboten, bis geklärt war, ob es sich bei der verdächtigen Person wirklich um den Stalker handelte. Er ist … ein extremer Kontrollfreak und nach dem Ganzen heute … Mal schauen, ob ich die nächsten Tage rausdarf. Vielleicht hast du Glück und bekommst dadurch frei.« Auch bei meinem nächsten Lacher stieg er nicht mit ein. Vermutlich, weil nichts daran lustig war. Vermutlich, weil ich damit einfach nur überspielen wollte, wie belastend die Situation für mich wirklich war. Vielleicht fragte sich Miguel gerade, weshalb ich so dumm gewesen war, trotz Volljährigkeit mir all das von meinem Vater gefallen zu lassen. Ich hätte gehen können. Nur wohin? Ich wollte meine Mutter unter gar keinen Umständen verlassen, und der Gedanke, vielleicht – nur vielleicht und wenn ich alles richtig tat und bei ihm blieb – irgendwann meinem Vater zu genügen, war zu verlockend gewesen.

Doch Miguel fragte nicht danach. Wahrscheinlich, weil es ihm auch einfach egal war. Er sagte rein gar nichts mehr. Sah mich nur noch entgeistert, irgendwie getroffen an. Also wandte ich mich schließlich hastig ab.

»Willst du noch was wissen? Ansonsten würde ich dann nämlich endlich schlafen gehen.«

Nun räusperte er sich endlich. »Nein, das reicht. Danke.«

Das Klicken seiner Tür verriet mir, dass auch er ausstieg und mir folgte. Sobald ich an der obersten Stufe unserer Steintreppe ankam, durchbrach er das ruhige Zirpen der Grillen um uns herum.

»Ich werde Ihrem Vater nichts von dem Vorfall heute erzählen«, sagte er mit entschlossener Stimme.

»Was?« Überrascht drehte ich mich um. Miguel stand zwei Stufen tiefer, womit wir auf Augenhöhe waren. »Wieso nicht?«

»Er hat mich für Ihren Stalker angestellt. Nicht für irgendwelche eifersüchtigen Studentinnen«, erklärte er, ehe unerwartet sein Mundwinkel zuckte. Sachte, kaum merklich. »Außerdem … kann ich auf ein paar Tage Urlaub verzichten.«

»Danke, Miguel«, hauchte ich müde und trat noch einen Schritt näher. Sein Blick fuhr mein Gesicht ab, als würde er darin etwas suchen. Es prickelte an jeder Stelle, die er damit berührte.

Erst jetzt fiel mir auf, wie stark sich seine sonst so zusammengezogene Augenpartie geglättet hatte. Die tiefe Zornesfalte zwischen den Brauen war verschwunden. Irgendwo in seinen Augen konnte ich ein Lächeln erkennen. Dann wurde es schlagartig wieder kalt.

»Ich mache nur meinen Job.«

Kapitel 15

Camila

»Bist du sicher, dass du das machen willst?«

Das Campuscafé war wie immer voller Leben. Irgendwo im Stimmengewirr der anderen Studierenden ertönte das Zischen der Kaffeemaschine, dann klirrte Geschirr. Ich warf den Blick zur großen Fensterfront, durch die warme Strahlen in den Raum fielen. Trotzdem fühlte ich mich, als säße ich im Schatten, unfähig, mich aufzuwärmen.

»Camila.« Mein Blick zuckte zurück zu meiner besten Freundin. Ester saß mir gegenüber, ihre Cappuccino-Tasse in der Hand. Weil ich nicht reagierte, schüttelte sie entgeistert den Kopf. »Sie hat dich geschubst und du bist zehn Meter in die Tiefe gefallen. Das hätte verdammt böse ausgehen können. Und *du* willst dich *bei ihr* entschuldigen?«

Obwohl ihre Stimme kühl und fest war, lag in ihrem Blick warme Sorge.

»Ich weiß, dass es gefährlich war«, antwortete ich leise. »Und ich finde auch nicht gut, dass sie es getan hat. Aber sie hat mich nicht aus Spaß geschubst. Das war ein Akt der Verzweiflung und Wut. Ich weiß, wie sich das anfühlt.«

»Weil sie neidisch ist? Sorry, aber das rechtfertigt gar nichts. Wenn sie sich nicht im Griff hat, ist das ihr Problem.«

»Es ist mehr als nur Neid«, entgegnete ich und lehnte mich zurück, ehe mein Blick zurück zu dem Tisch vor dem Café wanderte. Selena Rodriguez saß mit ein paar Kommilitoninnen im Innenhof der Uni vor mit Eis gefüllten Kaffeebechern und lachte. Ich wusste, dass ich auf sie zugehen wollte, weil ich ein überempathischer People Pleaser war, der einfach nur dazugehören wollte. »Sie hat ihren Platz bei der Pasarela Futuro verloren, Ester.« Ich sah meine beste Freundin an. »Weißt du, wie viel das bedeutet? Sie hat jahrelang darauf hingearbeitet. Und ich … ich bin einfach reingerutscht. Wegen meines Namens, meines Vaters, meines Hintergrunds. Wenn ich sie wäre, würde ich mich auch hassen.«

In dem Moment nahm ich wahr, dass eine Gruppe Studenten vom Nebentisch in meine Richtung spähten. Tuschelnd wandten sie sich wieder ab, sobald ich in ihre Gesichter blickte, ehe sie auffällig in Miguels Richtung deuteten. Er saß mit uns am Tisch, hatte aber zwei Stühle zwischen uns Platz gelassen. Ob er uns zuhörte oder nicht, ließ er sich nicht anmerken.

Langsam sank ich noch etwas tiefer in den Stuhl, spürte, wie sich Hitze in meinen Wangen ausbreitete. Heute war der erste Tag nach der Party, an dem wir wieder Uni hatten, und der Vorfall mit Miguel schien einigen im Gedächtnis geblieben zu sein. Den ganzen Sonntag hatte ich im Bett verbracht, über Selena und die Pasarela Futuro nachgedacht. Ich hatte keine Lust mehr auf dieses Chaos.

»Es ist nicht deine Schuld, Camila.« Esters Stimme holte mich wieder aus meinem Gedankenwirrwarr. Sie hatte das Gesicht gequält verzogen, schüttelte den Kopf und starrte mich durch mitleidende Augen an. Wie ich diesen Ausdruck hasste. So sehr, dass ich mich abwenden musste. »Wenn überhaupt sollte sie wütend auf die Uni sein. Nicht auf dich.«

»Aber ich bin Teil davon. *Vestura* ist Geldgeber der *EstiloArte*. Ich habe mir nichts hiervon verdient. Die Leute sehen mich und denken, ich bekomme immer alles geschenkt. Und wahrscheinlich stimmt das auch. Wahrscheinlich wäre ich ohne meine Familie nur irgendein Looser.«

»Hör jetzt auf mit dem Quatsch. Du bist Camila Luminia. Ob mit deiner Familie oder ohne, die Dinge, die du erschaffst, sind großartig. *Du* bist großartig. Und du hast dir das verdammt noch mal verdient.«

Mit einem Schnaufen schüttelte ich den Kopf, ehe ich wie von selbst direkt in Miguels Augen sah. Wie lange hatte sein Blick schon auf mir gelegen? Er war irgendwie nachdenklich und forschend. Dann sah er wieder weg, als wäre nichts gewesen.

Ich schenkte Ester ein dankbares Lächeln. »Danke, aber ich denke, ich werde es trotzdem tun. Sie verdient ihren Platz. Und ich will, dass sie weiß, dass es mir leidtut. Egal, was sie danach denkt.«

Ich konnte sehen, wie Esters Haltung weicher wurde. »Du bist echt zu gut für diese Welt, weißt du das?«

Ein Moment der Stille lag zwischen uns, dann nickte ich. Die Entscheidung war gefallen. Ohne noch länger drüber nachzudenken, schob ich meinen Stuhl zurück, atmete tief ein und erhob mich. Mein Herz klopfte schneller, je näher ich dem Ausgang und somit auch Selena kam. Ihr enger schwarzer Zopf ließ sie noch strenger wirken als sonst. Keine einzige Strähne saß schief, ihr gesamtes Auftreten – die schwarzen Boots, die hellblaue Momjeans, die Vintage-Lederjacke von Acne Studios, abgerundet mit ausladendem 90s-Schmuck – war einfach perfekt. Selena war eine dieser Frauen, die einfache Alltagsmode zu High Fashion machen konnten. Ein Talent, das man ihr nicht absprechen konnte. Sie hatte ihren Platz bei der Pasarela Futuro mehr als verdient.

Umso schwerer fiel es mir, mich nun vor sie zu stellen und sie darauf anzusprechen. Ich hörte jeden einzelnen Atemzug laut in meinen Ohren. Meine Hände zitterten leicht, als ich an ihrem Tisch ankam und sie den Kopf hob. Schlagartig stellten sie die Gespräche ein. Einen Moment weiteten sich ihre Augen, nur um sich anschließend misstrauisch wieder zu schmälern.

»Camila«, sagte sie kühl, fast herausfordernd. »Was willst du?«

Ich atmete tief durch, verschränkte meine zitternden Arme. »Ich möchte mit dir reden. Über das, was passiert ist.«

»Wenn du denkst, dass ich mich entschuldigen werde, irrst du dich.«

Obwohl mir ihre patzige Art ganz und gar nicht gefiel und ich sonst nicht so mit mir reden ließ, schluckte ich und schüttelte den Kopf.

»Ich brauche keine Entschuldigung«, meinte ich. Sie hob abwartend die Brauen. »Ganz im Gegenteil: Ich möchte mich bei dir entschuldigen.« Sie warf ihren Freundinnen einen entgeisterten Blick zu, ehe ich weitersprach. »Für das, was passiert ist. Für das, was ich verursacht habe.«

Sie hob eine Augenbraue, als würde ich eine andere Sprache sprechen. »Willst du mich irgendwie verarschen? Tust du jetzt auf Mutter Teresa? Du hast alles bekommen, was du wolltest.«

Die Worte trafen mich härter, als ich erwartet hatte. »Ich habe deinen Platz nicht gewollt«, sagte ich schließlich, meine Stimme leiser, aber fest.

Sie lachte gehässig. »Verkauf mich nicht für blöd. Natürlich wolltest du den Platz haben.«

»Nein, ich meine … ich wollte *einen* Platz haben. Das ist mein Traum, genauso wie es deiner ist. Aber ich habe nicht gewusst, dass sie dir den Platz dafür wegnehmen. Das hätte ich niemals gewollt.«

Ein Funke von Überraschung blitzte in ihren Augen auf, doch sie ließ ihn schnell wieder verschwinden. »Und? Was ändert das jetzt? Glaubst du, ein *Es tut mir leid* bringt mich zurück in die Pasarela?«

»Ich könnte mit der Direktorin oder mit meinem Vater sprechen und …«

»Das ist einfach nur widerlich«, unterbrach sie mich und rümpfte angeekelt die Nase. Während sie mich mit ihrem Blick quälend langsam von oben bis unten abfuhr, wurde mein Atem flacher, es fühlte sich an, als würde jemand meine Brust zusammendrücken. »Nein danke, ich verzichte auf die Hilfe von Camilas Daddy. Im Gegensatz zu dir erarbeite ich mir meinen Erfolg nämlich selbst.«

Nur ein zittriger Atemzug entkam meiner Kehle und alles in meiner Brust krampfte sich zusammen. Ich wollte etwas sagen, irgendetwas, aber die Worte schienen irgendwo in meiner Kehle festzustecken. Ein dumpfes Pochen begann sich hinter meinen Schläfen auszubreiten, meine Hände waren kalt und taub.

»Ganz ehrlich«, fuhr sie fort, »es ist mir egal, was du tust. Zeig mich an, verpetz mich bei der Uni, hetz deinen Bodyguard auf mich, aber nerv mich nicht.« Damit deutete sie hinter mich, woraufhin ich mich überrascht umdrehte. Miguel stand mit einigen Metern Entfernung hinter mir, seine Arme verschränkt, sein Blick scharf. Trotz der Distanz schien für alle klar zu sein, dass er zu mir gehörte. Und dass er mein Bodyguard war.

Fuck. Das machte die Sache noch so viel schlimmer.

»Oh … nein …«, stammelte ich beunruhigt, meine Stimme war jetzt ein Flüstern, das nicht mal ich selbst richtig hören konnte. Meine Finger begannen zu zittern und ich spürte, wie sich der Boden unter meinen Füßen leicht bewegte. »Miguel ist nicht mein Bodyguard. Er … er ist mein Freund.«

Die Lüge kam mir über die Lippen, bevor ich überhaupt darüber nachdenken konnte. Mir war keine andere Möglichkeit eingefallen, den Moment zu retten und mein Image als verwöhntes, arrogantes Püppchen irgendwie zu korrigieren. Doch als ich zurück in Miguels Richtung sah, starrte er mich entgeistert an. Es war offensichtlich, dass ihm diese Aktion ganz und gar nicht gefiel.

»Ist mir auch scheißegal«, entgegnete Selena. »Lass mich einfach in Ruhe.«

Ihre Worte waren der letzte Tropfen, der das Fass zum Überlaufen brachte. Mein Atem wurde noch flacher, noch schneller, meine Hände zitterten so sehr, dass ich sie zu Fäusten ballen musste, um es zu verbergen. Ich spürte deutlich das Rasen meines Herzens, und ein unangenehmer Schwindel ergriff mich.

»Entschuldige mich«, murmelte ich, doch meine Stimme war so schwach, dass ich bezweifelte, dass Selena oder ihre Freundinnen mich überhaupt hörten. Ohne auf eine Antwort zu warten, wandte ich mich abrupt ab und hastete schnellen Schrittes über den Innenhof der Uni in Richtung WC. Die Tür zur Toilette schien kilometerweit entfernt, aber ich erreichte sie irgendwie, drückte sie auf und verschwand in der ersten Kabine, die ich finden konnte. Sobald sie hinter mir ins Schloss fiel, lehnte ich mich gegen die Wand und ließ meinen Kopf nach hinten fallen. Meine Hände pressten sich wie von selbst auf meine Brust, versuchten, das wilde Hämmern meines Herzens zu beruhigen. All meine Glieder waren taub und kribbelig. Sicherlich hatte ich einen Herzinfarkt oder einen Schlaganfall …?

Hitze breitete sich in meiner Brust aus, als würden meine Lungenflügel in Flammen stehen. In der Hoffnung, es irgendwie wegreiben zu können, fuhr ich mit der flachen Hand darüber. Immer und immer wieder. Doch die Luft, die in meine Lunge kam, reichte nicht aus, um das Gefühl auszulöschen. Tränen brannten in meinen Augen und ich zwang mich, sie wegzublinzeln, während ich immer wieder flach ein- und ausatmete.

Die Wand drückte sich in meinen Rücken. Meine Beine ließen nach und ich sackte zusammen. Schutz suchend schlang ich meine Arme um die Knie, versteckte das Gesicht und presste die Augen zusammen. Vielleicht konnte ich so ja einfach warten, bis das Gefühl vorüber war. Und es funktionierte. Je öfter sich mein Brustkorb gegen die Knie presste, ich dem Geräusch meines Atems lauschte und nichts als Dunkelheit hinter meinen Lidern sah, desto mehr verflüchtigte sich die Hitze in mir. Langsam, aber sicher verwandelte sich die Taubheit in ein Kribbeln, das Gefühl in meinen Händen kam zurück.

Benommen sah ich schließlich auf, ließ den Kopf gegen die Wand hinter mir sinken. Auch wenn nach wie vor der Boden schwankte, normalisierte sich meine Atmung wieder. Was auch immer das eben gewesen war, es war vorbei, und ich musste schleunigst aus dieser Toilette raus, sonst schöpften die anderen noch Verdacht. Also zog ich mich wieder auf die wackeligen Beine, stolperte aus der Kabine und trat an den Spiegel. Unter meinen Augen lagen dunkle Schatten. Ich zückte meinen Concealer, um sie abzudecken, und pinselte mir ein Lächeln auf die Lippen. Gerade als ich gehen wollte, vernahm ich ein Geräusch in der hintersten Kabine. Ein Flüstern.

»Camila.«

Wie erfroren blieb ich stehen, starrte auf die Türen und lauschte in die Stille. Die Farbe der Schlösser zeigte mir, dass keine der Kabinen besetzt war, doch … ich hatte mir das doch nicht eingebildet, oder?

Ein kalter Atemzug legte sich in jeden Winkel meines trockenen Mundes. Ich schluckte und starrte einfach nur diese Kabine an, unfähig, mich zu bewegen. Die Türen standen still. Nichts bewegte sich, kein Schatten, keine Geräusche. Nur die dumpfe Stille des Raumes, die plötzlich viel zu schwer schien.

»Hallo?«, brachte ich mit fester Stimme heraus und bemühte mich, mir meine Anspannung nicht anmerken zu lassen. »Du machst mir keine Angst, checkst du das nicht?«

Doch es blieb still. Also schüttelte ich den Kopf und all die Anspannung von mir ab. Es war sicherlich nur mein Kopf gewesen, der mich hatte reinlegen wollen. Wie so oft in letzter Zeit.

Ich wollte mich gerade zum Gehen wenden, als ich noch mal ein Geräusch wahrnahm. Ein Hauchen, kalt und tief. Mein Herz setzte aus. Diesmal war ich mir sicher, dass ich es wirklich gehört hatte. Es war zu deutlich, um es als Einbildung abzutun. Den Blick fest auf die Kabinen gerichtet, machte ich einen Schritt auf sie zu. Meine Finger zitterten, als ich die erste Tür erreichte. Ohne groß drüber nachzudenken, stieß ich sie auf und wich anschließend zurück. Nichts. Sie war leer. Mein Herzschlag beschleunigte sich, als ich bei der zweiten ankam und die Prozedur wiederholte. Wieder nichts. Reglos und leer.

Also trat ich zur letzten, langsamer, bedachter als vorher. Bevor ich sie aufstieß, spähte ich durch den kleinen Schlitz zwischen

Tür und Kabinenwand. Er war so schmal, dass man kaum etwas erkannte. Behutsam trat ich noch näher. Mit zusammengekniffenen Augen linste ich hindurch. Ich keuchte nur noch. Mein Atem hatte sich irgendwo in meiner Kehle verfangen. Außer der weißen Toilettenwand war tatsächlich nichts zu sehen. Kein Schatten, kein Körper. Das konnte doch nicht wahr sein, oder?

Ich war mir sicher, allein zu sein, bis ich aus der Tiefe der Kabine plötzlich einen Atemzug hörte. Langsam und doch so zischend laut, dass ich mir sicher war, wem auch immer er gehörte, er stand nur wenige Zentimeter entfernt von mir. Meine Kehle schnürte sich zusammen, ich spürte meinen Herzschlag in jedem Winkel meines Körpers. Obwohl ich die Tür einfach hätte aufstoßen können, blieb ich wie festgefroren stehen. Sein Gesicht an meinem, Atem an Atem, nur getrennt durch diese dünne Tür. Mein gesamter Arm zitterte, als ich ihn hob und die Hand an die Tür legte. Langsam, ganz langsam drückte ich dagegen, ließ den Spalt sich öffnen und erhaschte die Silhouette eines dunklen Schattens, der …

»Ist alles in Ordnung?« Mit pochendem Herzen taumelte ich zurück, in dem Moment, in dem Miguel die WC-Tür leicht öffnete und mich musterte. Mein Blick wanderte von ihm zurück zur Kabine, einen Moment stand ich ganz still, bis mich die altbekannte Rage überkam. Mit fester Körperhaltung stieß ich die Kabinentür auf und …

Nichts. Sie war leer. Schon wieder nur Einbildung. *Fuck*, war das peinlich.

Miguel schien verstanden zu haben. Mit zwei großen Schritten war er bei mir, packte mich am Arm und schob mich hinter seinen großen Körper. Sein Blick wanderte durch die Kabine. Schließlich drehte er sich zu mir um.

»Was ist passiert?«

»Nichts«, gab ich mit krächzender Stimme von mir und verschränkte die Arme vor der Brust, weil ich anscheinend mal wieder nur Geister gesehen hatte. Doch Miguel musterte mich scharf.

Mit zusammengekniffenen Augen trat er noch näher, sah mich an, als könnte er mir mein rasendes Herz von den Augen ablesen.

»Verarschen Sie mich nicht.«

Ich schüttelte den Kopf. »Es ist wirklich nichts passiert. Ich habe nur etwas gehört. Aber wie du siehst«, ich deutete in die Kabine, »siehst du nichts. Also, alles gut.«

Weil mich langsam, aber sicher die vielen Gefühle der letzten halben Stunde überforderten, lief ich zurück zum Ausgang, um dieser Diskussion ein Ende zu setzen. Doch Miguel war noch nicht fertig.

»Wollen Sie mir nichts sagen, weil Sie Angst haben, dass Ihr Vater …«

»Darum geht es nicht!« Angespannt raufte ich mir die Haare. »Ich werde einfach nur langsam verrückt, okay? Ich bin die paranoide, dumme Camila Luminia, die Geister sieht, wo keine sind. Das ist die Wahrheit.«

»So ein Bullshit. Wenn Sie etwas merken, müssen Sie es mir sagen. Sie können nicht ständig lügen«, meinte er. Er klang wütend, doch gleichzeitig schwang in seiner Stimme auch Verständnis mit. »So wie das eben. Was sollte das?« Kaum war ich wieder auf dem Gang vor den Toiletten, stockte ich und drehte mich um. Miguel sah leicht verärgert aus, die Arme verschränkt.

»Sie haben gesagt, ich wäre Ihr Freund«, sagte er vorwurfsvoll.

»Ja …«, stammelte ich und sah mich ausweichend um, »das war eine Notlüge. Können wir das bitte einfach so stehen lassen?«

Sein Kiefer spannte sich deutlich an, er machte noch einen Schritt auf mich zu, wirkte entschlossen. »Nein, Sie müssen das klarstellen.«

»Wieso? Wieso kannst du mir nicht diesen einen Gefallen tun?« Aufgewühlt trat ich auf ihn zu, verärgert, dass, obwohl ich sie so lange verhindern konnte, nun doch Tränen in meinen Augen brannten. »Miguel, bitte. Das ist alles schon kompliziert genug. Ich will doch nur ein Mal in meinem Leben wie ein normaler Mensch wahrgenommen werden. Kein arrogantes Püppchen, keine Verrückte, keine aufmerksamkeitsgeile Tussi, die einen Bodyguard braucht … Du hast gesehen, wie sie mit mir umgehen, und ich … Ich erwarte natürlich nichts von dir, du musst mich nicht … küssen oder so …« Ich konnte nicht weiterreden. Meine Worte hingen schwer zwischen uns. Auch sein Blick veränderte sich leicht, die Brauen entspannten sich ein Stück, doch die Härte in seinen Augen blieb.

»Und das soll funktionieren? Was passiert, wenn die Leute anfangen, Fragen zu stellen? Haben Sie darüber nachgedacht?«

»Natürlich habe ich nicht darüber nachgedacht!« Ich spürte, wie meine Wut über die ganze Situation hervorbrach, obwohl ich wusste, dass Miguel nicht mein Feind war. »Ich habe über gar nichts nachgedacht, ich versuche einfach nur, mit dieser vollkommen überfordernden und seltsamen Situation klarzukommen. Versuche einfach nur, ein normales Leben zu führen und nicht aufzufallen.«

Für einen Moment schien seine Fassade zu bröckeln. Die Härte in seinem Blick wich etwas anderem – einem Verständnis, das mir Hoffnung gab, er würde nachgeben. Doch dann seufzte er tief und fuhr sich mit einer Hand durch die Haare, als würde er versuchen, einen inneren Kampf zu gewinnen.

»Hören Sie mir gut zu«, sagte er, seine Stimme jetzt leiser, beinahe im Flüsterton. Mit strengem Ausdruck kam er noch näher. Dann sah er sich kurz um. »Das hier bleibt eine einmalige Sache. Wenn Sie die Wahrheit nicht selbst klarstellen, wird die Lüge irgendwann auffliegen, denn ohne …« Er brach ab, als fiel es ihm ebenso schwer, die Worte auszusprechen. Für den Hauch einer Sekunde wanderte sein Blick dabei zu meinen Lippen, als wäre er neugierig, wie sich diese Lüge wohl anfühlen würde, bevor er wieder ruckartig in meine Augen sah. Auf meiner Haut blieb ein seltsames Kribbeln zurück. »… ohne irgendeine Nähe zwischen uns werden die Leute misstrauisch.«

Mit einem Mal intensivierte sich das Kribbeln, ehe ich nach Luft schnappte. Keine Ahnung, was das hier war, doch ich hatte das

Gefühl, als stünden wir beide am Abgrund. Zerrissen zwischen dem, was richtig war und … irgendetwas anderem.

»Da das keine Option ist, werden Sie sich bald wohl oder übel eine neue Lüge ausdenken müssen.«

Seine Worte waren endgültig, die Stimme ruhig, aber unnachgiebig. Sein Blick war so entschlossen, dass ich mich fragte, ob die Neugier, die ich eben darin geglaubt hatte zu sehen, nicht doch nur meiner Einbildung entsprungen war.

Kapitel 16

Miguel

Das Summen der Kaffeemaschine war das Einzige, das an diesem viel zu frühen Morgen zu hören war. Die Küche von Ricardos kleiner Wohnung war spärlich beleuchtet, die frühe Morgensonne drückte sich nur durch die schmalen Schlitze der Jalousien. In der Luft hing der Geruch von frisch gemahlenem Kaffee, als ich mich schwer auf einen der alten Stühle am Holztisch sinken ließ. Ich war viel zu früh auf den Beinen gewesen, hatte das Haus verlassen, noch bevor jemand wach geworden war. Ich wusste, dass Señora Luminia an diesem Sonntagmorgen noch schlief und nach dem Frühstück Dinge für die Uni erledigen wollte. Sie würde das Haus also nicht vor zwölf Uhr verlassen, weshalb mir genug Zeit blieb, um einfach mal für ein paar Minuten durchatmen zu können.

»Du siehst aus, als könntest du auch einen Kaffee gebrauchen«, stellte Ricardo fest, während er selbst einen Schluck nahm, und hob fragend die Brauen. Ich nickte stumm. Die letzten Nächte waren kurz gewesen, mein Kopf voller Gedanken. Vor allem, seitdem ich die ganze Geschichte rund um Camilas Stalker kannte. Vor allem, seitdem sie mich als ihren Freund betitelt hatte.

Ricardo stellte mir eine dampfende Tasse hin und ließ sich dann gegenüber von mir nieder. Er war bereits für seine morgendliche Joggingrunde angezogen, nach der er das Jugendzentrum öffnete.

»Was ist los?«

Meine Schultern zuckten, ich starrte in den schwarzen Kaffee, als würde er mir eine Antwort geben, was sich wirklich in mir abspielte.

»Ich wollte einfach mal wieder vorbeikommen.«

»So früh?«

»Keine Ahnung«, seufzte ich. »Die letzten Tage war viel los. Brauchte einfach mal wieder ein bisschen Ruhe und einen deiner berühmten Kaffees.«

Er schmunzelte, doch sein Lächeln verblasste schnell wieder. »Dieser neue Job …?« Ich hob den Kopf, als er mitten im Satz mit fragender Stimme abbrach. »Ich hab dich trainieren gesehen. Hast du wieder mit den Kämpfen begonnen?«

»Nein.« Ich wich seinem Blick aus und presste die Lippen aufeinander. »Ich trainiere nur noch, um Dampf abzulassen. Glaub mir.«

Er nickte eine Zeit lang, wirkte erleichtert, bis ein Schatten über sein Gesicht huschte. »Und was ist da noch zwischen dir und den Luminias?« Einen Moment wusste ich nicht, was ich sagen sollte, weil ich nicht erwartet hatte, dass er Bescheid wusste. »Ich hab euch gesehen.«

»Ich arbeite für ihn.«

»Miguel …« Er seufzte.

»Es ist nicht so, wie du denkst. Er hat mich als Personenschutz für seine Tochter angestellt.« Ricardos Gesicht blieb regungslos, für einen Moment sagte er nichts, starrte mich nur an.

»Camila Luminia.« Er sagte es, als wäre es eine Frage, doch irgendwas verriet mir, dass es keine war.

Ich nickte.

»Du weißt nicht, mit wem du dich da einlässt.«

»Ricardo, entspann dich mal«, lachte ich. »Ja, Raul Luminia ist ein Arsch, aber das hier ist ein echter, ehrlicher Job. Nichts Illegales.«

Obwohl ich spürte, dass sich alles in ihm dagegen sträubte, zuckten auch seine Mundwinkel. »Ich will damit nur sagen, eine Familie wie die Luminias hat immer irgendeinen Dreck am Stecken und ich will nicht, dass du in noch mehr Probleme reingezogen wirst.«

»Ich kann damit umgehen«, winkte ich ab. »Und außerdem brauche ich das Geld. Ich habe keine andere Wahl. Oder soll ich doch wieder kämpfen? Da ist mir das Babysitten von ihr doch lieber.«

»Bezahlt er dich wenigstens gut?«

Ausweichend trank ich einen Schluck Kaffee. *Eigentlich* bezahlte Señor Luminia mich tatsächlich sehr gut, er hatte es seltsamerweise nur noch nicht in Angriff genommen.

»Ja«, sagte ich nur und sah dann wieder auf.

Ricardo lächelte leicht, wurde dann wieder ernst. »Wie ist sie so? Diese Camila.«

Mein erster Impuls war es, in einem kurzen Nebensatz zu erwähnen, dass ich kaum etwas über sie wusste, sie mir egal war. Doch etwas ließ mich tiefer in meinen Gedanken wühlen.

»Irgendwie anders, als ich gedacht hab. Offen, herzlich, *echt* …«, kam es unerwartet aus mir raus. »Die Dinge, die ihr angetan werden, sind echt hart.«

Ricardos Blick blieb reglos an mir hängen, dann lehnte er sich vor. »Die ihr angetan werden?«

»Irgendein kranker Stalker hat es auf sie abgesehen.«

»Klingt dramatisch.« Mit diesen Worten erhob er sich, um seine Kaffeetasse in die Spüle zu räumen. In seiner Stimme war etwas Undefinierbares, das wie Skepsis klang. »Pass nur auf, dass du dich nicht zu tief darin verlierst. Ich kenne dich. Wenn du dir etwas vornimmst, dann richtig.«

»Das meinte er auch …«, bemerkte ich gedankenversunken. Ricardo drehte sich zu mir um. »Señor Luminia.«

Sein Ausdruck verdunkelte sich. »Siehst du.« Er nahm mir die Tasse aus der Hand, um sie ebenfalls wegzuräumen. »Er nutzt dich aus. Er weiß, dass du dich da reinwerfen wirst, als wäre es das Wichtigste, das es gibt.«

»So ein Bullshit.« Ich schüttelte den Kopf. »Wieso sollte mir das so wichtig werden?«

»Weil Männer, die Frauen verletzen, dreckige Mistkerle sind und diese Situation viel in dir auslösen könnte, weil …« Mein Blick landete mit voller Schärfe auf ihm, woraufhin er verstummte und die Lippen aufeinanderpresste. Ich wusste, worauf er hinauswollte. Aber er wusste auch, dass ich nie darüber reden wollte. »Ich kenne dich, Miguel. Und deswegen pass auf, dass du dich emotional nicht zu sehr in Camilas Lage verstrickst.«

»Du interpretierst da zu viel rein, Ricardo.«

Abwehrend hob er die Hände zur Brust, ehe er sich abwandte und in sein Schlafzimmer lief. »Ich mache mir nur Sorgen«, meinte er. »Ich muss jetzt gleich los. Sehen wir uns später?«

Angespannt presste ich die Lippen zusammen, mein Kiefer knirschte. Ricardos Worte und die Erinnerungen, die er damit hervorgerufen hatte, hallten in mir nach. Schmerzhaft, voller Kälte. Um dem Gefühl irgendwie auszuweichen, erhob ich mich, lief ein paar Schritte durch den Raum und trat an das Regal.

Schieß doch! Du traust dich doch eh nicht!

Ich kniff die Augen zusammen, schüttelte den Kopf, ehe ich mich tief durchatmend gegen das Holz lehnte. Erst als ich die Augen wieder öffnete und den Kopf hängen ließ, fiel mein Blick auf ein Foto, das unter einem Stapel Bücher hervorlugte. Darauf zu sehen war ein alter Mann mit hängendem Kopf auf einer Bettkante. Neugierig zog ich es etwas hervor. Man erkannte nicht viel. Der Kopf war kahl, die Haut blass. Er trug einen weißen Kittel, ich vermutete, dass das Foto in einer Klinik aufgenommen worden war. War das Ricardos Vater?

»Miguel?« Als seine Stimme hinter mir ertönte, drehte ich mich schlagartig um. Skeptisch musterte er mich, ehe sein Blick auf das Foto fiel.

»Ja?«

Er zögerte. »Ich hab gefragt, ob wir uns später sehen.«

»Ach so«, ich winkte ab, »leider nein. Ich muss wieder zur Arbeit.« Er nickte. »Wer ist das?«, fragte ich schließlich neugierig, hob das Foto einmal an und legte es dann zurück, um ihm aus der Wohnung zu folgen.

»Ein alter Freund der Familie«, meinte er. »Das ist schon lange her. Also dann.« Draußen angekommen, band er sich seine schulterlangen Haare zu einem Zopf zusammen und zog sich die Kappe tief in die Stirn, schließlich klopfte er mir auf die Schulter. »Pass auf dich auf.«

»Jaja«, lachte ich und sah ihm nach, während er joggend um den nächsten Häuserblock verschwand.

Ein Hauch von Feuchtigkeit lag auf dem Asphalt, als ich die Straße passierte. Mein Wagen parkte am Ende des Platzes unter einer Straßenlaterne, die flackernd ihr Licht ausspuckte. Die Stadt war noch nicht ganz wach, aber irgendwo in der Ferne bellte ein Hund, und ein einsamer Fahrradfahrer zog eine Spur durch die morgendliche Stille.

Keine Ahnung, was es war, doch irgendetwas in dieser Stille fühlte sich falsch an.

Aufmerksam blieb ich einen Moment länger stehen als nötig und ließ meinen Blick über die leere Fläche schweifen. Hier und da wurde Plastikmüll über die Straße geweht, es raschelte an einer überquellenden Mülltonne, dann erkannte ich im Augenwinkel einen Schatten. Hastig drehte ich mich um. Die Umrisse der Hochhäuser auf der anderen Straßenseite wirkten wie gigantische Wächter, dazwischen verlassene und dunkle Gassen. In einer von ihnen glaubte ich eine Bewegung auszumachen. Vielleicht war es aber auch nur eine streunende Katze gewesen.

Instinktiv zogen sich die Muskelstränge in meinem Nacken zusammen, ein vertrautes Ziehen, das ich nur mit einer bestimmten Person verband. Langsam setzte ich mich in Bewegung, meine Schritte vorsichtig, aber bestimmt. Das Knistern des Kieses unter meinen Schuhen klang viel zu laut, und jedes Geräusch, das ich verursachte, schien von den Gebäuden um den Parkplatz herum zu mir zurückgeworfen zu werden.

Bis ein anderes ertönte.

Ein Quietschen von Reifen, gefolgt von einem tiefen, kehligen Lachen. Ein Lachen, das mein Blut gefrieren ließ.

Die Stimme war mir nur allzu bekannt. Ich stockte, spürte, wie mein Herz für einen Moment aussetzte und mir eiskalt wurde. Dann, langsam und angespannt, drehte ich mich um, entdeckte ihn zwischen zwei Häusern hinter seiner geöffneten Fahrertür.

Delgado.

Sein Gesicht war eine elendige, widerliche Fratze. Er grinste, zeigte seine Zähne und starrte mich einfach nur an. Ein Zeichen, dass sie mich beobachteten. Eine Erinnerung, dass meine Zeit bald abgelaufen war.

»Wo zur Hölle bleibt mein Geld?«, raunte ich in mein Handy, das ich auf Lautsprecher gestellt hatte.

Noch immer waren all meine Muskeln angespannt. Ich krallte mich voller Adrenalin an das Lenkrad, in meinem Kopf hallten Ricardos Worte nach. Hätte ich mich von Señor Luminia nicht dazu bringen lassen, an diesem verdammten Wettkampf teilzunehmen, wäre La Sangre Negra nie auf mich aufmerksam geworden.

»Du bekommst die ersten Tausend bald. Keine Sorge. Ich muss das alles nur ab…«

»Die ersten Tausend?!«, fragte ich entgeistert. »Wollen Sie mich verarschen?! Ich habe diesen Job nicht angefangen, um um Geld zu betteln. Zwanzigtausend, noch diese Woche, oder ich bin weg.«

»Bitte nicht«, flehte Señor Luminia. »Du bekommst dein Geld, versprochen! Aber bitte lass Camila nicht allein.«

Irgendwas zog sich in meinem Inneren zusammen, als er ihren Namen erwähnte. Nachdem sie mir erzählt hatte, welche kranken

Dinge ihr bereits passiert waren, konnte ich mir eigentlich nicht vorstellen, sie der Situation hilflos auszuliefern. Auch wenn ich es echt ungern tat, musste ich Ricardo recht geben. Ich war auf dem besten Weg, mich in Camilas Lage emotional zu verstricken. Doch das Ganze *musste* mir einfach egal sein. Hier ging es um meine Familie, um meine Zukunft, um das Geld, das alles besser machen würde.

»Wie geht es ihr denn?«, fragte Señor Luminia noch nach, ehe ich meinen Wagen wieder etwas weiter von ihrem Anwesen entfernt parkte. Ich hätte ihm von der Party erzählen können, dass seine Tochter von einer eifersüchtigen Studentin über die Reling gestoßen worden und sie zehn Meter in die Tiefe gestürzt war. Ich hätte ihm erzählen können, dass diese Studentin sie alles andere als fair behandelt hatte und sich seine Tochter mehr als aufgewühlt in die Toilette geflüchtet hatte. Ich hätte ihm auch von der Lüge erzählen können.

Doch nach all der Verzweiflung, die ich in ihrem Blick gesehen hatte, schwieg ich lieber. Und ich erklärte mir mein Schweigen damit, dass diese Angelegenheit nichts mit ihrem Stalker zu tun hatte und somit auch nicht in meinen Zuständigkeitsbereich fiel. Doch irgendetwas tief in mir vergraben wusste, dass es andere Gründe hatte, weshalb ich sie plötzlich nicht mehr dem Kontrollzwang ihres Vaters überlassen wollte. Wusste, dass ich mit ihr mitfühlte. Und ich hasste alles daran.

»Bisher alles ruhig.«

»Gut. Vielleicht ist er jetzt etwas eingeschüchtert, seitdem du an ihrer Seite bist. Sie braucht dich wirklich«, antwortete Señor Luminia, ehe es raschelte, als würde er einen Stapel Papier zurechtrücken.

»Dann besorgen Sie mir dieses verdammte Geld!«

»Ja, ja, ist schon gut.« Er seufzte laut. »Ich werde noch etwas länger auf Dienstreise sein. Die ganze nächste Woche. Danach bekommst du dein Geld. Ich muss jetzt los, aber ich verlasse mich auf dich.«

Damit beendete er das Telefonat, woraufhin ich das Gespräch noch mal Revue passieren ließ. Ich wusste, dass das Vermögen von *Vestura* mehrere Millionen umfasste. Ein paar Tausend wären ein Klacks für einen Geschäftsmann wie ihn. Wieso also rückte er nicht einfach das Geld raus?

Mit einem Seufzen steckte ich mein Handy in die Hosentasche, ehe ich ausstieg und die Straße hinauflief. Auf beiden Seiten reihten sich großzügige Anwesen aneinander, variierend von ultramodernen Glaspalästen bis hin zu Fassaden im klassisch mediterranen Stil mit elektronischen Toren.

Vor dem der Luminias hielt ich meine Schlüsselkarte an den Sensor, die ich von Señor Gomez erhalten hatte. Nur wenige Sekunden später glitt es beinahe geräuschlos zur Seite und offenbarte das eindrucksvolle Anwesen der Familie. Eine breite Auffahrt aus hellem Kies tat sich vor mir auf und führte zu dem imposanten Herrenhaus. Die Fassade war in einem cremefarbenen Ton gehalten, der in der Morgensonne wie polierter Marmor glänzte. Jedes Fenster war mit schweren Vorhängen verdeckt, die Privatsphäre und Diskretion gewährleisteten, doch mir war schon vom ersten Tag an aufgefallen, dass eines davon – das oberste – Tag und Nacht mit Licht gefüllt war. Ich fragte mich, ob dies das Zimmer von Señora Luminias Mutter war. Zwar wusste ich nicht viel von ihr, hatte in Gesprächen der Familie jedoch bereits aufgeschnappt, dass sie unter Depressionen litt, selten das Haus verließ und im obersten Stockwerk abgeschieden von allen anderen lebte. Wie einsam sich Camila wohl fühlen musste?

In meinem Zimmer angekommen, zog ich mich aus und trat in mein Badezimmer, um zu duschen. Gerade als ich wieder aus der Dusche trat und mir frische Klamotten überstreifte, hörte ich einen Schrei. Ich hielt inne, lauschte in den Raum, ehe ein dumpfer Schlag folgte. Obwohl ich die Stimme nicht ganz hatte einordnen können, war ich mir sicher, dass es Señora Luminia war.

Also eilte ich hinaus in den Flur und trat an ihre Zimmertür. Mein Herz raste spürbar in meiner Brust. Ich hatte sie allein gelassen, und das viel zu lange. Sobald ich ihre Zimmertür aufriss, stellte ich mit Entsetzen fest, dass sie nirgends zu sehen war, und mein Puls erhöhte sich noch weiter. Nach und nach klapperte ich die Zimmer im gesamten Anwesen ab, entdeckte ein Kaminzimmer, einen Salon, eine Bibliothek und eine Abstellkammer, bis ich schließlich im zweiten Stock in einem langen Korridor ankam und ein Rascheln durch die vorletzte, halb offen stehende Tür zu mir hervordrang. Ohne zu überlegen, stürmte ich los und stolperte in den mit Licht durchfluteten Raum.

Was ich sah, brachte mich unvermittelt zum Stillstand. Stoffrollen lehnten in der Ecke, einige entrollt, sodass ihre leuchtenden Farben wie Wellen über den Boden flossen. Auf einem großen Tisch lagen verstreut Skizzenblätter, Bleistifte, Scheren und Maßbänder. Eine Schneiderpuppe stand mitten im Raum, bekleidet mit einem dunkelblauen Kleid. Überall hingen Skizzen an den Wänden - Kleider, Anzüge, Muster, manche fein säuberlich gerahmt, andere nur mit Nadeln an eine Korkwand geheftet. Dieses Atelier unterschied sich deutlich von der strengen Eleganz des restlichen Anwesens. Hier schien nichts von der Perfektion des Hauses übrig zu sein – beinahe, als hätte ich einen Geheimgang in ihre Seele gefunden. In Camilas Seele.

Mein Blick wanderte weiter, bis er an ihr hängen blieb. Sie stand vor einem großen Spiegel mit goldenem Rahmen, halb mit dem Rücken zu mir. Ich schnappte unwillkürlich nach Luft. Sie trug ein burgunderfarbenes ausgefranstes Kleid, das einen hohen Beinausschnitt hatte und das sie sich lediglich locker vor die Brust hielt, weil es am Rücken noch offen war. Das Licht der frühen Sonne schimmerte auf der Seide und ich hasste mich dafür, dass mich ein einfaches Stück Stoff so aus der Fassung bringen konnte. Auch wenn jede Faser meines Körpers wusste, dass es nicht das Kleid war, das daran schuld war.

Die Dielen knarzten laut unter meinen Füßen, als ich mich bewegte, woraufhin sie erschrocken herumfuhr. Die Überraschung ließ ihre Augen groß werden.

»Miguel? Was machst du hier?« Ihre Wangen waren leicht gerötet.

Ich öffnete den Mund, klappte ihn wieder zu, nur um einen Moment später noch mal neu anzusetzen. Räuspernd trat ich näher, zwang mich zur Beherrschung. »Ich habe einen Schrei gehört.«

»Oh, das … sorry, mir geht's gut. Ich bin bei dem Versuch, das Kleid mit einer Nadel am Rücken zu schließen, nur hingefallen«, erklärte sie und zeigte ein entschuldigendes Lächeln.

Mit einem Nicken wollte ich mich abwenden, weil es sich falsch anfühlte, so viel nackte Haut von ihr zu sehen.

»Warte.« Ihre Bitte ließ mich stocken, vorsichtig sah ich wieder auf, darauf bedacht, ihr nur in die Augen zu sehen. »Kannst du mir vielleicht helfen?«

Es dauerte einen Moment, bis ich begriff, was sie meinte. Wirklich jeder Winkel meines Körpers sträubte sich dagegen, näher zu treten und die Finger an den sauberen, weichen Stoff zu legen. *An ihre weiche Haut.* Doch ich tat es dennoch, lief wie in Trance auf sie zu, woraufhin sie sich mit dem Rücken zu mir drehte und ihre Haare vor die Schulter zog. Bei der Bewegung wehte der Duft ihres Parfüms in meine Nase und mein ganzer Körper spannte sich an. Anmerken ließ ich mir dennoch nichts, blieb ruhig und professionell, wie es sich gehörte.

»Was genau soll ich tun?«

»Da muss irgendwo eine Nadel stecken. Damit verbindest du beide Seiten, damit ich später weiß, wo ich den Knopf anbringen soll.«

Obwohl ich die Nadel deutlich vor mir sah, zögerte ich und starrte nur auf ihre makellose Porzellanhaut. Glatt und zart mit einem warmen goldenen Unterton, der im Licht des Ateliers fast zu leuchten schien. An ihrer linken Schulter entdeckte ich einen winzigen, kaum wahrnehmbaren Leberfleck, weiter unten eine Narbe, die sicherlich einer Windpocke zuzuschreiben war. Während ich die Hand an den Stoff legte, merkte ich, wie mein Atem sich unwillkürlich verlangsamte, hoch konzentriert, nicht zu viel von ihr zu berühren, geschweige denn, sie mit der Nadel zu verletzen.

»Darf ich dich etwas fragen?« Ihre Stimme klang viel zu leise. Zögerlich warf sie mir einen Blick über die Schulter zu. »Wie findest du es?«

Weil die Nadel endlich gesichert durch den Stoff glitt, ließ ich von ihr ab. Daraufhin drehte sie sich zu mir um. Ihr Gesicht war mir plötzlich viel zu nah und doch nicht nah genug. Mit einem Mal wurde ich zurück ins dunkle Meer geworfen, sie in meinen Armen, ihr Atem auf meiner kaltnassen Haut.

Auch jetzt, als sie zittrig ausatmete, streifte er meine Wangen, doch es war warm. Viel zu warm. Sie schwenkte den lockeren Stoff zu ihren Beinen hin und her und ein Strahlen legte sich auf ihre Lippen, das auch meine Mundwinkel zucken ließ. Für einen Moment wirkte sie auf eine kindliche Weise gelöst, wie ich es auch von meiner Schwester Aya kannte. Ich konnte die Sommersprossen auf ihrem Nasenrücken sehen, die nur zum Vorschein kamen, wenn das Licht der Sonne drauffiel, eine Pockennarbe an ihrem Kinn, diese dichten langen Wimpern und Augen dunkel und doch so glasklar wie das Meer. Camila Luminia war atemberaubend schön und ich hatte keine Ahnung, was ich ihr antworten sollte.

Ihr Lächeln verwackelte, ehe sie ihre Bewegung stoppte.

»Ich glaube nicht, dass ich der richtige Ansprechpartner für solche Fragen bin.« Der Klang meiner Stimme war lockerer als sonst. Doch als daraufhin ihr Lächeln zurückkehrte, löste sich etwas in mir.

»Doch, du bist genau der richtige Ansprechpartner. Ich brauche die Meinung von jemand Neutrales. Das sind alles meine Entwürfe für die Pasarela Futuro und …« Sie brach ab und ging zu einem Schreibtisch herüber. »Das hier ist nicht nur irgendein Hobby, das sind für mich nicht nur irgendwelche Stoffe. Es ist irgendwie … wie ein Ventil. Meine Art zu sprechen. Als Kind habe ich begonnen zu zeichnen, wenn es mir nicht gut ging und … irgendwann habe ich gemerkt, dass Stoffe mir zuhören.« Sie ließ einen leisen Lacher von sich. »Na ja, was ich damit sagen will: Wenn ich wirklich teilnehme, dann möchte ich damit nicht nur irgendeine Kollektion für irgendein Uniprojekt kreieren. Ich möchte … *mehr* erreichen. *Vestura* ist bekannt für elegante und hochwertige Abendmode. Alles ist entweder überteuert oder so entworfen, dass es nur einer winzigen Elite gefällt. Ich will das ändern. Meine Kollektionen sollen Menschen ansprechen, die vielleicht nicht viel haben, aber trotzdem Schönheit und Qualität verdienen. Ich will Kleider machen, in denen man sich mutig fühlt. Stark. Mode sollte nicht nur für die Reichen sein. Stell dir vor: erschwingliche Abendkleider, die nicht nur elegant und hochwertig sind, sondern auch Geschichten erzählen. Für die, die sich einen Moment wie im Märchen wünscht, ohne dafür ein Vermögen auszugeben.« Mitten in ihrem Schwärmen brach sie ab. »Sorry, ich wollte dich nicht zutexten und … ich weiß ja auch noch gar nicht, ob ich wirklich teilnehme, aber … klingt das bescheuert?«

Ich war nach wie vor der festen Überzeugung, dass das hier falsch war. Dieses Gespräch – ungezwungen, beinahe vertraulich und voller Träume, die sie so offen vor mir ausbreitete – ging weit über die Grenzen meines Auftrags hinaus. Vor allem jetzt, wo ich wegen dieser bescheuerten Lüge noch mehr darauf achten musste, keine Nähe zuzulassen.

Doch jedes ihrer Worte und jedes strahlende Lächeln ließ das Bild des verwöhnten Mädchens, das ich so gerne verachtet hätte, weiter verblassen. Stattdessen regte sich etwas in mir. Eine stille Bewunderung für ihre Pläne, für die Leidenschaft, die in ihren Augen aufblitzte. Es war falsch. Ich wollte nicht, dass sich Privates und Berufliches vermischte, wollte nicht, dass ihr Lächeln, ihre leuchtenden Augen und ihre Worte irgendeinen Raum in mir einnahmen, den sie nicht haben sollten. Und doch … taten sie es.

»Ich finde, das hört sich ganz und gar nicht bescheuert an.« Diese Worte drückten nicht mal annähernd das aus, was ich dachte. »Und … das Kleid ist viel zu schön, als dass es von jemandem wie mir bewertet werden könnte. Du solltest teilnehmen.«

Als ich aufblickte, ruhten ihre Augen auf mir – weich, suchend, mit einem Ausdruck, der einen feinen Riss durch meinen Schutzpanzer zog.

Einen Moment lang sagte keiner von uns etwas. Der Stoff raschelte leise zwischen ihren Fingern, sonst hörte ich nur ihren Atem. Und meinen.

Viel zu nah.

Und doch nicht nah genug.

Ich konnte mich nicht bewegen. Nicht, weil ich es nicht wollte. Sondern weil ich es *zu sehr* wollte.

Ihr Blick glitt an meinem Gesicht entlang, blieb an meinem Mund hängen, nur eine Sekunde – und trotzdem registrierte es mein gesamter Körper.

Verdammt.

Ich spürte meinen Puls in meiner Kehle.

»Danke«, flüsterte sie schließlich, als wäre sie genauso überfordert von diesem Moment wie ich. »Das bedeutet mir viel.«

Ich nickte nur, weil mir alles, was ich hätte sagen können, wie eine Grenzüberschreitung vorkam.

Mit diesen Worten drehte sie sich zurück zu ihren Zeichnungen, fuhr mit dem Zeigefinger über ein Papier, während ich mich dazu entschloss, endlich ihr Atelier und diesen viel zu intimen Moment zu verlassen.

»Miguel?« Im Türrahmen drehte ich mich noch mal um. »Hast du etwas von meinem Vater gehört? Ich kann ihn schon die ganzen letzten Tage nicht erreichen und er meinte, er würde sich die Woche meine Entwürfe ansehen.«

Ich öffnete den Mund, stockte jedoch. Vielleicht, weil ich ahnte, dass das Leuchten in ihren Augen, das von ihrer Leidenschaft ausgelöst wurde, erlöschen würde, sobald sie die unbarmherzige Realität kannte. Ich wusste, dass ihr Vater noch immer auf Dienstreise war und es offensichtlich nicht einmal für nötig gehalten hatte, sie darüber zu informieren – wenn er sich an sein Versprechen überhaupt erinnerte. Das alles ging mich nichts an. Ich hatte eigene

Sorgen und interessierte mich nicht für ihre zerbrochenen Hoffnungen. Doch so einfach war es schon lange nicht mehr.

»Er ist noch auf Dienstreise.«

Ihr Mund klappte zu, der Blick glitt leer zu Boden. »Natürlich.« Es klang, als würde sie mit diesem einen Wort einen Deckel auf alles setzen, was unter der Oberfläche brodelte. Sie hob das Kinn ein wenig an und ich konnte nicht nur Enttäuschung, sondern auch so was wie Wut in ihren Augen erkennen.

Mit der Absicht, nur noch meiner Pflicht nachzugehen, wollte ich mich abwenden und endlich den Raum verlassen. Doch irgendetwas hielt mich zurück.

»Es tut mir leid.« Meine Stimme klang fremd, viel sanfter, als ich es von mir selbst gewohnt war. Sobald sie aufsah, fühlte es sich so an, als könnte ich alles spüren, was in ihr vorging. Ich verstand sie. Weil ich wusste, wie es war, über alle Verletzlichkeit immer sofort einen kalten Deckel zu setzen. Weil ich wusste, dass es das so viel einfacher machte. Einfacher, aber einsamer. Und ihre Einsamkeit war nun so greifbar, dass etwas in mir zerriss.

»Alles gut, du kannst gehen, Miguel.«

Ihr Tonfall war kühl, endgültig. Und trotzdem blieb ich noch einen Moment stehen, bevor ich mich schließlich wortlos abwandte. Die Tür fiel hinter mir ins Schloss, doch das Gefühl in meiner Brust blieb. Ein hässlicher, unangenehmer Knoten, der nicht verschwinden wollte.

Kapitel 17

Camila

»Er hat es nicht mal für nötig gehalten, mir Bescheid zu geben«, raunte ich wütend in mein Handy, während ich im Kaminzimmer meines Vaters vor seinem großen Barwagen aus Mahagoni stand. Ich griff nach einer Flasche seines teuren Whiskeys, schenkte mir ein Glas ein und klemmte die Flasche schließlich unter den Arm. Anschließend taumelte ich zurück in Richtung der wummernden Bässe im Erdgeschoss. Freunde und Fremde, die ich noch nie gesehen hatte, tobten sich auf der Terrasse am Pool aus, als würden sie keine Grenzen kennen. Bevor ich auf die erste Stufe hinabtrat, spähte ich hoch in den zweiten Stock. Das Zimmer meiner Mutter war zum Glück so weit entfernt, dass sie von dem Chaos nichts mitbekam.

»Camila«, das Seufzen meines Cousins Felipe dröhnte laut durch die Leitung, seine Stimme klang resigniert, als hätte er diese Unterhaltung schon unzählige Male geführt, »du weißt, ich verstehe dich am besten, aber mit Partys und Alkohol wirst du da auch nicht weit kommen.«

»Ich weiß nicht, was du meinst.« Auch wenn ich es ganz genau wusste. Die Aufmerksamkeit meines Vaters erlangte ich am einfachsten, wenn ich Mist baute. Wenn er erfuhr, dass wir seinen teuersten Whiskeyvorrat geplündert hatten, kam er vielleicht früher nach Hause und würde mir dann endlich zuhören. Auch wenn ich mir da mittlerweile nicht mehr so sicher war, jetzt, wo er Miguel hatte, um sich um mich *zu kümmern*.

»Seit Miguel da ist, habe ich das Gefühl, er arbeitet noch mehr. Er ist noch öfter unterwegs. Es ist, als hätte er jetzt einen Babysitter für mich gefunden und müsste sich endlich nicht mehr mit mir befassen.«

Felipe schwieg. Seine Stille war fast lauter als seine Worte, während er nachdachte. Er war der Einzige in der Familie, bei dem ich das Gefühl hatte, wirklich gesehen zu werden. Ihm ging es ähnlich wie mir. Wir waren in diese Familie hineingeboren worden, in eine kalte Welt, in die unsere großen Herzen gar nicht reinpassten. Doch er hatte es geschafft, wenigstens ein Stückweit auszubrechen, hatte nun eine wundervolle, bodenständige Freundin an seiner Seite, die ihm Kraft schenkte und bei der er sich weniger einsam fühlte. Ich freute mich, dass er Sierra hatte, auch wenn ich ihn so sehr beneidete, weil er endlich nicht mehr allein mit diesen Gefühlen war.

»Möchtest du, dass ich vorbeikomme?«

»Nein, das bringt doch nichts. Bleib lieber bei Sierra. Wie geht es ihr?«

»Ihr geht es gut, aber … lenk nicht ab, Camila. Das ist gerade nicht das Thema.« Ich erreichte das Erdgeschoss und die Partystimmung schlug mir wie eine Welle entgegen. Ester und Matteo hatten sich darum gekümmert, so viele Leute wie möglich einzuladen, damit meine Sinne betäubt wurden, in der Hoffnung, dass die Lautstärke den Druck in meiner Brust übertönen und die Massen an Menschen das Loch in meinem Inneren füllen würden – ganz egal, ob sie mich dabei als verwöhntes Püppchen betrachteten. Um meinen Vater endlich heimzubekommen, nahm ich das gern in Kauf.

Im langen Korridor tummelten sich Menschen, die ich nicht kannte. Die Eingangstür stand offen und auf der Auffahrt versammelten sich Gruppen, einige rummachend, andere laut grölend. Ein paar hatten sich an Papás teuren Wagen gelehnt, ihre Becher darauf abgestellt, als wäre es ein Tisch. Scheißegal.

Sobald ich auf die Terrasse trat, kam mir die Musik vom Gartenhaus dröhnend entgegen, tiefe Bässe ließen den Boden vibrieren. Die Wasseroberfläche des Pools reflektierte das Licht der umliegenden Laternen, während Gäste am Rand lehnten, ihre Füße eintauchten oder darin schwammen. Ich konnte Stimmen hören, Lachen, das Klirren von Gläsern. Die Luft roch nach einer Mischung aus Chlor, Alkohol und warmer Sommernacht. Alles war so, wie es sein sollte. Und doch spürte ich sie, diese Spannung in mir, die sich nicht abschütteln ließ. Sie saß in meinem Nacken, zog sich über meinen Rücken wie ein stummer Blick, der mich verfolgte. Jedes Mal, wenn mich eine Schulter streifte, explodierte etwas in meiner Brust, mit jedem Körper, der mir zu nahe kam, wurde mein Mund trockener und trockener. Doch ich lief trotzdem weiter, stürzte mich mit Absicht der Menge entgegen, weil ich mir von *ihm* nicht mein Freiheitsgefühl nehmen lassen wollte. Ich entschied, nicht *er*.

»Wie ist dieser Miguel so? Passt er auch wirklich gut auf?«

Ich hasste, wie Felipe diese Frage stellte. *Passt er auch wirklich gut auf?* Als würde er mit der Mutter eines Kindergartenkindes sprechen. Auch wenn ich wusste, dass er es nicht so meinte, zog sich dabei alles in mir zusammen. Wie aufs Stichwort entdeckte ich Miguel am Rand der Terrasse. Zwischen tanzenden, lachenden und saufenden Partygästen hob sich seine große Statur deutlich ab. Mit einem Blick, der eisig und wachsam war, starrte er mich nieder, so ganz anders als die Blicke, die wir im Atelier geteilt hatten. Seine Worte waren so ungewohnt warm und das Kribbeln, das daraufhin in mir aufgestiegen war, war viel zu fremd gewesen.

Hastig wandte ich mich wieder ab. »Gut. Wenn du mich fragst, nimmt er seine Arbeit sogar etwas zu ernst. Er siezt mich, als wäre ich irgendeine alte Dame«, antwortete ich und erinnerte auch mich damit, dass das, was vorhin in meinem Atelier passiert war, sicherlich nur Einbildung gewesen sein musste. Dieses Gesieze ging mir so auf den Geist. Wieso konnte er sich nie entspannen? Seit er mehr Details von meinem Stalker kannte, schwang in seinem sonst so distanzierten Ausdruck etwas Trauriges mit, als würde er mich bemitleiden. Der Ausdruck, mit dem mich auch mein Vater und alle, die von meinem Stalker wussten, betrachteten. Und ich hasste es. Ich brauchte ihr Mitleid nicht, ich brauchte ihre Sorge nicht. Mir ging es verdammt noch mal gut.

»Wenigstens etwas.« Felipes Antwort ging in der lauten Musik unter, deren Lautstärke mit jedem Schritt, den ich der Tanzfläche näher kam, erhöht wurde.

»Wir reden morgen, okay?«, trällerte ich ins Telefon und legte auf, bevor Felipe noch sein »Pass auf dich auf« zu Ende sprechen konnte.

Im nächsten Moment trat ich um den Pool herum an die große Anlage und drehte die Musik lauter, sodass man sich fast anschreien musste, um einander zu verstehen. Genau das wollte ich. Keine ruhigen Ecken, keine leisen Momente, in denen ich nachdenken konnte. Heute Abend sollte es nur Spaß geben. Spaß und genug Champagner, um die Enttäuschung zu ertränken, die sich wie eine zweite Haut um mich gelegt hatte.

Zufrieden sah ich mich im menschengefüllten Garten um. Tanzende und lachende Körper füllten den Poolbereich, einige standen in Gruppen an den Stehtischen, während andere sich auf die Lounge-Möbel unter den Sonnenschirmen zurückgezogen hatten. Es war ein undefinierbares Gefühl von Kälte, das meinen Blick stocken ließ. Er blieb an einer dunklen Hecke weit hinter den Liegestühlen hängen. Dort, wo nur die Schatten der Bäume unruhig auf dem Boden tanzten.

Ich fröstelte, obwohl die Luft warm war. Denn je tiefer ich in die Dunkelheit starrte, desto deutlicher erkannte ich eine Silhouette. Mit zusammengekniffenen Augen fixierte ich sie, versuchte, mein Sichtfeld scharf zu stellen.

Bis ich es sah.

Eine Gestalt stand regungslos zwischen den Hecken, fast vollständig von den Schatten verschluckt. Ihre Konturen waren undeutlich, aber die Augen … Sie starrten direkt in mein Inneres, intensiv und kalt, wie zwei glühende Punkte in der Dunkelheit. Ich blinzelte, versuchte, die Umrisse deutlicher zu erkennen, doch die Gestalt blieb reglos. Mein Atem stockte und für einen Moment fühlte es sich an, als würde die laute Musik einfach verstummen. Weil ich das Gefühl bekam, nicht mehr atmen zu können, schnappte ich nach Luft.

War das wieder einer dieser Momente, in denen ich Geister sah? Nein, dafür stand diese Gestalt zu real vor mir. Das hier war ein lebendiger Mensch, kein Schatten einer Zypresse, die einer Silhouette nur ähnlich sah. Er war tatsächlich hier. Er hatte sich wirklich erlaubt, meine Party zu crashen und mich zu verhöhnen. Das konnte ich nicht auf mir sitzen lassen – diesmal ließ ich ihn nicht davonkommen. Trotz des Unwohlseins drückte sich eine Emotion an die Oberfläche: Wut.

Bevor ich reagieren konnte, machte ich in der Dunkelheit eine Regung aus. Langsam, als hätte sie alle Zeit der Welt, wandte sich die Gestalt ab. Ihr Schatten zog sich ins Schwarze zurück, bis sie ganz davon verschluckt wurde.

Etwas in mir brach. Ich wollte diese Angst verdammt noch mal nicht spüren, hatte es so satt, mich verfolgt und ausgeliefert zu fühlen. Ohne nachzudenken, setzte ich mich in Bewegung, drückte mich durch die Menge und steuerte die Hecke an. Die Stimmen, das Lachen, die Musik – alles wurde zu einem verschwommenen Hintergrundrauschen. Ich ballte die Fäuste, bereit, ihm endlich gegenüberzutreten.

»Camila!« Irgendwo hinter mir hörte ich eine Stimme, doch ich ignorierte sie. Mein Blick war fest auf das dunkle Grün gerichtet. Je näher ich kam, desto mehr Umrisse der Umgebung vernahm ich. Einen Busch, eine Skulptur, eine …

»Camila, alles in Ordnung?« Noch bevor ich weitergehen konnte, legte sich eine warme Hand um meinen Ellbogen und zog mich zurück. Ich drehte mich zu Matteo um, der mich forschend musterte. Etwas überfordert öffnete ich den Mund, bekam aber nichts raus. Ein letzter Blick zurück verriet mir, dass sich ein paar Gäste zwischen zwei Bäume zurückgezogen hatten. Zweifel kamen auf. Waren sie es, die ich gesehen hatte? Hatte ich schon wieder Dinge gesehen, die nicht da gewesen waren? Aber diesmal war ich mir doch so sicher gewesen …

Als ich mich wieder Matteo zuwandte, traten auch Ester sowie Sofia und Gabriella zu uns.

»Geht es dir wirklich gut?«, fragte Ester nun schon zum dritten Mal an diesem Abend.

»Du siehst aus, als hättest du einen Geist gesehen«, lachte Sofia, Gabriella stimmte mit ein, während Matteo und Ester mich nur besorgt ansahen. Meine Wangen fingen Feuer. Scheiße. Sie hatten es mitbekommen. Sie hatten gemerkt, dass ich verrückt wurde. Aber … wurde ich das wirklich? Hatte ich mir diese Gestalt wirklich wieder nur eingebildet? Das konnte nicht sein … Sie war doch so real gewesen …

»Mir geht es blendend«, brüllte ich schließlich ausweichend gegen die Musik an und überspielte meine Unsicherheit mit einem Lächeln, auch wenn mein Mund sich nach wie vor trocken anfühlte. »Euch anscheinend nicht. Warum steht ihr hier? Warum tanzt ihr nicht mit mir? Ich will Spaß haben.« Ich wollte vergessen. Ich *musste* vergessen. Und zwar sofort.

»Komm«, Matteo war der Erste, der zustimmend nickte und mir herzlich zuzwinkerte, ehe er seinen Champagner auf einem Stehtisch abstellte und zur Tanzfläche deutete, »ich tanze mit dir.«

»Du kannst doch gar nicht tanzen«, rief Ester ihm mit einem Lachen nach und folgte uns wenige Momente später.

»Das ist nicht wahr und außerdem ziemlich verletzend«, entgegnete Matteo, bevor er sich grinsend zu mir umdrehte und ziemlich ulkig zu tanzen begann. Ester hatte recht. Matteo hatte gar kein Taktgefühl, doch dafür die Begabung, mich zum Lachen zu bringen. Und das brauchte ich momentan wirklich dringend.

Hier auf der Tanzfläche mit ihnen fühlte sich die Welt plötzlich viel kleiner an, wie ein schützender Kokon aus Bass und Gelächter. Der Druck in meiner Brust, der den ganzen Abend über da gewesen war, ließ endlich ein wenig nach. Für diesen Moment konnte ich endlich wieder loslassen, war ich endlich wieder frei, hatte ich endlich wieder die Kontrolle über meine Gefühle. Also legte ich den Kopf in den Nacken und ließ die Musik meine Bewegungen bestimmen. Die Menge verschwamm, ich konzentrierte mich nur auf meine zwei Besties, umarmte sie und lachte laut und ausgelassen. Bei einem besonders heißen Reggaetonsong hob ich die Arme und begann, in fließenden Bewegungen die Hüfte zu kreisen. Die Musik wurde schneller und mein Herzschlag passte sich dem Rhythmus an. Der Garten um mich herum verschwand. Es gab keine Fragen, keine Erwartungen, keine Gedanken darüber, was morgen sein würde. Nur uns, das Licht, die Musik und das Lachen, das aus meinem Innersten kam.

Das änderte sich, als sich zwei Arme von hinten eng um meinen Körper schlangen. Ein Schritt presste sich an mein Gesäß, Finger fuhren über meinen Bauch. Zunächst drehte ich mich etwas entsetzt um und erkannte, dass sich Louis tanzend genähert hatte. Mit einem Grinsen zeigte er mir, wie angetan er von mir war. Sein Atem roch nach Alkohol, sein Blick war glasig, doch seine Hände fanden ihren Weg zurück auf meine Hüfte und er zog mich erneut näher.

»Camila, du siehst heute Abend einfach … umwerfend aus«, lallte er, während er seinen Schritt näher an mich presste.

Ich wich leicht zurück, versuchte, mich ihm zu entziehen, aber Louis ließ nicht locker. Obwohl sich eine Seite in mir vollkommen gegen ihn sträubte, war da die andere, die wusste, dass Partys, Drogen und vor allem Sex mir früher immer geholfen hatten, mich abzulenken. Die Seite, die sich nach Aufmerksamkeit sehnte – nach irgendeiner Form von Bestätigung, die ich an anderer Stelle nicht bekam. Also ließ ich mich auf den Tanz ein, zumindest für ein paar Takte. Mit ihm an meinen Rücken gepresst schloss ich die

Augen. Dass er dabei immer wieder versuchte, mich zu begrapschen, wehrte ich mit bestimmten Bewegungen ab. Doch es half nichts. Das befreiende Gefühl, das mich eben noch für kurze Zeit durchströmt hatte, verschwand umgehend, stattdessen überkam mich nun Ekel, Unwohlsein, Unsicherheit. Louis' Hand wanderte unter meinen Rock, woraufhin ich sie wieder hervorzog und mit meiner Hand umkrallte. Ich musste einfach nur etwas fester die Augen schließen, mehr loslassen, mich noch weiter entspannen, dann würde es mir bestimmt besser gehen. *Ganz bestimmt.*

»Komm schon«, murmelte er nah an meinem Ohr, »lass uns Spaß haben.«

Gerade als Louis mit der anderen Hand in meinen Schritt fassen wollte, wurde er fortgerissen. Ich riss die Augen auf und wusste erst nicht, was passierte. Erst als ich mich umdrehte, erkannte ich, dass Miguel vor ihm stand. Seine Haltung war angespannt, seine Schultern breit wie eine Mauer und sein Gesicht ausdruckslos. Bis auf seine Augen – sie funkelten vor Wut.

Die gesamte Menge beobachtete die Situation, und obwohl etwas in mir heilfroh war, dass Louis mich nicht mehr begrapschte, machte sich ein erniedrigendes Gefühl in mir breit. Vor allem nach der Aktion auf der letzten Party wollte ich nicht, dass es noch ein weiteres Spektakel zwischen Miguel und mir gab. Doch es war zu spät. Er hatte bereits den Mund geöffnet.

»Fass sie nicht an«, sagte er, seine Stimme leise, aber von einer solchen Schärfe begleitet, dass er trotz der lauten Musik sehr gut zu hören war. Überrascht klappte mein Mund auf. Eigentlich machte er nur seinen Job, doch irgendetwas fühlte sich anders an.

Louis sah ihn an, als würde er eine andere Sprache sprechen. Verwirrt blickte er zwischen ihm und mir hin und her, ehe sein Ausdruck ernster wurde. »Sag mal, für wen hältst du dich eigentlich?«

»Miguel, bitte«, setzte ich an, doch es half nicht.

»Ich hab dich beobachtet. Den ganzen Abend schon kannst du deine Finger nicht bei dir lassen, vergehst dich an jeder Frau«, spuckte Miguel ihm voller Hass entgegen. »Und ich denke nicht, dass ihnen dein Gegrapsche gefällt.«

Für einen Moment wollte ich protestieren, Miguel widersprechen – allein aus Trotz, weil ich es nicht ertragen konnte, dass er so ein großes Drama daraus machte. Doch ich wusste, dass er recht hatte. Tief in mir regte sich etwas. Ich war ihm dankbar, dass er nicht nur für mich, sondern auch für andere Frauen Partei ergriff.

Louis hingegen lachte. Ein lauter, betrunkener Laut, der in meinen Ohren klingelte. Sein Stolz ließ ihn nicht zurückweichen. Stattdessen wandte er sich mir zu. »Camila, sag deinem Babysitter, dass er sich nicht so aufspielen soll.«

Ich öffnete den Mund, aber die Worte blieben mir im Hals stecken. In meiner Brust machte sich ein brennendes Kribbeln bemerkbar, das ich noch nicht ganz zuordnen konnte. Doch es war unangenehm, es war bedrückend und es ließ mein Herz schneller schlagen. Alle sahen mich an. In ihren Gesichtern Belustigung, Spott, Ablehnung. Es war, als könnte ich ihre Gedanken hören. *Schau sie dir an. Sieht Dinge, wo keine sind. Sie sucht doch einfach nur Aufmerksamkeit. Und dann noch dieser Bodyguard. Für wen hält die sich eigentlich? Als wäre sie etwas Besseres.*

»Komm, wir gehen woandershin«, meinte er zu mir und umfasste meinen Arm, um mich fortzuziehen. Ich versuchte, mich aus seinem Griff zu lösen, Louis ließ aber nicht locker, was Miguel dazu brachte, einzuschreiten. Mit einer blitzschnellen Bewegung hatte er Louis' Handgelenk gepackt und es in eine so unschöne Richtung gedreht, dass er umgehend schmerzerfüllt in die Knie sank. Während die Musik weiter laut durch den Garten dröhnte, immer mehr Menschen uns fragende Blicke zuwarfen, wurde mein Gehör mit jedem Herzschlag dumpfer. Es ging wieder los.

»Bist du bescheuert?!«, drang Louis' Stimme leise zu mir hervor. Miguel hatte sofort losgelassen, doch Louis rieb sich weiterhin über das Handgelenk. Nun sah er mich entsetzt an.

»Camila, wer ist dieser Typ? Hätte ich gewusst, dass du jetzt einen Leibwächter hast, wäre ich nicht gekommen.« In seiner Stimme lag Ablehnung und Belustigung, auch die anderen Gäste lachten abgeneigt.

»Ich …«, stammelte ich und konnte meine eigene Stimme kaum noch hören. Mit einem Zittern sog ich Luft in meine Lunge, hatte jedoch das Gefühl, nicht genug davon zu bekommen. Irgendetwas war komisch. Warum konnte ich nicht richtig atmen? »Er ist nicht … ich meine …« Mein Blick wanderte unsicher durch die Menge. Alle schienen auf eine Antwort zu warten. Schließlich sah ich in Esters und Matteos Gesichter. Beide waren näher getreten und wirkten ebenfalls ratlos.

Bevor ich Louis antworten konnte, trat Miguel näher. Seine Hand landete an meiner Taille und ich schnappte überrumpelt nach Luft. Als ich zu ihm aufsah, versank ich in seinen Augen. *Zu tief.* Obwohl ich seine Anspannung deutlich spüren konnte, schwang in seiner Miene etwas Weiches, fast schon Zärtliches mit. »Sie ist meine Freundin«, hörte ich ihn sagen, verstand die Worte aber nicht wirklich. »Also halt dich verdammt noch mal fern von ihr.«

Meine Augen weiteten sich, einen Moment wusste ich nicht, was hier geschah. Miguels Kiefermuskel zuckte, ehe sein Blick hinab auf meine Lippen sank, er seine Hand an meine Wange legte und mein Kinn mit zwei Fingern sachte anhob. Das hier war eine Lüge, ein Schauspiel. Dennoch brachte es mich beinahe um, ihn zu spüren, all das zu fühlen, was eigentlich gelogen war. Er kam noch näher, fixierte meinen Mund und lehnte sich vor an mein Ohr.

»Wenn wir das tun«, flüsterte er, »dann richtig.« Er verharrte mit seinem Gesicht direkt vor meinem und sah fragend auf meine Lippen hinab. Ich wusste, was er tat. Ich wusste, dass er mir die Entscheidung überließ, diesen Kuss zuzulassen oder nicht. Und auch wenn ich einen Moment zögerte, wusste ich doch, dass ich das hier wollte. Wie in Trance kam ich auf ihn zu. Sobald seine Lippen die meinen trafen, weich und viel zu zärtlich für einen

Mann wie Miguel, huschte ein intensives Kribbeln durch meinen Körper. Unser Kuss war nicht lang, nicht stürmisch, beinahe nur ein Hauchen, doch dafür umso intensiver. Jede kleine Bewegung seines Mundes, das Zischen seines Atems, mein Herzschlag – ich nahm alles hundertmal empfindlicher wahr und wusste nicht mal, weshalb. Als sich unsere Münder wieder lösten, sah Miguel mich einen Moment an. Zwischen seinen Augen eine Falte. Obwohl er so distanziert aussah wie immer, war es, als würde zwischen uns alles in Flammen stehen.

»Ist das dein Ernst, Camila?« Louis' Stimme ließ mich meinen Blick von Miguel lösen. Die Eindrücke der Umgebung prasselten mit voller Wucht auf mich ein, sobald ich mir wieder bewusst wurde, wo wir eigentlich waren und was gerade passiert war. Alle sahen mich an, die Musik war viel zu laut, die Gefühle zu stark. Sie alle warteten nur auf irgendeinen Fehler. »Mit dem?!« Louis lachte gehässig. »Ich hätte nicht erwartet, dass du dich mit so jemandem zufriedengibst. Hätte ich das gewusst, hätte ich mir den Abend sparen können.«

Ich wollte etwas erwidern, doch bevor ich antworten konnte, begann sich die Welt vor meinen Augen zu drehen. Der Lärm, die Menschen, die Musik – alles verschwamm zu einem einzigen Wirrwarr. In der Zwischenzeit bekam ich keine Luft mehr, meine Finger und Beine waren wie in Watte gepackt. Ich wusste nicht mehr, wo oben und unten war, welcher der Gäste was von sich gab und von welcher Richtung die Musik kam. Es überraschte mich, dass ich überhaupt noch einen Fuß vor den anderen setzen konnte, so benommen fühlte ich mich. Doch ich tat es, stürmte durch die Menge und hinein in den ebenso gefüllten Korridor im Haus. Als ich stolperte und hinfiel, hörte ich von irgendwo ein lautes Lachen. Hatte ich wirklich so viel getrunken? Oder hatte mir jemand etwas ins Glas getan?

Mit rasendem Herzen hievte ich mich wieder auf die zittrigen Beine, um die Treppe hinauf in Richtung meines Zimmers zu nehmen. Doch jede Stufe war ein fast unüberwindbares Hindernis, jeder Schritt verlangte alles von mir ab. Oben angekommen, sackten meine Knie schließlich vollends unter mir zusammen, woraufhin meiner Kehle ein elendiges Wimmern entkam. Ich wusste, das war der Moment, in dem ich sterben würde.

»Hey!« Keine Ahnung, woher die Stimme kam, doch nur einen Augenblick später legten sich zwei warme Hände um meine Wangen. Mit aufgerissenen Augen blickte ich in Miguels Gesicht, schnappte dabei immer wieder vergebens nach Luft.

»Schauen Sie mich an«, sagte er, seine Stimme sanft, aber bestimmend. »Atmen.« Ich wollte ihm folgen, wirklich, aber mein Körper gehorchte nicht. Alarmierend rüttelte er mich leicht. »Hören Sie!« Ich reagierte nicht. »Hey!« Keines seiner Worte kam bei mir an, und langsam, aber sicher fühlte sich meine Brust an, als würde sie in Flammen stehen. Mein Atem ging viel zu schnell, viel zu flach.

Miguel zögerte einen Moment, starrte mich einfach nur an. Irgendwie unentschlossen, voller Anspannung. Bis er sich über mich beugte, noch näher kam und leise, fast widerwillig zum ersten Mal meinen Namen über die Lippen brachte.

»*Camila.*«

Es traf mich wie ein Schlag. Mit einem Mal klang er ganz anders. Da war etwas Weiches und Vertrautes in seiner Stimme, etwas, das mich wieder an die Oberfläche zog.

»Ich bin hier. Dir kann nichts passieren.«

Ich beobachtete, wie er ein- und ausatmete, und versuchte, seinen Rhythmus nachzuahmen, doch meine Brust schien nicht mehr mit meinem Kopf verbunden zu sein. Der Druck wurde stärker und Tränen schossen mir in die Augen.

Miguel ließ nicht locker. Er kniete sich vor mich, seine Hände ruhten an meinen Wangen, während er weitersprach. »Tief einatmen, Camila. Hör mir zu. Du kannst das.«

Endlich folgte mein Atem seinem Tempo. Jeder Versuch war ein Kampf, doch mit jedem weiteren ließ der Druck in meiner Brust ein klein wenig nach.

»Genau so. Das ist gut.« Seine Stimme war ein Anker, der mich wieder zurückholte. Langsam, aber sicher hörte der Raum auf, sich zu drehen. Alles, was zählte, war Miguel, der mich mit unerschütterlicher Geduld ansah, als gäbe es nichts Wichtigeres auf der Welt, als mich durch diesen Moment zu bringen.

Kurz fühlte ich mich, als würde ich endlich zur Ruhe kommen, doch mit dem nächsten Atemzug kamen auch die Tränen. Der Knoten in meiner Brust löste sich in Erleichterung auf, Müdigkeit setzte ein und ich sank erschöpft zusammen. Es war seltsam, wie normal es sich anfühlte, dass Miguel mich näher zog und ich an seine Schulter weinte. Alles in mir sträubte sich dagegen, den Tränen freien Lauf zu lassen, gleichzeitig war es eins der befreiendsten Gefühle, die ich je erlebt hatte.

Irgendwann schlangen sich seine Hände um meinen zitternden Körper, ehe der Boden unter mir schwand. Schutz suchend krallte ich mich an seine Schulter, ließ mich von ihm tragen, bis mein Körper auf einem weichen Untergrund landete. Erst als ich die Augen öffnete, verstand ich, dass ich in meinem Bett lag. Keine Ahnung, woher der Reflex kam, doch bevor Miguel sich abwenden konnte, griff ich nach seiner Hand. Mit zusammengezogenen Brauen blickte er auf mich hinab.

»Lass mich nicht allein«, hauchte ich ängstlich. Er zögerte einen Moment, ließ sich dann doch auf einem Stuhl an meinem Bett nieder.

»Was … was war das?«

Miguel lehnte sich vor auf seine Oberschenkel, sah mich durchdringend an. »Eine Panikattacke.«

»Eine …«, begann ich, schüttelte ungläubig den Kopf, »aber … nein, das kann nicht sein. Ich hab das schon seit ein paar Tagen, es kommt in den normalsten Momenten, in denen gar nichts passiert ist.«

Er schüttelte langsam den Kopf, als könne er nicht glauben, was ich da gerade gesagt hatte. »Es ist nichts passiert?«, fragte er. Seine Stimme war leise, doch in jedem Wort lag eine so explosive

Anspannung, die mich innehalten ließ. »Ich weiß, du willst das nicht hören, aber das, was da gerade in deinem Leben abgeht, ist alles andere als *nichts*. Ich hab diese Panik heute nicht das erste Mal an dir gesehen. Es ist normal, dass du Angst hast.«

»Ich habe keine Angst«, meinte ich reflexartig, auch wenn ich nun langsam verstand, was dieses *Etwas*, das seit Wochen in mir schlummerte und ich nicht hatte einordnen können, zu bedeuten hatte.

Miguel sah mich einfach nur an. Intensiv und durchdringend, als könne er mich lesen. Und das konnte er offensichtlich auch.

»Das willst du dir einreden. Aber du weißt, dass das nicht stimmt. Und dein Körper zeigt es dir auf seine eigene Weise.«

Die Bedeutung seiner Worte legte sich schwer auf meine Brust. Es war, als hätte er eine Tür geöffnet, die ich verzweifelt verriegelt halten wollte. Eine einzige Träne löste sich, rollte heiß über meine Wange und hinterließ eine brennende Spur. Ich ließ mich ausgelaugt in die Kissen sinken, den Blick zur Decke gerichtet, als könnte ich dort irgendeine Fluchtmöglichkeit finden.

»Es ist in Ordnung, Hilfe anzunehmen. Angst ist keine Schwäche«, hörte ich Miguel das wiederholen, was er bereits im Auto versucht hatte, mir klarzumachen.

Müde schloss ich die Augen. »Ich will nicht, dass diese Angst mich ausmacht. Dass er denkt, er kann mich kontrollieren.« Die Worte kamen von irgendwo tief aus mir, ein leises Geständnis, das ich nicht einmal vor mir selbst hatte aussprechen wollen.

Miguel schwieg, ließ mir die Zeit, die ich brauchte.

»Vielleicht«, fuhr ich zögerlich fort, »vielleicht will ich für das gesehen werden, was ich wirklich bin. Nicht für meinen Namen, nicht für das Chaos, nicht für diesen … Dreckskerl. Ich will nicht, dass er mein Leben einnimmt, dass er … dass er das ist, was andere in mir sehen.«

Als ich ein Schnauben hörte, sah ich zu Miguel auf. Ein ungewohnt warmes und zartes Lächeln hatte sich auf seine Lippen gelegt. Er schüttelte ungläubig den Kopf. »Ich kenne dich nicht, aber ich begleite dich jetzt schon seit einigen Tagen.« Er machte eine kurze Pause. »Jedenfalls kenne ich genug, um zu wissen, dass du so viel mehr als dieser widerliche Mistkerl bist«, flüsterte er mit rauer Stimme.

Langsam setzte ich mich auf, als würde es mir helfen, ihn zu verstehen. Seine Worte, die Bedeutung davon und das Gefühl, das sie hinterließen. Ungläubig schüttelte ich den Kopf. »Du musst das nicht tun.«

»Was?«

»Mich anlügen, damit es mir besser geht. Mich duzen. So tun, als wären wir zusammen, mich … küssen.« Ich zuckte mit den Schultern. »Na ja … einfach nett zu mir sein.«

Sein Mundwinkel zuckte. »Vielleicht ist es dir noch nicht aufgefallen, aber ich bin nicht so der *nette* Typ.«

Auch ich lachte leicht, schüttelte den Kopf. »Nicht wirklich.«

»Dann kannst du dir sicher sein«, begann er erneut. Es kam mir vor, als würde er mit dem Kopf noch näher kommen. »Wenn ich nett zu dir bin, hat es einen Grund.«

Das Lächeln, das er nun zeigte, war so zärtlich. Schwach, aber warm, so sanft. Und vor allem ansteckend. Mit einem Mal fühlte ich mich leichter.

»Aber«, begann ich vorsichtig, »wieso? Ich meine … wieso hast du jetzt doch für mich gelogen und diese Nähe zugelassen?«

Sein Lächeln schwand so schnell, als hätte man es ihm aus dem Gesicht geschlagen. Schließlich wandte er den Blick ab. »Ich finde es immer noch nicht gut … aber es ist letztendlich nur eine dumme Lüge. Ich habe selbst zwei Schwestern und … niemand sollte sich so fühlen, wie du dich fühlst.«

Eine Welle aus Gefühlen überflutete mich. Da war die altbekannte Scham für sein Mitleid, gleichzeitig auch Dankbarkeit.

»Du hast Schwestern?«, fragte ich interessiert, weil diese kleine Info reichte, um ihn greifbarer, irgendwie *menschlicher* zu machen. Es war, als würde die Mauer bröckeln, die er zwischen uns hochgezogen hatte.

Er nickte. »Valeria und Aya.«

»Wie alt sind sie?«

»Sechzehn und acht.«

Obwohl er mich nicht ansah, bemerkte ich trotzdem, wie seine Augen aufleuchteten, als er an sie dachte. Bis sich seine Brauen beinahe schmerzerfüllt zusammenzogen.

»Vermisst du sie nicht? Ich meine, wenn du so oft hier bist.«

»Ich sehe sie ab und an«, wich er meiner Frage aus, was Antwort genug war.

»Ich weiß, du hörst sowieso nicht auf mich, wenn ich dir sage, dass du ruhig öfter nach Hause fahren kannst«, begann ich mit einem Schmunzeln, woraufhin er aufsah, »von daher: Wenn du sie öfter sehen möchtest, kannst du mich auch einfach mal mitnehmen.«

Einen ganzen Moment starrte er mich mit zusammengezogenen Brauen an, dann schüttelte er den Kopf. »Ich glaube nicht, dass das eine gute Idee ist.«

»Versprich mir, dass du es dir überlegst«, bat ich. Ich schätzte Miguel nicht so ein, dass er mit einer flehenden Bitte und einem breiten Lächeln leicht umzustimmen war, dennoch fuhr sein Blick eine Spur zu lang und zu nachdenklich mein Gesicht ab.

»Wenn du mir versprichst, in Zukunft ehrlich mit mir zu sein«, sagte er mit fester Stimme. »Wenn etwas passiert, will ich das wissen. Spiel deine Angst nicht runter. Nur wenn wir zusammenarbeiten, können wir diesen Mistkerl kriegen.«

Obwohl sich eine Seite in mir dagegen sträubte, nickte ich schließlich. »Ich versuche es.«

Wärme stieg in meine Wangen, während er mich ansah. Als würde er wirklich *mich* sehen. Dabei war das Bullshit. Schließlich sprach er von der Arbeit. Er wollte mir nicht aus reiner Nettigkeit helfen, sondern weil er dafür bezahlt wurde.

Einen Moment sah er aus, als würde er noch etwas sagen wollen. Dann erhob er sich.

»Ich schicke die anderen weg.«

Kurz bevor er die Tür hinter sich schließen konnte, öffnete ich noch mal den Mund. »Miguel?«

»Ja?«

Im glimmenden Schein des Mondes, der durch mein Fenster fiel, war es, als würden Schatten über sein Gesicht tanzen. Düster wie sonst. Doch nun erkannte ich ein leichtes Glühen in seinen Augen, das sein Gesicht erhellte.

»Danke«, brachte ich das einfache Wort über die Lippen, das sich nun irgendwie gar nicht mehr so einfach anfühlte.

Selbst aus dieser Entfernung konnte ich sehen, dass Miguel schluckte, als wäre das Lächeln, das sich im Anschluss auf seinen Lippen zeigte, schwer wie Blei. Nur dass es in meiner Brust bei diesem Anblick ganz leicht wurde.

Kapitel 18

Camila

Papá

Señora Expósito hat mir erzählt, was du getan hast. Denk ja nicht, dass du ungestraft davonkommst. Wir werden über diese Party noch sprechen!

Die Sonne fiel durch die hohen Fenster des Hörsaals und ließ das Licht in goldschimmernden Streifen auf den Tischen aus dunklem Mangoholz tanzen. Es hätte ein beruhigendes Bild sein können, wenn da nicht dieses dumpfe Pochen in meinem Kopf gewesen wäre. Mit einem Seufzen steckte ich mein Handy zurück in meine Tasche. Das war genau die Reaktion, die ich mir von meinem Vater gewünscht hatte. Dass er sich ärgerte, dass er daraufhin heimkam, endlich mit mir sprach. Komischerweise freute ich mich nicht über diesen Triumph. Da war keine Genugtuung. Nur diese taube Leere.

Vielleicht, weil ich wusste, dass wir *nur* darüber sprechen würden – über diese Party, mein unvernünftiges Verhalten, nicht aber, dass er vergessen hatte, dass er letzte Woche eigentlich meine

Entwürfe und Ideen mit mir durchgehen wollte. Nicht über meinen Ehrgeiz, über meine Arbeit, meine Leidenschaft.

Er hatte es vergessen. *Mich* vergessen. Einfach so. Geschäftstermine, Meetings, wichtige Partner. Ich war offensichtlich nur irgendein unwichtiger Punkt auf seiner Liste gewesen, den man problemlos verschieben konnte.

Ich musste endlich einsehen, dass mir diese kindischen Aktionen nie die Ergebnisse brachten, die ich mir erhoffte.

Müde fuhr ich mir über das Gesicht und beobachtete, wie Professor Soriano mit zügigen Kreidestrichen die wichtigsten Daten der Modegeschichte an die Tafel schrieb, von der Entstehung der Haute Couture bis hin zu modernen, nachhaltigen Designbewegungen. Seine Stimme hallte durch den Saal, doch sie erreichte mich kaum.

Die Party letzten Abend hatte einen widerlichen Beigeschmack hinterlassen und ich wusste, dass daran nicht der Alkohol schuld war. Es war die Angst, die mich benommen machte, jetzt, da ich nicht mehr leugnen konnte, dass ich sie wirklich in mir trug, dass *er* mich wirklich im Griff hatte und dass Miguel all das vor mir gesehen hatte …

Mein Blick zuckte nach rechts. Er saß in derselben Reihe nur ganz am Rand. Tief in die Bank gelehnt, die Arme vor der Brust verschränkt, starrte er ins Leere, schien in Gedanken versunken oder sich zu langweilen. Die ganze Nacht hatte ich wach gelegen und an unser Gespräch gedacht, die Art und Weise, wie er mich angesehen und was sein Kuss in mir ausgelöst hatte. Obwohl sich alles in mir dagegen sträubte, musste ich zugeben, dass ich selten eine solche Sicherheit verspürt hatte wie in seinem Arm. Das letzte Mal war siebzehn Jahre her …

Den ganzen Morgen über hatten wir kaum ein Wort miteinander gewechselt. Ich war zu müde gewesen und er … er war wie immer wortkarg und distanziert, obwohl ich gehofft hatte, dass er das gestern endlich hatte ablegen können. Doch vermutlich versuchte er, nun wieder umso mehr Distanz zwischen uns zu bringen.

»Señora Luminia, bleiben Sie noch kurz hier«, fing mich Professor Soriano nach der Vorlesung ab, kurz bevor ich aus dem Hörsaal verschwinden konnte. Miguel blieb als Einziger am Eingang stehen, um auf mich zu warten, wobei einige der Studentinnen verdächtige Blicke zwischen ihm und mir wechselten. Mir wurde sofort warm. Ich erkannte ihre Gesichter, sie waren ebenfalls auf meiner Party gewesen und hatten das Spektakel zwischen Miguel, Louis und mir mitbekommen. Ob sie auch meine Panikattacke bemerkt hatten?

»Ich soll Ihnen von Rektorin Jimenez die Unterlagen für die Pasarela Futuro überreichen«, sagte er und wühlte in seiner Aktentasche, ehe er ein Bund Papier hervorholte und ihn mir vor die Nase hielt. Nur zögerlich nahm ich ihn entgegen. Die Trockenheit, die sich bei diesem Thema in meinem Mund ausbreitete, ließ mich schwer schlucken. Ich wusste noch immer nicht, ob ich wirklich teilnehmen wollte.

»Darin finden Sie den Ablauf, Informationen zur Location sowie ein paar Formulare, die Sie ausfüllen und einreichen müssen. Wir benötigen bis nächste Woche von Ihnen Fotos der Kollektion, ein Motto, eine Beschreibung et cetera.« Er schob seine runde, drahtige Brille auf der Nase zurecht und widmete sich anschließend wieder hektisch seinen eigenen Unterlagen.

»Danke«, begann ich vorsichtig, »aber … ich weiß noch nicht, ob ich teilnehmen möchte.«

Damit sah er zum ersten Mal richtig auf. Entgeistert starrte er mich an. »Na, das müssen Sie aber langsam mal wissen, denken Sie nicht?«

In meiner Brust wurde es warm, ich spürte, dass sich mein Herzschlag wieder beschleunigte. Doch diesmal konnte ich die Symptome richtig einordnen. Wie von selbst wanderte mein Blick zu Miguel, der mich ebenfalls ansah. Obwohl sein Ausdruck undurchdringlich war, wusste ich, dass er meine Nervosität bemerkte. Er hatte sie schließlich von Beginn an bemerkt. Und irgendwie beruhigte mich dieses Wissen sofort. Er war da. Er sah mich. Er spürte, was in mir vorging.

»Ja, ich … ich fühle mich nur schlecht, dass jemand meinetwegen den Platz verloren hat.«

»Wovon sprechen Sie?«

»Ich … hat nicht Selena Rodriguez ihren Platz verloren?«

»Ach, das meinen Sie.« Er winkte ab, schüttelte hektisch den Kopf. »Keine Ahnung, was da schiefgelaufen ist. Es hat sich wohl irgendjemand einen Streich erlaubt und Señora Rodriguez eine Absage geschickt. Machen Sie sich keine Gedanken, es ist alles geklärt.«

Mein Mund klappte auf. In meiner Brust wurde es enger. Unschlüssig warf ich Miguel einen Blick zu, der ebenfalls skeptisch die Brauen zusammengezogen hatte.

»Einen Streich?«, stammelte ich. Steckte *er* dahinter? »Also … ist Selena doch dabei?«

»Natürlich.« Er schnaubte lachend, während er seine Tasche packte. »Wir auf der *EstiloArte* nehmen Abmachungen sehr ernst und tauschen nicht einfach wahllos Teilnehmende aus. Die Absage-Mail, die Señora Rodriguez bekommen haben muss, war nur Spam, ein dummer Streich. Unmöglich so was.«

Meine Finger, die sich um das Papier krallten, waren mittlerweile feucht vor Schweiß.

»Okay«, hauchte ich widerwillig, ehe ich mich abwandte und die Blätter unsicher in Augenschein nahm, darin blätterte. Programm, eine Gästeliste, Infos zur Location und …

Noch bevor ich bei Miguel an der Tür ankam, stockte ich, als ich am unteren Rand der zehnten Seite einen roten Fleck entdeckte. War das etwa … Blut? Ein kalter Schauer lief mir über den Rücken, für einen Moment schwand meine Umgebung, dann nahm ich neben dem Fleck einen einzelnen Buchstaben wahr.

X

Nein, Camila. Werd jetzt nicht wieder verrückt. Das ist nur ein Buchstabe. Der kann genauso gut von deinem Professor stammen.

Obwohl alles in mir dagegen kämpfte, machte sich in mir wieder das altbekannte Panikgefühl breit. Würde das jetzt immer so sein? Dass ich jede Nachricht hinterfragte? Bei jedem Geräusch zusammenzuckte? Bedeutungen in Dinge hineininterpretierte, die gar keinen Sinn ergaben? Wieso sollte mein Stalker mir ein X auf die Unterlagen kritzeln? Ich war bestimmt nur wieder paranoid.

»Alles okay?«

Miguels Stimme ließ mich zusammenzucken. Ich sah auf, lächelte reflexartig.

»Ja, ja.« Hastig nickte ich, packte die Unterlagen in meine Tasche und verließ den Hörsaal. So konnte das nicht weitergehen.

Kapitel 19

Miguel

»Ich mache mir Sorgen, Miguel. Wo bist du?«

Die Stimme meiner Mutter hallte durch den Lautsprecher meines Handys, als ich den Laptop öffnete. Tief in den Sitz gelehnt, starrte ich das Suchfeld in Google an, unsicher darüber, was ich eingeben sollte.

»Mir geht es gut, Mamá. Mach dir keine Sorgen«, antwortete ich nebenbei, um sie etwas zu beruhigen, doch sie reagierte sofort mit dem typischen Knirschen, das sie immer tat, wenn ihr etwas missfiel. Im Hintergrund klapperte es, sie war vermutlich in der Küche zugange.

»Hast du wieder mit den Kämpfen begonnen? Bitte sag mir nicht, dass du wieder irgendetwas Illegales an der Backe hast.«

Ich schüttelte den Kopf, auch wenn sie es nicht sehen konnte, und fuhr mir über das Gesicht. »Nein, ich kämpfe nicht, und nein, es ist nichts Illegales. Ich habe einen Job als Personenschützer.«

Wieder knirschte sie. »Als Personenschützer?«, wiederholte sie. »Ist das nicht viel zu gefährlich? Da kann doch so viel passieren! Miguel, warum tust du mir das an?«

Damit erinnerte sie mich daran, warum ich es bisher vermieden hatte, ihr von meinem Job zu erzählen. Mir war klar gewesen, wie sie reagieren würde.

»Mamá, bitte mach dir keine Sorgen. Ich passe auf mich auf.«

»Das hast du letztes Mal auch gesagt.« Ihre Stimme klang atemlos und endete in einem Murmeln, das vermutlich ein Gebet war.

»Das letzte Mal war etwas ganz anderes«, erklärte ich ausweichend, woraufhin sie nur noch unzufrieden mit der Zunge schnalzte, ansonsten aber nichts mehr zu dem Thema erwiderte.

»Aya und Valeria haben heute nach dir gefragt«, meinte sie stattdessen. Das drängende Gefühl des Vermissens schob ich zur Seite, auch wenn es schwer war, und versuchte, mich dafür mehr auf den Laptop vor meiner Nase zu konzentrieren.

Es gab so vieles, das ich nicht wusste und von dem mir Señor Luminia nichts erzählt hatte, und ein ungewohnter Ehrgeiz packte mich. Ich wollte besser verstehen, was hier vor sich ging, um sie angemessen schützen zu können. Weshalb mir das plötzlich so wichtig war, konnte ich mir selbst nicht erklären, doch seit ich ihre Panik gesehen, ihre Verzweiflung gespürt hatte, ging sie mir nicht mehr aus dem Kopf. Und dann auch noch dieser Kuss … Ich wusste, dass dies das wahrscheinlich Dümmste gewesen war, das ich je getan hatte. Señor Luminia würde mich umbringen, würde er davon erfahren. Doch letztendlich war es nur eine Lüge gewesen. Nicht mehr, nicht weniger. Ein Mittel, um Camila zu schützen. Und es würde nicht wieder vorkommen. Diese Distanz zwischen uns war extrem wichtig, damit ich meinen Job richtig machen konnte.

Zögerlich tippte ich *Beatriz Luminia* ins Suchfeld ein, weil ich wusste, dass sie Camilas Tante war. Einen Moment starrte ich auf den blinkenden Cursor, fügte dann noch *Unfall* hinzu. Umgehend öffneten sich zahlreiche uralte Artikel, alle mit einer ähnlichen Überschrift.

»Wann kommst du endlich wieder heim?«

Meine Stirn legte sich in Falten, sobald ich den ersten Artikel öffnete und mir eine fette Headline inklusive Foto entgegenkam.

BEATRIZ LUMINIA IM KRANKENHAUS – VERLETZUNGEN NACH STALKER-ATTACKE AUS DEN EIGENEN REIHEN. AM ABEND DES 10. OKTOBER EREIGNETE SICH EIN BLUTIGER ANGRIFF AUF DIE DIAMANTENERBIN.

Ich scrollte weiter und fand das Bild. Körnig strahlte es mir vom grellen Laptopbildschirm entgegen. Im Zentrum ein Mann mit schwarzem vollem Haar, gekleidet in einem Anzug, der von zwei Polizisten abgeführt wurde. Sein Gesicht war verzerrt – ein seltsames Gemisch aus Panik und blankem Hass stand darin geschrieben. Ich konnte seine Anspannung fast durch den Bildschirm spüren. Irgendetwas an ihm … kam mir so bekannt vor.

Meine Augen überflogen den Text, schnappten Sätze wie *Javier Vega war schon seit über zehn Jahren für die Familie Luminia tätig, der Angriff kam aus dem Nichts* und *Señora Luminias Angaben zufolge hätte er sie schon länger belästigt. Ihr Bruder Raul steht ihr bei, die Familie muss nun stark sein* auf.

»Miguel!« Mamás Stimme unterbrach meinen Lesefluss. Ich blinzelte, fuhr mir über die Augen.

»Bald«, antwortete ich verzögert, sobald ich mich wieder daran erinnerte, was sie gefragt hatte, und seufzte, weil mich dieser Vorfall von Camilas Tante nicht ganz losließ.

Was hatte sie letztens gesagt? Ihr Spiegelbild hätte sie an ihre Tante erinnert? Ich scrollte erneut durch den Artikel, suchte nach weiteren Infos zu ihren Verletzungen. Außer dass sie sich durch den Sturz in den Glastisch zahlreiche Schnittverletzungen zugezogen hatte, fand ich jedoch nichts.

»Bald, bald …«, schimpfte Mamá, ehe es laut klapperte und ich deutlich hörte, wie der Wasserhahn anging. »Du sagst immer *bald*. Die Mädels vermissen dich. Komm doch endlich mal wieder vorbei.«

»Ich kann hier nicht so einfach weg, Mamá.« Seufzend fuhr ich mir über das Gesicht. »Aber ich werde sehen, was ich tun kann. Sag ihnen, ich vermisse sie auch«, murmelte ich und spürte das vertraute Stechen in meiner Brust, das immer auftauchte, wenn ich an meine Schwestern dachte. »Ich rufe dich die Tage wieder an, okay? Hab noch was zu erledigen.«

Sie schwieg einen Moment, dann hörte ich ihr resigniertes Seufzen. »Gut, Miguel. Aber vergiss nicht: Du bist nicht allein. Verstehst du?«

»Okay«, flüsterte ich und legte auf, bevor die Schuldgefühle zu sehr an mir nagten.

Sie holten mich dennoch ein, also versuchte ich, mich wieder auf den Laptop zu konzentrieren und weitere Artikel zu durchforsten. Doch in allen stand Ähnliches, viele Infos schien es zu jener Nacht nicht zu geben, wahrscheinlich um die Privatsphäre der Familie zu schützen. Ich war kurz davor, den Laptop zu schließen, als ich ans Ende eines Artikels gelangte und auf einen Namen stieß, der mir vollkommen unbekannt war.

> Vermisst: Darío Luminia, ihr 15-jähriger Neffe, verschwand nur eine Woche später spurlos. Da Javier Vega umgehend in eine psychiatrische Klinik eingewiesen wurde, ist ein Zusammenhang beider Fälle so gut wie ausgeschlossen, dennoch wirft das plötzliche Verschwinden des ältesten Kindes von Vestura-Leiter Raul Luminia Fragen auf.

Ich las den Absatz noch mal und noch mal, googelte nach weiteren Infos und fand heraus, dass Darío wohl bis heute nicht aufgetaucht war. Camila hatte einen größeren Bruder? Raul einen Sohn?

Mein Blick wanderte unruhig zum Fenster. Diese Familie schien nur aus Geheimnissen zu bestehen, und ein ungutes Gefühl überkam mich, weil Señor Luminia mir gar nichts davon erzählt hatte. Daríos Name war nie gefallen, nirgendwo stand ein Foto von ihm. Ich wusste nicht, ob es einen Zusammenhang zu Camilas Fall gab, doch wenn es nach all den Jahren immer noch jemand auf die

Familie abgesehen hatte, wäre es ein guter Anfang, diesen Javier Vega zu prüfen.

Ein Geräusch vor der Tür ließ mich aufhorchen. Schweres Knarzen, Schritte, die schnell verhallten. Ich schaltete den Laptop aus, stand auf und öffnete die Tür. Der Flur war leer und dunkel. Doch das Gefühl, jemanden gehört zu haben, ließ nicht nach. Ein prüfender Griff in meine Tasche verriet mir, dass ich meine Waffe bei mir trug, also trat ich leise in den langen Korridor. Das Licht war gedimmt, die Schatten, die an den Wänden entlangtanzten, schienen fast lebendig zu sein. Langsam lief ich zu Camilas Tür. Jedes Knarren des alten Holzbodens unter meinen Schritten hörte sich an wie ein Donnerschlag in der bedrückenden Stille.

Ich hielt vor Camilas Zimmer inne und lauschte. Durch den Spalt zwischen Tür und Boden fiel kein Licht und es war unheimlich ruhig. Als ich klopfte, antwortete niemand, also drückte ich den Griff vorsichtig runter und trat ein. Das Zimmer war leer. Mein Blick blieb am Vorhang hängen, der sich bewegte, als hätte ein Windstoß ihn gerade noch gestreift, doch die Fenster waren geschlossen. Ein kalter Schauer rann mir über die Haut, je näher ich ihnen kam. Doch sie waren tatsächlich fest verschlossen. Niemand würde reinkommen können. Ich drehte mich zurück zum Raum, wobei mein Blick an ihrem Schreibtisch hängen blieb, auf dem ein wirres Chaos aus Skizzen herrschte. Wenn sie nicht hier war, würde sie sicherlich im Atelier ein Stockwerk höher sein.

Also trat ich zurück in den Flur, lauschte angestrengt, ob ich Schritte oder Geräusche vernahm. Und tatsächlich ertönte in diesem Moment ein lautes Knarzen von der antiken Treppe kommend. Anschließend Stille.

Keine Ahnung, ob das alte Herrenhaus einfach nur laut atmete oder wirklich wieder jemand im Haus war. Vielleicht war es auch Camila selbst, ihre Mutter oder ein Angestellter. Woher das ungute Gefühl dann kam, dass doch etwas nicht stimmen könnte, wusste ich nicht.

Mit der Hand an der Waffe lief ich in Richtung Treppe. Die Stufen zur nächsten Etage knarrten unter meinem Gewicht, während ich mich nach oben bewegte. Die Luft schien hier wärmer, fast stickig. Das Atelier war am Ende des langen Flurs hinter einer weißen Holztür, durch die oft schwaches Licht sickerte, wenn Camila arbeitete. Heute war es dunkel, dafür brannte nebenan Licht. Das Zimmer ihrer Mutter.

Bevor ich die letzte Stufe nehmen konnte, knarzte ihre Tür. Langsam wurde sie geöffnet.

Kapitel 20

Camila

Ester

Sie hat gar nicht ihren Platz verloren??

Matteo

Das war doch bestimmt kein Zufall.

Camila

Glaube ich auch nicht …

Ester

Also denkt ihr …
Dein Stalker???

Matteo

Würde Sinn ergeben, wenn er alle gegen Camila aufbringen möchte.

Ester

Spätestens jetzt schuldet dieses Miststück dir aber eine Entschuldigung, Cami!

Ich verbrachte den restlichen Tag in meinem Atelier, grübelte, chattete mit meinen Freunden und versuchte zu arbeiten. Nichts funktionierte, alles fühlte sich falsch und unecht an und ich konnte keinen klaren Gedanken fassen. Denn es war nicht nur die Sache mit Selena, die mir durchgehend durch den Kopf schwirrte.

Irgendwann legte ich das iPad mit meinen Skizzen beiseite, fuhr mir genervt über die Stirn und blickte mich im Raum um. Dabei blieb ich an dem kleinen ausgebleichten Stoffaffen auf dem Regal hängen – zusammengesunken zwischen Stoffroben und Garnrollen. Ob er ihn vermisste, manchmal wenn er an uns dachte? Ob er überhaupt noch an uns dachte? Ich hätte den Affen längst wegpacken sollen, aber ich brachte es nicht über mich. Vielleicht, weil er einer der wenigen Beweise war, dass Darío wirklich existiert hatte. Als mein Bruder. Als jemand, der immer bei mir sein wollte und mich schützte.

Ich blinzelte, schüttelte die Erinnerungen ab und öffnete stattdessen meinen Laptop. Jetzt schützte ich mich eben selbst. Keine Ahnung, was ich mir erhoffte, als ich *X* ins Suchfeld bei Google eingab. Ich erfuhr, dass es eine britische Band Namens *The xx* und verschiedene Songs mit dem Titel gab, dass Twitter seit Neuestem X hieß und der Buchstabe X der 24. im Alphabet war. Außerdem stand das X in der Chatsprache für einen Kuss, was ich bereits wusste, mir aber auch nicht wirklich weiterhalf. Warum zur Hölle sollte mir mein Stalker seit Neuestem Küsse zusenden? War es ein Code? Eine Abkürzung? Das Zeichen eines Clubs? Und konnte ich mir überhaupt sicher sein, dass mein Professor nicht einfach aus Versehen was auf dieses Blatt gekritzelt hatte und diese Nachricht wirklich von meinem Stalker stammte? Schließlich waren seine bisherigen immer klar formuliert gewesen, ohne Rätsel und ohne

Geheimnisse – stets ein direkter Angriff auf mich. Andererseits war da dieser Blutfleck …

Ich tappte vollkommen im Dunkeln.

Es war bereits stockdunkel draußen, als ich zum ersten Mal an diesem Abend einen Blick auf die Uhr warf. Mit Entsetzen stellte ich fest, dass es längst nicht mehr Abend war – wir hatten halb zwei in der Nacht.

Erschöpft streckte ich mich und fuhr mir über den angespannten Nacken, ehe ich den Laptop zuklappte und mich von meinem Schreibtisch erhob. Ich knipste die dunkle Tischlampe aus, woraufhin nur das silbrige Licht des Mondes übrig blieb. Sobald ich aus meinem Atelier und in den Korridor trat, zog ich meinen Cardigan enger um die Schultern. Ein Blick zum Ende des Ganges verriet mir, dass im Zimmer meiner Mutter noch Licht brannte.

Zögerlich lief ich auf ihre Tür zu, die einen Spalt offen stand. Viermal die Woche wurde Mamá von einem Psychiater behandelt, bekam starke Medikamente wie Beruhigungsmittel und Antidepressiva, die sie müde und schläfrig machten. Trotz alldem schlief sie kaum, lag stattdessen so wie jetzt auch mit leblosem, traurigem Blick im Bett und starrte ins Leere – eines der vielen Nebenwirkungen, die die Mittel mit sich brachten. An manchen Tagen legte ich mich zu ihr, schwieg mit ihr gemeinsam. Manchmal ließ sie sogar eine Unterhaltung zu. An vielen anderen Tagen war sie aber kaum ansprechbar.

Ich ließ mich von dem Wunsch nach Nähe ins Zimmer ziehen. Sobald ich mich neben sie legte und meinen Arm von hinten um sie schlang, versteifte sie sich, umfasste aber wenige Sekunden später meine Hand und streichelte liebevoll über meine Haut. Das Brennen, das sich dabei in meinen Augen bemerkbar machte, war so stark, dass ich sie zusammenkneifen musste. Ich vermisste sie so unfassbar, dass es in meiner Brust krampfte. Am liebsten hätte ich ihr all diese Schmerzen, die sie mit sich herumtrug, genommen, doch ich wusste, dass ich das nicht konnte. Dass ich ihr Darío nicht zurückbringen konnte.

»Geht es dir gut, mi hija?« Die Stimme meiner Mutter war brüchig und müde. Sie klang, als wäre sie kurz vorm Einschlafen und würde meine Antwort wahrscheinlich gar nicht wirklich mitbekommen, so benommen wie sie war.

»Ja«, hauchte ich, obwohl alles in mir Nein schrie. Obwohl ich weinen und kreischen und einfach nur schlafen wollte.

Sobald ich die Augen wieder öffnete, wischte ich mir über die nassen Lider und ließ den Blick durch ihr Zimmer schweifen. Überall standen Fotos von ihm, lachend, weinend, groß und klein. Nirgendwo im Anwesen fand man sein Gesicht – nur hier, hier bei Mamá war er überall. Und es war, als wäre sie mit ihm gegangen. Manchmal hatte ich das Gefühl, sie würde mich sofort gegen ihn austauschen, wenn sie die Chance hätte.

»Sei nicht traurig«, hauchte sie. »Dein Vater hat es mir versprochen. Er kommt bald wieder.«

Ich drückte mich noch mal fester an ihren Rücken, vergrub das Gesicht in ihren Haaren. Ihr Streicheln stellte sich irgendwann ein, ihre Atmung ging ruhig und gleichmäßig, was mir sagte, dass sie eingeschlafen war.

»Mamá«, flüsterte ich in die Stille, die mir in den letzten Jahren viel zu laut geworden war. Es war die Gewissheit, dass sie mich wirklich nicht mehr hörte, die mich die nächsten Worte aussprechen ließ. »Du fehlst mir so.«

Weil das Krampfen in meiner Brust langsam, aber sicher unaushaltbar wurde, ließ ich von ihr ab und setzte mich auf die Bettkante. Einen Moment legte ich das Gesicht in meine Hände, presste die Augen zusammen und versuchte, diese Trauer irgendwie loszuwerden. Schniefend fuhr ich mir über die nassen Augen, dann erhob ich mich und verließ ihr Zimmer.

Ich schloss gerade die Tür hinter mir, als ich einen Schatten im Augenwinkel wahrnahm. Eine Gestalt am Ende des Korridors ließ mich zusammenschrecken, ich taumelte zurück an die Wand, noch bevor ich erkennen konnte, wer es war.

»Miguel?«, fragte ich, nachdem ich das Herzrasen wieder in den

Griff bekommen hatte, und kam langsam auf ihn zu. »Kannst du auch nicht schlafen?«

Er schüttelte den Kopf. »Ich wollte nur schauen, ob alles okay ist.«

»Ja, alles gut«, kam es mal wieder automatisch aus meinem Mund. Noch während ich lächelnd abwinkte, merkte ich, wie falsch das alles war. Wie falsch es war, meine Gefühle zu unterdrücken. Wie falsch es war, mir selbst einreden zu wollen, alles wäre in Ordnung. Und wie falsch es war, vor der Person, die mich anscheinend besser lesen konnte als ich selbst, meine altbekannte Maske aufzuziehen.

Mein Lächeln schrumpfte. Eine ganze Ewigkeit sahen wir uns einfach nur an, als würden wir darauf warten, dass sich die Wahrheit von selbst ans Licht drückte. Und das tat sie. Ich konnte nicht aufhalten, dass sich meine Lippen schmerzerfüllt verzerrten, die Tränen kamen und ein leiser Schluchzer sich an die Oberfläche drückte.

Ich wandte mich ab, doch das Geräusch seiner Schritte, langsam und ruhig, verriet, dass Miguel näher trat, ohne ein Wort zu sagen. Ich spürte ihn, bevor er mich berührte. Einen Moment blieb es still, dann legte er seine warme Hand auf meine Schulter, zögerlich, als hätte er Angst, ich würde darunter zerbrechen.

Nachdem ich tief durchgeatmet hatte, drehte ich mich zu ihm um. Mein Gesicht sicherlich hochrot, die Lippen bebend. Ich suchte nach Worten, die einfach nicht kommen wollten. Doch das Mitgefühl in seinem Gesicht ließ die Tränen nur noch stärker fließen.

Bevor ich wusste, wie es geschah, zog er mich vorsichtig in seine Arme. Es war ein fremdes Gefühl, so ungewohnt, obwohl es nicht das erste Mal war, dass ich in seinem Arm lag. Vielleicht lag es daran, dass ich beim letzten Mal so benommen vor Panik gewesen war, dass ich kaum realisiert hatte, wie gut sich sein Körper anfühlte. Vielleicht war es aber auch das Bewusstsein, dass eine solche Nähe nicht zu dem professionellen Verhältnis gehörte, das er mit aller Kraft aufrechterhalten wollte, das mich den Atem anhalten ließ. Nicht nur seine Berührung, sondern auch der Gedanke, dass sie verboten war.

Seine Hände lagen fest um meinen kleinen Körper, aber nicht fest genug, um mich zu erdrücken. Für einen Moment vergaß ich, fühlte nur noch und ließ allem, was sich in mir angestaut hatte, freien Lauf. Mit geschlossenen Augen lehnte ich mich an seine feste Brust, hörte seinen ruhigen Herzschlag – ein gleichmäßiger Rhythmus, der gegen das Chaos in mir ankämpfte. Bildete ich es mir ein oder fuhr sein Daumen wirklich sanfte Kreise über meinen Rücken?

»Was kann ich tun?«

Ich zog mich ein Stück zurück, woraufhin auch er seine Arme löste. Einen Moment überlegte ich, fuhr mir über die nassen Augen.

»Ich …«, stammelte ich, ehe ich zu ihm aufsah. »Ich glaube, ich muss hier einfach raus. Ich … ich brauche Luft.«

Er nickte knapp, ohne zu zögern. »Dann lass uns gehen.«

Kapitel 21

Miguel

Alles, was man hören konnte, war das leise Summen des Motors, während ich den Wagen in Richtung der langen Strandpromenade steuerte. Um diese Zeit schliefen die Straßen bereits, nur an manchen Ecken tummelten sich in der Innenstadt noch Menschen, die die Nacht zum Tag machten. Barcelona wirkte in der Nacht anders – stiller, fast ehrlicher, als wäre sie für einen Moment von ihrer hektischen Maske befreit. Camila und Barcelona hatten das gemeinsam.

Ich warf einen kurzen Blick in ihre Richtung. Seit Beginn der Fahrt hatte sie nichts mehr gesagt, nur den Kopf gegen das Fenster gelehnt. Ihr Gesicht spiegelte sich in der Scheibe, blass und müde.

Schluckend wandte ich mich wieder dem Straßengeschehen zu, versuchte, das Bild von ihr, tränenüberströmt und verzweifelt, zu vergessen und eine hohe, dichte Mauer zwischen uns hochzuziehen. Ich hatte keine Ahnung, warum ich diese Nähe schon wieder zugelassen hatte, warum ich nicht einfach neutral meinen Job machen konnte. Ich war ihr Bodyguard. Zwischen uns herrschte keine Freundschaft, keine Verbindung, kein Gefühl. Ich wurde bezahlt, um sie zu schützen. Punkt. Ganz allein des Geldes wegen tat ich das hier.

Doch als ich gespürt hatte, wie sie vor Angst zitterte … In dem Moment, in dem sie zu zerbrechen gedroht hatte, war da kein Abstand mehr gewesen. Keine Rollen, keine Regeln. Nur ein Mensch, der bei mir Halt gesucht hatte.

Mit einem kaum merklichen Kopfschütteln sagte ich mir, dass es nur eine einmalige Sache gewesen war. Dass ich mich ab sofort wieder zurückziehen und meine Arbeit erledigen würde. Doch irgendetwas tief in mir wusste, dass ich längst eine Linie überschritten hatte, was mich mehr kosten würde, als ich mir eingestehen wollte. An der Strandpromenade angekommen, bog ich auf den großen leeren Parkplatz und schaltete den Motor aus. Das Meer war aufgewühlt, doch ihm zuzusehen, half meist, die innere Unruhe zu beruhigen.

Bevor ich Camila fragen konnte, wo sie hinwollte, öffnete sie die Tür und stieg aus. Hastig folgte ich ihr, sah mich dabei prüfend in der Umgebung um. Sie lief zum Ende des Parkplatzes, von wo eine Treppe hinab in den weichen Sand führte. Ich beobachtete, wie sie über den Strand stapfte, das Meer ansteuerte und kurz bevor der Sand nass wurde zum Stehen kam. Sicherlich wollte sie allein sein, also gab ich ihr den Freiraum und hielt mich im Hintergrund auf. Doch es dauerte nicht lang, da drehte sie sich um. Ihr Blick glitt suchend über die Umgebung, bis er in meinem Gesicht ankam und sich so etwas wie Erleichterung darin zeigte. Keine Ahnung, ob es das Richtige war, aber ich ging zu ihr.

»Woher wusstest du, wo ich hinwollte?«

»Ich wusste es nicht«, antwortete ich. »Aber ich weiß, dass das Meer ein beruhigender Ort sein kann.«

Einen Moment versank sie tief in meinen Augen und ich sah, wie stark der Ozean, der sich in ihren nachtblauen Iriden spiegelte, glitzerte. Der Anblick war traurig und doch so schön.

Schließlich sank sie in den warmen Sand und starrte hinaus auf den Horizont, der sich schwarz mit der Dunkelheit des Meeres vermengt hatte. Ich setzte mich neben sie.

»Willst du darüber reden?«

Sie zögerte lange, bevor sie antwortete.

»Du denkst bestimmt, *er* wäre mein größtes Problem«, begann sie fast flüsternd. »Jeder denkt das. Und ja, ich will ihn nicht mehr kleinreden. Es stimmt, er macht mir Angst, er hat mich im Griff …« Nachdenklich sah sie aufs Meer. »Doch das ist nicht alles … Ich fühle mich schrecklich, überhaupt darüber zu sprechen, deswegen zu *jammern*, schließlich geht es mir doch so gut, ich bin so privilegiert. Doch manchmal … da wäre ich lieber jemand anderes. Jemand mit einem anderen Namen. Na ja, einfach jemand *Normales*. Vielleicht würden sie dann anders mit mir umgehen.«

»Niemand, der dich so behandelt wie diese Selena, hat dich verdient«, kam es überraschenderweise aus meinem Mund, auch wenn ich kein Wort davon bereute.

»Wenn es nur sie wäre …«, hauchte sie ins Leere.

»Was meinst du?«

Bevor sie mir antwortete, zögerte sie einen viel zu langen Moment. Ich registrierte, wie sie auf ihrer Unterlippe kaute und die Finger immer wieder gedankenversunken durch den Sand fahren ließ. »Ich weiß nicht, wie das bei deiner Familie ist, aber … wir wohnen in so einem großen Haus und es ist trotzdem immer gespenstisch ruhig.«

Das stimmte. Seitdem ich in die Villa der Luminias gezogen war, hatte ich lernen müssen, was Stille wirklich bedeutete. So viele Zimmer standen leer, waren wahrscheinlich seit Wochen nicht mehr betreten worden, andere wirkten, als wäre gerade jemand dabei, auszuziehen. Sie standen teils leer, manche Möbel mit Laken bedeckt, unpersönlich und kalt.

»Du fühlst dich einsam, wenn dein Vater weg ist, oder?«

Entgegen meiner Erwartung schüttelte sie den Kopf. Bevor sie antwortete, sah sie mir direkt in die Augen. »Ich fühle mich einsam, *wenn er da ist.*« Sie zuckte mit den Schultern. »Eigentlich ist diese Einsamkeit immer da. Manchmal fühle ich mich in dieser Familie … wie ein Gespenst. Unsichtbar. Erst seit dieser Stalker in mein Leben getreten ist, werde ich gesehen.«

Nun verstand ich sie noch besser. Verstand, weshalb sie all diese Angst unterdrücken wollte, nicht wahrhaben wollte, was für eine Gefahr ihr Stalker wirklich war. Sie wurde aus den falschen Gründen gesehen und das konnte sie nicht ertragen. »Am Anfang hat es sich so angefühlt, als würde ich nun endlich alle Aufmerksamkeit bekommen, doch das tu ich nicht ... diese Aufmerksamkeit gilt nur ihm. Wenn es um meinen Stalker geht, ist mein Vater ganz Ohr, doch wenn ich ihm meine Entwürfe für *Vestura* zeigen möchte ... Kaum ist die Gefahr durch dich aus dem Weg geschafft, bin ich wieder unsichtbar. Ich glaube, das ist genau der Grund, weshalb selbst ich nicht weiß, wer diese Camila überhaupt ist, was sie wirklich kann und was nur ihr Name ist ... Ich sehe mich selbst nicht. Nur mein Cousin Felipe ... Er ist der Einzige aus der Familie, bei dem ich mich so richtig wahrgenommen fühle. Er und ...«

Sie brach ab und schüttelte den Kopf, weil es ihr sichtlich zu schaffen machte, den Satz zu beenden. Mittlerweile ahnte ich, an wen sie dachte. »Tut mir leid, ich will dich damit nicht vollheulen. Das gehört schließlich nicht zu deinem Job.«

Der Schmerz in ihrer Stimme ließ meine Brust eng werden und ich bereute umgehend, dass ich ihr jemals das Gefühl gegeben hatte, sie wäre mir egal. Das *sollte* sie zwar auch sein, doch ich wusste mittlerweile, dass es gelogen war. Also reagierte mein Körper von selbst. Als sie sich aufrappeln und gehen wollte, umgriff ich ihr schmales Handgelenk, woraufhin ihre Finger in meine rutschten. Überrascht drehte sie sich zu mir um und hielt inne. Ihr Blick traf den meinen, sanft und erleichtert. Für einen Moment schien die Zeit stillzustehen. Der Wind vom Meer zerrte an ihrem Haar, ließ es wie einen goldenen Schleier um ihr Gesicht tanzen.

»Ich höre dir zu«, hörte ich mich selbst sagen, woraufhin auf ihren Lippen ein leichtes Lächeln auftauchte. Ich spürte, wie ihr Atem stockte, ehe sie sich wieder in den Sand sinken ließ, ihre Finger nach wie vor in meinen. Sobald sie sie losließ, vermisste ich ihre Wärme sofort.

Einen Augenblick schien sie in Gedanken versunken, dann räusperte sie sich. »Carla Linares«, flüsterte sie. Als ich sie fragend ansah, lächelte sie mir verträumt zu. »Das war mein Deckname, als ich einige Wochen bei meinem Cousin Felipe in Madrid untergetaucht bin. Ich habe es so genossen, einmal nicht Camila zu sein, mir einmal keine Gedanken darüber zu machen, was andere über mich denken, einmal nicht mit der Angst zu leben, nicht zu genügen. Obwohl ich so getan habe, als wäre ich jemand anderes, war ich, glaube ich, noch nie so sehr ich selbst wie dort.«

»Wie warst du denn?«, fragte ich.

Sie zuckte mit den Schultern. »Ich kann es dir nicht sagen, es ist nur so ein Gefühl. Bei Sierra, die Studentin, mit der ich mich dort angefreundet hab, habe ich mich freier, irgendwie losgelöster gefühlt. Sie erzählte mir, dass ihre Eltern die verschiedensten Probleme hätten, doch den Zusammenhalt und die Freude, die bei ihr zu Hause herrschten, waren … trotzdem so bewundernswert. Ich habe sie manchmal telefonieren gehört und durch sie erst richtig gemerkt, wie viel in meiner Familie eigentlich schiefläuft.« Sie machte eine kurze Pause, ehe sie weitersprach. Ich erkannte deutlich, dass ihre Lippen zitterten. »Ich meine, meine Mutter ist nicht ohne Grund krank«, stellte sie fest. »Diese Familie existiert schon lange nicht mehr und ich weiß zwischen all dem Verstellen, Anpassen und zwanghaften Dazugehörenwollen nicht mehr, was echt und was gelogen ist.«

»Du tust das für deinen Vater, oder?«, fragte ich und spürte, wie dabei eigene Erinnerungen hochkamen. Ich kannte das Gefühl und ich wusste, dass es einen zerfressen konnte. »Dieses *Verstellen*. Das Immerzu-stark-Sein, keine Schwäche zeigen. Du tust es nicht für Selena, nicht für irgendwelche Kommilitonen oder Freunde … Nur für ihn.«

Sie nickte so langsam, als wäre es ihr jetzt erst klar geworden. Ein leichter Windstoß wehte die letzten Reste ihres Parfüms zu mir. Etwas Blumiges vermengte sich mit dem Salz des Meeres, und mein Körper reagierte mit einem unkontrollierbaren Kribbeln.

»Ich glaube manchmal, er hat dich nur beauftragt, weil ich ihm eine Last bin«, gab sie zu. »Jetzt hat er Ruhe, jetzt kann er sich endlich auf die Arbeit konzentrieren, für die ich auch nie genug sein werde.«

Ich wusste, dass dies nicht stimmte. Ich wusste, dass Señor Luminia seine Tochter über alles liebte, weil ich leider erfahren musste, wie Väter sich benahmen, denen ihre Kinder egal waren.

»Glaub mir, du irrst dich«, sagte ich also nur. »Dein Vater würde alles für dich tun.«

»Woher willst du das wissen?«

Ich gab mir alle Mühe, meine Gefühle zu unterdrücken, doch mein Kiefer verkrampfte sich dennoch. »Ich war meinem Vater nie genug, er hat mich ... verachtet und gehasst«, erzählte ich. »Bei deinem ist das ganz anders.«

Ein trauriger Zug tauchte um ihre Lippen auf, ehe sie den Kopf schüttelte. »Das tut mir leid«, hauchte sie. »Hast du noch Kontakt zu ihm?«

»Nein, er ist zum Glück schon lange fort.«

»Das heißt, du lebst mit deinen Schwestern zusammen?«

»Und meiner Mutter.« Ich nickte.

Auf ihren Lippen tauchte ein leichtes Lächeln auf. »Wie sind sie so? Aya und Valeria.«

In meiner Brust wurde es warm. »Valeria ist mitten in der Pubertät, immer mit Freundinnen unterwegs und ... so tough und klug. Und Aya ...«, ich verfing mich einen Moment in dem Gedanken an sie, »Aya ist eine Prinzessin mit einer großen Klappe. Temperamentvoll und offen mit einem riesigen Herz. Du erinnerst mich manchmal an sie.«

Ihr Lächeln wurde breiter und ich verlor mich einen Moment darin. »Was für eine Ehre«, sagte sie mit einem Lachen. »Und deine Mutter?«

»Du stellst aber ganz schön viele Fragen«, stellte ich fest, weil mir dieser Moment zwischen uns zum einen viel zu intim und zum anderen nicht intim genug war.

»Ich möchte nur wissen, mit wem ich seit Neuestem zusammen bin.«

Ein belustigtes Schnaufen drang aus meiner Nase, ich musste schmunzeln und schüttelte den Kopf. Als ich wieder aufsah, fixierte sie mich gedankenversunken.

»Warum dieser Job?«, fragte sie leise. »Wieso vertraut mein Vater dir so unerschütterlich?«

Fuck. Ausweichend sah ich auf den warmen Sand, weil ich erst nicht wusste, was ich darauf antworten sollte. Was sollte ich ihr sagen? Dass ich eigentlich gar kein Personenschützer war und stattdessen jahrelang gegen Geld irgendwelche Männer verprügelt hatte? Und weil ihr Vater mich aus dem Grund kannte, weil er selbst in diesen Kreisen unterwegs war? »Ich denke«, überlegte ich laut, »weil ich neutral bin und unabhängig arbeite. Ich nehme meine Arbeit sehr ernst.«

»Das ist mir schon von Anfang an aufgefallen«, meinte sie, und ich hörte ein sanftes Lachen zwischen ihren Worten, das auch mich schmunzeln ließ.

»Woher hast du die Erfahrung?« Das Kreuzverhör ging weiter und ich spürte, wie langsam, aber sicher meine Handinnenflächen zu schwitzen begannen. Angespannt ballte ich sie zu Fäusten, rappelte mich auf und lehnte mich vor auf meine Knie.

»Ich war ein paar Jahre beim Militär.« Auch wenn es sich wie eine Lüge anfühlte, war es die Wahrheit. Eine Wahrheit, die ich lange Zeit verdrängt hatte, so wie alles, das mit meinem Vater zusammenhing.

Camila runzelte mitfühlend die Stirn. »Das … es tut mir leid, falls ich damit Wunden geöffnet habe.«

»Alles gut«, winkte ich ab, denn es waren nicht die Wunden der Militärzeit, die sie damit getroffen hatte, schließlich hatte ich meine Ausbildung nie beendet. Es waren die Wunden, die die Worte meines Vaters hinterlassen hatten.

Waffen sind zum Schießen da und Fäuste zum Schlagen, Miguel. Sei kein Weichei und hau zu.

Was hat deine Mutter mir nur für einen beschissenen Sohn geschenkt.

»Okay, anderes Thema.« Blitzschnell hatte sie sich aufgerappelt und stand nun vor mir. Auf ihren Lippen ein adrenalingeladenes Lächeln. Ich konnte ihr direkt ansehen, dass sie irgendetwas vorhatte. »Das hab ich schon lange nicht mehr gemacht, aber …« Schließlich drehte sie sich um, blickte aufs Meer. »Früher bin ich nachts ans Meer gefahren und hab meine Gedanken einfach fortspülen lassen. Seitdem mein Stalker mir alle Freiheiten genommen hat, ging das nicht mehr.«

Mein Mund klappte auf, weil ich ihr unbedingt ausreden wollte, im Dunkeln ins unruhige Meer zu springen. Doch im nächsten Moment zog sie sich das Kleid über den Kopf und stand plötzlich nur in Unterwäsche vor mir. Reflexartig wandte ich mich ab, aber dieser kurze Moment hatte gereicht, um zu erkennen, wie unfassbar attraktiv sie war. Das Bild ihrer langen Beine, der Kuhle zwischen ihren Brüsten in diesem schwarzen Spitzen-BH und ihres zarten Bauchnabels hatte sich bereits in mein Gedächtnis gebrannt. Mir wurde warm, ich spürte die Hitze in jedem Winkel meines Körpers, während gleichzeitig jede Faser dagegen ankämpfte. Dieses Gefühl durfte verdammt noch mal nicht sein.

Als ich wieder hinsah, war sie bereits losgerannt. Ihre Haare wehten wie ein dunkler Schleier hinter ihr her. Der Anblick von ihr, so frei, und zugleich die Erkenntnis, wie gefährlich das alles sein könnte – sowohl das Meer als auch das zwischen ihr und mir –, zerrissen mich. Umgehend sprang ich auf und lief ihr nach, während ich mir sowohl Jackett, Hemd als auch Schuhe vom Leib riss.

»Camila!« Meine Stimme schnitt das monotone Rauschen des Wassers. Ich wusste, sie würde mich ignorieren, doch der instinktive Drang, sie zu schützen, flammte auf. Irgendetwas sagte mir, dass er diesmal nicht meinem Job zuzuschreiben war.

Mittlerweile war sie bis zu den Knien ins Wasser gelaufen, die Arme weit ausgestreckt, als wollte sie den Horizont und den Vollmond, der sich vor uns auftat, umarmen. Ein leises Lachen entkam ihren Lippen, der Wind trug es zu mir rüber. Im nächsten Moment tauchte sie mit einem gekonnten Kopfsprung in eine kommende Welle ein.

Eine Sekunde folgte der nächsten, in denen ich versuchte, sie irgendwo in dem dunklen Nass auszumachen. Ich spürte, wie mein Herz mir im Hals pochte. Im nächsten Augenblick beschleunigte ich mein Schritttempo, nahm wahr, wie sich das kalte Wasser in meine Kleidung fraß. Erst als es mir zur Hüfte reichte, tauchte sie auf und schmiss sich mit einem Lachen auf meinen Rücken. Ich taumelte, fiel anschließend in eine hohe Welle, ehe sich das Meer wieder kurz beruhigte.

»Du bist verrückt, weißt du das?«, fragte ich und spürte, wie der Ärger, den ich normalerweise in einer solchen Situation erwartete, wieder verblasste. Je länger ich sie ansah und spürte, wie viel ihr das hier gab, desto ruhiger wurde ich.

»Vielleicht.« Sie zuckte mit den Schultern, ehe ihr Lächeln etwas schrumpfte und Unsicherheit über ihren Ausdruck flog. »Ist das die Camila, die du siehst? Eine Verrückte? Wer bin ich in deinen Augen?«

Mein Kiefer krachte, so fest, wie ich die Zähne aufeinanderpresste. Es gab direkt tausend Dinge, die ich ihr hätte sagen können. Zum Beispiel, wie gutherzig sie war, dass sie all das Lob und die Anerkennung verdient hatte, weil ihre Arbeit bemerkenswert war, dass man sich bei ihr nie ausgeschlossen fühlte und ich vor allem in letzter Zeit immer in ihrer Nähe sein wollte. Doch ich konnte ihr all das nicht sagen.

»Ich glaube, du bist echter, als du denkst zu sein.«

»Was meinst du?«

»Du meintest, du wüsstest nicht, wer du bist, dass du dich verloren hast, dich zu sehr anpasst, dich nicht siehst. Doch … ich glaube, du bist näher an dir selbst dran, als du denkst. Du merkst es nur nicht, weil alles von der Angst verschleiert ist, nicht gemocht zu werden. Wie freundlich du mit Selena gesprochen hast, obwohl sie so schlecht mit dir umgegangen ist, wie sehr du deinem Traum nacheiferst, dabei aber nie andere vergisst und immer überlegst, wie du es für alle besser machen kannst ... Ich wollte dich hassen, weil ich dachte, du bist eines dieser verwöhnten Püppchen. Doch ich übertreibe nicht, wenn ich sage, dass ich selten jemand Selbstloseres getroffen habe. Eine solche Eigenschaft kann man nicht spielen, das würde man merken. Das hier ...« Ich deutete in ihr Gesicht, kam etwas näher und beobachtete, wie ein Tropfen über ihre Haut perlte. Er erreichte ihre Lippen und ich verfing mich in dem Anblick, erinnerte mich daran zurück, wie es war, sie zu küssen. »Das hier ... ist die wahre Camila. Und sie ist sichtbar. Mehr als sichtbar.«

Die Stille, die nun zwischen uns herrschte, fühlte sich schwer und leicht zugleich an, als wäre sie geladen mit etwas, das wir beide nicht ganz greifen konnten. Camilas Augen funkelten im Licht des Mondes, während sie mich ansah, als hätte sie diese Worte gebraucht.

»Das ist ...« Sie schüttelte leicht den Kopf, als wüsste sie nicht, wie sie antworten sollte. »Danke, Miguel.« Ihre Stimme war kaum mehr als ein Flüstern, aber sie trug so viel Bedeutung in sich.

Ich wollte noch etwas sagen, doch dann spülte eine Welle sie näher heran. So nah, dass sie gegen mich prallte. Etwas überrumpelt sahen wir uns an. Ihr Atem legte sich warm auf meine nassen Wangen, und auch wenn ich versuchte, es zu ignorieren, registrierte ich ihre warmen Rundungen viel zu deutlich an meiner Brust. Sie wirkte atemlos. Genauso atemlos, wie ich mich fühlte, als sie etwas länger auf meine Lippen sah.

»Darf ich dich etwas fragen?« Ein weiches Streicheln verriet, dass sie mit ihrem Finger meine Schulter abfuhr. »Wofür steht dieses Tattoo?«

Der Muskel darin spannte sich sofort an. Ich musste nicht nachsehen, welches Tattoo sie meinte.

»Es ist ... das Zeichen meines Boxclubs.«

»Du kämpfst?«

»Habe ich mal.«

»Es muss dir viel bedeutet haben«, stellte sie fest und ich presste den Kiefer zusammen.

»Sagen wir so … ich war öfter dort als zu Hause«, erklärte ich mit einem Schmunzeln, um zu verstecken, wie schwer das Thema wirklich war.

Auch sie lächelte sanft. »Und warum hast du aufgehört?«

Nun war ich derjenige, der den Blick abwandte, weil die Erinnerungen, die mich dabei überkamen, wie ein Blitz einschlugen. Die stickige Luft des Clubs vermischt mit dem Geruch von Schweiß und Blut kehrte zurück. Ich stand im Ring, umringt von Männern, deren Gesichter in der Dunkelheit verschwammen. Bis heute spürte ich es, als würde das Messer noch in mir stecken. Bis heute hallte das Keuchen der Menge in mir nach, hörte ich den Schrei meiner Mutter, das verzweifelte Wimmern meiner Schwestern. Sah Césars Gesicht und daneben Raul Luminia.

»Ich bin in die falschen Kämpfe geraten. Heute boxe ich nur noch für mich.«

Obwohl ihr Blick in Sorge getränkt mein Gesicht nach einer Wahrheit absuchte, nickte sie schließlich. »Kannst du … ich meine, nimmst du mich vielleicht mal mit?«

Instinktiv wollte ich sofort den Kopf schütteln. Das Letzte, das ich tun wollte, war, Camila mit nach Sant Cosme zu nehmen. Doch die Hoffnung in ihren wunderschönen großen Augen machte es mir nicht leicht, zu verneinen. Und vielleicht würden ihr ein paar Griffe wirklich helfen können, sich selbst zu verteidigen.

»Ich überlege es mir.«

Camilas Gesicht erhellte sich ein wenig. »Danke.«

Das Wackeln des Wassers brachte sie erneut dazu, sich an mir festzuhalten. Um sie herum das silbrige Mondlicht, das sich unter die Wellen mischte. Diesmal umgriff auch ich ihren zierlichen warmen Körper, auch wenn ich versuchte, sie so wenig wie nur möglich zu berühren. Doch es war nicht möglich. Ich spürte ihr Becken an meinem Bauch, ihre Oberschenkel unter meinen

Fingern, ihre Hände an meinem Nacken. Jeder Winkel meines Gesichts nahm deutlich ihren Blick wahr, es pochte und kribbelte, während ich das ihre musterte. Immer wieder sah ich in ihre Augen, ihre tiefen ozeanblauen Augen. Wie konnte man Camila Luminia *nicht* sehen?

»Ich glaube, es ist besser, wenn wir jetzt wieder fahren«, meinte ich, meine Stimme rau und brüchig. Ich wich ein Stück zurück, ließ von ihr ab. Ganz egal, wie gut ich mich bei ihr fühlte, durfte das hier einfach nicht sein. Ich durfte meinen Job nicht riskieren, durfte nicht riskieren, meine Schulden und die meines Vaters nicht abbezahlen zu können und damit sowohl meine Familie als auch mich in weitere Schwierigkeiten zu stürzen.

Sie antwortete mir nur mit einem stummen Nicken. Die Enttäuschung, mit der sie sich abwandte und zurück zum Strand lief, hinterließ Spuren in mir.

Ich ließ ihr etwas Vorsprung, damit sie sich in Ruhe wieder anziehen konnte, ehe auch ich aus dem Wasser trat. Wortlos stapften wir durch den Sand. Etwas Schweres hing zwischen uns in der Luft, unausgesprochen, aber unauslöschlich. Obwohl wir beide versuchten, es zu ignorieren, wussten wir, dass es existierte.

Als wir schließlich beim Auto ankamen und Camila auf die andere Seite trat, stockte sie plötzlich. Sie starrte voller Schock auf den Lack der Beifahrerseite. Schließlich sah sie auf.

»Da gibt es noch etwas, das ich dir eigentlich erzählen wollte«, kam es zittrig aus ihrem Mund.

Noch während ich zu ihr um das Auto trat, ballten sich meine Hände angespannt zu Fäusten. Dann sah ich es. Graffiti, das sich in den Lack gebrannt hatte. Blutrot.

XX

Wo hatte ich diese Zeichen schon mal gesehen?

Miguel

Wir müssen reden.

Raul Luminia

Ich komme heute heim. Dann können wir reden.

Unruhig sah ich von meinem Handydisplay auf und richtete den Blick hinaus aus dem Fenster, wo Señor Luminia gerade in die Einfahrt fuhr. Sobald er ausstieg, bemerkte ich, dass er nicht allein war. Eine hochgewachsene rothaarige Dame erklomm mit ihm die Stufen des Einganges. Ich erkannte seine Halbschwester sofort. Beatriz Luminia.

Ein unwohles Gefühl überkam mich, ich erinnerte mich umgehend an die zahlreichen Artikel, die ich über sie verschlungen hatte. Seitdem Camila mir letzte Nacht von der seltsamen X-Nachricht erzählt und ich dieses drängende Gefühl bekommen hatte, diese Zeichen irgendwo schon mal gesehen zu haben, war da diese Unruhe in mir. Ich *musste* mit Señor Luminia sprechen, ich *musste* ihn fragen, weshalb er mir nichts erzählt hatte und welche Infos mir noch fehlten. Um Camila schützen zu können, musste ich alles wissen.

Als sie im Haus verschwanden, trat auch ich in den Flur im ersten Stock. Das Haus war still, doch die feinen Absätze von Beatriz' Schuhen hallten auf dem Parkett wider. Die Stimmen von Señor Luminia und ihr wurden lauter, je näher ich der Treppe kam.

»Ich frage mich, Raul«, begann Beatriz mit ihrer kühlen, perfekt kontrollierten Stimme, »ob du wirklich die Kontrolle über die Situation hast. Wofür gibst du das ganze Geld aus?« Sie lachte, ein spöttischer Laut, der durch den Raum hallte. »Wieso hast du ihn immer noch nicht ruhiggestellt?«

»Es geht um meine Tochter, Beatriz. Wir müssen aufpassen, dass uns das nicht alles um die Ohren fliegt.«

»Und was genau soll ihr passieren?« Ihre Stimme wurde schärfer und ich registrierte, dass sie in einen Salon getreten waren, der an den Korridor im Erdgeschoss anschloss, weshalb ich ein paar

Stufen der Wendeltreppe hinab nahm. »Er wird ihr nichts antun, das weißt du! Er nutzt sie nur als Druckmittel, um an dich ranzukommen. Du darfst nicht nachgeben, egal, was er verlangt.«

Egal, was er verlangt? Zorn brodelte in mir auf. Wovon sprachen sie?

»Es ist nur so schwierig, nach allem, was passiert ist. Ich sag es dir, das holt uns alles ein. Vielleicht sollten wir wirklich nachgeben. Wenn rauskommt, dass die Stalkergeschichte nur eine Lüg…«

Seine Stimme ging in einem Poltern unter. Er musste einen Stuhl zurückgeschoben haben, dessen Beine laut über das Parkett knarzten. Für einen Moment war es still. Dann hörte ich Beatriz leise lachen. »Du gehst mir so auf den Geist mit diesem Thema. Ihr alle. Wir werden nicht nachgeben!«

»Was ist mit Felipe? Du meintest doch, er wüsste auch etwas.«

»Felipe wird nichts tun. Dafür ist ihm seine kleine Sierra zu wichtig. Er weiß, wenn er etwas sagt, dann wird vor allem ihre Karriere drunter leiden. Wenigstens für eine Sache ist diese dumme Beziehung gut. Und jetzt halt den Mund, Raul! Entweder du vergisst es endlich oder du schaltest ihn ein für alle Mal aus!«

»Er ist nicht auffindbar. Ich habe alles getan.«

»War ja klar. Du warst schon immer der Schwächere von uns, bekommst nichts auf die Reihe. Vater hätte niemals mit deiner Mutter verkehren dürfen.«

»Lass unsere Eltern da raus. Ich bin genauso ein Luminia wie du und *Vestura* ist *meine* Firma.«

»Da täuschst du dich«, hörte ich Beatriz mit einem spottenden Unterton sagen. »*Vestura* gehört zu *Luminia* und *Luminia* gehört mir. Und so oft, wie ich *Vestura* schon aus den roten Zahlen holen musste, könntest du ruhig etwas Dankbarkeit zeigen.« Meine Stirn legte sich in Falten. Rote Zahlen? Das klang ernst. War Señor Luminia pleite? Konnte er mich deshalb nicht bezahlen?

»Und damit ist die Diskussion beendet«, stellte Beatriz so scharf klar, dass selbst meine Glieder kalt wurden. Raul erwiderte daraufhin nichts mehr. Ich konnte mir denken, dass auch er ziemlich eingeschüchtert von seiner Schwester war. »Die Zusammenarbeit mit Maison Douceur ist eine einmalige Chance, wieder Fuß zu fassen. Versau sie nicht. Wir sehen uns später.«

Ihre lauten Absätze näherten sich dem Flur, weshalb ich ein paar Stufen hochhuschte, damit sie mich nicht bemerkte. Sobald die schwere Eingangstür hinter ihr ins Schloss gefallen war, trat ich hinab und peilte den Salon an, in dem Señor Luminia sich befand. Er stand mit dem Rücken zu mir an einem Servierwagen. In der rechten Hand ein volles Glas Whiskey, mit der linken fuhr er sich erschöpft über das Gesicht.

»Warum haben Sie mir nicht mehr Informationen gegeben?«

Er zuckte zusammen, drehte sich hastig um. Wie blutunterlaufen und müde seine Augen waren, war nicht zu übersehen. Er tat mir beinahe leid.

»Miguel«, gab er von sich, bemüht um ein Lächeln. »Wovon sprichst du?«

»Der Angriff auf Ihre Schwester.«

Sein Lächeln verblasste. Ausweichend sah er zu Boden und biss sich auf die Unterlippe, ehe er einen Schluck Whiskey nahm.

»Der Angriff auf meine Schwester hat nichts hiermit zu tun. Ihr Angreifer ist seit vielen Jahren weggesperrt und sowieso ... was sollte er ausgerechnet von meiner Tochter wollen?«

»Ich weiß nicht.« Ich zuckte mit den Schultern. »Was wollte er von Señora Luminia? Ist das eigentlich bekannt?«

»Miguel, du verschwendest deine Zeit.«

»Wovon haben Sie eben mit Ihrer Schwester gesprochen? Sie wissen, wer Camila das antut?«

»Selbstverständlich nicht!«, gab er empört von sich, ohne mir in die Augen zu sehen. Ich hatte keine Ahnung, ob ich ihm glauben sollte, aber immer wenn es um seine Tochter ging, sah ich ehrliche Sorge in seinen Augen. Wie passte das alles zusammen? »Dabei ging es um etwas ganz anderes. Belauschst du uns etwa?«

»Vom Verschwinden Ihres Sohnes haben Sie auch nichts erzählt«, sagte ich, ohne auf seine Frage einzugehen. Voller Schock sah er auf, jegliche Farbe wich aus seinem Gesicht und für einen Moment bereute ich meine unsensiblen Worte.

Schließlich trat er näher, seine Züge angespannt. »Was ebenfalls nichts mit dem Stalker meiner Tochter zu tun hat. Ich habe dich nicht angestellt, damit du in der Vergangenheit meiner Familie wühlst. Ich möchte, dass du meine Tochter schützt. Alles andere geht dich nichts an!«

»Haben Sie das? Mich *angestellt*? Bis heute habe ich kein Geld gesehen«, warf ich misstrauisch ein und verschränkte die Arme vor der Brust. »Sie können mich doch bezahlen, oder?«

»Selbstverständlich«, antwortete er mit fester Stimme, wenn auch etwas Unsicherheit in seinem Ausdruck aufflackerte. Nun wurde er wieder ruhiger. »Du bekommst dein Geld, Miguel. Ich verspreche es dir. Es ist nur … momentan einiges los. Aber sollte etwas schiefgehen«, er deutete auf eine Vase, »diese ganzen Sachen hier sind Millionen wert. Ich werde dafür sorgen, dass du dein Geld bekommst.«

Weil er sich nun sichtlich erschöpft auf dem Sofa niederließ, beschloss ich, mich zurückzuhalten und das Kreuzverhör zu beenden. Von ihm würde ich sowieso keine Informationen außer Lügen bekommen, ich musste ihn und seine Schwester unbedingt im Auge behalten.

»Sie hat wieder Nachrichten bekommen«, begann ich schließlich. »Zwei Mal ein X. Können Sie damit etwas anfangen?«

Er sah auf, sichtlich irritiert. »Ein X? Einfach nur der Buchstabe X?«

Ich nickte. »Erst ein einzelner und gestern zusammengeschrieben. Mir kam das Zeichen bekannt vor, deshalb dachte ich, dass ich es bei Ihnen irgendwo schon mal gesehen habe … Initialen? Ein Code?«

Eine gefühlte Ewigkeit schien er zu überlegen, schüttelte jedoch schließlich den Kopf. »Nein, ich habe wirklich keine Ahnung, was er damit meinen könnte«, sagte er seufzend. »Wie geht es ihr?«

Wie von selbst füllte sich meine Lunge mit einem tiefen Atemzug, weil ich an letzte Nacht denken musste. An ihre Tränen. An ihre Worte.

»Ich möchte Ihnen nicht zu nahe treten, aber …«, begann ich, machte eine Pause, weil ich zunächst nicht wusste, wie ich fortfahren sollte, »… ich glaube, es wäre gut, wenn Sie nach ihr sehen. Sie fehlen ihr.«

Er räusperte sich, wandte den Blick ab, doch ich konnte deutlich sehen, dass seine Augen glasig wurden. »Danke, Miguel.«

Kapitel 22

Camila

»Ich schwöre dir, dieser Stoff hat ein Eigenleben.« Ester seufzte lautstark und fuhr sich gestresst durch die schwarzen langen Haare. »Er rutscht ständig von der Schneiderpuppe.«

Prüfend sah ich von meiner Nähmaschine auf. Die stickige, konzentrierte Atmosphäre des Ateliers der Universität war erfüllt von dem Rattern weiterer Maschinen und dem Rascheln verschiedenster Stoffe. Weitere Studentinnen, darunter auch Teilnehmer der Pasarela Futuro, wuselten durch den Raum, arbeiteten an ihren Designs, die viel weiter waren als meine.

Ester hatte angeboten, mir beim Drapieren und Arrangieren der Kleider meiner *Elegancia para todos*-Kollektion zu helfen, die ich bei der Pasarela Futuro vorstellen wollte, während Matteo uns mit seiner Kamera begleitete. Die Abgabe meiner Eventmappe war bereits in wenigen Tagen und sie musste perfekt sein – jedes Bild, jede Skizze, jedes Design musste aufzeigen, dass ich es verdammt noch mal verdient hatte, dort zu sein.

Wenn ich mich umsah, merkte ich, dass meine Kollektion anders war als die der anderen. Und auch wenn ich herausstechen wollte, verunsicherte es mich leicht. Bei mir gab es keine übertriebenen

Tüllwolken oder minimalistischen Linien in Schwarz und Elfenbein. Ich setzte stattdessen auf fließende Stoffe mit Farben, die man nicht auf einer Opernpremiere erwartete, und Schnitte, die Körper feierten, statt sie zu verstecken. Ein smaragdgrüner Jumpsuit mit tiefem Rückenausschnitt. Ein weinrotes Kleid mit langen transparenten Ärmeln und floralen Stickereien. Und das goldene Wickelkleid mit asymmetrischem Rock, das bei jedem Schritt wie flüssiges Licht über die Beine der Trägerin floss. All das war mein Versuch, nicht nur Mode zu entwerfen – sondern Momente.

Matteo hatte angeboten, die Fotos anschließend in seiner neuen Dunkelkammer zu entwickeln – das sollte der Mappe nicht nur eine persönliche, sondern fast schon künstlerische Tiefe verleihen. Doch der Druck, abzuliefern, lag schwer auf meiner Brust. Das Showpiece meiner Kollektion, das sie repräsentieren sollte und als krönender Abschluss gezeigt wurde, war noch immer nicht fertig, lebte lediglich als ein paar unvollkommene Entwürfe auf meinem iPad, zwischen denen ich mich noch entscheiden musste. Bislang hatte mir jegliche Inspiration dafür gefehlt, nichts hatte sich so gut angefühlt, dass ich gesagt hätte, *das* ist die perfekte Idee, die meinem Showpiece gerecht wird, die sich abhebt von allen anderen Pieces, die, bei der ich etwas fühlte. Dieser Perfektionismus machte mich kaputt. Vor allem jetzt, wo Selena Rodriguez doch wieder unter den Teilnehmerinnen war und mir immer wieder scharfe Blicke zuwarf.

Weil Ester langsam, aber sicher verzweifelte, stand ich auf und trat zu ihr an die Puppe.

»Zieh ihn ein bisschen höher fest und arbeite mit Stecknadeln, bevor du dich um die Falten kümmerst. Und wenn du ihn mit einem dünnen Baumwollstoff unterfütterst, rutscht er nicht so leicht.«

Esters Gesicht hellte sich leicht auf. »Wieso bin ich da nicht selbst draufgekommen?«

Schmunzelnd reichte ich ihr die Stecknadeln. »Satin kann echt zickig sein«, meinte ich und versuchte, beim Festhalten zu verstecken, wie sehr meine Finger zitterten. Doch Ester folgte meinem Blick, der immer wieder zu Selena zuckte, und legte anschließend ihre Hand auf meine Schulter.

»Lass dich nicht von ihr einschüchtern«, flüsterte sie. »Sie ist so voller Hass. Ich habe Mitleid mit ihr.«

Angespannt presste ich die Lippen aufeinander, ehe Ester ihren Arm um mich legte und mir aufmunternd einen Kuss auf die Wange hauchte. Ein Blitz erhellte in dem Moment unser Sichtfeld. Matteo hatte sich neben uns gestellt und ein Selfie geschossen. Mit Esters Arm um mich und Matteos vertrautem Duft nach Zimt löste sich direkt etwas in mir – bei meinen besten Freunden fühlte ich mich sicher und stark.

»Du sollst keine Fotos von uns, sondern von den Kleidern machen.« Ester verdrehte die Augen, konnte ein Lächeln aber nicht unterdrücken. Obwohl unsere Projekte nicht unterschiedlicher sein konnten, nutzte Matteo die Gelegenheit, um auch für sein Modul ein paar Fotos zu sammeln. *Masken des Alltags* hieß jene Reihe, die er in ein paar Wochen vorstellen musste. Er lebte für dieses Studium, für die Fotografie, dort ging er voll und ganz auf. *»Durch die Kamera sieht man Dinge, die oft untergehen«*, hatte er mal gemeint. *»Wenn die Fotos sich langsam entwickeln, erzählen sie Geschichten, die man sonst übersieht.«*

Und Matteo hatte das Talent, genau den Moment einzufangen, wenn ein Gesicht eine ganze Geschichte erzählte. Genauso wie Esters, jedes Mal, wenn sie ihn ansah. Keine Ahnung, ob er ihre Zuneigung für ihn nicht sehen wollte oder sie erst im Stillen in seiner Dunkelkammer entdeckte. Doch ich hatte längst gemerkt, dass sie Gefühle für ihn hatte, diese aber immer zu unterdrücken versuchte.

Ich schüttelte lachend den Kopf und lief zurück zur Nähmaschine. Von hier aus konnte ich das Café im Innenhof sehen, in das Miguel gerade lief, um für uns ein paar Dosen Cola zu besorgen. Es war viel zu heiß und wir hatten dringend eine Abkühlung nötig. Ich war ihm dankbar und fühlte mich zeitgleich so schlecht dafür, ihn in diesen für ihn so langweiligen Räumen festzuhalten, obwohl er seine Zeit doch lieber mit seinen Schwestern verbringen wollte.

Seit der Nacht am Strand hatten wir nicht mehr viel gesprochen. Er war selbstverständlich dazu gezwungen gewesen, meinen Vater über den Vorfall zu informieren, als er wieder heimgekommen war. Ich freute mich, dass er wieder da war, doch ich hatte ihn bisher kaum zu Gesicht bekommen. Er war sowohl mit der Arbeit als auch mit der Polizei beschäftigt gewesen. Immer wieder fragte ich mich, was das alles bringen sollte. Seit über einem halben Jahr führte dieser Mistkerl alle an der Nase herum, auch die Polizei. Dass sie über zwei kryptische Buchstaben informiert wurden, würde rein gar nichts ändern. Er spielte seine Spiele weiter und niemand konnte ihn aufhalten.

Miguel schien zu telefonieren, sein Gesicht verzogen. Gerade als er das Gespräch beendete und sein Handy in die Tasche steckte, hob er seinen Blick und fand den meinen. Mein Atem stockte. Sein Ausdruck war mürrisch und angespannt, bis er mich entdeckte. Für eine Sekunde war es, als könnte ich dieselbe Zärtlichkeit sehen, die auch in jener Nacht in seinen Iriden getanzt hatte. Wir, umspült von pechschwarzem Salzwasser, silbrig glitzernd vom Mond. Ich, umspült von seinen Armen. Eine Nacht, die mir nicht mehr aus dem Kopf ging. Diese Nähe hatte etwas zwischen uns verändert. Und ich wusste nicht, ob ich das gut oder besorgniserregend finden sollte. Hatte in dieser Nacht kaum ein Luftstoß zwischen uns gepasst, war er seitdem noch distanzierter als sonst.

Ich schenkte ihm ein vorsichtiges Lächeln. Er erwiderte es nicht. Stattdessen nickte er mir nur knapp zu, fast förmlich, und verschwand wieder im Inneren des Gebäudes auf dem Weg zu uns.

Seufzend löste ich mich vom Fenster, ehe ich hinter mir eine nur allzu vertraute Stimme wahrnahm. Ein kaltes Prickeln lief mir über den Rücken.

»Schau mal einer an, fleißig, fleißig.«

Ich musste mich nicht umdrehen, um zu wissen, dass Louis in den Raum getreten war, tat es dann aber trotzdem. Selena begrüßte ihn mit einer innigen Umarmung.

Ester und mein Blick trafen sich. Mein Magen zog sich zusammen, doch ich zwang mich, ruhig zu bleiben. Ich konnte es mir nicht leisten, dass sie sahen, wie sehr sie mich noch immer nervös machten. Alle beide.

Louis' Blick glitt durch den Raum. Als er mich entdeckte, weiteten sich seine Augen und er legte überrascht den Kopf schief.

»Camila?«, fragte er und trat näher. Selena folgte ihm, sah wertend erst meine Schneiderpuppe und dann mich an. »Du nimmst auch an der Pasarela teil?«

Ich nickte. »Du etwa auch?«

Selenas Lachen triefte vor falscher Süße, ehe sie den Arm um ihn legte. Sie passten so gut zusammen. »Louis hilft mir. Meine Kollektion wird aus hochwertigem Kashmir bestehen.«

Ich zwang mich zu einem Lächeln. »Schön. Es freut mich, dass es sich anscheinend um ein Missverständnis gehandelt hat und du doch noch dabei bist.«

»Was hätte das auch anderes sein sollen?« Abschätzig verzog sie das Gesicht. »Nimm das nicht persönlich, aber du hast gar keine Erfahrung.«

»Und doch stehe ich jetzt hier«, sagte ich provozierend und schenkte ihr ein Lächeln.

»Ja«, sie hob die Brauen, ließ den Blick zu meinen Stoffen gleiten und sprach im Flüsterton weiter, »an wessen Daddy das wohl liegt?«

Auch Louis ließ eine Hand über den Stoff meiner Kollektion gleiten. »Sieht ja schon mal ganz okay aus.«

»Das trifft es gut«, kicherte Selena.

»Zieh Leine, Selena«, zischte Ester und trat auf sie zu.

Doch diese hob nur schützend die Hände zur Brust. »Nein, wirklich. Es ist so ein schönes Kleid. Aber du weißt ja, Perfektion ist nicht für jeden. Das wird schon noch, ganz sicher.«

Ester holte scharf Luft, vermutlich, um mich direkt wieder zu verteidigen, Matteo trat ebenfalls einen Schritt vor – doch bevor einer von beiden etwas tun konnte, fühlte ich plötzlich eine warme Hand an meiner Taille. Überrascht sah ich zur Seite, erkannte, dass es Miguel war, der mich an seinen Körper zog.

»Für mich ist sie perfekt.«

Mir stockte der Atem. Ich wusste, was er tat. Ich wusste, dass er spielte. Dennoch lösten seine Worte viel zu viel in mir aus. Es kribbelte, wurde warm, schwankte.

Doch ich musste mitspielen.

Also drehte ich mich langsam in seine Richtung, zwang ein Lächeln auf meine Lippen, während mein Herz raste. Miguel sah mich an, seine dunklen Augen funkelten. Liebevoll schob er mir eine Strähne aus dem Gesicht. Eine Berührung, die sich beinahe echt anfühlte. So echt, dass mich der Wunsch überkam, meine Lippen ein weiteres Mal auf seine zu legen, ihn zu schmecken, zu spüren. Doch irgendetwas hielt uns davor zurück, in meiner Brust war viel zu viel Aufregung, seine Statur war viel zu angespannt. Etwas hatte sich zwischen uns geändert und ich wusste nicht, was.

»Oh.« Louis zog eine Braue hoch, seine Mundwinkel verzogen sich zu einem amüsierten Lächeln. »Das ist immer noch aktuell?« Er deutete auf uns beide.

»Natürlich.« Meine Stimme klang überraschend fest.

Louis ließ seinen Blick von mir zu Miguel wandern, als würde er nach Rissen in der Fassade suchen. Selena schnaubte leise, verschränkte die Arme und sah uns abschätzig an.

»Es ist nur … so untypisch, Camila.« Ihr Blick huschte kurz zu Miguel. »Ich hätte nie gedacht, dass du dich mit jemandem wie ihm … nun ja, zufriedengibst.«

Mir wurde heiß. Das war eine klare Spitze. Doch bevor ich reagieren konnte, trat Miguel langsam vor.

»Jemand wie mir?« Seine Stimme war ruhig, aber in dieser Ruhe lag eine unterschwellige Gefahr.

Selena verzog kaum merklich das Gesicht, als wäre ihr erst jetzt aufgefallen, dass sie mit ihren Worten vielleicht zu weit gegangen war.

»Oh, ich meine das gar nicht gegen dich … Es ist nur …«

»Du hast recht.« Miguel zuckte mit den Schultern, zog mich noch näher an sich, sodass mein Herzschlag unkontrolliert gegen meine Rippen hämmerte. »Jemand wie ich … muss verdammt viel Glück haben, jemanden wie sie an seiner Seite zu haben.«

Seine Stimme war tief, warm, durchdringend – so überzeugend, dass ich für einen Moment selbst vergaß, dass es eine Lüge war.

Selena schien nicht zu wissen, was sie darauf erwidern sollte. Louis lachte nur leise in sich hinein, schüttelte den Kopf und wandte sich ab. Er schob die Hände in die Hosentaschen und grinste. »Dann wünsche ich euch weiterhin viel Glück. Ihr braucht es bestimmt.« Damit wandte er sich Selena zu. »Kommst du? Ich dachte, du wolltest an deiner Kollektion arbeiten.«

Selena zögerte, ehe sie kaum merklich den Kopf schüttelte. Mit einem letzten verächtlichen Blick in meine Richtung folgte sie ihm.

Kaum widmeten sie sich Selenas Kollektion, löste sich Miguel abrupt von mir, sein Ausdruck wieder stählern, seine Haltung angespannt. »Wenn etwas ist … ich warte draußen.« Damit wandte er sich ab und verschwand aus dem Raum. Unschlüssig und viel zu verwirrt blickte ich ihm nach.

»Was zur Hölle war das denn?« Matteos Gesicht schien sich zwischen Entsetzen und Lachen nicht entscheiden zu können. »Seid ihr jetzt wirklich zusammen?«

»Nein, das ist nur … gespielt.«

Auch Ester schüttelte ungläubig den Kopf. »Das sieht so echt aus«, sagte sie. »Und jetzt haut er einfach wieder ab?«

Ausweichend wandte ich mich wieder meiner Kollektion zu. »Was denkt ihr denn? Es ist schließlich nur eine Notlüge.«

»Ich glaube, wenn Miguel mich so ansehen würde, wäre das für mich keine Lüge mehr«, witzelte Ester.

»Wo schläft er eigentlich?«, fragte Matteo neugierig.

»Im Gästezimmer natürlich. Wieso fragst du?«

Auf seinem Gesicht tauchte ein leichtes Schmunzeln auf, er hob die Hände zur Brust. »Nur so. Nur so.«

Ich schüttelte den Kopf, konnte mir ein Lächeln jedoch nicht verkneifen. »Hört auf mit dem Quatsch.« Meine Wangen waren glühend heiß, und ich versuchte, mich wieder auf die Arbeit zu konzentrieren, auch wenn seine Berührungen noch immer in meinem Körper nachhallten. Auch wenn immer noch die Zärtlichkeit seines Blickes durch mein Gedächtnis huschte.

Auch wenn ich diesen einen gelogenen Kuss womöglich nie wieder aus meinem Kopf bekommen würde.

Ein Klopfen holte mich aus meinen Gedanken, als ich am frühen Nachmittag über mein iPad gebeugt zu Hause in meinem Atelier saß. Nach dem aufwühlenden Tag in der Uni hatte ich mich nun etwas treiben lassen, nicht bewusst gearbeitet, einfach drauflosgekritzelt – eine Technik, die ich immer dann benutzte, wenn ich nicht wusste, was mein Kopf mir sagen wollte. Dann ließ ich meinen Körper übernehmen, meine Hand Formen, Linien, Farben wählen. Ohne Ziel. Ohne Plan.

Erst jetzt bemerkte ich, dass ich ganz in meiner Bewegung versunken gewesen war. Nun, da ich durch das Klopfen wieder ins Hier und Jetzt geholt wurde, erkannte ich, was unter meinen Fingern entstanden war: beinahe schwarze, dunkelblaue Wellen, flüssiger Mondschein untergemischt. Es schimmerte nur subtil, nicht zu aufdringlich, ein Silber, das sich im Dunkel des Wassers brach. Keine klaren Konturen, nur Bewegung. Und sofort war ich wieder dort.

Diese eine Nacht, in der die Grenze zwischen Meereskante und Sternenhimmel verschwommen gewesen war. Gesprenkelt von schaumiger Gischt und silbrigem Glitzern des Vollmondes. Die Kälte auf der Haut, die Wärme seines Atems, seine Berührung, sein Blick. Und ein Gefühlsgemisch aus purer Sicherheit und Sehnsucht, das mich wie das Wasser umspült hatte.

Mein Herz klopfte plötzlich spürbar in meiner Brust. Obwohl auf dem Bildschirm noch kein Entwurf angezeigt wurde, nur Farben, nur Gefühle, sah ich es nun ganz genau vor mir. Mein Showpiece. Ein Kleid, das ein Gefühl einfing. Das Gefühl mit ihm. Miguel.

Ein erneutes Klopfen, diesmal energischer, ließ mich zusammenzucken. »Camila?«, ertönte die Stimme meines Vaters hinter der Tür. Ich atmete tief durch, notierte mir schnell meine Gedanken, drehte mich dann um.

»Ja?«

Mein Vater steckte den Kopf in den Raum. Umgehend stahl sich ein Lächeln auf meine Lippen, auch wenn dabei ein Schmerz mitschwang, den ich nicht unterdrücken konnte.

»Ich hoffe, ich störe nicht?«, fragte er. Seine Stimme war ruhig, irgendwie *zu* ruhig.

»Natürlich nicht«, erwiderte ich und legte den Stift beiseite.

Er trat an die Kleiderstange, an der bereits einige Pieces meiner Kollektion hingen. Ich hielt den Atem an, während seine Augen an Stoffen und Skizzen hängen blieben, dann trat er an die Schneiderpuppe.

»Das ist wirklich beeindruckend, Camila«, hauchte er. Seine Stimme klang ehrlich, aber auch irgendwie traurig. »Ich sehe in deinen Designs viel von deiner Mutter.«

Seine Worte trafen mich tiefer, als ich erwartet hatte. Seit Ewigkeiten hatte ich ihn nicht mehr über Mamá sprechen hören. Seit Jahren schliefen sie getrennt, lebten getrennt, obwohl ich wusste, wie sehr sie ihm fehlte. Ihre Krankheit hatte unser ganzes Leben verändert.

Wie schrecklich es doch war, einen Menschen zu vermissen, der nur wenige Meter entfernt war.

Wie sehr ich mich nach seiner Anerkennung gesehnt hatte, merkte ich an dem großen Kloß in meiner Kehle. Angestrengt blinzelte ich den dünnen Tränenfilm von meinen Augen.

»Danke«, murmelte ich. »Das ist für meine Pasarela-Kollektion.«

»Es sieht wirklich großartig aus.« Er trat näher, fuhr mit der Hand über den zarten Satin. »Ich sehe, dass du dich weiterentwickelt hast. Du hast eine klare Handschrift. Man erkennt sofort, dass es dein Werk ist.«

Ich nickte, fühlte mich zugleich geschmeichelt und ein wenig unsicher. Ein solches Lob von ihm war ungewohnt. Ich konnte es nicht ganz fassen.

»Denkst du ...«, versuchte ich es also noch mal, »ich könnte vielleicht wirklich irgendwann eine Kollektion für *Vestura* entwerfen?«

Er hielt den Blick fest auf den Stoff gerichtet, fast so, als würde er meinem ausweichen wollen. »Ich fände das toll«, sagte er. »Doch leider entscheide ich das nicht, Camila. Du weißt, dass *Vestura* zu *Luminia* gehört und damit deine Tante das Sagen hat.«

Enttäuscht ließ ich die Schultern hängen. »Dann werde ich nie eine Chance bekommen. Sie hasst mich.«

»Du weißt, dass das nicht stimmt«, widersprach er, auch wenn er wusste, dass es so war. »Sie ist eben ... sehr vorsichtig, wenn es um das Geschäft geht.«

Das stimmte ebenfalls. Beatriz Luminia war die wahr gewordene Cruella De Vil. Kalt und unbarmherzig herrschte sie über diese Familie, über diese Marken und hatte alles und jeden im Griff. Sie war die härteste Geschäftsfrau, die ich kannte, und zu sagen, dass ich sie verachtete für die Art, wie sie mit ihrem Sohn umging, wäre eine Untertreibung. Doch mein Vater würde sich niemals gegen sie stellen.

»Komm«, Papá strich mir über die Wange, »jetzt mach dich erst mal fertig. Wo wir schon beim Thema sind. Deine Tante ist hier. Wir gehen mit ihr ins *LasArtes* essen.«

Kapitel 23

Camila

Nach einer ausgiebigen Dusche stand ich mit einem frischen Blowout, eingecremter, schimmernder Haut und einem schwarzen Spitzenjumpsuit mit langen, ausgestellten Beinen vor dem Spiegel in meinem Ankleidezimmer. Da die schwarze Spitze viel Haut frei ließ, suchte ich in meinem Schrank nach meinem Oversized-Blazer, der dazu passen würde. Doch er schien zwischen etlichen Kleidern, Mänteln, Jacken und Hemden verloren gegangen zu sein. Da blieb mein Blick an einem Jackett hängen.

Vorsichtig, als könnte ich mich daran verbrennen, fuhr ich mit dem Finger über den schwarzen, edlen Stoff, ehe ich es mir überzog und an den Spiegel trat. Ich wusste, dass ich es eigentlich hätte zurücklegen sollen, stattdessen krempelte ich die Ärmel hoch, zupfte den Kragen zurecht und zog es enger, als könnte ich mich darin verstecken. Dabei atmete ich den letzten Rest seines Aftershaves, der noch daran haftete, ein und mein Herz stolperte. Flashbacks durchzuckten mein Gedächtnis. Seine Hände an meiner Taille, ich in seinem Arm. Dann dieser Blick. Beinahe suchend hatte er an meinen Lippen gehaftet, in seinen Augen ein Anflug von Sehnsucht. Erst jetzt wurde mir bewusst, *wie sehr* sich all diese Erinnerungen in mir festgesetzt hatten. *Wie sehr* ich ihn immer noch spürte. *Wie sehr* sich mein Körper nach seiner Berührung sehnte.

Ein Klopfen an der Tür ließ mich aufschrecken. »Señora?«, hörte ich unsere Haushälterin fragen. »Ihr Vater wartet im Wagen auf Sie.«

»Komme!«, rief ich zurück, schnappte meine Clutch und prüfte ein letztes Mal meine voluminös geföhnten Haare, ehe ich mein Zimmer verließ. Hastig stolperte ich die Treppen hinab, passierte die Eingangstür und stockte an den Steinstufen.

Miguel lehnte an der Motorhaube und schaute auf sein Handy. Er trug einen schwarzen Anzug, das weiße Hemd nicht komplett zugeknöpft, und ich musste hart schlucken, weil er wirklich gut aussah. Als er mich bemerkte, hob er den Kopf. Sein konzentrierter, ernster Ausdruck schwand, stattdessen schnellten seine Brauen in die Höhe. Er stieß sich von der Motorhaube ab. Sein Blick ließ mich kein einziges Mal los. Quälend langsam fuhr er meinen Körper ab, ich war mir sicher, dass er sein Jackett bemerkte. Als er wieder in meine Augen sah, schluckte er, woraufhin ich ihm ein leichtes Lächeln schenkte.

Es schwand, so schnell wie es gekommen war, als mein Vater von innen die Tür zur Rückbank öffnete.

»Camila!«, rief er. Miguel wandte sich umgehend ab und lief zur Fahrerseite. »Du siehst toll aus. Ist das Jackett neu?«

Schluckend ließ ich mich neben ihm nieder. Dabei zuckte mein Blick in den Rückspiegel, in dem Miguels Augen aufblitzten. »Ähm … ja«, stammelte ich.

»Wie geht es dir, mi hija?« Seine Hand fand die meine, ehe er sie auf seinen Schoß legte. Seine Miene war mitfühlend und besorgt.

»Es geht schon«, antwortete ich. »Ich komme klar.«

»Das weiß ich doch.« Liebevoll fuhr er mir über die Wange. »Vielleicht lenkt dich das Essen mit deiner Tante etwas ab.«

»Ist Felipe auch dabei?«

Er schüttelte den Kopf, woraufhin meine Schultern enttäuscht hinabsanken. »Beatriz ist nur kurz in Barcelona. Ich begleite sie morgen nach Paris. Wir haben ein paar Termine mit Anthony Vaccarello.«

»Du gehst auch schon wieder?«

Traurig presste er die Lippen aufeinander. »Ich muss leider. Deswegen haben wir heute das Essen mit den Lamberts. Wir klären schon vorab ein paar Dinge für eine Kollektion mit Maison Douceur. Louis ist übrigens auch dabei.«

Wie aufs Stichwort trafen sich Miguels und mein Blick im Rückspiegel, auch er hatte seine Augen aufgerissen.

»Louis Lambert?«

Papá nickte, während er etwas auf seinem Handy tippte.

Nein, das darf nicht wahr sein. »Ich dachte, wir gehen zu dritt essen?«

Ohne von seinem Handy aufzusehen, fuhr er mir besänftigend über das Knie, als würde das wiedergutmachen, dass er mich gerade mit zu einem Geschäftsessen nahm. Obwohl streng genommen ein Essen nur mit Beatriz vermutlich auch zu einem Geschäftsessen geworden wäre. »Das nächste Mal. Momentan schaffe ich es einfach nicht. Zu viele Termine. Ich dachte mir, dann kombiniere ich das einfach, um dich auch mal wieder zu sehen.«

In meiner Brust pochte es spürbar. Angespannt sah ich aus dem Fenster, wo die Kulisse der Stadt an uns vorbeirauschte, ehe ich zurück zu Miguel sah. Sein Ausdruck war bitterernst. Er dachte dasselbe wie ich.

Wie zur Hölle sollten wir Louis vor die Augen treten? Er als mein Bodyguard? Oder er als mein Freund?

»Papá?«, begann ich mit zitternder, aber dennoch fester Stimme, sobald wir am Restaurant vorfuhren und Miguel zum Stehen kam. »Ich … ich kann da nicht rein.«

»Was meinst du?« Mit verwunderter Miene wandte er sich mir zu.

Erneut zuckte mein Blick zu Miguel. An seinen weißen Knöcheln konnte man deutlich erkennen, dass er sich angespannt ans Lenkrad krallte.

»Ich muss dir etwas sagen«, begann ich. »Ich habe vor Louis gelogen. Es war eine Notlüge, aber sie ist mir extrem wichtig und … du *musst* mitspielen.«

Die Miene meines Vaters veränderte sich. Etwas strenger hob er die Brauen. »Was für eine Lüge?«

Miguel schaltete den Wagen aus, und von jetzt auf gleich war es unfassbar still im Inneren. Viel zu still.

»Ich möchte nicht, dass Louis und die anderen in der Uni von Miguel wissen … dass er mein Bodyguard ist«, erklärte ich. Mein Vater kniff die Augen zusammen. »Ich wurde deshalb bereits verspottet und … ich möchte einfach kein großes Thema daraus machen, mich nur auf die Uni konzentrieren.«

»Worauf willst du hinaus?«

Ein letztes Mal atmete ich tief durch, dann riss ich das Pflaster einfach ab. »Ich habe so getan, als wäre Miguel mein Freund.«

Eine ganze Zeit lang regte mein Vater sich nicht, sah mich nur an. In seinem Ausdruck stand Entgeisterung, Unglaube, Verwirrung. Schließlich sah er zu Miguel.

»Stimmt das, Miguel?« Ich konnte ihm deutlich anhören, dass ihm das alles ganz und gar nicht gefiel.

»Ja, Señor«, gab Miguel kühl zurück.

»Wieso hast du das zugelassen?! Ich habe gesagt, du sollst die Finger von ihr lassen.«

»Miguel hat damit nichts zu tun«, versuchte ich, ihn in Schutz zu nehmen. »Es war meine …«

Doch Miguel schnitt mir das Wort ab. »Ich habe mir nichts vorzuwerfen. Sie meinten, ich solle sie schützen. Das habe ich getan.«

Bevor mein Vater etwas erwidern konnte, griff ich nach seiner Hand. »Papá, bitte. Es ist aus einer dummen aussichtslosen Situation heraus passiert, in der ich unter Druck stand, aber … es ist jetzt nun mal geschehen und es wäre mir unfassbar unangenehm, wenn Louis von der Lüge erfährt.«

»Selbst wenn ich mitspiele, wird deine Tante das nicht gutheißen. Du weißt, welche Einstellung sie gegenüber … Menschen wie Sierra oder Miguel hat.«

»Menschen wie Sierra oder Miguel?« Fassungslos schüttelte ich den Kopf.

»Du weißt, wie ich das meine, Camila. Ich mache mir nur Sorgen wegen deiner Tante. Wie stellst du dir das vor?« Ich wusste, dass er innerlich tobte, doch er blieb weitestgehend ruhig. Die Vorstellung, dass Beatriz herablassend mit Miguel umgehen könnte, schnürte mir die Kehle zu. »Dass ihr da jetzt reinspaziert, Händchen haltet und was weiß ich noch?«

Sein abfälliger Ton gefiel mir ganz und gar nicht. »Was wäre so schlimm daran?«

»Was so schlimm daran wäre?« Er schnaufte. »Stell dir nur vor, was Beatriz sagen wird. Miguel ist dein Bodyguard und nicht *dein Freund*«, sagte er mit gerümpfter Nase. »Bei allem Respekt«, nun wandte er sich kurz in seine Richtung, »aber du bist Camila Luminia, du verdienst nur das Beste.«

»Ist das wirklich nur die Ansicht deiner Schwester oder auch deine?«

»Nein, nein, es ist nur so …«, stammelte er und beantwortete mir damit bereits meine Frage. »Ich möchte dich vor Beatriz schützen. Du willst ihr doch auch gefallen, du willst doch auch irgendwann die Chance bekommen, bei *Vestura* einzusteigen. Deine Tante wird sich das merken. Und was werden die Lamberts denken? Louis? Wie findet er das?«

Entgeistert starrte ich ihn an. Seit wann war mein Vater so kalt? Seit wann war er eines dieser oberflächlichen Arschlöcher, die allen Klischees der abgehobenen Reichen entsprachen? Er wirkte richtig nervös. Ich erkannte ihn nicht wieder.

Obwohl er sich wie immer kaum etwas anmerken ließ, registrierte ich, dass Miguels Kiefer angespannt zuckte. Er schenkte weder meinem Vater noch mir einen Blick. Ich hatte mich noch nie so elendig gefühlt und wusste, dass ich gerade viel zu viel von ihm verlangte, aber mir fiel auch kein Ausweg ein.

»Wie Louis das findet?«, fragte ich entsetzt. »Er hat bei diesem Thema keine Meinung zu haben. Ich habe kein Interesse an ihm. Und sowieso«, ich schüttelte den Kopf, versuchte, das Brennen in meinen Augen zu ignorieren, doch es schmerzte so sehr zu merken, wie sehr sich mein Vater verändert hatte, nur um seiner Schwester zu gefallen, »seit wann bist du so oberflächlich? Seit wann gehst du so mit Menschen um?«

»Jetzt stell dich nicht so an, Camila. Ich sorge mich nur um dich und möchte nicht, dass du schlecht dastehst.«

Voller Enttäuschung starrte ich ihn an. »Du wirst immer mehr wie sie.«

Ich wusste, dass mein Vater nicht das beste Verhältnis zu Beatriz hatte. Während sie das Wort *Familie* nicht mal buchstabieren konnte und sich mehr ums Geschäft sorgte, hatte er sich eigentlich immer liebevoll um uns gekümmert, uns an erste Stelle gestellt und war deshalb oft mit ihr aneinandergeraten, weil sie meinte, er würde *ihre* Marke an die Wand fahren. Doch die letzten Jahre hatte er sich verändert, war von einem liebenden, freundlichen und großzügigen Mann, der alle Menschen gleichbehandelte und zu dem ich immer aufgesehen hatte, zu jemandem geworden, den ich kaum wiedererkannte. Jemand, der ihr alles recht machen, ihr gefallen wollte und alles dafür tat, um ihren Zuspruch zu erhalten. Ich schämte mich für alles, was soeben aus seinem Mund gekommen war.

Seine Lippen klappten überrascht auf, in seinen Augen lag ein Funken Schmerz. Doch es gab mir nicht die Genugtuung, die ich mir erhofft hatte. Stattdessen tat es auch mir höllisch weh.

»Dir ist es verdammt egal, wie es mir geht. Dir ist nur nicht egal, was die anderen über dich denken. Was Beatriz über dich denkt. Und ich habe es satt, für andere zu leben.«

»Du weißt, dass das nicht stimmt, Camila«, gab er ruhig, aber angespannt von sich. »Miguel und du … das kauft euch doch keiner ab, das passt doch nicht.«

»Und was, wenn doch?!«, fragte ich mit lauter Stimme. »Was wäre, wenn wir wirklich zusammen wären?! Mein Liebesleben geht dich nichts an. Tu mir einfach nur einen Gefallen und spiel mit.«

Widerwillig presste er die Lippen aufeinander. Bevor ich die Tür öffnete, drehte ich mich noch ein letztes Mal zu ihm um.

»Ach, und nur fürs Protokoll.« Ich sah zu Miguel, der nun ebenfalls aufsah. In seinen Augen tanzten dunkle Schatten, er konnte nicht mehr verbergen, dass die Worte meines Vaters nicht spurlos an ihm vorbeigegangen waren, weshalb ich umso wütender wurde. »Miguel hätte mich mehr verdient als dieser widerliche Louis.«

Damit schwang ich mich aus dem Wagen und knallte die Tür hinter mir zu.

»Guten Abend, Señora.« Ein Valet, jung, makellos gekleidet in eine tiefschwarze Uniform mit goldenen Akzenten, kam uns vom warm leuchtenden Eingang entgegen. Die goldene Schrift über dem Eingang des *LasArtes* glänzte dezent im Licht der mit kleinen Laternen gesäumten Einfahrt. Die abendliche Luft war mild, durchzogen vom leisen Murmeln der Stadt und dem gelegentlichen Klirren von Gläsern auf der Terrasse.

Ich warf einen prüfenden Blick zurück. Mein Vater stand wütend neben dem Auto, Miguel ebenfalls unbeholfen an der Fahrertür. Mit einem Krampfen in der Brust kam ich auf ihn zu.

»Tut mir so leid«, flüsterte ich, ein Brennen in meinen Augen. »Wie er mit dir umgegangen ist …«

Ausweichend wandte Miguel den Blick zu Boden. »Ist nicht schlimm. Wirklich.«

»Wir müssen da nicht rein. Wir können auch gehen.«

»Sollen wir Ihren Wagen für Sie parken?« Der Valet trat einen Schritt näher, doch noch antworteten wir ihm nicht.

»Ich komme damit klar«, meinte Miguel schließlich entschlossen. »Du brauchst die Zeit mit deinem Vater.«

Damit reichte er dem Valet die Schlüssel und lief auf den Eingang zu. Er warf mir einen Blick über die Schulter zu, abwartend, geduldig. Ich wusste, dass ich gerade nicht zu ihm durchdringen konnte, ganz egal, wie sehr es schmerzte, ihn so zu sehen. Seine Mauern waren wieder hochgefahren. Also setzte ich mich langsam in Bewegung.

Während mein Vater die Fäuste ballte, streckte ich vorsichtig die Hand nach Miguel aus. Meine Finger glitten in seine, warm und schützend. Es brauchte all meine Kraft, um mir nicht anmerken zu lassen, wie stark das Kribbeln war, das meinen Körper nun durchfuhr. *Das ist nicht echt, Camila. Nur eine Notlüge.*

Um meinem Vater eins auszuwischen, schmiegte ich mich mit einer Extraprise Romantik an Miguels Oberarm.

Das Gesicht meines Vaters war hochrot, der Ausdruck voller Rage. Doch ich wusste eine Sache sehr sicher: Er würde seine Tochter niemals öffentlich bloßstellen. Erst recht nicht vor seiner Schwester.

»Ich weiß nicht, ob das so eine gute Idee war«, murmelte ich angespannt, sobald die Doppeltür des Eingangs für uns aufgezogen wurde und wir in eine große Lobby traten, in der die Wärme des gedimmten Lichts auf die goldenen Verzierungen der Decke und die opulenten Marmorböden traf. »Wir können wirklich jederzeit umdrehen.«

Der sanfte Duft von Lavendel und frisch gebackenem Brot lag in der Luft. Ein Kellner in Schwarz begrüßte uns mit einem höflichen Nicken, warf auch meinem Vater hinter uns ein Lächeln zu. »Señora und Señor Luminia«, sagte er mit gesenktem Kopf, bevor er uns durch einen breiten Gang zu einem größeren Raum führte.

»Mach dir wegen mir keinen Kopf«, flüsterte Miguel, während seine Augen zeitgleich nervös über die Umgebung huschten. Die leise Musik im Hintergrund konnte das Unbehagen in mir nicht beruhigen. Doch als er mich ansah, seine Brauen sich dabei etwas entspannten, war es, als würde sich das Chaos langsam lichten.

Der Kellner führte uns zu einem Tisch im hinteren Bereich, etwas abgeschirmt vom Rest des Restaurants. Ich erkannte Beatriz' feuerrote Haare sofort. Ihr Blick war scharf wie ein Dolch, als er uns traf, und ich spürte, wie sich mein Magen zusammenzog. Beatriz war bekannt für ihre kalte Art. Ihr Ruf eilte ihr voraus und selbst innerhalb der Familie hatten alle Respekt – wenn nicht sogar Angst – vor ihr.

Hugo Lambert und sein Enkel saßen mit am Tisch, beide in Designeranzüge gehüllt. Trotz des Millionenunternehmens, das er führte, hatte Louis' Großvater anders als meine Tante stets etwas Bodenständiges an sich, die weißen Haare immer ein bisschen verwuschelt, das Gesicht faltig vom vielen Lachen und seine Augen aufmerksam und interessiert. Hugo war der Erste, der sich erhob, als er uns entdeckte, sein breites Lächeln strahlte Herzlichkeit aus. Louis hingegen konnte man deutlich ansehen, dass er ganz und gar nicht erfreut war, uns anzutreffen.

»Raul, Camila! Schön, dass ihr da seid!«, rief Hugo und deutete auf die Plätze gegenüber. Beatriz erhob sich ebenfalls, nur Louis blieb sitzen. Sein Lächeln höflich, aber zurückhaltend, während er Miguel aufmerksam musterte.

»Bitte entschuldigt die Verspätung.« Papá drückte sich an uns vorbei, ohne uns noch mal einen Blick zu schenken. Von der Rage, die eben noch da gewesen war, war nichts mehr übrig. Er hatte sie unter einem Grinsen versteckt.

Bevor er sich setzte, schüttelte er Hugos Hand. Beinahe väterlich schloss dieser mich anschließend in die Arme. »Du siehst mal wieder umwerfend aus, meine Liebe.«

»Danke, das kann ich nur zurückgeben.«

Hugo lachte laut auf, doch mein Blick glitt zu Beatriz, die mich mit durchdringendem Blick musterte. Sie trug einen perfekt sitzenden weißen Hosenanzug mit goldenen Details von Balmain.

»Camila«, sagte sie in ihrer gewohnt sachlichen Stimme und reichte mir die Hand. »Du siehst gut aus.« Das war wohl das Netteste, das ich je von ihr gehört hatte.

»Danke, Tante Beatriz«, antwortete ich höflich und wandte mich dann zu Miguel, der sich neben mir aufbaute. Ich konnte spüren, wie angespannt er war. »Das ist Miguel«, sagte ich und legte betont die Hand auf seinen Arm. »Mein Freund.«

Beatriz' Augenbrauen hoben sich für einen kurzen Moment, doch sie behielt ihre perfekte Fassade. »Dein Freund?«, wiederholte sie und musterte Miguel von oben bis unten. »Schön, Sie kennenzulernen, Miguel.«

»Ganz meinerseits, Señora.« Beatriz lächelte kühl, auch wenn ich spüren konnte, dass sie die Verbindung alles andere als guthieß.

Die nächste Stunde zog sich wie Kaugummi. Mein Vater verlor kein Wort über Miguels wahre Identität, doch seine übliche souveräne Haltung war von einer unübersehbaren Anspannung durchzogen, und er sah immer wieder unsicher zu seiner Schwester rüber. Ich war mir sicher, dass er innerlich mit sich rang, Angst vor jeder noch so kleinen Reaktion seiner Schwester hatte.

Stattdessen widmete er sich am Tisch weitestgehend geschäftlichen Themen, sodass Miguel wenig Aufmerksamkeit zuteilwurde. Die Unterhaltungen waren wie immer oberflächlich. Mein Vater diskutierte mit Beatriz über Geschäftszahlen, sprach mit Hugo über zukünftige Partnerschaften und die Bedeutung von *Maison Douceur* für *Vestura*. Doch es dauerte nicht lange, bis Louis das Thema auf uns lenkte.

»Also, Miguel«, begann er mit einem kalten Lächeln und nippte an seinem Wein. »Erzähl, was machst du eigentlich beruflich? Studierst du auch an der *EstiloArte* oder kannst du dein Schatzi einfach nicht allein lassen?«

Ich presste den Kiefer zusammen. Auch mein Vater sah kurz auf, ehe er sich wieder dem Gespräch mit Hugo widmete. Der Einzige, der ruhig zu bleiben schien, war Miguel. Etwas *zu* ruhig.

»Ich bin selbstständig.«

»Selbstständig, interessant«, mischte sich Beatriz ein, ihr Tonfall sachlich, aber mit einem spürbaren Hauch von Herablassung. »Was genau tun Sie denn?«

»Ich bin Boxer«, gab Miguel von sich, ohne auch nur eine Spur Unsicherheit zu zeigen. Sein Blick starr und fest, seine Haltung selbstbewusst. Ich bewunderte ihn für seine Stärke. »Ich gebe Boxunterricht.«

»Boxen.« Beatriz verzog ihre Lippen zu einem dünnen Lächeln und hob die Brauen. »Das ist sicher ... ein gutes Geschäftsmodell. Welches Boxstudio ist Ihres?«

Miguel zögerte, und ich konnte deutlich spüren, dass ihn diese Frage überraschte. Natürlich versuchte meine Tante, ihn damit in die Enge zu treiben.

»Nein, ich ...«, begann er und zögerte. »Das Boxstudio liegt in Sant Cosme.«

Alle Gespräche verstummten. Beatriz legte ihr Besteck beiseite und sah Miguel mit einer Mischung aus Überraschung und Missbilligung an. Auch ich sah verwundert auf. Ich hatte geahnt, dass Miguel aus anderen Verhältnissen stammte, doch dass er aus Sant Cosme – dem wohl ärmsten und gefährlichsten Viertel Barcelonas – kam, war auch für mich neu. Obwohl Miguel sich nach außen hin keine Unsicherheit anmerken ließ, sagte mir irgendetwas, dass er diese Info im Nachhinein doch gerne für sich behalten hätte.

»Na, das passt ja.« Beatriz gab ein abwertendes Lachen von sich. Dann sah sie zu meinem Vater, der umgehend den Kopf einzog. »Nicht wahr, Raul?«

Mein Vater knirschte mit den Zähnen.

»Was meinst du?«, fragte ich.

»Oh, du weißt es gar nicht?« Beatriz tat auf überrascht. »Deine Großmutter kam auch aus Sant Cosme. Nachdem meine Mutter – eine großartige Frau – starb, musste sich Vater ausgerechnet noch mal ... na ja, auf so jemanden einlassen.«

Obwohl ich meine Großeltern nie richtig hatte kennenlernen dürfen, weil sie beide starben, als ich noch klein war, hatten wir doch ab und an immer mal wieder über sie gesprochen. Warum war die Herkunft meiner Abuela nie zur Sprache gekommen? Schämte sich mein Vater für sie?

»Auf so jemanden?«, presste ich hervor. »Sie war sicherlich eine wundervolle Frau!«

»Sant Cosme, meine Güte«, mischte sich nun auch Hugo ein. Mein Vater beobachtete die Situation mit zuckendem Kiefer und kippte sich sein halbes Whiskeyglas runter. »Sicherlich gibt es dort tolle Menschen, aber ... das ist ... ein eher herausforderndes Viertel, nicht wahr?«

Auch Louis hob die Brauen und nutzte den Moment. »Ich meine, man sieht es ja an dir, Miguel, dass es dort auch anständige Menschen gibt. Aber ... wie kommt jemand wie du dazu, ein Boxstudio dort zu leiten? So was hört man nicht alle Tage.«

Anhand des tiefen Atemzugs, den er nun tat, konnte ich fühlen, wie es in Miguel brodelte, auch wenn er äußerlich unberührt wirkte. Bevor er den Mund öffnen konnte, kam mein Vater ihm zuvor.

»Miguel hilft mit seiner Arbeit in Sant Cosme den Teenagern, ihre Wut besser zu kontrollieren. Er leistet tolle Arbeit«, erklärte er rasch, vermutlich weil er Angst davor hatte, was seine Schwester von alldem halten würde. Doch niemand sollte sich für seine Identität schämen und ich fühlte mich schrecklich, dass Miguel so behandelt wurde.

Hugo lachte erleichtert auf. »Finde ich eine tolle Sache, Miguel!«

Louis kniff die Augen zusammen. »Wie habt ihr euch kennengelernt?«

Nun war ich diejenige, die reagierte. Intuitiv griff ich nach Miguels Hand, um der Lüge Nachdruck zu verleihen und gegen Louis' stichelnde Fragen ankommen zu können. Doch die Sicherheit, die ich mir dadurch erhoffte, blieb aus. Stattdessen überrumpelte mich ein Kribbeln, sobald sich unsere Finger verschränkten, und ich stockte. Miguel versteifte sich zunächst, umschloss dann dennoch, wenn auch etwas zurückhaltend, meine Hand.

»Wir sind uns ... in der Stadt über den Weg gelaufen«, log ich. »Es war Schicksal. Miguel ist ein größerer Gentleman als alle anderen Männer, die ich kenne.«

»Schicksal, süß«, wiederholte Beatriz lachend und lehnte sich etwas nach vorn. »Davon hat mein Sohn auch gesprochen, seitdem er mit dieser … Praktikantin zusammen ist«, erzählte sie und rümpfte die Nase. »Ich weiß ehrlich nicht, was er an ihr gut findet. Aber er dreht ja schon seit Wochen am Rad.«

»Sierra ist ein wundervoller Mensch«, mischte ich mich ein, weil ich umgehend den Drang bekam, meine Freundin zu verteidigen. »Nur weil jemand aus einem anderen Stand kommt, heißt es noch lange nicht, dass wir besser sind als sie. Warum bist du so herablassend zu allen?«

Beatriz ließ sich nicht von mir beirren, blieb standhaft und zeigte ein belustigtes, angetanes Lächeln. »Camila-Schatz, wir *sind* besser.« Sie zuckte mit den Schultern. »Ich meine, es muss doch auch für Sierra schwierig sein, sich in diesen neuen Kreisen zu bewegen. So was vermischt man einfach nicht.« Anschließend wanderte ihr Blick zu Miguel. »Oder wie empfinden Sie das?« Sie machte eine vage Geste, die den Tisch, das Restaurant und vermutlich das gesamte Ambiente umfassen sollte. »Sicherlich ist das doch alles Neuland für Sie?«

Ihr widerlicher abfälliger Ausdruck ließ mich innehalten, während Louis daran Gefallen zu finden schien. Ich konnte förmlich spüren, wie sich die Atmosphäre am Tisch veränderte.

Ich sah vorsichtig zu Miguel rüber. Seine Augen glitzerten in einer Mischung aus Warnung und Selbstbeherrschung. »Ich wüsste nicht, was euch das angeht«, begann ich den Versuch, Miguel zu verteidigen, doch da ergriff er selbst das Wort.

»Wie genau soll ich das verstehen?«

Louis antwortete für meine Tante. »Oh, Señora Luminia meint sicherlich nur, dass die Kreise hier … sagen wir mal, anders sind als das, was du gewohnt bist, oder?«

Miguel lehnte sich leicht zurück, sein Gesichtsausdruck unerschütterlich. Quälend langsam ließ er den Blick über ihn gleiten. »Das würde ich nicht behaupten. Aufgeblasene Mistkerle gibt es tatsächlich nicht nur in meiner Welt.«

Unwillkürlich hielt ich den Atem an. Auch Louis' Augen verengten sich ein Stückweit, doch er blieb ruhig. Beatriz schüttelte nur den Kopf. »Wie vulgär.«

Darauf antwortete Miguel nicht mehr, rieb seine Hände nur unruhig an seiner Hose ab und atmete tief durch. Er konnte nicht weg, weil er regelrecht an mich gekettet war. Also zog ich einen Schlussstrich. Das hier musste enden.

»Das reicht jetzt. Ich schäme mich für euch«, sagte ich schließlich und erhob mich.

»Camila, setz dich!«, ermahnte mich mein Vater, doch ich ignorierte ihn, legte meine Hand auf Miguels Schulter und schenkte meiner Tante, die nur blöd grinste, einen enttäuschten Blick. »Man erkennt den wahren Wert eines Menschen nicht daran, woher er kommt oder wie vermögend er ist, sondern daran, wie viel Anstand er besitzt. Und wenn ich mich hier so umschaue, sehe ich nur Menschen ohne Anstand.«

Die kühle Nachtluft traf mich wie ein Schlag, als wir die schweren Türen des Restaurants hinter uns ließen. Miguel war bereits vorgeeilt, weil er es sichtlich nicht mehr ausgehalten hatte. In ihm tobte etwas, das konnte ich spüren.

»Miguel, warte!« Als ich bei ihm ankam, stellte ich mich vor ihn, doch er sah mich nicht an, war stattdessen mit dem Valet beschäftigt.

»Ich lasse den Wagen vorfahren«, sagte dieser.

»Es tut mir leid. Meine Tante ist zu jedem so, selbst zu mir! Nimm sie nicht ernst. Und Louis ist sowieso ein Arsch …«

»Es ist egal, Camila.«

Entsetzt schüttelte ich den Kopf. »Nein, das ist es nicht. Du hast jedes Recht, wütend zu sein. Warum ist dir immer alles egal?«

»Weil es mir nichts bringt, mich aufzuregen!« Endlich sah er mich an. »*Ich* bin egal. Merkst du das nicht? Dein Vater, deine Tante, Louis, sie alle haben recht. Ja, ich komme aus Sant Cosme, ja, es ist das dreckigste und hässlichste Loch, das es gibt. Und ja, ich bin niemand, mit dem du dich sehen lassen solltest. Das ist die Realität. Wieso sollte ich mich über sie aufregen? Ich bin nur hier, um einen Job auszuführen, nicht um irgendwelche reichen Schnösel zu beeindrucken.«

Die Worte trafen mich wie ein Schlag. Seine Stimme war so laut und voller Schärfe, dass sie mir tief in die Brust schnitt. Noch nie hatte Miguel so mit mir gesprochen – so rasend, so laut, so emotional.

Einen Moment sah ich ihn einfach nur an, mein Atem flach, während seine Worte in mir nachhallten. Drei davon brannten sich in meinen Kopf wie glühende Kohlen. *Ich bin egal.*

Er wandte sich ab, sobald unser Wagen fortfuhr, und trat an die Fahrerseite. Ich wollte etwas sagen, irgendetwas, doch die Worte schienen in meiner Kehle stecken geblieben zu sein. Stattdessen senkte ich den Blick und ließ mich neben ihm auf dem Beifahrersitz nieder. Wir schwiegen die gesamte Fahrt über. Im Auto herrschte eine schwere Atmosphäre, die mir auf die Brust drückte. So sehr, dass meine Augen zu brennen begannen.

Als wir an einer verlassenen roten Ampel zum Stehen kamen, floss es einfach aus mir heraus.

»Du bist nicht egal.« Meine Stimme war fest, entschlossen, auch wenn ein leichtes Zittern mitschwang. »Mir bist du nicht egal, Miguel.«

Langsam hob er den Kopf, seine Augen trafen meine. Durchzogen von Schmerz und etwas anderem, das ich nicht ganz deuten konnte. Es wirkte so sehnsüchtig. »Ich weiß nicht, warum du das glaubst«, fuhr ich fort. »Aber das, was ich vorhin zu meinem Vater gesagt habe, war nicht gelogen. Du hast Besseres verdient. Niemand sollte so mit dir umgehen.«

Die Stille, die folgte, war so intensiv, dass ich meinen eigenen Atem hören konnte. Die Härte, die sonst in seinem Gesicht zu finden war, wich nun einer Verletzlichkeit, die ich noch nie zuvor bei ihm gesehen hatte.

»Camila …«, flüsterte er müde, während der sich mit einer Hand durchs Haar fuhr. »Du weißt nicht, was du da sagst. Du weißt nicht … du kennst mich nicht. Du weißt nicht, wer ich bin.«

»Dann zeig es mir.« Meine Hand wanderte zu der seinen. Er versteifte sich umgehend, doch dann verhakte sich sein Zeigefinger leicht mit meinem. Als wäre sie ein Kunstwerk, betrachtete er meine Hand, fuhr vorsichtig über meinen Handrücken. »Zeig mir deine Welt. Zeig mir Sant Cosme.«

»Das kann ich nicht«, krächzte er und schüttelte den Kopf. Ich wusste nicht, ob seine Zerrissenheit daher kam, dass er mich nicht in Gefahr bringen wollte oder weil er wusste, dass das hier – diese Berührung, diese Nähe, diese Innigkeit und sein sehnsüchtiger Blick auf meinen pulsierenden Lippen – verboten war. »Du stellst dir das zu einfach vor. Die Menschen dort … es ist gefährlich und ich will dich nicht in weitere Gefahr bringen.«

»Aber du bist doch bei mir«, kam es eine Spur zu vertraut aus meinem Mund und ich drückte seine Hand. Keine Ahnung, wie oft die Ampel bereits auf Grün und wieder auf Rot gesprungen war, doch wir sahen uns einfach an, eine ganze Ewigkeit lang. »Ich fühle mich sicher bei dir«, flüsterte ich.

Sein Mundwinkel zuckte kaum merklich, doch in meinem Inneren löste die Regung ein warmes Gefühl aus. Dennoch wandte Miguel den Blick ab, als könnte er dem meinen nicht mehr standhalten.

»Ich weiß wirklich nicht, Camila.«

»Ich will dich ja nicht erpressen, aber …«, begann ich nun etwas neckend, »du schuldest mir noch eine Boxstunde.«

Schnaufend schüttelte er den Kopf. »Ach, tu ich das, ja?«

Sein Lächeln war *so schön*, dass mir der Atem stockte, als er es endlich zeigte. Ich öffnete den Mund, um etwas zu erwidern, merkte aber sofort, dass er mein inneres Gleichgewicht damit durcheinanderbrachte. Stattdessen erforschte ich sein Gesicht, fasziniert von seinen tannengrünen Augen, umrandet von dichten Wimpern, und der leichten Falte, die sich zum ersten Mal für mich sichtlich an seinem Augenwinkel bildete. Es war, als könnte ich in seinem Lächeln versinken, und für einen Moment vergaß ich alles um uns herum – die kühle Nachtluft, das gelegentliche Hupen aus der Ferne, den leichten Geruch von Benzin, der durch den Spalt des geöffneten Fensters hereindrang. Nur Miguel schien noch da zu sein.

»Na ja, nicht wirklich …«, gab ich zu. »Aber du meintest, du überlegst es dir und … ich würde mich gern selbst verteidigen können.«

»Du bist wirklich hartnäckig«, murmelte er schließlich. »Okay, aber nur unter einer Bedingung.«

»Welche?«, fragte ich neugierig, während ich mich ein wenig zu ihm vorbeugte.

»Du hältst dich an alles, was ich sage. Keine Experimente, kein Risiko. Du bleibst immer bei mir.«

Kapitel 24

Miguel

Ich konnte nicht glauben, dass ich das hier gerade wirklich tat. Dass ich mit Camila wirklich die schützenden Mauern der Innenstadt verließ und in Richtung Sant Cosme fuhr.

Vermutlich war das eines der dümmsten Dinge, die ich je tun würde, und ich hatte schon einige Scheiße hinter mir.

Andererseits hatte sie recht. Ein paar Boxstunden würden jeder Frau zum Selbstschutz guttun und es war schon spät. Soweit ich wusste, hatte Ricardo den Boxclub und das Jugendzentrum bereits geschlossen und ich war der Einzige, der einen zweiten Schlüssel hatte. Uns würde niemand sehen, wenn wir den Hintereingang nutzten und nicht vorne herumliefen, wo direkt nebendran das Jugendzentrum war. Doch mit diesem Wagen, meinem Anzug und Camila an meiner Seite würde es nicht einfach sein, *nicht* aufzufallen.

Vorsichtig huschte mein Blick zur Seite. Camila sah … atemberaubend aus. Die schwarze Spitze, die blickdurchlässig auf ihrer Haut auflag, mein schwarzes Jackett, das an manchen Stellen, wenn sie sich bewegte, offenbarte, wie es unter dem Stoff aussah. Ich musste schluckend den Blick abwenden, auch wenn ihr Anblick vor meinem inneren Auge blieb. Ihr goldenes Haar, das in großen voluminösen Wellen auf ihren Schultern lag, ihre zartroten Lippen, prall und definiert, und dann diese Augen. Die Art, wie sie mich damit angesehen hatte. Eindringlich, so intensiv, dass ich niemals hatte wegsehen wollen.

Als wir die vertrauten und dunklen Straßen von Sant Cosme erreichten, spürte ich, wie sich meine Schultern unweigerlich anspannten. Ich parkte den Wagen in einer Seitengasse unserer Wohnung, wo er weniger auffiel. Ich wollte um jeden Preis vermeiden, dass La Sangre Negra auf Camila aufmerksam wurde.

»Komm mit. Wir können in so einem Aufzug nicht durch Sant Cosme spazieren. Es zieht zu viel Aufmerksamkeit auf sich. Und es ist … na ja, ich will nicht, dass irgendjemand auf dumme Gedanken kommt.«

Sie hörte mir aufmerksam zu, nickte dann. »Okay, ich … hab nur nichts zum Anziehen.«

»Du bekommst etwas von meiner Mutter.«

»Deiner Mutter? Wir sind … wir gehen zu deiner Mutter?«

Ohne darauf zu antworten, sah ich mich in der Umgebung um, ehe ich ausstieg und auf Camila wartete. Als sie sich aus dem Wagen schwang, umgriff sie meine Hand und krallte sich beim Gehen an meinen Arm. Schon nach wenigen Sekunden fühlte es sich so vertraut an, beinahe *normal.*

Die Straßenlaternen warfen trübes Licht auf die bröckelnden Fassaden der Gebäude. Hier und da waren die Wände mit Graffiti besprüht und Müll sammelte sich in den Ecken der Gehwege. Was zur Hölle hatte mich dazu gebracht, sie hierher mitzunehmen?

Als wir die Eingangstür erreichten, kramte ich nach meinem Schlüssel. Mein Herz hämmerte, während sich die Scham tiefer in mir ausbreitete. Scham, die ich sonst nie zuließ. Aber bei ihr … bei Camila … war alles anders.

Obwohl ein Stück weit Erleichterung einsetzte, sobald wir ins Treppenhaus traten und weit und breit niemand zu sehen war, blieb ich weiterhin wachsam. Man konnte Ayas und Valerias streitende Stimmen schon im Hausflur hören.

»Sind das …«, begann Camila, als wir an der Tür zum Stehen kamen, und sah mit einem aufgeregten Lächeln zu mir auf, »deine Schwestern?«

Ich nickte, stieß die Tür auf, woraufhin meine Schwestern kurz verstummten, nur um dann noch lauter zu werden.

»Miguel!« Aya sprang voller Freude in meine Arme und auch Valeria zeigte ein freudiges Lächeln. Bis ihre Blicke auf Camila fielen.

»Hallo«, sagte Aya an Camila gerichtet, ehe ich sie wieder zu Boden ließ. »Wer bist du denn?«

Camila trat in den kleinen Hausflur und ging vor Aya in die Hocke. »Ich heiße Camila. Du musst Aya sein, stimmt's?«

Sie grinste. »Woher weißt du denn meinen Namen?«

»Den hat mir dein Bruder verraten.« Camila wandte sich nun auch an Valeria. »Und du bist Valeria?«

»Ja, hi. Freut mich.« Etwas zurückhaltender als Aya trat sie einen Schritt auf Camila zu und musterte sie bewundernd.

»Bist du die Prinzessin, auf die mein Bruder aufpasst?«, fragte Aya nun, was nicht nur Camila zum Lachen brachte. Meine Wangen erröteten umgehend, als sie zu mir aufsah.

»Eine Prinzessin bin ich nicht, aber manchmal, da wäre ich gerne eine. Welche Prinzessin wärst du?«

Während die zwei sich austauschten, trat Valeria mit mir in den Wohnbereich. Man roch und hörte deutlich, dass meine Mutter in der Küche am Kochen war. Der Duft von gebratenen Zwiebeln und Gewürzen hing in der Luft. Meine Mutter stand am Schneidebrett, ihr Rücken leicht gekrümmt, die grauen Haare hingen ihr ins Gesicht, während sie die Paprika in präzise schmale Streifen schnitt.

Als sie meinen Schatten im Türrahmen bemerkte, hielt sie inne und sah auf. Ihre dunklen Augen – dieselben wie meine – weiteten sich einen Moment, ehe sie sich mit einer Mischung aus Freude und Überraschung füllten. Ich musste schlucken, so wie immer, wenn ich die lange Narbe, die sich von ihrer Stirn bis hinab zu ihrem Wangenknochen zog, betrachtete. Obwohl sie schon so alt war, verhöhnte mich ihr Anblick und die damit verbundenen Erinnerungen nach wie vor.

»Miguel?« Sie legte das Messer beiseite und wischte sich die Hände an einem bereits stark fleckigen Geschirrtuch ab, ehe sie auf mich zutrat.

Einen Moment blieb sie vor mir stehen, als müsse sie sich vergewissern, dass ich es wirklich war. Dann zog sie mich ohne Vorwarnung in eine Umarmung. Ihre Hände, klein und rau, drückten mich fest an sich.

»Ich bin so froh, dass es dir gut geht«, murmelte sie, als sie mich musterte, nachdem sie mich endlich losgelassen hatte. »Du siehst müde aus. Arbeitest du zu viel?«

»Mir geht's gut«, erwiderte ich, obwohl das nicht die ganze Wahrheit war.

Ihr Blick wanderte hinter mich, dann verengten sich ihre Augen misstrauisch.

»Und wer ist das?«, fragte sie.

Camila trat einen Schritt nach vorne. »Ich bin Camila. Freut mich sehr, Sie kennenzulernen, Señora Pérez.«

Meine Mutter musterte sie, blieb einen Moment länger an ihrer funkelnden Clutch und den High Heels hängen, ehe sie ihre Hand ergriff. »Señora Pérez«, sie lachte, »so hat mich, glaube ich, noch niemand in meinem ganzen Leben genannt. Ich bin Marisol, Miguels Mutter.« Ihr Ton war freundlich, aber ich konnte das zaghafte Misstrauen nicht überhören, das immer dann durchkam, wenn sie jemand Neues kennenlernte. »Was genau kann ich für euch tun?«

»Wir wollen nur ein paar Sachen holen«, warf ich ein, bevor sie weitere Fragen stellen konnte, anschließend trat ich im Wohnzimmer an die Kommode.

»Du willst schon wieder gehen? Ich mache gerade Essen. Wollt ihr nicht auch was?«

»Wir haben gerade schon gegessen«, log ich, weil man das Dinner im *LasArtes* bei den kleinen Portionen nicht wirklich Essen nennen konnte. »Das nächste Mal gerne.«

Auch Aya kam dazu, ließ sich auf dem Schlafsofa nieder und beobachtete Camila voller Bewunderung und Neugier. »Bist du der Grund, warum mein Bruder die letzte Zeit so viel weg ist? Kann er nicht auch hier auf dich aufpassen?«

Ich sah von der Schublade auf. Camila warf mir einen Hilfe suchenden Blick zu. »Ich … äh …« Sie lachte nervös, kam jedoch nicht zum Antworten, weil Aya direkt die nächste Frage stellte.

»Wieso muss er denn auf dich aufpassen? Du bist doch schon groß.«

Camila setzte sich zu ihr, fuhr ihr liebevoll über das braune Haar und ich konnte an Ayas Ausdruck erkennen, wie begeistert sie jetzt schon von ihr war. Ich konnte es ihr nicht verübeln. »Ja, ich bin schon groß, aber weißt du, auch wenn man erwachsen ist, gibt es böse Menschen, die einem wehtun wollen.«

»So wie Papá Mamá wehgetan hat?« Auf Ayas Worte folgte Stille. Wie von selbst hielt ich den Atem an, in meiner Brust hämmerte mein Herz viel zu laut. Auch meine Mutter war aus der Küche getreten, während Camila überrascht zu mir aufsah.

»Aya!«, zischte Valeria. »Das reicht jetzt. Hör auf, Camila zu nerven.«

»Oh, ich …«, stammelte Camila sichtlich überfordert von allem, was gerade passiert war. »Sie nervt mich nicht.«

»Mamá, hast du meine Noten gesehen?« Ohne auf sie einzugehen, lief Valeria mit Aya an der Hand in die Küche. Ich beobachtete das Ganze nur nebenbei, während ich meine Sporttasche packte, konnte das Zittern meiner Hände jedoch nicht abschütteln. Erinnerungen fluteten mein Gedächtnis, in meiner Brust stach es. Es tat so weh, dass ich die Augen kurz zusammenkniff. Als ich sie wieder öffnete, bemerkte ich, dass Camila mich musterte. Ich konnte ihr nicht erklären, was sie gerade mitbekommen hatte. Also huschte ich hastig ins Bad, um mich umzuziehen und durchzuatmen.

Sobald ich wieder aus dem Bad kam, war Camila mit dem Rest meiner Familie in der Küche. »Was spielst du für ein Instrument?«, fragte sie, ihre Stimme honigsüß, sicherlich, um die Stimmung wieder geradezubiegen.

»Klavier.«

»Oh, echt? Das wollte ich als Kind auch immer spielen, mein Bruder wollte es mir beibringen.«

»Warum hat er es nicht gemacht?«, fragte Valeria etwas zurückhaltender als meine kleinere Schwester.

»Ich …« Durch den Spalt der Tür registrierte ich, dass Camila eine Spur zu lange nachdachte, auf ihrem Gesicht ein trauriger Ausdruck. »Ich weiß es nicht … manchmal kommt eben alles anders, als man denkt.«

»Wie schade … ich gehe zum Spielen immer ins Jugendzentrum. Wir haben nächste Woche ein Vorspiel. Kommt ihr auch?«

Als ich wieder ins Zimmer trat, hob Camila den Blick. »Das würde ich gerne. Was sagst du, Miguel?«

Auch Valeria sah mich an, in ihrem Gesicht stand die pure Freude. »Das wäre so toll!«

Seufzend warf ich mir die gepackte Tasche über die Schulter. Auch wenn ich die Vorstellung schön fand, Valerias Vorspiel mitzubekommen, war jene umso schlimmer, Camila noch tiefer in meine Welt mit reinzuziehen. Es war einfach zu gefährlich, wenn sie auf Menschen wie La Sangre Negra treffen würde.

Mit einem Nicken gab ich ihr zu verstehen, dass wir losmussten. »Ich überlege es mir. Wir müssen weiter.«

»Aya ist vollkommen verliebt in dich.«

Camila zog sich einen schwarzen Hoodie von mir über und die Kapuze tief ins Gesicht, um weniger aufzufallen. »Sie sind beide total liebenswürdig. Ich glaube jedoch, dass deine Mutter mich nicht so mag …«

»Sie ist immer etwas distanziert. Über die Jahre ist sie ziemlich abgestumpft und kühl geworden. Sie hat viel erlebt … Nimm das nicht zu persönlich.«

Ich stellte den Wagen nicht wie üblich auf dem großen Parkplatz ab, sondern in einer verlassenen Nebengasse. Kurz bevor wir ausstiegen, bemerkte ich, dass Camila mich eindringlich musterte.

»Darf ich dich etwas fragen?«, begann sie vorsichtig. »Die Narbe deiner Mutter … das war dein Vater?« Natürlich hatte Camila sie gesehen, natürlich hatte sie nach Ayas Kommentar geschlussfolgert. Diese Narbe war so groß, dass man sie gar nicht *nicht* wahrnehmen konnte. Ich presste die Zähne aufeinander, wandte den Blick ab und umschloss den Türgriff. Ohne sie anzusehen, antwortete ich mit der Wahrheit.

»Ja, aber das ist lange her. Er ist … genau die Art Mensch, die man in Sant Cosme erwartet.«

Camila verzog das Gesicht. »Tut mir leid, dass ihr mit solchen Vorurteilen leben müsst«, hauchte sie und überlegte. Schließlich schüttelte sie den Kopf. »Dass meine Großmutter auch von hier kam … vielleicht ist das auch ein Grund, warum es mich heute hierhergezogen hat.«

Ich nickte langsam. »Kanntest du sie?«

»Nein, leider nicht. Und selbst wenn ich mehr von ihr wissen wollen würde … mein Vater würde wahrscheinlich nichts erzählen. Er schämt sich ja offensichtlich.«

»Na ja, er hat nicht ganz unrecht … Es gibt wirklich sehr gefährliche und schlechte Menschen hier.« Sofort dachte ich an César, der mir mit seiner Drohung die ganze Zeit im Nacken saß.

»Die gibt es bei uns auch in Massen!«, protestierte sie. »Im Ernst … die paar Minuten bei deiner Familie waren schöner als all die Jahre, die ich bei meiner verbracht habe …«

Zu wissen, dass sie so unglücklich war, nahm mich mehr mit als gedacht, und am liebsten hätte ich ihr gesagt, dass sie jederzeit willkommen war, doch … ich wusste, dass das nicht ging, dass das hier nur eine Ausnahme war und ich mich dringend an meinen

Vorsatz erinnern musste: mich nicht zu tief in ihre Situation verstricken lassen, das Geld kassieren und meine Schulden begleichen. Doch dafür war es vermutlich längst zu spät.

Bevor ich überhaupt etwas sagen konnte, winkte sie ab. »Wollen wir?«

Ich nickte, schwang mich aus dem Wagen und Camila folgte mir. Ich schloss die Hintertür der alten Lagerhalle auf. Ein letzter Blick durch die Dunkelheit – uns hatte niemand gesehen –, anschließend drehte ich den Schlüssel zweimal herum, damit uns niemand stören konnte.

Camilas Absätze hallten laut in der Dunkelheit des Studios wider. Ich lief voraus und schaltete die Hauptbeleuchtung ein. Sofort flackerte ein Netz aus Neonröhren auf und tauchte den Raum in ein hartes, weißes Licht, das die raue und alte Einrichtung des Studios zeigte.

Camila blieb stehen und ließ alles auf sich wirken. Eine Wand zu unserer Linken war mit Spiegeln bedeckt, die schon bessere Tage gesehen hatten. Ich beobachtete ihre Reflektion, wie sie an den Boxring trat, die Sandsäcke betrachtete und ihre Finger über das raue Leder fahren ließ.

Schließlich drehte sie sich zu mir um. »Wo kann ich mich umziehen?«

Ich deutete zu einer kleinen Tür in der Ecke. »Da hinten ist eine Umkleide. Sie ist … nicht besonders schön, aber sie ist sauber.«

Keine Ahnung, warum ich den Drang hatte, das zu betonen. Es war mir egal, wenn andere Leute mich verurteilten. Bei ihr war es mir nicht egal.

Camila schenkte mir ein dankbares Lächeln und verschwand in der Umkleide. Als die Tür hinter ihr zufiel, atmete ich tief durch. In der Zwischenzeit holte ich Handschuhe und Bandagen aus einem Schrank und legte sie auf einer der Bänke in der Nähe des Rings ab.

Ein paar Minuten später trat Camila wieder heraus. Sie trug eine einfache schwarze Leggings von Valeria, die meiner Schwester etwas zu groß war, und ein locker sitzendes hellgraues Shirt meiner Mutter. Ihre goldenen Haare hatte sie zu einem lockeren Zopf zusammengebunden, und obwohl ihre Erscheinung schlicht war, haftete nach wie vor dieses glamouröse Etwas an ihr.

»Bereit?« Ich deutete auf die Bank mit den Bandagen und Handschuhen.

Sie nickte, setzte sich und reichte mir ihre Hand, die ich zögerlich umfasste, während ich sie mit Bandagen umwickelte. Ihre Haut war warm und weich, ich musste mich zwingen, mich auf meine Bewegungen zu konzentrieren.

»Okay.« Sobald sie die Handschuhe übergestreift hatte, führte ich sie zu einem der Sandsäcke und stellte mich hinter sie, meine Hände auf ihren Schultern. »Erster Schritt: die Haltung. Füße schulterbreit, einer leicht nach vorne und die Knie etwas gebeugt, damit du Stabilität bekommst.«

Camila folgte meinen Anweisungen. Ich korrigierte ihre Armposition und stellte sicher, dass ihre Fäuste auf der richtigen Höhe waren.

»Gut.« Ich trat ein Stück zurück. »Jetzt ein einfacher Jab. Der Schlag kommt aus der Schulter, nicht aus dem Ellbogen.«

Ihre Bewegungen kamen erst zögerlich, ehe sie doch etwas härter zuschlug. In ihrem Gesicht stand die pure Konzentration, und da war ein Funken Wut, der sie anzutreiben schien.

»Nicht schlecht«, lobte ich sie. »Wie fühlt sich das an?«

»Befreiend.« Ihr Atem ging stoßweise, während sie sprach. »Als hätte ich alles unter Kontrolle.«

Alles unter Kontrolle. Das hatte ich auch einst gedacht.

Ich nickte, trat an ihre Seite und zeigte ihr die nächsten Übungen. Während sie fest zuschlug, konnte ich förmlich spüren, wie etwas von ihr abfiel. Irgendwann führte ich sie in den Ring und zog mir die Handpratzen über, zeigte ihr, wie sie ihren Gegenüber am besten traf und Jabs und Crosses kombinierte. Ihre Bewegungen waren schnell, die Schläge wurden immer fester, der Ausdruck ernster. Sie schien in einen Tunnel zu verfallen.

»Pass auf, dass du nicht zu übermütig wirst.«

Mit einem spielerischen Glitzern in ihren Augen ging sie einen Schritt vor und machte einen schnellen Schlag in meine Richtung. Ich wich problemlos aus und klopfte ihr leicht mit der Innenseite meiner Pratze gegen die Schulter.

»Zu langsam.«

»Oh, wirklich?«, entgegnete sie, trat einen Schritt zurück und versuchte es erneut, dieses Mal mit einem Cross, der beinahe meine Brust streifte. Sie lachte laut auf, als ich wieder auswich und den Kopf leicht schüttelte.

»Das wird so nichts. Wenn du wirklich angegriffen wirst, musst du mehr auf deine Körperhaltung achten.«

»Dann greif mich doch auch einfach mal an«, meinte sie mit einem provozierenden Grinsen und funkelte mich auffordernd an.

»Nichts leichter als das.« Mit einer geschickten und schnellen Bewegung hatte ich ihren Körper umgriffen und warf sie mir über die Schulter. Sie lachte laut auf, zappelte in meinem Griff und gab einen Schrei von sich. Im nächsten Moment ließ ich sie rücklings zurück auf den Boden, fixierte ihre Arme über ihrem Kopf.

»Wir müssen dringend an deiner Verteidigung arbeiten«, brachte ich noch locker hervor, bevor mir bewusst wurde, wie nah sie unter mir lag.

Camila atmete schwer, ihre Wangen von der Anstrengung und dem Lachen gerötet, während ich über ihr kniete und jede Berührung plötzlich noch viel intensiver wahrnahm. Meine Finger um ihre Handgelenke, ihre Brust, die sich mit jedem Atemzug gegen meinen Oberkörper presste, und ihr Atem, der heiß meine Lippen streifte.

Eine ganze Ewigkeit sahen wir uns nur an. Mein Herz hämmerte gegen meine Brust und ich fragte mich, ob sie es ebenfalls spürte. Mit jeder Sekunde, die verging, wurde die Stille zwischen uns drückender, aufgeladen von unausgesprochenen Worten und Gefühlen, die sich mit jedem Herzschlag deutlicher an die Oberfläche drängen wollten. Mein Blick wanderte von ihren Augen zu ihren Lippen, zuckte dann wieder hinauf, nur um festzustellen, dass auch sie meinen Mund fixierte. Der ihre war leicht geöffnet.

»Miguel …«, flüsterte sie schließlich, sie klang auffordernd und zurückhaltend zugleich. Ein heißes Kribbeln durchfuhr meinen Körper. Ich war längst nicht mehr Herr meiner Sinne, als ich mich ihr entgegenbeugte. Meine Stirn berührte beinahe ihre. Unser Atem vermischte sich und erst jetzt wurde mir bewusst, wie sehr ich mich nach ihren Lippen sehnte. Nach ihr. Nach dieser Lüge, die längst keine mehr war.

Sofort zog ich mich zurück. Die Realität brach wie ein kalter Schauer über mich herein. Das hier durfte unter gar keinen Umständen sein. »Tut mir leid«, sagte ich schnell, rappelte mich auf und wandte mich von ihr ab.

Camila schwieg, blieb einen Moment sitzen, bevor sie ebenfalls wieder auf die Füße kam.

»Ich gehe mal lieber duschen«, hörte ich sie sagen, bevor sie im Gang zu den Kabinen verschwand.

Fuck! Rastlos lief ich auf und ab, meine Hände fest zu Fäusten geballt. Mein Herz schlug immer noch wie verrückt. Haareraufend versuchte ich, die Erinnerungen irgendwie abzuschütteln. Ihr Lachen, ihr Duft, die Wärme ihres Körpers.

Ich ließ mich auf die Bank am Ringrand fallen, fuhr mir durch die Haare und presste die Hände gegen meine Augen. Doch gerade als ich wieder aufstehen wollte, fiel mein Blick auf den Gang, der zu den Duschen führte – und auf Camila, die in der offenen Tür am Ende des Ganges stand.

Mein Atem stockte.

Sie trug nichts außer ihrer Unterwäsche und einem Blick voller Sehnsucht. Umgeben von heißem Wasserdampf, der durch die Tür drang, sah sie mich an. Ihr Brustkorb hob und senkte sich schnell und ich konnte sehen, dass sie ebenso aufgewühlt war wie ich.

Sie trat einen Schritt vor, langsam und bedacht. Ihre Hand hob sich, zögerte einen Moment in der Luft, bevor sie sich in meine Richtung streckte.

Keine Ahnung, was ich hier tat. Ich stand einfach auf und ließ mich von ihrer Anziehungskraft zu ihr ziehen. Langsam und bedacht kam ich näher. So nah, dass sie irgendwann meine Hand umgriff und mich zur Dusche führte.

Im Wasserdampf blieb sie schließlich stehen, ihre Augen fuhren suchend meinen Körper ab, dann machte sie einen zittrigen Atemzug.

»Ich will, dass du mich berührst.«

Das Flüstern ihrer Worte löste eine Gefühlsexplosion in mir aus. Sie hob meine Hand an, legte sie vorsichtig an ihr Schlüsselbein, sog anschließend hörbar Luft ein. Meine Finger streichelten sanft über ihre heißfeuchte Haut und ich trat instinktiv näher. Die andere Hand hob ich an ihre Wange. Spätestens als sie die Augen schloss und sich in meine Handinnenfläche drückte, wusste ich, dass es kein Zurück mehr gab. Ich konnte nicht mehr atmen, spürte die Bewegung ihrer Brust an meinen Fingern.

Ich ließ die Hand weiterwandern, der Daumen landete auf ihrer Unterlippe, sie atmete schwer dagegen, sah lüstern zu mir auf. Ein letzter Funken Pflichtbewusstsein regte sich in meinem Inneren, ehe er in all meiner Sehnsucht ertrank. Ich zog sie näher und legte meine Lippen auf ihre. Ein leiser Seufzer löste sich aus ihrem Mund, vibrierte in meinem. Die feuchte Wärme des Raumes schien mit jedem Atemzug zuzunehmen, aber nichts konnte die Hitze übertreffen, die zwischen uns loderte.

Ihr Atem stockte, bevor sie sich mir ganz hingab, ihre Lippen weicher wurden, sich öffneten und meine willkommen hießen. Meine Hände fanden ihren Weg an ihre Taille, ihre feuchte Haut unter meinen Fingern jagte ein elektrisierendes Kribbeln durch meinen Körper. Camila drückte sich näher an mich, so nah, dass nichts mehr zwischen uns passte. Ihre Hände legten sich in meinen Nacken, ihre Finger gruben sich leicht in meine Haare, während sie mich noch tiefer in diesen Moment zog. Meine Zunge strich über ihre Unterlippe, forderte vorsichtig Zugang, den sie mir mit einem leisen Stöhnen gewährte. Ihr Geschmack – süß, weich und ein Hauch von Salz vom Schweiß der letzten Stunde – ließ mich schwindeln. Ich zog sie näher, ließ eine Hand ihren Rücken hinabgleiten, folgte den Kurven ihres Körpers, während die andere sich in ihrem feuchten Haar verfing.

Der Wasserdampf um uns herum legte sich nass auf mein Shirt, die Luft war schwer, fast greifbar. Ich registrierte, wie ihr Brustkorb sich gegen meinen hob und senkte, synchron mit meinem eigenen unruhigen Atem. Im nächsten Moment taumelten wir gegen die Wand. Ich presste sie fest gegen die Fliesen, spürte jede ihrer Regungen und jede ihrer Rundungen. Ein Zucken an meinem Shirt verriet mir, dass sie ihre Finger darunterfahren ließ. Langsam und doch bestimmend streichelte sie über meinen Rücken und bohrte dann ihre Fingernägel in meine Haut.

Ich erstarrte, als ich ihre Hand an meiner Narbe spürte. Sofort ließ ich von ihren Lippen ab. Der Schmerz war nicht stark, doch die Erinnerungen umso stärker. Atemlos lehnte ich meine Stirn gegen ihre, versuchte, die Bilder von dem blutüberströmten Messer, den Neonröhren und dem ängstlichen Gesicht meiner Mutter zu verdrängen. Und es klappte, als sich mein Blick mit Camilas verfing.

Sie hob eine Hand an meine Wange, ließ ihre Finger zärtlich über meinen Kiefer streifen, während mich langsam wieder die Realität einholte.

»Wir dürfen das nicht«, hauchte ich, heimgesucht davon, was passieren könnte, wenn ich sie noch näher an mich heranließ. An einen Mann, der in einer Welt lebte, in der Messerstechereien, Prügeleien und illegale Machtspiele normal waren.

»Ich weiß«, flüsterte sie, »aber … ich …«

Ein Klirren ließ uns zusammenschrecken. Ich fuhr herum, starrte in den leeren Gang hinaus. Das Geräusch war von draußen gekommen, ganz sicher. Hastig drehte ich die Dusche ab, woraufhin es viel zu still wurde. Nur das monotone Tropfen eines undichten Wasserhahns hallte von den kahlen Wänden wider.

»Bleib hier«, sagte ich knapp zu Camila, die mit großen Augen zu mir aufsah. Sie hatte die Arme um sich geschlungen. Ihre Lippen öffneten sich, als wollte sie widersprechen, doch sie nickte nur unsicher. Hastig griff ich nach einem großen Handtuch und legte es um ihren Körper. Anschließend trat ich zurück in den Gang. Meine Schritte waren lautlos, jede Bewegung überlegt. Die Beleuchtung flackerte leicht, warf gespenstische Schatten an die Wände. Während ich die vertrauten Geräusche der Halle in mir aufnahm, glitt mein Blick von Ecke zu Ecke. Das entfernte Brummen des Kühlschranks im kleinen Kioskbereich, das Knarzen der alten Rohre, das Flackern der Neonröhren – nichts Außergewöhnliches.

Ich trat weiter vor. Der Boxring lag still und verlassen im Zentrum des Raumes, seine Seile schlaff, niemand war zu sehen. Mein Atem ging flach, mein Puls raste.

Plötzlich hörte ich es wieder. Ein leises Klirren, als ob Glas zerbrach. Es kam von der Hintertür, jene, die wir benutzt hatten, um hereinzukommen. Ich hatte sie doch verschlossen?

Der Schlüssel steckte, baumelte sachte hin und her. Als ich mit schnellen Schritten die Tür erreichte, riss ich sie auf. Kühle Nachtluft schlug mir entgegen, doch der Platz draußen lag nach wie vor verlassen im schummrigen Licht der Straßenlaternen. Kein Schatten bewegte sich. Ich drehte mich langsam im Kreis, scannte die Umgebung. Alles schien ruhig, fast zu ruhig, bis mir das geöffnete kleine Fenster etwas weiter rechts von der Tür auffiel. Ein Austausch war schon lange überfällig, weil es sich nicht mehr fest schließen ließ. War jemand dadurch reingekommen? Hastig trat ich zurück ins Innere, schloss die Tür hinter mir und verriegelte auch das Fenster, bevor ich zurückging.

»Miguel?«, rief Camila panisch. »Komm schnell!«

Mein Herz setzte aus. Mit großen Schritten rannte ich zurück in den kahlen Gang, taumelte in die Dusche und stellte mit Schrecken fest, dass sie leer war. Hastig suchte ich weiter, lief in die Kabine und kam schließlich im WC zum Stehen.

Camila stand am Waschbecken. Aus ihrem Gesicht war alle Farbe gewichen. Ihr Blick war auf den Spiegel gerichtet, der vollkommen zersplittert war, als hätte ihn jemand eingeschlagen.

»Miguel …«, flüsterte sie und deutete zitternd an die Ecke des Spiegels.

Ich folgte ihrem Blick. Mit verschmierter blutiger Schrift waren Buchstaben zu erkennen, die durch die fehlenden Stücke unvollständig waren. Das Einzige, was man erkennen konnte, war: MM …

Er war hier gewesen.

Kapitel 25

Tito

Die Dunkelheit verschlang mich. Hier, in die letzte Ecke des Boxstudios, drang kaum Licht zu mir durch. Dafür umso mehr Schatten, die an den Wänden tanzten.

Ich wich etwas weiter zurück, spähte an einem Stapel alter Boxsäcke vorbei, während meine Augen unermüdlich das Geschehen im Boxstudio verfolgten. Eine Mischung aus Neugierde und Unruhe hielt mich aufrecht – oder vielleicht war es auch etwas anderes.

Camila.

Konzentriert und dennoch voller Leichtigkeit bewegte sie sich im Ring. Der Schweiß glänzte auf ihrer Stirn, doch es war dieser Ausdruck auf ihrem Gesicht, der mich innehalten ließ: eine Art Zufriedenheit, vielleicht sogar Freude.

Ich spürte, wie sich mein Kiefer wie von selbst anspannte, je mehr ich von ihrem Glück sah. Miguel stand nah bei ihr, während er ihr wieder eine Bewegung erklärte. Seine Gesten waren präzise, seine Haltung sicher. Er hatte Kontrolle über seinen Körper, über seine Umgebung. Ich wusste, dass ich in seiner Nähe besonders vorsichtig sein musste.

Camila lachte und etwas in mir krampfte. Mein Körper spannte sich an, als schmerzhafte Erinnerungen aufflackerten, die meinen Hass schürten.

Ein leises Geräusch hinter mir riss mich aus meinen Gedanken. Es war kaum mehr als ein Hauch, ein verschluckter Atemzug, und doch fühlte es sich an, als würde die Luft um mich herum plötzlich stillstehen. Langsam drehte ich den Kopf, meine Muskeln waren bereit zu reagieren. Doch hinter mir war nichts als diesige Gräue, Ecken, in die das Licht nur spärlich fiel. Hier konnte man Schatten nicht von echten Körpern unterscheiden.

Noch ein Geräusch. Dieses Mal Schritte, als würde sich jemand nähern. Ein kaltes Kribbeln lief meinen Rücken hinab. Die Schritte kamen vom Gang, der hinüber ins Nebengebäude führte, ins Jugendzentrum. Oder bildete ich mir das ein? Ich spähte vorsichtig um den Stapel Boxsäcke herum, meine Augen angestrengt auf die Stelle gerichtet, wo die Dunkelheit am tiefsten war.

Nichts.

Sicherlich hat mich niemand gesehen, versuchte ich, mich zu beruhigen. Vielleicht hatte eine Ratte ihren Weg in die Halle gefunden. Oder es war der Wind, der durch die alten Wände und die kaputten Fenster drang.

Doch dann setzte mein Herz aus. Direkt vor mir machte ich eine Bewegung aus. Da war ein Schatten, der dort definitiv nicht hingehörte.

Ich musste schleunigst hier weg.

Kapitel 26

Camila

»Es soll wohl richtig glamourös werden. *Babor* plant ein High-End-Event im neuen Grandhotel La Perla unten am Hafen, um ihre neue Linie vorzustellen.« Esters Stimme hallte leicht in der großen Veranstaltungshalle der *EstiloArte* wider, in der sich bereits Dutzende Designer und Organisatoren versammelt hatten. Auch Rabea, die Assistentin meines Vaters, war anwesend, um ihn im Namen von *Vestura* zu vertreten und organisatorische Dinge für die Pasarela Futuro abzustimmen.

Das warme Licht der Nachmittagssonne strömte durch die hohen Glasfenster und tauchte den modernen, offenen Raum in warmes Gold. Überall standen Kleiderstangen, Stoffproben und Pinnwände mit Skizzen. Organisatoren mit Headsets liefen umher, besprachen Zeitpläne und Abläufe, während ich und andere Teilnehmer bereits die Bühne begutachteten, auf der in wenigen Wochen unsere Kollektionen präsentiert werden würden.

Ich ließ den Blick über den Saal schweifen, nahm die moderne Architektur in mir auf – kühle Marmorwände, ein Boden aus dunklem Holz und ein riesiger Bildschirm. Noch während sich ein aufgeregtes Lächeln auf meinen Lippen bildete, weil ich nicht glauben konnte, dass ich wirklich dabei sein durfte, schwand es wieder. Angespannt sah ich mich um, spürte von überall diesen Blick auf mir. Selena und ihre Freundinnen, die mich abfällig musterten, machten die Situation nicht wirklich besser. Das hier war alles, was ich mir immer gewünscht hatte, doch jetzt wurde es davon überschattet, dass ich die Einzige war, die ihre Pasarela-Mappe noch nicht abgegeben, die ihre Kollektion noch nicht vollendet hatte. Das Design meines Showpieces war zwar endlich fertig und ich hatte zum Glück auch schon mit dem Schneidern begonnen, dennoch hinkte ich hinterher und der Druck, der mir im Nacken saß, war enorm. Nicht nur einmal hatten mich die Zweifel eingeholt, ob es wirklich die richtige Entscheidung gewesen war, bereits mit so wenig Erfahrung an der Veranstaltung teilzunehmen. Und unter diesen Umständen …

»Ich darf jemanden mitnehmen«, erzählte Ester weiter, während wir warteten, bis die Informationsveranstaltung begann und ich versuchte, mich auf sie zu konzentrieren. »Und ich dachte mir … vielleicht nehme ich Matteo mit.«

Mein Mundwinkel zuckte, weil ich ganz genau wusste, weshalb Ester Matteo als ihre Begleitung haben wollte und nicht mich. »Na ja, als Fotograf und so«, warf sie noch ein, doch ich kaufte ihr kein Wort ab.

»Klingt doch gut.«

Forschend sah sie mich an. »Du findest das nicht doof?«

»Wieso sollte ich?«

Gedankenversunken wanderte mein Blick nun zu Miguel. Er stand am Rand der Halle, angelehnt an die raue Steinwand, mit verschränkten Armen und wachsamem Blick. Mein Magen zog sich zusammen, als ich an unseren Kuss dachte, gleichzeitig fuhr ein intensives Kribbeln durch meinen gesamten Körper. Das da zwischen uns war so … impulsiv gewesen, so intensiv – ein Moment, in dem die ganze Welt für einen Atemzug lang aufgehört hatte zu existieren. Seitdem schien jeder Blick, jede Geste mit Bedacht gewählt, sicherlich, um nicht aufzufallen. Schließlich ging es bei Miguel um mehr als bei mir. Er könnte seinen Job verlieren, richtig Ärger bekommen, weshalb ich verstand, dass er wieder auf Distanz ging. Doch gleichzeitig … ich hoffte inständig, dass er bald wieder auf mich zukommen würde.

»Camila?« Esters Stimme riss mich aus meinen Gedanken. Sie hatte den Kopf schief gelegt und sah mich neugierig an.

»Wie bitte?«, stammelte ich.

Mit zusammengekniffenen Augen musterte sie mich, ehe sie sich noch mal wiederholte. »Ich meinte, weil es eine riesige Veranstaltung ist und ich weiß, dass du bei so was immer gern am Start bist. Deswegen dachte ich, du bist vielleicht auch gern dabei.«

Ich schüttelte den Kopf. »Alles gut …«, sagte ich. »Es ist deine Entscheidung, wen du dabeihaben willst. Und ich versteh schon …«

Ihre Wangen fingen umgehend Feuer, als ich ihr mit wackelnden Brauen in die Seite stieß. »Hör auf damit!«

»Womit denn?«

»Da ist nichts zwischen Matteo und mir, falls du darauf hinauswillst …«, gab sie eine Spur zu leise von sich, ihre Haltung irgendwie bedrückt.

»Und warum ist das so?«

»Was meinst du?«

»Ester, ich bin eure beste Freundin, ich sehe, wie du ihn ansiehst. Hast du mal mit ihm darüber gesprochen?«

Kurz starrte sie mich aus großen Augen an, ehe sie lautstark seufzte. »Nein. Werde ich auch nicht. Er ist … ich glaube, er liebt seine Kamera mehr als alles andere, ist richtig besessen davon, da kann ich nicht mithalten.« Sie schmunzelte belustigt, aber traurig. »Außerdem möchte ich unsere Freundschaft nicht aufs Spiel setzen.«

»Und stattdessen quälst du dich lieber?«

Sie öffnete den Mund, doch bevor sie antworten konnte, wurde das Stimmengewirr im Saal leiser. Neugierig sah ich auf. Ein Mann mit silbergrauem Haar, makellosem Anzug und einem charismatischen Lächeln, das auf mich wirkte, als hätte er immer und zu jederzeit alles im Griff, betrat die Bühne. Ich erkannte ihn sofort. Professor Salvador Menéndez war einer der angesehensten Modehistoriker Spaniens und zugleich einer der wichtigsten Mentoren der Pasarela Futuro. Fast schon schreitend trat er ans Mikrofon und ließ seinen Blick mit einem stolzen Lächeln über die Menge gleiten.

»Meine Damen und Herren, geschätzte Nachwuchsdesigner, liebe Gäste«, begann er mit fester Stimme. »Willkommen zur offiziellen Einführung in die Pasarela Futuro – einer Plattform, die nicht nur Mode zeigt, sondern Visionen zum Leben erweckt.«

Aufgeregt holte ich Luft und konnte ein Lächeln nicht unterdrücken.

»Wie Sie sehen, befindet sich der Laufsteg derzeit noch im Aufbau. In den kommenden Tagen werden wir die Anproben und Probeläufe mit den Models durchführen. Sie werden mit Stylisten, Fotografen und Kreativdirektoren zusammenarbeiten, um Ihre Kollektionen bestmöglich zu präsentieren. Nutzen Sie diese Zeit. Lernen Sie von den Profis. Und vor allem – genießen Sie diesen Moment.«

Es folgte ein aufgeregtes Tuscheln, als er eine eindrucksvolle Pause machte.

»In wenigen Minuten werden Ihnen die Organisatoren eine ausführliche Führung durch die Location geben. Sie werden erfahren, wo Ihre Kreationen später präsentiert werden, welche Abläufe wichtig sind und mit welchen Models Sie arbeiten werden. Ich möchte Sie ermutigen, Fragen zu stellen und sich mit den Menschen hier zu vernetzen – denn Mode ist nicht nur Kunst. Sie ist Kommunikation.«

Applaus ertönte und ich stimmte mit einem Klatschen ein, ehe eine junge hochgewachsene Dame auf uns zukam und ein paar Ablaufpläne und Flyer verteilte. Ich blätterte darin, sah mich anschließend in der Menge um. Einige gaben aufgeregte Laute von sich, andere hetzten gestresst durch den Saal. Ich fühlte beide

Emotionen zeitgleich tief in meinem Inneren, doch als mein Blick an Miguel hängen blieb, verblasste der Raum. Auch er sah mich an, auch in seinen Iriden lag etwas, von dem ich mir eigentlich sicher war, dass es Leidenschaft war. Seine Flamme loderte noch. Erst als er wieder wegsah, wurde mir klar, wie sehr mein Körper nach ihm verlangte. Ich fühlte mich, als würde man mir im tiefsten Schnee alle wärmenden Kleider vom Leib reißen. Es war eiskalt.

»Sag mal, ist zwischen Miguel und dir eigentlich echt was?«

Ich zuckte zusammen. »Was?«

»Tu nicht so unschuldig. Ich bin genauso deine beste Freundin, ich sehe genauso, wie du Miguel ansiehst. Manchmal ist es, als wärt ihr wirklich zusammen. Ihr spielt das echt gut.«

Ester meinte es als Spaß, schob einen Lacher nach, der verblasste, je mehr ich sie einfach nur ansah. Das Grinsen auf ihren Lippen schrumpfte, ehe sie die Brauen alarmiert zusammenzog.

»Warte … also ist es wirklich kein Spielen mehr?«

Ich sah mich ausweichend im Saal um, doch schon nach wenigen Sekunden wurde mir klar, dass das Ganze nichts bringen würde. Ester wusste Bescheid. Also riss ich das Pflaster einfach ab. »Wir haben uns geküsst. Also … so richtig, ohne die Lüge.«

Esters Augen weiteten sich vor Begeisterung. »Du hast mit deinem Bodyguard rumgemacht?«

»Psst!«, zischte ich und spähte hektisch umher. Obwohl ich mir sicher war, dass Miguel und die anderen bei dem lauten Stimmengewirr nichts hören konnten, wollte ich nichts riskieren.

»Camila Luminia!« Sie zwickte mir in den Oberarm und schüttelte bewundernd den Kopf. »Ich wusste ja, dass du nichts anbrennen lässt, aber dein Bodyguard? Chapeau! Wie war es? Ich will alles wissen.«

»Es war …«, begann ich und suchte nach den richtigen Worten, während Hitze in meine Wangen strömte. Die Erinnerungen überfluteten mich. Erinnerungen von seinen Händen an meiner nackten Haut, sein Blick so intensiv und voller Verlangen, das Kribbeln, als seine Lippen meine getroffen hatten – hart und stürmisch und doch so weich. »Es war heiß, okay? Sehr heiß. Aber es war auch ein Fehler.«

Ester hob skeptisch eine Braue. »Ein Fehler? Das glaubst du doch selbst nicht.«

»Es war zu impulsiv«, erklärte ich und spielte nervös mit meinem Klemmbrett. »Wir haben unüberlegt gehandelt. Miguel ist mein Bodyguard. *Ich* wollte, dass er mich berührt, *ich* wollte, dass er mich küsst. *Ich* habe den ersten Schritt getan, und jetzt habe ich das Gefühl, dass er das vielleicht gar nicht wollte. Jedenfalls ist der Abstand, den er seitdem zu mir hat, größer denn je.«

»Wenn er es nicht selbst gewollt hätte, hätte er es nicht getan«, besänftigte Ester mich. »Er ist erwachsen. Du hast ihn zu nichts gezwungen. Vielleicht sucht er den Abstand nur deshalb, weil er weiß, dass er dir nicht widerstehen könnte und seinen Job nicht in Gefahr bringen will. Er ist schließlich aus Gründen hier, die Ablenkung nicht erlauben.«

Das aufregende Kribbeln in meiner Brust verwandelte sich umgehend in ein schmerzhaftes Drücken, als mir andere Erinnerungen jener Nacht kamen. »Es ist noch etwas anderes in der Nacht passiert …« Ester runzelte alarmiert die Stirn, während ich in meiner Galerie wühlte und ihr das Foto vom zerbrochenen und verschmierten Spiegel zeigte.

Die Atmosphäre zwischen uns wurde sofort ernster. »Das ist krank, Camila. Hast du irgendeine Idee, was es bedeuten könnte?«

Ich schüttelte den Kopf. »Ich habe keine Ahnung. Erst habe ich Nachrichten mit einem X darauf bekommen, jetzt das. Mittlerweile denke ich, dass es römische Zahlen sind. Er spricht bestimmt von einem Datum, aber … keine Ahnung.«

»Wie viele Nachrichten mit X hast du bekommen?«

»Zwei«, überlegte ich laut.

»X bedeutet zehn und das hier …« Ester zoomte an den Spiegel heran, doch die Zahl war nicht ganz zu sehen, ein Stück herausgebrochen. »MM … und dann? Danach kommt doch noch irgendetwas?«

»Vielleicht sind es auch keine Zahlen … vielleicht ist es auch einfach nur irgendeine Abkürzung.«

»Shit«, zischte Ester und schüttelte den Kopf. »Wie nervtötend. Was will der von dir?«

»Ich weiß es nicht … Aber ich habe das Gefühl, seine Nachrichten bestehen nicht mehr einfach nur aus purem Hass und aus der Absicht, mir nur Angst zu machen. Er will mir irgendetwas sagen …«

»Dann soll der Mistkerl gefälligst herkommen und es dir ins Gesicht sagen«, schimpfte Ester und brachte damit meine Mundwinkel zum Zucken. »Ich hasse ihn.«

Ein weiteres Mal nahm ich das Foto des Spiegels in Augenschein. Das Glas war komplett zersprungen, was es so schwer machte, die genaue Beschriftung zu erkennen. Das entscheidende Stück war herausgebrochen, doch selbst nach genauer Suche hatten wir es nicht finden können.

»Okay, Schluss mit diesem blöden Thema. Lass uns über schönere Dinge sprechen«, sagte Ester mit einem aufmunternden Lächeln. »Wollen wir morgen etwas unternehmen? Nur wir zwei? Gut – du und ich … und Miguel.« Ich musste schmunzeln. »Kaffee trinken, shoppen und dann zum Friseur – das haben wir lange nicht mehr gemacht. Was sagst du?«

Trotz der Dunkelheit, die in mir herrschte, ließen mich ihre Worte lächeln. Es stimmte. Ester und ich hatten früher beinahe jedes Wochenende zusammen verbracht, waren shoppen, im Spa und anschließend feiern gewesen. Ich wusste nicht, ob es an *ihm* lag oder daran, dass wir durch die Uni nun einfach weniger Zeit hatten, doch ich vermisste es.

»Das fände ich schön!«

Kapitel 27

Camila

Ich schlug die Augen auf.

Das Erste, was ich spürte, war die erdrückende Stille in meinem Zimmer. Es war dunkel, abgesehen vom schwachen Schimmer des Mondes, der durch das halb geöffnete Fenster fiel und die Umrisse der Möbel in blassen Silhouetten zeigte. Mein Körper fühlte sich schwer an, als hätte sich eine unsichtbare Last auf mich gelegt. Ich wollte mich bewegen, aber meine Glieder blieben starr.

Etwas stimmte nicht.

Mein Atem ging flach, während ich verzweifelt versuchte, meine Finger oder zumindest meinen Kopf zu bewegen. Nichts. Eine eisige Welle fuhr durch meinen Körper. Meine Augen huschten durch den Raum, versuchten, in der Dunkelheit etwas auszumachen, fanden in meinem Sichtfeld jedoch nichts Verdächtiges. Ich konnte nichts sehen, konnte nichts fühlen. Nur ein kaum hörbares Rascheln drang zu mir hervor.

Ich versuchte, meinen Kopf zu drehen, um die Quelle des Geräusches zu finden, doch mein Körper gehorchte mir nicht. Das Rascheln wurde lauter, ein leises Kratzen auf dem Boden. Dann … Schritte. Leicht, kaum hörbar, aber so verdammt real.

Mein Herz raste, meine Augen suchten hektisch nach einer Erklärung, doch mein Sichtfeld blieb leer. Alles, was ich sah, waren nur dieser beschissene Kronleuchter, die hohe dunkle Wand mit den Stuckleisten und mein Bouclé-Sessel mit dem Kleid darauf, das ich gestern getragen und noch nicht weggeräumt hatte.

Plötzlich spürte ich einen warmen Atemzug direkt an meinem Ohr. Die Luft, die mich streifte, brachte meine Haut zum Kribbeln, doch mein Körper blieb wie gelähmt. Ein zittriges Wimmern entkam meiner Kehle, Tränen fluteten meine Augen, rannen angstgefüllt über meine Wangen. Ich konnte sie nicht wegwischen. Irgendetwas sagte mir, dass ich das hier schon kannte. Dass ich diesen Moment schon mal erlebt hatte. Oder träumte ich?

»Du wirst bald verstehen …«, flüsterte eine Stimme. Mein Wimmern wurde lauter.

Diese Stimme … Sie *musste* eine Einbildung sein, denn sie kam mir viel zu vertraut vor. Aber von wo? Mein Verstand war ein einziges Chaos aus Angst und unzusammenhängenden Gedanken.

Ich wollte schreien, wollte nach Miguel rufen, doch meine Lippen blieben versiegelt. Also starrte ich weiterhin hilflos zur Zimmerdecke, während ein weiteres Flüstern in meinen Ohren widerhallte. *»So wie deine Familie …«*

Dann spürte ich etwas. Kalt, glatt, scharfkantig. Es wurde in meine gelähmte Handfläche gedrückt. Nicht aggressiv, fast sanft. Und doch löste es eine Welle Abscheu in mir aus. Ich hätte mich am liebsten geschüttelt, die Hand fortgezogen, doch nichts rührte sich. Die Berührung war flüchtig, aber das Gewicht blieb. Es lag spürbar in meiner Hand.

Schritte sagten mir, dass er sich wieder entfernte. Ein dumpfes Poltern, gefolgt von einem heiseren Fluch erfüllte den Raum, als wäre er gestolpert. Die Stille, die folgte, war beinahe ohrenbetäubend. Dann hörte ich das leise Kratzen eines sich öffnenden Fensters, das Rauschen von Stoff.

Bis meine Zimmertür aufgerissen wurde.

Kapitel 28

Miguel

Der Geruch von verschüttetem Bier und angebranntem Fleisch beißt sich in meine Nase. Neben mir ist eine Pfütze klebriger Flüssigkeit, über mir die Unterseite des schützenden Tisches. Trotzdem zittere ich, mein Atem geht stoßweise. Als ein erneutes Klirren und das Wimmern meiner Mutter erklingen, schnappe ich nach Luft. Augen zukneifen bringt nichts, Ohren zuhalten ebenso wenig. Er ist überall. Um uns herum. In mir drin. Wir bekommen ihn nicht weg.

Mamá fällt zu Boden, ächzt. Ihr Blick trifft meinen. Nun ist sie mit mir auf Augenhöhe und die Angst in ihren Iriden sticht mir tief in die Brust. Seine schweren Schritte erschüttern den Boden unter mir, er nähert sich ihr, packt sie an den Haaren und zieht sie wieder auf die Beine.

Ich presse mir die Hände auf die Ohren, schüttle den Kopf. Das darf nicht passieren. Das darf nicht passieren.

Gerade als er ein Messer zückt, entdecke ich sie. Seine Waffe. Sie liegt auf dem Wohnzimmertisch. Er hat es mir gezeigt, ich weiß, wie sie funktioniert, ich weiß, wie man auf Lebewesen zielt.

Also greife ich nach ihr, meine letzte Chance, ihr zu helfen. Sobald ich sie in der Hand habe, mich aufrichte und auf ihn ziele, fängt er an zu lachen. Erst jetzt realisiere ich, dass ich weine. Seit wann sind meine Wangen so nass?

Meine Brust steht in Flammen, so schwer atme ich. Das kalte Material der Pistole ist von meinen Händen schweißnass.

Er hat sein Messer auf Mamá gerichtet, während er mich ansieht.

»Komm, schieß doch endlich, du elendiger Nichtsnutz!«, brüllt er und ich will es tun. Ich will es wirklich tun. Doch meine Hände reagieren nicht, stattdessen pumpt mein Herz nur noch schneller. »Dann wüsste ich wenigstens endlich, dass mein Sohn Eier in der Hose hat! Schau dich nur an.« Sein Lachen verfliegt, jetzt rümpft er die Nase, schüttelt angewidert den Kopf. In seinen Augen purer Hass, ehe er sich an Mamá wendet. »Nichts als unnötigen Dreck hast du mir geschenkt. Der Junge kann nicht mal auf einen mickrigen Vogel schießen, und jetzt bekommt er es nicht hin, seine eigene Mutter zu verteidigen.«

Ich mache einen warnenden Schritt auf ihn zu, die Waffe fest umklammert, meine Wangen tränennass. Doch meine Hände sind wie paralysiert. Ich kann meinen Finger nicht bewegen, kann nicht abdrücken, kann sie nicht verteidigen, ihr nicht helfen.

Du elendiger Nichtsnutz. Er hat recht.

Ein letztes Mal schüttelt er enttäuscht den Kopf, dann holt er aus, seine Faust landet an meiner Schläfe.

»MAMÁ!«

Es war eiskalt in meinem Zimmer, als ein lautes Poltern mich aus dem Schlaf riss. Hastig richtete ich mich auf und ließ den Blick durch den Raum schweifen. Alles schien an seinem Platz zu sein, doch mein Instinkt ließ mich nicht zur Ruhe kommen. Mein Blick fiel auf die roten Ziffern des Weckers. Drei Uhr nachts.

Irgendetwas war nicht in Ordnung. Dieses subtile, drückende Gefühl in meiner Brust – es war mehr als nur das Überbleibsel eines Traums, das wusste ich. Einen Moment lauschte ich in die Stille. Das Ticken einer Uhr füllte schwer den Raum, am Fenster rauschte leise der Wind. Dann klapperte es nebenan. Ein dumpfer

Aufprall, gefolgt von einem leichten Klirren, wie ein Fenster, das zugezogen wurde.

Adrenalin durchströmte meinen Körper. Ich warf mir die Jogginghose über, griff nach meiner Waffe, die unter meinem Kissen lag, und eilte zur Tür. Mit großen Schritten ging ich auf Camilas Zimmer zu, jede Faser meines Körpers angespannt. Als ich die Tür ohne Umschweife aufriss, traf mich kalte Nachtluft.

Eine Bewegung am geöffneten Fenster ließ mich innehalten. Ein dunkler Körper saß im Rahmen. Es vergingen Sekunden, die sich wie Ewigkeiten anfühlten, in denen er mir unter seiner dunklen Kapuze entgegenstarrte, dann sprang er hinaus. Ich setzte zum Sprint an, bereit, ihn zu packen, doch als ich am Fenster ankam, war er bereits unten angekommen und rannte über die Terrasse, ehe die Dunkelheit der Büsche ihn verschluckte.

»Fuck!«, fluchte ich voller Rage, diesen Mistkerl nicht endlich gefasst zu haben. Doch ich hatte nicht viel Zeit, mich aufzuregen. Das Wimmern, das von Camilas Bett zu mir drang, brachte mein Herz beinahe zum Stillstand. Wenn er ihr etwas angetan hatte, würde ich ihn eigenhändig zerreißen.

»Camila?« Ich stürmte an ihre Bettkante. Sie lag mit aufgerissenen Augen in ihrem Bett, ihre Brust hob und senkte sich heftig, doch ihr Körper schien wie eingefroren.

Ich erkannte den Ausdruck in ihren Augen. Panik, Furcht, Hilflosigkeit. Immer wieder rollte eine Träne über ihre Wange, doch sie konnte weder etwas sagen noch sich bewegen. Mir war sofort klar, was los war. Eine Schlafparalyse.

»Camila!«, rief ich, packte sie behutsam, aber bestimmt an den Schultern und schüttelte sie sanft. Wenn sie wirklich in einer Schlafparalyse feststeckte, musste ich sie wecken.

»Ich bin hier.« Ich bemühte mich, ruhig zu bleiben. Sie schien zu kämpfen, die Augen bewegten sich hin und her, ihre Lippen leicht geöffnet, doch kein Laut kam heraus.

»Du bist in Sicherheit, okay?« Ich beugte mich näher zu ihr, ließ meinen Atem ruhig werden, damit sie meine Nähe spüren konnte.

»Konzentrier dich auf meine Stimme. Versuch, einen Finger zu bewegen. Nur einen Finger, mehr nicht. Ich bin da, alles ist gut.«

Langsam legte ich meine Hand auf ihre, spürte, wie kalt ihre Haut war. Nach einem Moment regte sich etwas. Ihr kleiner Finger zuckte kaum merklich. Ein warmes Gefühl durchströmte mich.

»Genau so. Ich weiß, dass du das kannst.« Nach einer Ewigkeit – oder zumindest fühlte es sich so an – wich die Starre aus ihrem Körper. Ihre Brust hob sich noch stärker, als sie endlich tief Luft holte und ihre Glieder in die Höhe schnellten. Sie setzte sich auf, als hätten sich von jetzt auf gleich unsichtbare Fesseln gelöst.

Plötzlich schossen ihre Augen in meine Richtung, ein wimmernder Laut kam über ihre Lippen. Sie atmete so laut und tief, als wäre sie soeben einen Marathon gelaufen.

»Alles gut«, flüsterte ich. »Ich bin hier.«

Camila brauchte einen Moment, um ihre Atmung zu beruhigen. Ihre Augen wanderten unruhig durch den Raum und sie schien nach Worten zu suchen. Schließlich flüsterte sie, ihre Stimme brüchig: »Was … was ist passiert?«

Ich setzte mich etwas aufrechter hin, meine Hand immer noch beruhigend auf ihrer Schulter. »Ich bin wach geworden, weil ich ein lautes Poltern gehört habe. Als ich zu deinem Zimmer kam, war das Fenster offen und …« Ich hielt inne, weil ich unsicher war, ob ich sie direkt damit konfrontieren wollte. »Ich glaube, du hattest eine Schlafparalyse …«

Ihre Augen weiteten sich, ehe sie gedankenversunken den Blick ins Leere richtete. Im nächsten Moment sank er hinab auf ihre Hand auf der anderen Seite. Sie hob sie an, woraufhin klar wurde, dass sie sich an etwas festkrallte. Ihr Atem ging stoßweise, während sie sie langsam öffnete und schmerzverzerrt das Gesicht verzog. In meiner Brust breitete sich Kälte aus, je länger ich die blutverschmierte Scherbe betrachtete.

»Was zur Hölle …« Verzögert ließ sie von dem scharfen Stück ab, woraufhin es auf ihre Bettdecke fiel und sie den Schnitt an ihrer Hand in Augenschein nahm. Mir wurde sofort klar, was das zu bedeuten hatte. Das war das fehlende Stück Spiegel aus dem Boxclub. Er war hier gewesen. Er hatte es ihr in die Hand gelegt. Und sie musste ihre Hand reflexartig geschlossen haben, als sie aufgewacht war. Das Adrenalin hatte sie den Schmerz nicht spüren lassen.

Hastig erhob ich mich, lief ins Bad und holte ein frisches Handtuch, das ich in kaltes Wasser hielt. Als ich wieder bei ihr ankam, nahm ich vorsichtig ihre Hand in meine und tupfte mit dem Tuch das Blut ab. Zum Glück war der Schnitt nicht tief, doch ihr Gesicht dafür kreidebleich. Sie starrte auf die Scheibe, nahm sie mit der freien Hand vorsichtig an sich.

»Es ist Zeit für die …«, las sie vor. Durch das Blut, das die Buchstaben verschmiert hatte, konnte man nur erahnen, was dort geschrieben stand. *Es ist Zeit für die Wahrheit.* Und am Rand eine Fortführung der römischen Zeichen … *VII …*

»Wie kommt das hierher?« Mit Tränen in den Augen sah sie auf.

Wut ließ meinen Puls in die Höhe schießen. Ich hatte ihn nicht packen können. Ausweichend wandte ich meinen Blick auf meine Hände, ließ ihn anschließend durchs Zimmer schweifen.

»Es war jemand im Zimmer, als ich reinkam. Er ist durchs Fenster geflohen. Es tut mir leid, ich war nicht rechtzeitig da.«

Ihre Augen weiteten sich. Panisch huschte ihr Blick durchs dunkle Zimmer, sicherlich auf der Suche nach *ihm.*

»Du meintest … ich hätte eine Schlafparalyse gehabt?« Ich nickte und sie sah ins Leere vor sich, vermutlich in Erinnerungen versunken. »Das … das hatte ich als Kind oft, aber ich … ich wusste nicht, dass es wieder begonnen hat. Ich kann mich nicht erinnern.«

»An gar nichts? Ist da irgendetwas, das vielleicht hängen geblieben ist?«

Einen Moment schien sie in Gedanken zu versinken, die Brauen konzentriert zusammengezogen. Sie löste das Handtuch von ihrer Hand. »Ich glaube, er hat irgendetwas gesagt …«

Ihr Gesicht war todesbleich und voller Grauen. Sie holte Luft und zitterte dabei deutlich. Die Haare auf meinen Armen stellten sich auf. Was hier abging, war mehr als gefährlich.

Voller Verzweiflung schüttelte sie den Kopf. »Wie kommt er denn hier rein? Wieso war das Fenster auf? Wie …« Ihre Stimme brach ab, wurde durch einen Schluchzer unterbrochen, und auch ich musste zugeben, dass ich langsam nicht mehr weiterwusste. Das Leben, das Camila führte, konnte man kaum *Leben* nennen.

»Ich weiß es nicht«, flüsterte ich mit gesenktem Kopf, weil ich nicht mit ansehen konnte, was das alles mit ihr machte. Wie sehr er sie zerstörte. Dabei wurde mir klar, wie tief ich mich in alldem bereits verloren hatte. In Camila.

Ich tat das alles längst nicht mehr, weil es mein Job war. Ich tat es für sie. Und das machte alles nur noch schlimmer. Das Beste wäre gewesen, wenn ich Señor Gomez kontaktiert hätte, sie und diese Situation wirklich gutem Fachpersonal überlassen und irgendetwas unternommen hätte, das ein perfekt ausgebildeter Personenschützer tat. Dass meine Hand auf ihre zu legen und sie in meinen schützenden Armen zu lassen nicht dazugehörte, wusste ich. Dennoch konnte ich nicht loslassen, drückte sie stattdessen noch etwas enger an meine Brust, während sie schluchzte, und vergrub meine Hand an ihrem Hinterkopf in ihrem seidigen Haar.

»Denkst du …«, begann sie, löste sich etwas und sah zu mir auf. Eine letzte Träne rann über ihre Wange, das Blau ihrer Augen ein einziger dunkler Ozean. »Denkst du … ich kann heute Nacht vielleicht … ich meine … ich will nicht allein sein.«

Und erneut hätte es tausend andere Dinge gegeben, die ein professioneller Personenschützer in solch einem Fall am besten getan hätte. In jedem Fall nicht, ihren zitternden Körper in meine Arme zu heben und sie hinüber in mein Zimmer zu bringen.

Kapitel 29

Camila

Meine Handinnenfläche pochte, mein Herz raste. Mir war eiskalt, während mir mein Nachthemd zeitgleich schweißnass an der Haut klebte. Schutz suchend krallte ich mich an Miguel, versuchte, dieses lästige Zittern zu unterdrücken, das nach wie vor meinen Körper heimsuchte.

Noch immer war da diese Erinnerung in meinem Unterbewusstsein. Ein Atem an meinem Ohr, das Flüstern einer Stimme, eine Berührung an meiner Hand, die sich nun in ein schmerzhaftes Stechen verwandelt hatte. Doch alles war so verschwommen und unklar.

Mit zusammengekniffenen Augen ließ ich mich in sein Zimmer tragen. Als ich sie wieder öffnete, schien die Dunkelheit des Raumes mich mit ihren unbarmherzigen Schatten zu verfolgen. Er setzte mich vorsichtig auf die Matratze, zog die Decke bis zu meinem Kinn und musterte mich einen Moment lang, bevor er durch das Zimmer streifte, alle Fenster prüfte und seine Tür schließlich hinter sich verriegelte. Die Scherbe verwahrte er sicher in einer Schublade, die er mit einem Schlüssel zuschloss, vermutlich, um sie zu einem späteren Zeitpunkt meinem Vater zu zeigen. Dann wühlte er in seiner Tasche, kam anschließend mit Verbandszeug ans Bett, um sich meiner Hand zu widmen. Der Schnitt war zum Glück nicht tief, die Blutung hatte längst aufgehört. Trotzdem desinfizierte Miguel die Wunde und legte mir einen dünnen Verband um. Weshalb er all diese Dinge in seiner Sporttasche mit sich trug, musste ich nicht fragen. Bei seinen Narben war ich mir sicher, dass er sich mit Wunden auskannte.

»Es tut mir so leid, Camila«, flüsterte er, ohne mich anzusehen, als er fertig war und sich wieder zu seiner Tasche wandte. Ich wusste, wovon er sprach. Ich ahnte, dass er sich schuldig fühlte, mich nicht besser geschützt zu haben.

»Es ist nicht deine Schuld, Miguel.«

Mit einem undefinierbaren Gesichtsausdruck drehte er sich wieder zu mir um und presste die Lippen aufeinander, konnte meinem Blick aber nicht lange standhalten. Er schien hin und her gerissen, sah sich im Zimmer um. Dann trat er an das Sofa.

»Versuch, etwas zu schlafen. Ich bleibe hier.«

Ich runzelte die Stirn, setzte mich auf. »Du musst nicht auf dem Sofa schlafen … ich meine …« Meine Stimme war leiser, als ich beabsichtigt hatte.

»Camila …« Er schien zu verstehen, fuhr sich mit einer Hand über das Gesicht und sah zur Seite. »Das hier … das ist falsch.«

»Wegen meines Vaters? Weil du nichts falsch machen willst? Weil du diese professionelle Distanz wahren möchtest? Dafür ist es zu spät.«

Er sah mich an, unschlüssig und schweigend. In seinen dunklen Augen lag etwas, das ich nicht ganz entschlüsseln konnte – eine Mischung aus Schmerz, Zuneigung und einer strengen Selbstkontrolle. »Es ist nicht nur das …«, begann er. »Du weißt nicht, wer ich bin, weshalb dein Vater gerade mich engagiert hat …« Ich schluckte. »Und du … du verdienst mehr als das.«

Seine Worte schnitten tiefer als die Scherbe, weil ich nicht wahrhaben wollte, dass es vieles gab, das er mir verschwiegen hatte. Gleichzeitig hatte er recht. Es schien einen Grund zu geben, weshalb mein Vater ihn gewählt hatte. Was hatte er alles schon erlebt? *Wer war er?*

»Ich habe keine Ahnung, was du getan hast, dass du so über dich denkst. Ich weiß nicht, wer du bist«, begann ich. »Ich weiß nur, dass ich mich bei dir sicher fühle und … dass ich dich brauche.«

Einen Moment lang stand er still, schüttelte sachte den Kopf und schloss durchatmend die Augen, bevor er schließlich mit einem leisen Seufzen zustimmte. Zögernd kam er an die Bettkante, woraufhin ich zur Seite rutschte und ihm Platz machte. Sichtlich darauf bedacht, einen gewissen Abstand zu wahren, legte er sich schließlich neben mich.

Eine ganze Ewigkeit lang sagten wir nichts. Ich starrte nur zur Decke, lauschte Miguels ruhigem Atem, der auch mich etwas entspannen ließ. Dennoch konnte ich die dunklen Gedanken nicht ganz aussperren. Ich hatte eine Schlafparalyse gehabt. Es hatte wieder begonnen. Oder hatte es jemals aufgehört? War ich auch das letzte Mal, als *er* in meinem Zimmer gewesen war, in einer gefangen gewesen? Wie oft hatte *er* mich noch besucht?

»Ich kann nicht glauben, dass es wieder angefangen hat«, begann ich und hörte an einem Rascheln, dass er sich mir zuwandte. »Diese Schlafparalysen. Ich habe sie nie bewusst miterlebt. Ich konnte mich nie daran erinnern, aber … mein Bruder hat es mir erzählt.«

»Konnte er dir helfen?«, fragte er leise.

»Er hat mich immer sofort aufgeweckt. Ich wusste, dass er da war«, erinnerte ich mich und versuchte, den großen Kloß, der in meiner Kehle anwuchs, runterzuschlucken. Hoffnungslos. »Er hat meine Hand gehalten, solange ich es brauchte, um wieder ganz zurückzukommen. Er war immer da. Mit ihm hatte ich keine Angst vor dieser Lähmung.« Ein trauriges Lächeln huschte über mein Gesicht, ehe ich den Kopf zur Seite legte und Miguel ansah. Mein Finger berührte seinen.

»Weißt du, wo er jetzt ist?«

Die Frage brachte mein Herz aus dem Takt. Ich schluckte schwer, spürte, wie sich die altbekannte Traurigkeit wie ein Stein auf meine Brust legte. »Er ist verschwunden, als er fünfzehn war. Einfach so … eines Tages kam er nicht mehr heim.« Meine Stimme war kaum mehr als ein Flüstern. »Das ist jetzt siebzehn Jahre her.«

Obwohl er schwieg, konnte ich deutlich hören, wie schwer er schluckte.

»Ich glaube, die meisten denken, dass es für mich nicht so schlimm war … ich war noch jung, ich könnte mich sowieso kaum an ihn erinnern.« Ich presste die Lider zusammen und sah ihn vor meinem inneren Auge. Das Meer, meine gelben Schwimmflügel, er auf einer Luftmatratze und sein helles Lachen. »Die Wahrheit ist, dass ich mich an jedes Detail von ihm erinnere. Und es tut so weh, dass keiner in der Familie mehr über ihn spricht. Meine Mutter ist nie darüber hinweggekommen, hat seitdem schlimme Depressionen. Und mein Vater arbeitet mit jedem Jahr, das ohne ihn vergeht, mehr denn je.«

»Das tut mir so leid.« Miguels Stimme war rauer als sonst. Zwischen seinen Brauen eine tiefe Falte, seine dunklen Augen verzerrt. Es war, als würde sich mein Schmerz in seinen Iriden spiegeln. Ich fühlte mich nackt und verletzlich und doch entgegen meiner Erwartung setzte nicht die altbekannte Scham ein.

»Ich möchte dir nicht zu nahe treten und du musst mir das nicht beantworten, wenn du nicht möchtest, aber …«, begann er, »ich versuche nur, mehr Infos zu bekommen, um das Rätsel um deinen Stalker zu lösen. Was kam damals bei den Ermittlungen raus?«

»Das weiß ich nicht«, antwortete ich. »Er wurde nicht gefunden. Das ist alles, was ich weiß. Ich habe aber auch nie wieder gefragt … wie gesagt, diese Familie redet nicht mehr über ihn.«

»Und das mit deiner Tante?«

»Du denkst … das könnte alles zusammenhängen?«

Miguel zuckte mit den Schultern. »Ich habe keine Ahnung. Es ist nur irgendwie sehr auffällig, wie viel deiner Familie passiert …«

Nachdenklich wandte ich den Blick ab und dachte über alles nach, das ich über Beatriz' Unfall und Daríos Verschwinden wusste. Dabei merkte ich, dass ich selbst kaum Infos darüber hatte. Wieso auch? Ich war damals noch ein Kind gewesen und hatte nie etwas hinterfragt.

»Dein Bruder ist nur eine Woche nach dem Unfall deiner Tante verschwunden ... ist das nicht seltsam?«

»Das ist tatsächlich sehr seltsam«, gab ich zu und biss mir in die Innenseite meiner Wange. »Mir ist das noch nie aufgefallen. Aber ... was soll das alles mit meinem Stalker zu tun haben?«

Miguel schwieg einen Moment, schien zu überlegen, während er mein Gesicht musterte. Schließlich verzog er unschlüssig die Miene, als würden ihm folgende Worte schwer auf der Zunge liegen. »Der Unfall deiner Tante ... er passierte am 10. Oktober 2007. Und ... die Nachrichten, die du bekommst ... das fehlende Stück aus dem Spiegel. Ich glaube, er möchte eigentlich sagen: *X.X.MMVII* ...«

Mein Herz setzte einen Schlag aus. »Du denkst ... Er ist auf das Datum aus? Denkst du ... es ist derselbe Stalker?«

»Dachte ich auch erst«, meinte Miguel und schüttelte den Kopf. »Aber Javier Vega ist seit dem Vorfall in einer psychiatrischen Klinik. Er kann es also nicht sein.«

Seufzend fuhr ich mir über das Gesicht, als ich merkte, dass mich das Thema langsam, aber sicher überforderte. Meine Schläfen pochten schmerzhaft, mein Schädel brummte.

»Ich habe keine Ahnung, wie ich jetzt noch mal schlafen soll ...«

Miguel holte hörbar Luft, setzte zum Antworten an, stockte dann aber und hielt inne. Erst wenig später begann er zu sprechen, als hätte er einen Moment lang noch über seine Worte nachdenken müssen.

»Ich weiß, das klingt absolut bescheuert in deiner Lage, aber ...« Ich legte mich auf die Seite und musterte sein Profil. Ohne die Augen von der Decke zu nehmen, sprach er weiter. »Wenn Aya aufgewühlt ist und nicht schlafen kann, dann fordere ich sie immer dazu auf, mir aufzuzählen, was sie hört, schmeckt, sieht und spürt. Das bringt sie auf andere Gedanken, holt sie ins Hier und Jetzt und macht sie schläfrig.«

Mein Mundwinkel hob sich sachte, während es in meiner Brust krampfte. Ich musste an meinen eigenen Bruder denken. »Du bist ein richtig guter großer Bruder, weißt du das?«

»Das würde ich nicht behaupten …«

»Wieso nicht?«

»Ich habe sie alleingelassen.«

»Meinst du … wegen dieses Jobs?«

Sein Kiefer zuckte. »Nicht nur … ich hab die letzten Jahre einiges an Scheiße gebaut, habe an Kämpfen teilgenommen, die nur Probleme gebracht haben, und sie im Stich gelassen. Meine Mutter arbeitet rund um die Uhr, macht ständig Überstunden und braucht meine Hilfe. Doch ich habe es zum Teil nur schlimmer gemacht.«

Meine Hand fand die seine, woraufhin er kurz zusammenzuckte, sie aber schließlich mit meinen Fingern verschränkte. »Ich habe gesehen, wie sehr sie dich vergöttern und wie du mit ihnen umgehst«, sagte ich. »Also egal, was du verbockt hast, irgendetwas musst du richtig gemacht haben. Sie lieben dich.«

Sanft spürte ich, wie sein Daumen über meinen Handrücken fuhr, nahm wahr, wie sein Blick über mein Gesicht huschte und an meinen Lippen hängen blieb.

»Also«, er räusperte sich, »drei Dinge, die du siehst.«

Mein Mundwinkel zuckte und ich wandte nachdenklich den Blick zur Decke. »Der kleine Riss an der oberen linken Wand«, begann ich aufzuzählen. »Der Kronleuchter und die Stuckverzierung drum herum.«

»Drei Dinge, die du hörst.«

Ich schloss die Augen. »Das Knarzen der Äste vor dem Fenster«, flüsterte ich und lauschte weiter, merkte, wie ich langsam runterkam und mich geerdeter fühlte. »Der Wind und … unseren Atem.«

»Okay«, hauchte Miguel ebenfalls sehr leise. Die Atmosphäre zwischen uns schien plötzlich so ruhig und delikat, als könnten wir sie zerbrechen, würden wir nur etwas lauter sprechen. »Was schmeckst du?«

Ich ließ meine Zunge durch den Mund fahren. Irgendwo haftete der Geschmack von Zahnpasta. »Minze und … auch wenn es kein richtiger Geschmack ist, aber es ist, als würde der Schock noch auf meiner Zunge liegen.«

Ein Rascheln ließ mich vermuten, dass er nickte. »Den Geschmack kenne ich …«, hörte ich ihn leise sagen. »Und jetzt drei Dinge, die du fühlst. Was spürst du?«

Mit einem Mal atmete ich flacher. Ich stockte. Je tiefer ich in mich hineinfühlte, meine Glieder all die Berührungen um mich herum wahrnahmen, desto wärmer wurde mir. Langsam fuhr ich in Gedanken meinen Körper ab, spürte meine Zehen, die Matratze, die sich in meinen Rücken bohrte, das Pochen an meiner Schnittwunde, den warmen Stoff meines Seidennachthemds, das auf meiner Haut auflag … empfindliche Bereiche berührte …

»Ich spüre …«, mein Brustkorb hob sich, woraufhin sich der Stoff enger an meine Brust presste, »Wärme … die Schwere meines Körpers auf der Matratze … Luft, die meine Wangen streift und …« Wie benommen öffneten sich meine Lider. Erst jetzt bemerkte ich, wie schwer ich atmete. Sobald ich ihm den Blick zuwandte, sah ich, dass auch seine Lippen sich leicht geöffnet hatten. In seinem Ausdruck lag Verlangen, doch seine Brauen waren wie so oft dicht zusammengezogen, als würde er gegen etwas ankämpfen.

Ich bewegte mich nicht. Er bewegte sich nicht. Trotzdem hatte jede Berührung, die ich spürte, mit ihm zu tun.

»Ich spüre dich …«, hauchte ich mit rasendem Herzen. Das Pochen in meinen Lippen, in meiner Brust und zwischen meinen Schenkeln war so intensiv, dass ich mir sicher war, er würde es wahrnehmen. »Überall … ich spüre dich an meinem ganzen Körper, obwohl du mich nicht berührst, und … es bringt mich beinahe um.«

Miguel schnappte kaum hörbar nach Luft. Sein Blick huschte über mein Gesicht, blieb immer wieder mit lüsternen Augen an meinen Lippen hängen. Ich bemerkte deutlich, dass sein Kiefer zuckte, er die Zähne aufeinanderpresste, vermutlich, um sich an seine Pflichten zu erinnern.

»Schließ deine Augen wieder.« Seine Stimme klang plötzlich so fest und bestimmend, als würde er mich nicht darum bitten, sondern es mir befehlen. Ich kam dem umgehend nach.

Sofort war es, als würden sich meine restlichen Sinne um das Hundertfache verschärfen. Mit jedem Atemzug, den ich tat, drückte sich die Schwere zwischen uns fester gegen meine Brust. Ich hörte seinen Atem, spürte die Wärme, die von seinem Körper ausging, und die plötzliche Nähe, als die Matratze leicht unter ihm nachgab. Dann … ein kaum wahrnehmbarer Hauch an meinem Handrücken, eine Hitze, die sich ausbreitete wie ein kleiner Funken, der zu einem Feuer wurde. Seine Fingerspitzen waren rau und hinterließen eine heiße, elektrisierende Spur. Seine Hand wanderte meinen Arm hinauf. Je höher ich ihn spürte, desto schwerer wurde es für mich zu atmen. An meinem Schlüsselbein hielt sie inne. Ich drückte mich instinktiv ein Stück näher, hob die Brust, weil jeder Zentimeter Luft zwischen uns zu viel war und ich ihn an einer ganz bestimmten Stelle haben wollte.

Plötzlich spürte ich seinen Atem an meinem Hals. Voller wohltuender Anspannung legte ich den Kopf in den Nacken, presste ihn in die Kissen, um Miguel Zugang zu gewähren. Es raschelte, neben mir ließ die Matratze unter seinem Gewicht nach. Und als ich seine heißen, leicht feuchten Lippen an meinem Schlüsselbein spürte, zeitgleich der bestimmende Druck seiner Hand über meinen Bauch fuhr, schnappte ich nach Luft. Mein Herzschlag beschleunigte sich, dröhnte so laut in meinen Ohren, dass ich fast nichts anderes wahrnahm. Seine Lippen wanderten weiter hinab über die empfindliche Haut meines Dekolletés, hinterließen eine Spur aus Hitze. Sofort krallte ich mich fester in die Laken.

Im nächsten Moment hielt er inne, die Sehnsucht schwoll drängend in meinem Unterleib an. Dann wanderte die Schwere seiner Hand über meinen Bauch, immer weiter hinauf. Je höher, desto mehr drückte ich mich ihm entgegen. Sobald sein Streicheln behutsam und doch bestimmt über den Satinstoff an meinen Brüsten fuhr, spürte ich einen intensiven Stromstoß, der mir für eine Sekunde jegliche Sinne raubte. Erst jetzt wurde mir klar, wie hart meine Nippel sich bereits gegen den Stoff drückten. Ihm entgegen. Ein schmerzhaftes Ziehen breitete sich in meinem Körper aus, als er seine Hand unter den Stoff wandern ließ und sich anschließend verlangend in meine pochende Haut krallte.

Nun waren auch wieder seine Lippen zu spüren. Sie streiften sanft meine Brustwarze, verteilten Küsse auf meiner Haut. Mein Körper reagierte von selbst mit einem leisen Seufzen und ich krallte mich an seinen Rücken, versuchte, diese Erregung irgendwie zu bändigen.

»Hör nicht auf«, kam es flüsternd aus meinem Mund, als er sich langsam wieder zurückzog. Wärme breitete sich auf meiner Wange aus, er hatte seine Hand darauf abgelegt und zog meinen Kopf zur Seite, woraufhin ich die Augen öffnete. Mit einem Ausdruck so düster, wie ich ihn noch nie an ihm gesehen hatte, fixierte er mich und umgriff meinen Kiefer. Sonst so fürsorglich und voller Sicherheit, war er nun gefüllt mit Leidenschaft, Härte und Dominanz. Doch trotz alldem fühlte ich mich in seinem Griff nicht verunsichert. Ganz im Gegenteil. Ich genoss es, wie er die Überhand hatte und verdeutlichte, wie sehr er sich nach mir sehnte.

»Das ist das wahrscheinlich bescheuertste, das ich je getan habe, aber *fuck …*«, er schüttelte den Kopf, biss sich auf die Lippe und fuhr mit seinem Daumen über meine eigene, »du hast keine Ahnung, was du mit mir machst.«

Ich stand in heißen Flammen. Meine Sinne waren so überreizt, dass ich leicht zitterte und das Gefühl bekam, in Ohnmacht zu fallen, wenn er mich nicht sofort wieder berührte.

Also zog ich die Decke von meinem Körper, legte die Finger an die Knöpfe meines Nachthemdes und öffnete sie. Sanft und langsam strich ich den weichen Stoff über meine Brüste, enthüllte sie zögerlich, um ihn zu quälen. Er schluckte hörbar, als sein Blick über meine Rundungen fuhr und ich mich neben ihm rekelte, darauf hoffend, dass er mich endlich wieder berühren und küssen würde.

»Zeig es mir«, hauchte ich beinahe flehend. »Ich will vergessen … nur für diese Nacht.«

Sein Blick wurde dunkler. Er zögerte nicht lange, da wurde sein Griff fester, verlangender, und er baute sich über mir auf. Im nächsten Moment fanden seine Lippen meine, stürmisch und voller Verlangen küsste er mich, während er sich zwischen meine Beine drückte. Ich schmeckte seinen Hunger, erkannte, wie sehr er mich wollte, als meine Unterlippe zwischen seinen Zähnen landete.

Seine Hand ließ von meiner Wange ab, wanderte stattdessen hinab und streifte sachte meinen Nippel. Ich drückte mich ihm entgegen, woraufhin er mich zu massieren begann. Das war der Moment, in dem sich seine Lippen von meinen lösten und er sie über meinen Hals wandern ließ. Er hinterließ eine Spur aus heißen Küssen auf meinem Schlüsselbein, meinen Brüsten und meinem Bauch, der unter seiner Zunge zuckte. Am Bund meines Strings hielt er inne und knabberte leicht an meiner Haut. Eine Hand nach wie vor streichelnd an meiner Brust, zogen die Finger seiner anderen bestimmend den schwarzen Spitzenstoff zur Seite. Ich spreizte die Beine noch weiter, konnte das Pochen darin langsam nicht mehr ertragen. Ein warmer Atemzug an meiner Mitte reichte und ich krallte mich Halt suchend an seinen Hinterkopf. Mit seinen Zähnen fuhr er zwischen meinen Beinen entlang.

Ein heißer Druck an meinem empfindlichsten Punkt entlockte mir ein Seufzen. Sein Finger fuhr zwischen meinen Beinen entlang, ehe ich seine Zunge spürte. Ich presste die Lippen aufeinander, um zu verhindern, laut aufzustöhnen, denn das, was sein Mund mit mir machte, war viel zu gefährlich. Meine Hüfte hob sich wie von selbst, drückte sich ihm entgegen, was ihn dazu brachte, quälend langsam mit seinem Finger in mich einzudringen. Ich stöhnte, hielt mich an seiner muskulösen Schulter fest und biss in mein Kissen, während eine Welle von Gefühlen meinen Körper erfasste. Sein Atem, seine Küsse so heiß auf meiner Haut, seine Bewegungen so präzise – all das brachte meinen Körper zum Vibrieren.

»Hör nicht auf«, seufzte ich leise, woraufhin er den Druck verstärkte. Mein Rücken krümmte sich, ich gab mich ihm vollkommen hin, konnte zum ersten Mal seit Ewigkeiten endlich vergessen. Jetzt gab es nur ihn, die Gefühle, die er auslöste, und dieses große Drängen in meiner Mitte, das immer stärker wurde. Mein Atem ging zittrig und stoßweise. Ich krampfte, krallte und keuchte, je deutlicher er diesen einen Punkt berührte und ich die heißen Spuren seiner Zunge wahrnahm. Alles in mir vibrierte und zuckte, ein Zittern begann in meiner Mitte und breitete sich auf meinen ganzen Körper aus, während ich mit zusammengepressten Lippen zum Höhepunkt kam und alles sich drehte. Miguels Bewegungen wurden langsamer, bevor er sich zwischen meinen Beinen hervorzog, ein paar letzte Küsse auf meinen Schenkeln und meinem Bauch verteilte und sich schließlich neben mich legte. Es fühlte sich wie das Normalste der Welt an, in seine Arme zu sinken und mich fallen zu lassen. Jedenfalls war ich überzeugt, dass es der sicherste Ort war, an dem ich sein konnte.

In dieser Nacht schlief ich so gut wie schon lange nicht mehr.

Kapitel 30

Camila

Camila

Ich setze mich schon rein.

Soll ich für dich auch einen Cappuccino bestellen?

Ester?

Wo bleibst du?

Seit über einer halben Stunde saß ich auf der großen Terrasse des La Calas, in dem Ester und ich uns zum Kaffee verabredet hatten. Unruhig drehte ich meine bereits kalt gewordene Tasse mit beiden Händen hin und her. Die Geräuschkulisse um mich herum – all die Gespräche, das Lachen und das Geschehen in den Gassen – verschwamm zu einem dumpfen Hintergrundrauschen, während ich immer wieder aufs Handy starrte. Keine Nachricht, kein Anruf von Ester. Ein Blick auf die Uhr ließ mich schwer seufzen. Wo zur Hölle war sie?

Ein prüfender Blick zur Seite verriet mir, dass Miguel nach wie vor am Rand der Straße stand. Seine dunklen Augen scannten die

Umgebung mit gewohnter Wachsamkeit, sein Körper angespannt wie immer. Auch wenn ich wusste, dass er mich nicht aus den Augen lassen würde, sah er mich nicht an.

Als ich heute Morgen aufgewacht war, war das Bett neben mir leer gewesen. Miguel war unruhig und mit seinem Handy am Ohr über die Terrasse gestreift. Weil ich mich relativ früh für das Treffen mit Ester fertig machen musste, hatten Miguel und ich nicht mehr die Gelegenheit gehabt, über letzte Nacht zu sprechen. Und ich wusste ehrlich gesagt auch gar nicht, ob er das wollte. Keine Ahnung, ob es an mir oder an diesem Anruf lag, doch den gesamten Vormittag schon wirkte er gereizt. Vermutlich, weil er sich wegen letzter Nacht immer noch die Schuld gab. Der Gedanke ließ meinen Blick auf meine Hand sinken. Behutsam fuhr ich über den Verband, dachte an letzte Nacht und *seine* Nachricht. 10. Oktober 2007. Es gab keine Zweifel, er musste dieses Datum meinen. Doch was war damals passiert, dass ausgerechnet mir das alles nun passierte?

Die Vibration meines Handys ließ mich auf eine Nachricht von Ester hoffen. Als ich ihren Namen erkannte, formten meine Lippen ein Lächeln, das verblasste, sobald ich den Inhalt las.

Ester

Es tut mir so leid, Cami. Ich fühle mich nicht gut und schaffe es heute nicht. Bitte sei nicht böse. Ich melde mich später <3

Der Kloß, der sich in meinem Hals gebildet hatte, drückte fest gegen meine Tränendrüsen. Natürlich war es nicht ihre Schuld, dass sie krank war. Natürlich konnte sie nichts dafür. Natürlich war ich nicht wütend. Doch die Enttäuschung brannte dennoch höllisch in meinen Augen. Ich hatte mich so sehr auf diesen Tag gefreut. Endlich mal wieder etwas Normalität, ein Tag mit meiner besten Freundin, an dem ich einfach vergessen konnte, was mich die letzten Monate verhöhnt hatte. Mit ihr war Normalität noch möglich gewesen, die Freundschaft zu Ester war die einzige Konstante gewesen, die mir von meiner Kindheit geblieben war, während sich in meiner Familie alles geändert hatte. Einen unbeschwerten Tag mit ihr zu verbringen war das, was ich vor allem jetzt am meisten brauchte, und dass es nun doch nicht klappte, verdeutlichte mir nur, wie einsam ich war.

Ich blinzelte den Druck hinter meinen Lidern weg und biss mir auf die Unterlippe. Ich würde nicht weinen. Nicht hier. Nicht deswegen. Also knallte ich einen Zehneuroschein auf den Tisch, packte meine Tasche und verließ das Café. Im Augenwinkel nahm ich wahr, dass Miguel mir folgte, als ich mich durch die Menschenmengen in Richtung Parkplatz drückte. Das Auto entriegelte sich, noch bevor ich es erreichte, woraufhin ich mich hastig auf den Beifahrersitz schwang und enttäuscht gegen die Scheibe lehnte. Miguel ließ sich wenige Momente später neben mir nieder. Eine gefühlte Ewigkeit herrschte Stille im Wagen. Bis er sie durchbrach.

»Ist alles in Ordnung?«

Ich nickte. »Ja, Ester kommt nicht. Du kannst mich heimfahren und dann den Tag freinehmen, zu deiner Familie gehen. Ich werde nicht mehr rausgehen.« Mit aller Kraft schenkte ich ihm ein Lächeln, doch er sah mich nur durchdringend an.

»Dir geht es nicht gut.«

Ich zuckte mit den Schultern. »Bin nur ein bisschen enttäuscht. Sonst nichts.« Ausweichend hantierte ich am Gurt, schnallte mich sichtlich in Aufbruchstimmung an, damit er nicht bemerkte, wie es wirklich in mir aussah. »Ich habe noch einiges für die Pasarela vorzubereiten und … vielleicht kommt meine Mutter mal wieder aus ihrem Zimmer. An solch sonnigen Tagen ist sie meist besser drauf und …«

»Camila.« Ich stockte und verharrte mit dem Blick aus dem Fenster, das vor meinen Iriden verschwamm. Die Lippen aufeinandergepresst, versuchte ich mit aller Kraft, den Kloß in meinem Hals runterzuschlucken. Doch Miguels Tonfall gab mir den Rest.

So ruhig, so traurig. Tief durchatmend, blinzelte ich den Tränenfilm davon, ehe ich ihm schließlich den Blick zuwandte.

Eine ganze Zeit lang sah er mich nur an, sein Blick zuckte unruhig zwischen meinen Augen hin und her, und je mehr ich sein Mitleid zu spüren bekam, desto mehr krampfte es in meiner Brust.

»Ich werde dich nicht allein lassen.«

»Mir geht es gut, Miguel. Mein Stalker …«

»Es geht mir nicht um deinen Stalker«, schnitt er mir das Wort ab. »Es geht mir um dich und um all die anderen Dinge, die dich belasten. Ich möchte dich nicht allein lassen an einem Tag, an dem du nicht allein sein wolltest.«

Stück für Stück wischte er mir die Gleichgültigkeit und das Lächeln aus dem Gesicht. Tränen traten mir erneut in die Augen.

Hastig wischte ich mir über die Lider und konnte nicht verhindern, dass sich schmerzhafte Erinnerungen an die Oberfläche drückten.

»Früher, als alles noch … normaler war«, begann ich krächzend, »hat mein Vater am Wochenende oft Ausflüge mit mir gemacht. Manchmal war auch meine Mutter dabei. Wir sind durch die Altstadt spaziert, haben die blödesten Touri-Dinge gemacht, Eis gegessen, Straßenkünstler beobachtet und … sind einfach etwas dem Alltag entflohen. Ich glaube, dass mein Vater versucht hat, mich davon abzulenken, wie sehr Darío uns eigentlich fehlt. Und es hat funktioniert. Doch dafür ist die Leere jetzt umso größer. Und … ich vermisse das alles.« Ich presste die Lippen zusammen. »Irgendwann, als ich älter wurde, hat er damit aufgehört, vermutlich, weil er dachte, dass ich dafür zu alt wurde. Das hat er mit vielen Dingen …«

Obwohl ich keine Reaktion von Miguel erwartet hatte, reagierte er dennoch. »Das kenne ich.« Ich konnte ihn im Augenwinkel nicken sehen. »Als Valeria noch jünger war, hatten wir einen festen Tag in der Woche, an dem wir etwas unternommen hatten. Spazieren gehen, Eis essen, Kino. Einfach irgendwas, um ihr die Kindheit so normal wie möglich zu machen, sie zu schützen vor …«

Überrascht über seine Ehrlichkeit, sah ich auf. »Deinem … Vater?«, fragte ich vorsichtig.

Ich erkannte deutlich, wie er die Zähne aufeinanderpresste. Seine Finger ballten sich kurz zu einer Faust, bevor er sie wieder lockerte.

Miguel schnaubte. »Er war nicht oft zu Hause, was gut war. Denn wenn er es war, dann meist alkoholisiert oder um sich Geld zu holen, seine Wut an uns auszulassen und dann wieder zu verschwinden. Wenn es nur um mich gegangen wäre, wäre mir das alles egal. Ich komme mit seinem Verlust klar, bin sogar froh, dass er weg ist. Doch Valeria … sie hat ihn geliebt und … ich glaube sogar, dass er sie auch geliebt hat. Jedes Mal, wenn er dann plötzlich wieder verschwunden war, weinte sie manchmal tagelang. Sie hat so gelitten, bekam Albträume und … Schlafparalysen.« Sein Blick zuckte kurz in meine Richtung, wandte sich dann wieder ab. Langsam wurde mir einiges klar. »Ich habe immer versucht, sie zu trösten, und konnte ihr zeitgleich nie versprechen, dass es besser werden würde. Dass er eines Tages heimkommen und der nüchterne, liebevolle Vater sein würde, den er ganz selten gezeigt hatte. Valeria hatte sich stets an genau das Bild von ihm gekrallt, während ich sein wahres Ich gesehen habe. Und dieses wahre Ich … das tut bei den eigenen Eltern immer am schlimmsten weh.«

»Tut mir so leid, dass euch das widerfahren ist …«, hauchte ich, dankbar über seine Ehrlichkeit, und legte vorsichtig meine Hand auf die seine. Plötzlich fühlte ich mich mit meinen dummen Problemen so bescheuert.

Sein Blick fand den meinen. Auch seine Augen erzählten Geschichten von Schmerz und Trauer, doch je länger wir uns ansahen, desto mehr klärten sie sich.

»Willst du wirklich heim?«, fragte er.

Seufzend lehnte ich den Kopf zurück in den Sitz. »Eigentlich ist das der Ort, an dem ich am wenigsten sein möchte«, gestand ich. Es dauerte nicht lange, da hatte er den Motor gestartet. Fragend sah ich ihn an.

»Wohin fahren wir?«

Ein Lächeln huschte über seine Lippen und die Schwere in mir wich umgehend etwas Sanfterem. »Ist eine Überraschung.«

»Warte … du bringst mich zum Boxstudio?« Mit gehobenen Brauen musterte ich Miguels Profil, der das Geschehen auf den Straßen von Sant Cosme beobachtete.

»Nicht ganz«, erwiderte er, ehe er in die Straße des Studios einbog. Wir passierten einen Wochenmarkt und Gassen gefüllt mit zahlreichen Menschen, sowohl alt als auch jung, die sich angeregt unterhielten oder miteinander lachten. Hatte Sant Cosme bei Nacht und in Miguels Erzählungen immer so bedrohlich gewirkt, war es jetzt beinahe friedlich und herzlich, sodass ich mich umgehend total wohl- und heimisch fühlte.

Und doch blieb Miguel wachsam. Das erkannte ich an seinem Blick, der immer wieder hektisch durch die Umgebung, über die Straßen und vor allem in dunkle Gassen zuckte. Seine Haltung schien zwar entspannt, aber seine Augen arbeiteten ununterbrochen. Als würde er, selbst im Licht der Sonne, nie ganz vergessen, dass Gefahr hier nicht an die Dunkelheit gebunden war.

Ich spürte, wie sehr es in ihm verankert war – dieses feine Gespür für Anspannung, das ständige Vorausdenken. Und obwohl er mich mitgebracht hatte, freiwillig und ohne zu zögern, blieb etwas in ihm angespannt, schützend. Als könnte jederzeit etwas passieren. So parkten wir auch diesmal in einer Seitengasse und Miguel sah sich auch diesmal angespannt um, ehe er mich hektisch auf die andere Seite des Gebäudes zog, meine Hand fest in seiner. Ich fragte mich, was es damit auf sich hatte, worauf er genau achtete. Bei so viel Tageslicht wirkte Sant Cosme freundlich, Kinder spielten auf dem Parkplatz, ein helles Lachen hallte durch die Umgebung. Vor welcher Gefahr hatte er solche Angst?

Als wir durch das breite Tor traten, auf dem mit großer Graffiti-

Schrift das Wort *Jugendzentrum* geschrieben stand, empfing uns sofort eine warme, fast familiäre Atmosphäre. Überall wuselten Kinder und Jugendliche umher – einige rannten lachend durch den Hof, während andere in Gruppen standen und sich unterhielten. Familien saßen an einfachen Holztischen, teilten sich Teller mit Gebäck und Obst, während Freiwillige mit Namensschildern umherliefen und sich um den reibungslosen Ablauf der Veranstaltung kümmerten. Der Duft von gegrilltem Gemüse und frischen Empanadas lag in der Luft.

»Warte …«, ein Lächeln stahl sich auf meine Lippen, »Valerias Vorspiel!«

Obwohl Miguel lächelnd nickte, erkannte ich an seinem wachsamen Blick, dass er sich nicht erlaubte, ganz runterzukommen. Erst als ihm die kleine Aya entgegengerannt kam, lockerten sich seine Schultern leicht.

»Miguel, Miguel, du bist da!«

In meiner Brust wurde es umgehend warm, als ich sah, wie liebevoll Miguel sie in seine Arme schloss und ihr über die Haare fuhr. Auch seine Mutter sowie zwei weitere Damen traten aus dem Gebäude in den befüllten Hof, die Augen voller Freude.

»Du bist gekommen!«, rief sie freudig aus und hielt sich die Hände gerührt an die Wangen, die Augen voller Tränen.

»Ich habe doch gesagt, dass ich es versuche.« In Miguels Stimme schwang ein Lächeln mit. Marisol hauchte ihm einen Kuss auf die Wange, ehe sie auch mir freudig über das Haar fuhr.

»Valeria wird sich so freuen! Kommt mit!«

Wir folgten ihnen ins Innere, in dem uns eine laute Geräuschkulisse aus herzlichen Lachern, dem Geklimper von Klaviertasten und dem Kreischen kleinerer Kinder entgegenschlug. Im großen Innenraum, wo das Vorspiel stattfand, waren bereits zahlreiche Stuhlreihen aufgebaut, die sich langsam mit Menschen füllten. Auf der kleinen Bühne stand ein altes, aber gut gepflegtes Klavier, daneben eine einfache Staffelei mit dem handgemalten Banner: *Noche de Talento – Nuestra Familia, Nuestro Hogar.*

Je mehr ich mich umsah, desto leichter wurde es wieder in meiner Brust.

»Danke«, kam es flüsternd aus meinem Mund, bevor Miguel mit einem sanften Lächeln auf mich hinabsah.

»Wofür denn?«

»Für das«, ich deutete in den Raum, »du weißt nicht, wie viel mir das gibt … wie viel mir das bedeutet.«

»Du meintest, du fühlst dich bei meiner Familie wohl. Bei mir.«

Eine Ewigkeit sahen wir uns nur an. Auf unseren Lippen ein Lächeln, in unseren Augen etwas Funkelndes.

»Es war die richtige Entscheidung, dich mitzunehmen«, stellte er fest, seine Stimme rau und tief. »Auch wenn es hier gefährlich sein kann.« Langsam sank sein Blick auf meine Lippen, huschte dann wieder hoch und drang tief in meine Augen ein. »Du strahlst.« Die Wärme in meinen Wangen breitete sich weiter aus, je länger er mich ansah. Je mehr er mich in meinem Inneren berührte. »Und das macht dich noch schöner, als du sowieso schon bist.«

Ein Kribbeln erschütterte meinen gesamten Körper, ließ den Boden für einen Moment schwanken. Statt etwas zu sagen, verschränkte ich meine Finger mit seinen, drückte sie, suchte Halt an ihm, weil seine Worte und sein Blick mir das Gleichgewicht nahmen. Keine Ahnung, was das Richtige war, doch alles in mir verlangte nach ihm.

»Marisol, qué alegría verte.« Die Stimme einer älteren Dame, die zu Miguels Mutter getreten war, riss unseren Blickkontakt entzwei. Etwas verhalten schob ich mir eine Strähne hinters Ohr, sammelte mich wieder. »Und Miguel, wow, bist du groß geworden! Ich habe dich länger nicht gesehen. Wie geht es dir? Wollt ihr ein paar Tapas? Habe ich heute frisch zubereitet.« Ohne irgendjemand antworten zu lassen, kam sie nun auf mich zu und bekam große Augen. »Mira! Sag bloß, das ist deine Freundin, Miguel. Dios mio! Wie hübsch sie ist.« Hitze stieg in meine Wangen und ich spähte verlegen zu Miguel, der ebenfalls überrumpelt wirkte. »Ich bin Elena, freut mich sehr.«

Gerade als ich ihre Hand ergreifen wollte, zog sie mich in eine herzliche Umarmung. »Camila, freut mich auch!«

»Elena hat die Organisation der Veranstaltung übernommen«, erklärte Marisol.

»Mit fünf Kindern, die hier tagtäglich ein und aus gehen, ist das irgendwie mein Job«, meinte Elena mit einem Lachen und löste sich von mir.

»Fünf Kinder?«, staunte ich. »Wow, Sie haben meinen größten Respekt.«

»Sie?« Lachend wechselte sie einen Blick mit Marisol und Miguel. »Schätzchen, du musst mich doch nicht siezen.« Verlegen wandte ich den Blick zu Boden. »Bitte, nenn mich Elena.« Mit einem Lächeln beugte sie sich näher, ehe jemand ihren Namen rief. »Oh, ich glaube, ich werde gebraucht. Setzt euch schon mal hin, es geht gleich los!«

Bevor sie den Satz beenden konnte, war sie bereits losgelaufen, und auch Marisol löste sich von uns. Für einen Moment fühlte ich mich zwischen all diesen echten Emotionen, diesen *echten* Menschen viel zu klein und unbedeutend. Das, was ich tat und leistete, das, was meine Familie leistete, würde niemals an die Arbeit herankommen, die diese Menschen taten. Die Liebe, die sie verteilten, die Chance, die sie ihren Kindern gaben inmitten einer Umgebung, die kaum etwas für sie bereithielt. Mehr und mehr wurde ich mir bewusst, weshalb ich das tun wollte, was ich tat. Mode für alle. Hochwertige Kleidung für genau diese Menschen. Ein besonderes Kleid für einen besonderen Abend, den sich eine Elena, eine Marisol und all die anderen wundervollen Frauen hier redlich verdient hatten.

»Meine Damen und Herren …« Elena war auf die Bühne getreten und forderte mit einem Mikrofon die Gäste dazu auf, Platz zu nehmen. Also folgte ich der Menge, spürte dennoch deutlich Miguels schützende Präsenz hinter mir.

Gerade als ich mich auf einem der Stühle niederließ, entdeckte ich eine Gestalt, die mich innehalten ließ. Ein kaltes Prickeln jagte durch meinen Körper.

Ich erstarrte, alles verstummte, als ich ihn sah.

Seine Haltung war unauffällig, seine Hände in den Taschen seines Jacketts vergraben, doch sein Blick … Sein Blick war direkt auf mich gerichtet.

Ein merkwürdiges Echo hallte in mir wider. Erinnerungen, weit entfernt aus einem früheren Leben. Irgendetwas an ihm … an seiner Statur, an der Art, wie er dastand … kam mir seltsam vertraut vor. Sein Gesicht, seine Haltung, er … Konnte das möglich sein?

Mein Herz hämmerte gegen meine Rippen, während meine Gedanken versuchten, das Bild mit einer Erinnerung zu verknüpfen. Irgendetwas in mir wusste, wer er war, wusste, dass ich ihn kannte, wollte nur nicht wahrhaben, dass es stimmte.

Doch kaum hatten sich unsere Blicke getroffen, wandte er sich abrupt ab und verschwand in einem leeren Gang.

Ich blinzelte einmal, blinzelte zweimal. Versuchte, gedanklich festzuhalten, was ich da soeben gesehen hatte, doch das Bild von ihm verblasste wieder.

Hatte ich mir ihn nur eingebildet? Wurde ich wieder verrückt?

»Camila?« Miguels Stimme riss mich aus meinem Bann. Seine dunklen Augen waren prüfend auf mich gerichtet. »Alles okay?«, fragte er leise, seine Stimme ruhig, doch mit dieser unterschwelligen Sorge, die ich so gut kannte.

Ich zwang mich zu einem Nicken, auch wenn mein Puls noch raste. *Nicht wieder paranoid werden, Camila!*

»Ja«, flüsterte ich. »Alles gut.«

Die gesamte Vorstellung über konnte ich nicht wirklich abschalten. Obwohl Valerias Klavierspiel so klar und beruhigend war, blieb in meinem Inneren alles aufgewühlt. Auch lange nach ihrem Auftritt, als weitere Kinder ihr Können bewiesen, spähte ich immer wieder zurück in diesen Gang, in dem ich ihn stehen gesehen hatte. Etwas tief in mir Vergrabenes sagte mir, dass ich ihn mir nicht nur eingebildet hatte. Ich erinnerte mich an die Art und Weise, wie er mich angesehen hatte … so fixiert, so wissend, so vertraut.

»Ich gehe kurz zur Toilette«, flüsterte ich Miguel zu und schlüpfte aus der Sitzreihe. Aufmerksam, wie er war, musterte er erst mich prüfend und sah sich anschließend um. »Komm erst gar nicht auf die Idee, mitzukommen«, meinte ich mit einem Schmunzeln. Obwohl er offensichtlich nichts daran witzig fand, ließ er mich schließlich gehen, auch wenn ich spürte, dass er mich ganz genau im Auge behielt. Was vielleicht auch besser war.

Sobald ich in dem Gang zu den Toiletten ankam, sah ich mich aufmerksam um. Am Ende des Korridors führte eine Tür zum Boxclub, ansonsten waren hier nur die Frauen- und Männer-WCs zu sehen. Wo war er hingelaufen?

Unruhig sah ich mich um, ehe ich vorsichtig die Toiletten checkte. Niemand zu sehen, alle schienen beim Vorspiel zu sein. Ich trat aus der Damentoilette zurück in den Gang, mein Herz klopfte heftig in meiner Brust. Langsam drehte ich mich um die eigene Achse, ballte meine Hände zu Fäusten, ehe ich bemerkte, dass die Tür zum Boxclub einen Spalt offen stand, ein schwacher Lichtschein fiel hinaus in den Gang. War sie eben auch schon offen gewesen?

Ein kalter Schauer lief mir über den Rücken. Ich wusste nicht, warum, doch meine Beine setzten sich wie von selbst in Bewegung. Langsam trat ich näher, mein Atem war flach, fast lautlos. Ich wusste nicht einmal, wonach ich suchte – oder ob ich überhaupt etwas finden wollte. Doch als ich durch den Türspalt blickte, wurde mir eiskalt.

Der Mann stand an einem Spind. Seine Haltung war steif, seine Hände zu Fäusten geballt. Ich konnte sein Gesicht nicht ganz erkennen, doch da war wieder dieses Gefühl, dass ich es wusste. Ich wusste, wer er war.

Mein Magen zog sich schmerzhaft zusammen, als eine unkontrollierte Welle aus Erinnerungen über mich hereinbrach. Erinnerungen aus meiner Kindheit. Erinnerungen von ihm. Langsam drehte er sich um und trat aus dem Schatten. Sein Ausdruck war wie eine eiskalte Wand. Dann huschte ein distanziertes Lächeln über seine Lippen, das mir viel zu fremd vorkam.

»Hast du dich verlaufen?« Seine Stimme war tief, rauer, als ich gedacht hatte. Für einen Moment hatte ich das Gefühl, etwas Verbittertes über seinen Ausdruck huschen zu sehen, war mir dann aber nicht mehr sicher.

»Erkennst du mich nicht?«, hauchte ich kraftlos, während mir Tränen in die Augen stiegen. Ich schüttelte heftig den Kopf, je mehr Details ich an ihm wahrnahm, die mit meinen Erinnerungen übereinstimmten, auch wenn er so anders aussah. Seine Haare waren nun schwarz und länger, nicht so hellbraun wie damals, und auch seine Augen waren dunkler, als wäre er ein vollkommen anderer Mensch. Doch dann war da dieses kleine Muttermal unter seinem Auge, die mandelförmigen Lider, die schlaksige Figur und die vielen Lachfalten, die er damals schon getragen hatte. Mein Herz hämmerte schmerzhaft gegen meine Rippen. So viel stimmte überein, gleichzeitig war so vieles anders. Ich trat einen Schritt näher, während er sich weiter zurückzog und kopfschüttelnd abwandte, als würde ich eine andere Sprache sprechen.

Er sah erneut auf, seine Lippen verzogen sich zu einem müden Lächeln. »Es tut mir wirklich leid, aber ich weiß nicht, wovon du sprichst. Du musst mich verwechseln. Ich kenne dich nicht.«

»Ich bin's. Camila!« Meine Stimme wurde fester, Tränen fluteten meine Augen. Ich fühlte, wie Wut und Verzweiflung sich in meiner Brust zu einem Sturm verdichteten. Konnte es sein, dass er in den vielen Jahren einen Unfall gehabt und sein Gedächtnis verloren hatte? Wollte er sich nicht erinnern? Sah er ihm einfach nur total ähnlich? Oder wurde ich vielleicht wirklich verrückt?

Ich trat weiter auf ihn zu, doch er wandte sich ab und peilte den Ausgang an.

»Wie gesagt, ich kenne dich nicht. Bitte lass mich in Ruhe.«

»Warte!«, rief ich, rannte ihm nach und packte ihn am Handgelenk.

Er zuckte zusammen, als hätte ihn mein Griff verbrannt. Sein Kopf schnellte herum. Nun, wo er mir so nah war, erkannte ich es genau. Diese Vertrautheit, das Familiäre, die Liebe, die ich immer nur in seinen Augen gesehen hatte. Nun waren sie gefüllt mit Schmerz und Trauer.

»Halt dich von mir fern, ist das klar?«, zischte er, und mir wurde plötzlich eiskalt. Was war mit ihm passiert? Sein Kiefer mahlte. Ich konnte sehen, wie seine Schultern unter der Anspannung bebten, als würde er mit sich selbst ringen, als würden ihm die Worte nur schwer über die Lippen gehen. Dann riss er sich los und trat einen Schritt zurück.

»Ich bin nicht der, für den du mich hältst. Ich gehöre nicht zu deiner Familie, und das ist auch gut so. Ihr Luminias … Das, was ihr angerichtet habt …« Mit einem Schmerz in seinem Ausdruck, der mir Tränen in die Augen jagte, schüttelte er den Kopf, trat hinaus. »Ich will nichts mit euch zu tun haben, das kann weder dein Vater noch du ändern.«

Erschrocken taumelte ich zurück und blickte ihm nach. Seine Worte und all die Wahrheit, die in ihnen lag, drückten bleischwer auf meine Lunge und ich schnappte nach Luft.

Ein Klappern hinter mir ließ mich herumfahren. Dann erkannte ich Miguel, der die Tür geöffnet hatte und in das Boxstudio eilte.

»Camila«, rief er alarmiert. »Was machst du hier?« Ich öffnete den Mund, verwirrt und überfordert, von all dem, das gerade in mir vorging, bekam aber kein Wort heraus. »Komm mit, wir müssen hier weg.« Ohne zu zögern, packte er mich am Arm, behutsam, aber doch bestimmt.

Während er mich über den Hinterausgang hinauszerrte, warf ich einen Blick zurück in den Gang, der zum Jugendzentrum führte. Die Gäste liefen hektisch hin und her, schienen hinauszustürmen, als wären sie vor irgendetwas auf der Flucht.

»Was ist passiert? Wo sind deine Schwestern und deine Mutter?«

»In Sicherheit.«

Mein Magen krampfte. »In Sicherheit? Was … was ist denn los?«, stammelte ich, nach wie vor überfordert von allem, was in den letzten fünf Minuten passiert war.

Die abgekühlte Luft, die uns entgegenkam, als wir hinaus auf den bereits dämmrigen Parkplatz traten, ließ mich erschaudern. Bevor Miguel antworten konnte, rief jemand anderes seinen Namen.

»Pérez!« Die Stimme war rau, durchsetzt mit einem hämischen Unterton, der mir sofort eine Gänsehaut über die Arme jagte. Miguel erstarrte, sein Körper spannte sich augenblicklich an. Langsam drehte er sich um, sein Blick eiskalt und wachsam. Meine Kehle schnürte sich zu.

Eine Gruppe Männer trat aus der Dunkelheit. Sie waren tätowiert, mit Narben übersät und bewaffnet. Auf der anderen Seite des Parkplatzes stand Marisol mit ihren zwei Kindern. Besorgt sah sie in unsere Richtung und scheuchte Valeria und Aya ins Auto, ehe auch sie einstieg und das Handy zückte, als hätte sie diese Situation schon mehrmals erleben müssen und wüsste, was zu tun war.

»Ihr bekommt nichts von mir, Delgado«, sagte Miguel mit bebender Stimme, während sie uns immer weiter einkesselten. Sie kamen von allen Seiten.

Einer der Männer lachte rau. »Wir wussten, dass das kommt …«, begann einer aus der Gruppe und zückte ein glänzendes Messer. Je näher er trat, desto mehr spürte ich die Anspannung, die von Miguel ausging. Und die vielen Narben in seinem Gesicht verrieten, dass er wohl vor keinem Kampf zurückschreckte. »Deswegen war es uns umso wichtiger, dir noch mal zu zeigen, dass es uns ernst ist. Das Geld oder du gehörst uns!«

»Nur über meine Leiche.«

»Oh, das können wir natürlich auch gerne arrangieren.« Der Rest der Gruppe stimmte in sein Lachen ein, manche leckten sich über die Lippen, andere spielten an ihren Waffen. Dann fiel sein Blick auf mich. »Oder wie wäre es mit ihr?«

Miguel baute sich noch größer vor mir auf, woraufhin ich ängstlich zurückschreckte. »Wenn ihr sie auch nur zu lange anschaut, bringe ich jeden Einzelnen von euch um.«

»Süß.« Er biss sich auf die Lippe. »Mann, Miguel, du bist ja richtig verliebt. Wie schön. Und …« Nun traf sein Blick mich. Sein unschuldiger Ausdruck war von einer widerlichen Heuchelei überzogen. »Wie praktisch für uns.« Es ging viel zu schnell. Er gab jemandem hinter uns mit einem Nicken ein Zeichen und ich wurde am Arm gepackt. Ich stolperte, ein erschrockener Schrei entwich mir, als ich mit dem Rücken gegen eine Brust prallte und mich in einem viel zu brutalen Griff schmerzhaft wand. Erst wenige Sekunden später realisierte ich, dass an meiner Kehle ein Messer lag.

»Lass sie los!« Miguels Stimme grollte durch die Nacht, ein Versprechen von Gewalt, ehe er seine Waffe zückte und sie abwechselnd auf die Männer richtete. Sein Blick sagte alles: Er würde töten, wenn es nötig war.

»Hast du dich aufgerüstet, weil du gegen das Messer nicht ankamst?«, lachte dieser widerliche Typ, von dem ich mittlerweile wusste, dass er Delgado hieß, und trat näher. »Ob du dich traust, abzudrücken, ist die andere Frage.« Dann fiel sein Blick auf mich und musterte mich mit einem gierigen Lächeln. »Woher kenne ich dich, Schätzchen?«

»Ist das nicht die Tochter von Raul?«, warf einer aus dem Hintergrund ein und mein Blut gefror. Woher kannten sie meinen Vater? Was zur Hölle war hier los?

Delgado hob überrascht die Brauen, während er mich lüstern musterte. Mir wurde kotzübel, mein Herz hämmerte mir gegen die Brust und ich hatte das Gefühl, nicht mehr atmen zu können.

»Ach, sieh mal einer an«, gab er von sich, lachte und trat noch näher. »Hat er dir als Wiedergutmachung seine Tochter überlassen? Wie großzügig von ihm. César ist bestimmt auch nicht abgeneigt, ich weiß nur nicht, ob sie reicht, um deine Schulden zu begleichen …«

Bevor ich fragen konnte, wovon er da sprach, war Miguel näher getreten und hielt ihm die Waffe an die Schläfe. Sein Gesicht war hochrot, die Adern an seiner Stirn traten sichtlich hervor.

»Ich sage es zum letzten Mal«, zischte er leise, »lasst sie los, oder ich bringe euch um.«

Eine gefühlte Ewigkeit war es still. Miguel und Delgado starrten sich nieder, seine Muskeln zuckten. Würde er abdrücken? Würden sie mich abstechen?

»Hey!«, rief eine bekannte Stimme aus der Ferne. War das Gomez gewesen? Dann ging alles ganz schnell.

Miguel knockte meinen Angreifer mit einem heftigen Schlag aus, woraufhin ich befreit, aber erschüttert zurücktaumeln konnte. Ein stechender Schmerz zog sich über meinen Unterarm, und als ich hinuntersah, entdeckte ich eine feine, aber blutende Schnittwunde. Das Messer hatte mich gestreift.

Ich hielt meinen Arm fest, während sich Delgado und die anderen Männer auf Miguel stürzten. Er wich geschickt aus, sein Körper reagierte instinktiv, fast schon mühelos. Mit einer schnellen Bewegung blockte er Delgados Arm und verdrehte ihn so, dass das Messer auf den Boden fiel und klirrend über den Asphalt schlitterte. Aber auch die anderen zögerten keine Sekunde – zwei Männer stürmten auf Miguel zu. Einer schlug mit der Faust nach ihm, traf ihn an der Seite. Miguel krümmte sich vor Schmerzen, wich dem zweiten Schlag aus und landete einen brutalen Ellbogenschlag gegen dessen Kiefer. Der zweite packte ihn von hinten, doch Miguel drehte sich rasch aus dem Griff und trat ihm mit voller Wucht gegen das Knie, sodass der Mann keuchend zu Boden ging.

Ich taumelte ängstlich weiter zurück, voller Hilflosigkeit, voller innerer Zerrissenheit, weil ich ihm nicht helfen konnte. Weitere Menschen beobachteten das Geschehen, stellten sich gaffend an den Rand und hielten sich voller Schock die Hände vor den Mund.

»Pass auf!«, rief ich, als Delgado sich aufgerappelt hatte und mit einem Schlagring ausholte. Miguel konnte gerade noch den Kopf zur Seite reißen, doch der Schlag streifte ihn und ich hörte das hässliche Geräusch von aufplatzender Haut. Blut tropfte aus einer frischen Wunde an seiner Wange.

»Miguel!«, schrie ich voller Schock, auf meinen Ohren betäubende Watte.

Er ignorierte mich, seine Augen glühten vor Wut und Entschlossenheit, ehe er zurückschlug und Delgado mit einem brutalen Haken an der Schläfe traf. Doch es kamen immer mehr Typen dazu. Ein anderer sprang ihn von der Seite an, Miguel ging keuchend zu Boden, wehrte sich von dort aus, während die Männer auf ihn einschlugen. Erst als im nächsten Moment Polizeisirenen durch die Dunkelheit hallten, machte sich ein Funke Erleichterung in mir breit.

Die Männer hielten inne. Delgado stieß einen wütenden Fluch aus, dann ließen sie von Miguel ab. In Windeseile lösten sie sich auf, rannten an den Autos vorbei und verschwanden in der Dunkelheit. Delgado warf Miguel noch einen letzten hasserfüllten Blick zu.

»Mach dich auf was gefasst, Pérez!« Dann verschwand er ebenfalls.

Voller Erleichterung stürmte ich zu Miguel, doch noch bevor ich ihn erreichte, umfasste mich jemand am Ellbogen und zog mich zurück. Panisch wand ich mich in seinem Griff, schlug um mich. Bis ich realisierte, wer es war, der mich zurückhielt.

Mir lief ein Schauer über den Rücken, als ich registrierte, mit wie viel Wut Señor Gomez Miguel anstarrte. »Was zum Teufel haben Sie sich dabei gedacht?« Gomez' stechender Blick fiel zuerst auf mich, dann auf Miguel, der sich schwer atmend und blutend vom Boden erhob.

Er richtete sich auf und trat vor uns, sein Gesicht völlig ausdruckslos. Nur diese unerschütterliche Härte in seinen Augen. Als sein Blick auf mich fiel, huschte ein Funken Reue über sein Gesicht.

»Ihre Aufgabe ist es, Señora Luminia zu beschützen, und nicht, sie in noch mehr Gefahr zu bringen!«, brüllte er. »Sie haben sie mit nach Sant Cosme genommen, haben zugelassen, dass sie bedroht und verletzt wird!«

In dem Moment senkte sich Miguels Blick auf meinen blutenden Arm – nur eine oberflächliche Wunde, aber offensichtlich genug, um alles in ihm zu kippen. Die Adern an seinen Schläfen krampften sichtlich, sein Kopf wurde hochrot, ich konnte deutlich erkennen, dass sein Kiefer angespannt zuckte.

Um ihn zu verteidigen, trat ich einen Schritt vor. »Bitte, Señor Gomez. Das war nicht seine Schuld …«

Doch Miguel schnitt mir das Wort ab. »Sie haben recht.« Entgeistert starrte ich ihn an, unfähig, irgendetwas zu erwidern, bevor Señor Gomez weiterbrüllte.

»Es ist besser, wenn Sie sich eine Auszeit nehmen. Bitte händigen Sie mir umgehend ihre Ausrüstung aus.«

Mir schnürte es die Kehle zu. »Nein! Nein, das können Sie nicht tun!«

Miguels Blick hing wie betäubt an meinem Arm fest, er wirkte wie in Trance. Täuschte ich mich oder waren seine Augen glasig? Ich wartete auf irgendeine Erwiderung, irgendein Wort, *irgendetwas*. Doch er schwieg nur noch, sagte nichts mehr.

Die Stille, die blieb, dröhnte laut in meinen Ohren. Mein Herz stolperte in meiner Brust. Dann sah er auf, ehe er Gomez seine Ausrüstung aushändigte. Seine dunklen Augen waren auf eine Weise leer, die mir mehr Angst machte als alles andere.

»Nein, bitte.« Ich packte seinen Arm, wollte ihn wachrütteln. »Du kannst jetzt nicht gehen. Ich kann nicht …«

Er schüttelte meinen Griff ab. Kälte überkam mich, die sich schmerzhaft in meine Glieder bohrte. Da waren nur vier Worte, die mir mitten ins Herz stachen. »Es tut mir leid, Camila.«

Miguel sah mich nicht noch einmal an. Nicht, als Gomez sich umdrehte und mich zu seinem Wagen zerrte. Nicht, als ich von ihm auf die Rückbank gesetzt wurde. Und nicht, als die ganze Welt hinter einem dunklen Schleier aus Tränen verschwand.

Kapitel 31

Camila

»Und du bist dir ganz sicher, dass er es war?« Felipes Stimme drang leise aus meinem Handy und kam bei mir nur gedämpft an. So ging das schon seit drei Tagen. Seitdem ich Miguel das letzte Mal gesehen hatte, lief ich durch die Welt, als hätte ich Watte in den Ohren. Ich fühlte mich benommen von all dem Schock, von der Angst, von den Erkenntnissen, die ich an jenem Abend erlangt hatte.

»Ja«, flüsterte ich, obwohl ich allein in der Bibliothek der Uni saß. Vor mir lagen mein Laptop und meine Eventmappe für die Pasarela Futuro. Matteo hatte die Fotos, die er von meiner Kollektion gemacht hatte, entwickelt, womit ich meiner Mappe einen Vintage-Touch geben wollte. Während ich sie anordnete, huschten meine Gedanken immer wieder zurück zu jener Nacht in Sant Cosme. Die Schläge. Das Blut auf Miguels Gesicht. Das Messer an meiner Kehle, die Verletzungen und die Erwähnung meines Vaters …

Und dann war da noch er. Darío. Seine Worte, die sich tiefer in meine Haut geschnitten hatten als das Messer dieser Widerlinge.

»Er meinte so was wie, er gehöre nicht zur Familie und … dann sprach er noch davon, dass wir irgendetwas angerichtet haben«, erzählte ich mit einem dicken Kloß im Hals, weil seine Worte immer noch so schmerzten. »Ich verstehe das nicht, Felipe.«

Auf der Leitung blieb es einen Moment viel zu still, sicherlich, weil Felipe überlegte. Ich konnte mir genau vorstellen, dass er sich dabei die Haare raufte, wütend darüber, dass er die Kontrolle verlor und mich nicht schützen konnte. Aus genau dem Grund hatte ich ihm mit Absicht nicht erzählt, wie verletzt ich wirklich war.

Ein Foto von Ester, Matteo und mir fiel mir in die Hände, als ich Matteos Bilder ordnete. Es war von dem Tag, an dem wir gemeinsam im Atelier der Uni gearbeitet hatten. Obwohl das Foto ein warmes Gefühl in mir auslöste, schaffte ich es dennoch zu keinem Lächeln.

»Versuch, dem Ganzen nicht zu viel Bedeutung zu geben … vielleicht ist er die letzten Jahre Opfer von irgendwelchen Verschwörungstheorien geworden, die uns betreffen. Du weißt ja, wie wir von anderen gesehen werden. Es gibt viele Menschen, die uns hassen.«

»Aber Darío?«, seufzte ich voller Verwirrung. »Er war fünfzehn, als er verschwunden ist. Er müsste uns kennen, er müsste es besser wissen. Ich hab das Gefühl, unsere Eltern haben irgendeinen Dreck am Stecken.«

»Bei meiner Mutter würde es mich nicht wundern«, sagte er. Ihr Verhältnis war nie das beste gewesen, doch seitdem Felipe mit einer *Normalsterblichen*, einer Frau aus der Mittelschicht, zusammen war, sprachen er und Beatriz nicht mehr miteinander. Meine Tante hatte Menschen, die nicht so vermögend waren wie sie selbst, immer als minderwertig betrachtet. Ich wusste nun auch, dass sie aus genau dem Grund auch ihren Halbbruder und meinen Vater nie für gut genug gehalten hatte.

»Hast du schon mit deinem Vater gesprochen?«

»Nein.« Ich schüttelte den Kopf, obwohl er es nicht sehen konnte. »Ich … du bist der Erste, mit dem ich darüber spreche. Ich weiß nicht mehr, wem ich vertrauen kann, und muss das alles erst mal verarbeiten. Außerdem ist Papá noch in Paris.«

Dass er trotz der Scherbe, trotz des offensichtlichen Bezugs auf Beatriz' Angriff und trotz des Messerangriffs nach wie vor die Arbeit vorzog, war etwas, das mich zwar längst nicht mehr überraschte, aber dennoch enttäuschte. Klar, er wog mich bei Gomez in Sicherheit. Trotzdem schmerzte es tief, dass die Sorge um mich anscheinend nicht groß genug war, um für mich da zu sein. Ob ich ihn bei mir haben wollte, wusste ich jedoch selbst längst nicht mehr. Nach allem, was passiert war und was ich anscheinend nicht über ihn wusste … Kannte ich ihn überhaupt richtig?

»Ist denn noch mehr passiert?«, fragte Felipe mit einem wissenden Unterton. »Ich meine … bei Miguel und dir.«

Ausgelaugt vergrub ich mein Gesicht in den Händen und seufzte. »Felipe«, kam es flüsternd und verzweifelt aus meinem Mund. Und er verstand. Er würde das alles immer verstehen.

»Ich weiß.« Felipe spürte meine Gefühle auch, obwohl er in einer anderen Stadt war. Er wusste, wie es in mir aussah. Er wusste, wie zerrissen ich mich fühlte. Und er wusste aus erster Hand, wie schwierig eine solche Anziehung, wie Miguel und ich sie hatten, war. Eine, die nicht sein durfte. Eine, die einem alles abverlangte.

»Ich weiß nicht, was ich tun soll«, hauchte ich.

»Am besten ist es, du konzentrierst dich jetzt erst mal auf die Pasarela. Das ist das, was du immer tun wolltest, weißt du noch?« Irgendein Funken Freude tief in mir vergraben machte sich bemerkbar, wenn auch kaum spürbar. Ja, das hier war alles, was ich immer gewollt hatte. Doch mittlerweile wurde es von so vielem überschattet. »Du meintest, Señor Gomez passt jetzt auf dich auf?«

»Ja, die meiste Zeit.«

»Die meiste Zeit?« Er klang alarmiert.

Weil er als Sicherheitschef von *Vestura* noch mit anderen wichtigen Aufgaben beschäftigt war und ab und an telefonieren musste, war Señor Gomez draußen geblieben und stand an der Tür der Bibliothek. Obwohl ich wusste, dass er seine Arbeit sehr ernst nahm, hatte ich das Gefühl, er war nicht annähernd so aufmerksam, wie Miguel es war.

»Mach dir keinen Kopf. Ich glaube, er hat mehr im Blick, als mir lieb ist«, meinte ich und dachte daran, wie seltsam es war, dass er plötzlich in Sant Cosme aufgetaucht war. Woher hatte er gewusst, wo wir waren?

»Wenn nicht, dann komme ich vorbei. Bitte sag mir Bescheid, sollte etwas sein.«

Nun huschte ein leichtes Lächeln über meine Lippen. »Ich halte dich auf dem Laufenden.«

Sobald wir den Anruf beendet hatten, schweifte mein Blick aus dem Fenster. Draußen dämmerte es bereits und ich fragte mich, was er gerade tat. Miguel. Was er wohl den ganzen Tag über gemacht hatte? War er bei seiner Familie gewesen? Im Boxstudio? War diese Bande noch mal auf ihn losgegangen? Ging es ihm gut? Und … dachte er jetzt auch an mich?

Obwohl ich ihm mehrere Nachrichten geschrieben hatte, hatte er keine einzige beantwortet. Er wollte mich nicht in seinem Leben haben, und auch wenn ich immer besser verstand, wovor er mich hatte schützen wollen, tat es höllisch weh.

Die nächste Stunde konnte ich mich zum Glück etwas ablenken, während ich mich tiefer in meine Arbeit stürzte, jede Seite meiner Mappe sorgfältig durchging und nach Fehlern absuchte. Meine Unterlagen mussten perfekt sein. Das Showpiece war inzwischen so gut wie fertig. Es fehlten nur noch wenige Details, kleine Anpassungen an den Nähten, Accessoires, die noch angebracht werden mussten. Ich wollte nicht nur großen Namen in der Modebranche beweisen, dass ich es draufhatte, sondern auch mir. Es war mein Talent, nicht das meines Vaters, nicht das meiner Familie.

Keine Ahnung, wie spät es war, als in dem Regal neben mir plötzlich ein dumpfer Laut ertönte. Ich schreckte von meinen Unterlagen hoch und starrte in die dunkle, leere Bibliothek. Mit pochendem Herzen erhob ich mich langsam von meinem Stuhl und trat um das Regal herum, lauschte noch einen Moment, konnte jedoch nichts mehr hören. Erst als ich in den Gang trat, erkannte ich, dass eines der Bücher aus dem Regal gefallen war. *Einfach so?*

Ich atmete tief durch und sah mich noch mal um, bevor ich näher trat. Das Buch war aufgeschlagen mit der Innenseite in Richtung Boden. Goldene Buchstaben prangten auf dem schwarzen Umschlag: *Die moderne Modebranche: Einblicke und Evolution.*

Zögernd wanderte mein Blick zwischen dem Buch und den dunklen Regalen hin und her, während ich mich hinkniete, um es aufzuheben. Als ich es in die Hände nahm und zur aufgeschlagenen Seite umdrehte, setzte mein Herz für einen Moment aus. Auf der Seite war ein Foto meiner Tante Beatriz abgebildet. Sie stand zwischen zwei Geschäftsleuten, gekleidet in einem makellosen eleganten Anzug. Doch das war nicht, was meinen Atem stocken ließ. Ihr Gesicht war mit tiefen, wütenden Kratzern eines Kugelschreibers entstellt. Daneben hasserfüllte Worte, grob und voller Wut: *Elendiges Miststück.* Meine Finger umklammerten fest das Buch. Wer sollte so was tun? Mein Atem ging schneller und ein kalter Schauer kroch meinen Rücken hinauf. Irgendetwas sagte mir, dass wir es hier nicht mit einer harmlosen Randnotiz oder einem dummen Streich zu tun hatten. Diese Drohung richtete sich direkt gegen meine gesamte Familie.

Das Geräusch von Schritten im Nebengang ließ mich zusammenzucken. Ich legte das Buch zurück und sah mich aufmerksam in der Dunkelheit um. Nur ein paar gedimmte Glühbirnen spendeten einen letzten Rest Licht, doch es genügte, um zu erkennen, dass ich allein war. Mit einem Mal erschien die Stille der Bibliothek noch erdrückender und ich fühlte mich von allen Seiten beobachtet. Ich musste hier raus, sofort.

Ohne zu zögern stürmte ich zurück zu meinem Tisch, um meine Sachen zusammenzupacken. Doch ich kam damit nicht weit. Gerade als ich die Mappe zuklappen wollte, blieb ich wie angewurzelt stehen. Tränen fluteten meine Sicht, meine Hand schnellte zu meinem Mund und ich hatte das Gefühl, mein Herz würde jede Sekunde zu schlagen aufhören. Es war *unser* Foto. Das Foto, das Matteo von uns dreien geschossen hatte, unsere Umarmung, unser

Strahlen. Jetzt war es zerkratzt, tiefe Risse über meinem Gesicht und grobe Striche aus einem Kugelschreiber überschatteten mein Lächeln. Daneben eine Nachricht.

Die Zeit für die Wahrheit läuft langsam ab.

Es war dieselbe Schrift, oder? Es waren dieselben Buchstaben, die neben Beatriz' Gesicht gestanden hatten. Konnte es wirklich sein, dass mein Stalker mehr mit dem Täter meiner Tante zu tun hatte, als wir bisher angenommen hatten?

All meine Glieder zitterten und beim Zusammensammeln meiner Sachen fiel mir immer wieder etwas aus den Händen. Ich musste hier weg. Also stopfte ich meine Sachen achtlos in die Tasche und stürmte hinaus. Der Druck in meiner Brust wurde immer stärker, und die stickige Luft der Bibliothek schien mir den Atem zu rauben. Als ich hinaustrat, sah ich mich hastig nach Señor Gomez um, doch er war nirgends auszumachen. Die Gänge waren dunkel und verlassen. War er bereits gegangen? Hatte er mich hier vergessen?

Etwas klackte hinter mir, dann hörte ich schnelle, schwere Schritte. Ich wusste, jetzt war der Moment gekommen, in dem ich in Ohnmacht fallen würde, so unter Schock stand ich.

»Señora!« Mit rasendem Herzen wirbelte ich herum, sah, dass Señor Gomez aus der Bibliothek trat. »Haben Sie mich nicht gehört?«

»Gehört?«, stammelte ich und spürte, wie sich meine Stirn in Falten legte. Aufgebracht kam ich näher. »Wo waren Sie? Ich dachte, Sie warten hier draußen?«

»Ich war die ganze Zeit in Ihrer Nähe.« Ein Schatten huschte über seinen Ausdruck und ich wusste nicht, warum sich mein Magen plötzlich verkrampfte. »Ich war nur ein paar Regale weiter.«

»Warum habe ich Sie nicht gesehen? Haben Sie nicht mitbekommen, wie …« Irgendetwas ließ mich stocken und ich brach ab. Im nächsten Moment hörte ich nur das laute Schlagen meines

Herzens. Señor Gomez soll angeblich die ganze Zeit in der Bibliothek gewesen sein? Wieso hatte er nichts mitbekommen? Wieso hatte ich ihn nicht gesehen? Und … wieso wurde mir plötzlich ganz mulmig zumute?

»Was soll ich mitbekommen haben?« Er trat alarmiert näher, woraufhin ich etwas zurückwich und mich um eine ruhige Atmung bemühte. Urplötzlich kam mir die Stimme meines Vaters in den Kopf. Was hatte er noch gesagt?

… ich kann nicht mehr ausschließen, dass es jemand aus den eigenen Reihen ist.

Damals hatte ich seine Aussage noch als komplett lächerlich abgetan, doch mittlerweile … wem konnte ich überhaupt noch trauen?

»Nichts …«, gab ich leiser von mir. »Ich hab nur gedacht … es ist nichts …«

An diesem Abend sehnte ich mich nach der Nähe meiner Mutter. Die letzten Stunden hatte ich in meinem Atelier an der Nähmaschine gesessen, um meinem Showpiece den letzten Schliff zu verleihen und mich etwas von all den Dingen abzulenken, die die letzten Tage passiert waren. Ich war allein. Señor Gomez hatte sich in das Büro meines Vaters im Erdgeschoss zurückgezogen. Miguel wäre in meiner Nähe geblieben. Doch das spielte keine Rolle mehr, denn er war irgendwo da draußen, antwortete nicht, reagierte nicht. Ich hoffte, es ging ihm gut.

Mamá war das einzige Mitglied meiner Familie, die mit mir in diesem riesigen Haus war. Ich wusste nicht, ob sie mich sehen wollte, ob sie bereit war oder einen schlechten Tag hatte, doch heute wollte ich es versuchen. Ich *musste* es versuchen.

Vorsichtig öffnete ich ihre Tür und lugte hinein. Das Licht war gedimmt, die Vorhänge halb zugezogen. Meine Mutter lag auf dem langen, mit cremefarbenem Stoff bezogenen Chaiselongue, ein

Fotoalbum in ihrem Schoß, die blassen Finger fuhren zitternd über die Seite. Ihr normalerweise so elegantes, dunkles Haar fiel offen über ihre Schultern, doch es wirkte stumpf, leblos – so wie sie.

Als sie mich bemerkte, hob sie langsam den Blick. Ihr Ausdruck vernebelt von den vielen Medikamenten, die sie seit Jahren zu sich nahm, um irgendwie den Schmerz verkraften zu können.

»Camila?«

Ich trat zögernd ein und schloss die Tür leise hinter mir. »Störe ich dich?«

Sie musterte mich lange, als müsste sie erst mal in sich gehen, um festzustellen, ob sie genug Kraft hatte. Ihre Mundwinkel zuckten müde, ehe sie die Hand ausstreckte. »Natürlich nicht.«

Ich trat näher, ließ mich neben ihr nieder und sank in ihren Arm. Das warme, vertraute Gefühl ihres Körpers sandte heiße Tränen in meine Augen. Sie fuhr sanfte Kreise über meinen Rücken.

»Wie geht es dir, mi hija?«

Mein erster Impuls war es zu lächeln und ihr zu sagen, dass alles gut war, um sie nicht zu belasten. So wie ich es immer tat, wenn ich bei ihr war. Doch der Kloß in meinem Hals war so dicht, dass ich scheitern würde, würde ich nur versuchen zu lügen.

»Ich habe Angst«, hauchte ich und setzte mich anschließend auf, um sie ansehen zu können. Sie nickte verständnisvoll, wischte mit ihren rauen Händen eine Träne von meiner Wange. »Und ich vermisse dich.«

Damit verzog auch sie das Gesicht, drückte mich wieder in eine Umarmung und hielt mich so fest wie schon lange nicht mehr. Eine ganze Ewigkeit lagen wir uns so in den Armen. Ich versuchte, mir diesen Moment genau einzuprägen, weil ich nicht wusste, wann ich ihn das nächste Mal erleben durfte.

»Es tut mir leid«, flüsterte meine Mutter. Ich konnte ihr deutlich anhören, dass auch sie Tränen in den Augen hatte. »Es tut mir leid, dass wir dir nicht die Familie sein konnten, die du verdient hast. Aber … dein Vater bringt das wieder in Ordnung. Er hat es versprochen. Er ist mit Darío bestimmt bald wieder hier.«

Langsam drückte ich mich von ihr weg und setzte mich auf. In ihrem Gesicht stand so viel Hoffnung geschrieben. Es war, als wäre sie in der Vergangenheit gefangen. Als wäre Darío erst seit einer Woche weg. Als wäre er nicht schon vor siebzehn Jahren verschwunden.

»Hat Papá dir das wirklich versprochen?«

Sie blätterte weiter. »Ja, und ich weiß, dass er sein Wort halten wird. Darío hat sich bestimmt einfach nur verlaufen.«

Alles in mir krampfte sich zusammen, weil ich die Wahrheit kannte. Er hatte sich nicht verlaufen. Er wollte nicht zurückkommen.

»Mamá, was ist, wenn Darío nicht zurückkommt?«, fragte ich ganz vorsichtig. »Was ist ... ich meine ... *ich* bin doch auch noch hier.«

Ihr Blick verlor sich müde in der Leere des Raumes. Sie runzelte die Stirn. »Wovon redest du, Camila? Dein Bruder wird zurückkommen. Und dann sind wir wieder eine ganz normale Familie.« Mit einem aufgeregten Lächeln fuhr sie mir über die Wange. »Hab keine Angst, mein Schatz. Schau nur.«

Ich wischte mir die Tränen von den Wangen und atmete tief durch, weil es so schmerzte, mit anzusehen, wie sie mir immer weiter entglitt. Sie blätterte in den alten Bildern, holte mehrere hervor, die Darío als Zwölfjährigen am Strand und mit fünf im Kinderbett zeigten. Gerade als ich verzweifelt aufgeben und mich erheben wollte, legte sie mir ein anderes Foto auf den Schoß.

Ich stockte und blinzelte mehrmals, um den Tränenfilm loszuwerden. Das konnte nicht wahr sein.

Das Foto war aus der Ferne aufgenommen worden. Unscharf, leicht verschwommen, als hätte es jemand heimlich geschossen. Darío – der Mann, der mir im Boxstudio gegenübergestanden hatte –, lief über die Straße von Sant Cosme. Das Foto könnte höchstens ein Jahr alt sein.

»Er sieht so anders aus«, bemerkte meine Mutter mit einem verträumten Lächeln. »Aber er hat sich gemacht, was denkst du?«

»Mamá …« Meine Stimme zitterte. »Woher hast du das?«

Sie nahm das Foto wieder an sich und starrte lächelnd darauf. »Von deinem Vater. Ich sage doch, dass er es mir versprochen hat.«

»Was meinst du damit? Woher hat er das? Hat er noch mehr?« Die schreckliche Erkenntnis, dass mein Vater die ganze Zeit gewusst hatte, wo Darío war, schlug mir schmerzhaft gegen die Magengrube. Mir wurde übel. Wie viel verheimlichte er noch vor mir?

»Warum regst du dich denn so auf?« Ihr Blick suchte müde mein Gesicht ab und wanderte dann wieder geistesabwesend zu dem Fotoalbum. Ich wusste, dass ich bei ihr sicherlich keine Antworten finden würde. Also hauchte ich ihr einen Kuss auf die Schläfe, ehe ich mich erhob.

»Schlaf ein bisschen«, bat ich sie. »Ich bin bald wieder da.«

Mein Herz hämmerte gegen meine Rippen, als ich die Haustür hinter mir zuzog und in die kühle Nachtluft trat. Bevor ich zu meinem Wagen lief, hielt ich inne und lauschte in die Dunkelheit. Es fühlte sich seltsam und unsicher an, ganz ohne Bodyguard, ohne Miguel, unterwegs zu sein. Es hatte mal eine Zeit gegeben, da hatte mich die Vorstellung, das Haus ohne ihn zu verlassen, mehr als glücklich gemacht. Doch jetzt …

Trotzdem schwang ich mich schließlich in meinen Wagen, bevor Gomez mein Fehlen auffallen konnte, befuhr die warm beschienenen Straßen und steuerte die Innenstadt Barcelonas an. Meine Finger umklammerten das Lenkrad so fest, dass meine Knöchel weiß wurden. Mein Herz raste.

Auch als ich am Headquarter von *Vestura* ankam, beruhigte es sich nicht. Das gläserne Gebäude hob sich hell von der Dunkelheit ab. In der Innenstadt herrschte reges Treiben. Überall blinkten Lichter, Autos hupten, Gruppen von Menschen drängten sich hektisch durch die Mengen.

Ich parkte ein paar Straßen entfernt, lief dann zum weniger besuchten Seiteneingang und zückte meine Zugangskarte, die mein Vater mir einst gegeben hatte, damit ich ihn jederzeit im Büro besuchen kommen könnte. Dass er mir die heute noch geben würde, bezweifelte ich. Sobald die Tür hinter mir ins Schloss fiel, herrschte Stille. Ich stand in einem dunklen Treppenhaus. Nur das Leuchten des Notausgang-Schilds spendete leichtes, grünes Licht. Mit ins Gesicht gezogener Kapuze trat ich an die Aufzüge. Obwohl ich eine Zugangskarte hatte, wollte ich nicht riskieren, rausgeschmissen zu werden. Schließlich war die Security Tag und Nacht hier.

Mein Herz raste weiter, während mich der Fahrstuhl in den fünfundzwanzigsten Stock brachte. Auch hier oben war es still und leer. Der dicke Teppichboden schluckte meine Schritte, ich lief vorbei an gläsernen Besprechungsräumen und chaotischen Ateliers.

Das goldene Schild neben dem Büro meines Vaters glänzte im Dämmerlicht. Ich holte tief Luft, betätigte die Klinke und … nichts. Sie war verschlossen.

Fuck! Natürlich. Ich hätte wissen müssen, dass das Büro meines Vaters nicht einfach so offen stand. Obwohl ich ahnte, dass es nicht funktionieren würde, hielt ich meine Zugangskarte an den Sensor. Als es rot aufleuchtete, krampfte es in meiner Brust.

»Shit!«, zischte ich, gerade als vom Ende des Flurs das leise Klingeln des Fahrstuhls ertönte. Ich fuhr herum, sah, dass Licht in den Korridor fiel, was mir verriet, dass sich der Aufzug geöffnet hatte. Mein Magen zog sich zusammen, eine kalte Welle aus Panik überschwemmte mich.

Hastig sah ich mich um, meine Gedanken rasten, ehe mein Blick auf einen Konferenztisch am Ende des Flurs fiel. Ohne nachzudenken hetzte ich auf leisen Sohlen dorthin, ließ mich auf die Knie sinken und schob mich unter die Holzplatte. Mein Atem ging unregelmäßig, doch ich versuchte mit aller Kraft, ruhig zu bleiben und mich nicht zu bewegen.

Einen Moment war es totenstill. Dann näherten sich Schritte.

Obwohl ich nichts sehen konnte, hörte ich sie – langsam, bedächtig. Die Person näherte sich. Jede Sekunde, die verstrich, zerrte an meinen Nerven.

Mein Atem stockte, als sie schließlich in meinem Sichtfeld auftauchten. Schwarze Lederschuhe.

Nicht bewegen. Nicht atmen. Kein Mucks.

Er blieb stehen. Verharrte genau vor dem Tisch. Direkt vor mir.

Ich biss mir auf die Lippe, um das Zittern meines Atems zu unterdrücken. Mein Blick war starr auf die Schuhe gerichtet, die sich keinen Millimeter rührten. Sekunden verstrichen, zogen sich endlos in die Länge. Panisch zückte ich mein Handy, schrieb Miguel eine Nachricht, weil er die einzige Sicherheit war, die mir jetzt noch blieb.

Dann … ein Geräusch direkt vor mir. Mein Blick schreckte vom Display auf, als der Besitzer der Schuhe hörbar ausatmete. Ich *kannte* diesen Atem.

Meine Lunge brannte bereits, so lange versuchte ich, die Luft anzuhalten. Also presste ich eine Hand auf meinen Mund. *Geh weiter. Bitte, geh weiter!*

Doch er blieb stehen. Rührte sich nicht. Atmete nur.

Und dann hörte ich seine Stimme.

Kapitel 32

Miguel

Jetzt schieß doch endlich, du elendiger Nichtsnutz!

Das dumpfe Schlagen meiner Fäuste gegen den Sandsack hallte durchs leere Boxstudio. Jeder Aufprall vibrierte durch meine Knochen, brannte sich in meine Haut. Schweiß tropfte mir von der Stirn, doch ich ignorierte das Brennen in meinen Lungen. Schmerz war gut. Schmerz bedeutete, dass ich noch lebte. Und das musste reichen.

Camilas Name hallte in meinem Kopf nach, jedes Mal, wenn ich die Fäuste hob. Dann der Schrei meiner Mutter.

Camila im Griff dieses Widerlings, die Faust meines Vaters im Gesicht meiner Mutter, die Schnittwunde an Camilas Arm, das Blut in Mamás Gesicht. Sie waren verletzt worden. Wegen mir. Schon wieder hatte ich einen Menschen nicht schützen können, der mir etwas bedeutete. Ich hätte sie niemals mitnehmen und sie in die Nähe dieser Mistkerle lassen dürfen. Es war meine Schuld. So wie es damals meine Schuld gewesen war.

Mit jedem Schlag auf den Sandsack versuchte ich, das Brennen in meiner Brust loszuwerden. Wut. Schmerz. Schuld. Meine Bewegungen wurden schneller, härter. Schweiß tropfte von meiner Stirn, doch das Gefühl ließ nicht nach. Es war besser, dass ich nicht mehr in ihrer Nähe war. Auch wenn ich wirklich nicht wusste, wie ich die Sache mit La Sangre Negra regeln sollte, wenn ich kein Geld hatte, um die Schulden meines Vaters zu begleichen, war sie ohne mich sicherer.

Meine Gedanken hingen so tief in einem Tunnel aus Sorge, Frust und Wut fest, dass ich die Schritte erst kaum bemerkte.

Ein leises Knarren von Holz. Ein Schatten in meinem Augenwinkel.

Atemlos hielt ich inne und drehte mich um. Mein Herz pochte hart gegen meine Rippen, während ich in das schummrige Licht des Boxstudios spähte und jede Ecke abscannte. Da, im Gang, der zum Jugendzentrum führte, sah ich einen Schatten. Jemand trat aus dem Dunkel.

»Mamá?« Verwirrt schüttelte ich den Kopf. »Was machst du hier?«

Sie zog ihren Cardigan enger um die Schultern. Enttäuscht presste sie die Lippen zusammen.

»Was ist hier los, Miguel? Warum trainierst du wieder wie ein Verrückter? Was wollte La Sangre Negra von dir?«

Erschöpft fuhr ich mir über das Gesicht. »Mach dir keine Sorg…«

»Hör auf damit«, unterbrach sie mich. »Hör auf, immer so zu tun, als hättest du alles im Griff. Als müsstest du uns beschützen und alle Last allein tragen.« Sie trat näher. »Du bist mein Sohn. Du bist nicht wie er. Wie dein Vater. Lass dich nicht auf denselben Weg ein, den er gewählt hat.«

Seufzend schüttelte ich den Kopf. »Ich habe sie in Gefahr gebracht«, hauchte ich. »Und ich konnte nicht … ich konnte einfach nicht abdrücken. Schon wieder …«

Meine Mutter schüttelte den Kopf, auf ihren Lippen ein trauriges Lächeln. »Das ist nicht deine Schuld, Miguel. Du bist für all das nicht verantwortlich.«

Durchatmend schloss ich die Augen, weil die Erinnerungen an ihn wieder hochkrochen. Ich presste den Kiefer zusammen. »Ich hätte schießen sollen.«

»Sag das nicht, Miguel.« Meine Mutter griff nach meiner Hand. »Ich danke Gott jeden Tag, dass du nicht geschossen hast. Damals und heute nicht. Du bist so ein guter Mensch, du bist besser als sie!«

»Das sehe ich anders«, sagte ich und wandte mich ab.

»Wieso sagst du das? Wieso …«

Voller Rage drehte ich mich wieder zu ihr um, kam auf sie zu und deutete auf ihre Narbe. »Weil es das hier verhindert hätte! Weil es dich, Valeria … uns alle vor ihm geschützt hätte und du wegen diesem Mistkerl jahrelang leiden musstest!«

»Aber das hier ist nicht dein Kampf allein, Miguel! Verstehst du das nicht? Kannst du dir nur ansatzweise vorstellen, wie es für mich ist, dich so zu sehen? Zusammengeschlagen, abgestochen, ich … ich kann das alles nicht mehr.«

Weil es höllisch wehtat, den Schmerz in ihrer Stimme zu hören, wandte ich mich ab und ließ mich ausgelaugt auf der Bank nieder, raufte mir die Haare und ließ den Kopf hängen. Einen Moment herrschte Stille.

»Ich habe mir geschworen …«, begann ich flüsternd, »dass so etwas nie wieder einem Menschen passieren darf, den ich liebe. Nicht, solange ich es verhindern kann.«

Langsam ging sie vor mir in die Hocke und umfasste meine Hand. »Sie bedeutet dir viel, nicht wahr?«

Auch wenn ich es nicht wahrhaben wollte, nickte ich schließlich. Es war aussichtslos, mir einzureden, Camila Luminia hätte nicht längst viel zu viel mit mir gemacht.

»Es ist nicht deine Aufgabe, jeden zu schützen. Sie zu schützen.«

»Doch«, hauchte ich. »Doch, genau das war meine Aufgabe. Mein Job. Sie zu schützen. Sie steckt in Schwierigkeiten, wird bedroht … und ich weiß nicht, wie ich sie schützen kann, wenn ich selbst für sie eine so große Gefahr darstelle. Wie ich ihr helfen kann.«

Liebevoll fuhr sie über meine Hand.

»Hör zu«, begann sie. »Ich verstehe, dass du ihren Schutz zu deinem Job gemacht hast. Aber auch hier kann ich dir nur immer wieder sagen: Du kannst die Sicherheit anderer nicht kontrollieren, es funktioniert nicht.«

Seufzend schüttelte ich den Kopf. Die letzten Tage ohne Camila waren die Hölle gewesen. Nicht zu wissen, ob es ihr gut ging, hatte mich dazu gebracht, täglich heimlich nach ihr zu sehen, zu prüfen, ob Señor Gomez bei ihr war. Und natürlich war er das gewesen, natürlich war sie bei ihm besser aufgehoben als bei mir.

»Du kannst uns nicht alle schützen, sondern nur das tun, was in deiner Macht liegt.«

Was in deiner Macht liegt. Meine Mutter hatte recht. Wenn ich Camila schon nicht vor meiner Welt schützen konnte, wenn ich mich schon von ihr fernhalten musste, dann wollte ich wenigstens diesen Mistkerl von Stalker ausschalten, ihr ein Leben in Frieden ermöglichen. Sie hatte es verdient. Und auch wenn es längst nicht mehr mein Job war, hatte ich mir geschworen, das für sie zu beenden. Und ich wusste auch schon wie.

Die Straßen zogen verschwommen an mir vorbei. Sie waren in das abendliche Licht der letzten Sonnenstrahlen getaucht. Mein Ellbogen lag schwer am Fenstersims, die Finger locker ums Lenkrad gekrallt, während ich durch Barcelonas Labyrinth fuhr, San Jeroni als Ziel.

Ich hatte keine Ahnung, was ich in dieser Klinik finden würde. Vielleicht gar nichts. Vielleicht war es bloß ein weiteres nutzloses Puzzleteil. Aber ich musste es versuchen. Musste herausfinden, was damals wirklich passiert war. Was war, wenn Javier Vega und Camilas Stalker wirklich miteinander zu tun hatten? Was hatte Javier von Señora Luminia gewollt? Wenn ich Camila schon nicht schützen, wenn ich schon nicht bei ihr sein konnte, dann wollte ich wenigstens dafür sorgen, dass sie endlich frei war. Dass dieser Albtraum ein Ende fand.

Mein Herz schlug dumpf gegen meine Rippen. Javier Vega war der einzige Anhaltspunkt, den ich noch hatte.

Als ich die Klinik San Jeroni erreichte, dämmerte es bereits. Der Parkplatz lag verlassen da, das Gebäude ragte wie ein stiller Koloss in den Himmel, umgeben von niedrigen Bäumen, deren Schatten sich auf der Fassade wie dunkle Finger abzeichneten.

Ich schob die Hände in meine Hosentasche, atmete einmal tief durch und betrat das Gebäude.

Die Eingangshalle war hell erleuchtet, aber steril und leblos. Weißer Fliesenboden, blasse Wände, es roch nach Desinfektionsmittel. Nur ein paar gerahmte Fotos, kindliche Zeichnungen und abstrakte Gemälde verliehen dem Raum etwas Farbe. Eine junge Frau hinter einem Tresen hob überrascht den Blick, als ich mich näherte. Ihre blonden Haare hatte sie zu einem zerzausten Dutt hochgesteckt, unter ihren Augen hingen dunkle Schatten, als hätte sie die letzten Stunden nur über sich ergehen lassen.

»Guten Abend«, begann ich und nickte ihr einmal zu. »Ich bin auf der Suche nach jemandem …« Meine Stimme war rauer als beabsichtigt und ich musste mich räuspern. »Ich würde gern Javier Vega besuchen. Ist das möglich?«

Sie runzelte die Stirn, drehte sich zu ihrem Monitor und begann zu tippen. »Wie war der Name?«

»Javier Vega«, wiederholte ich, sie tippte etwas ein und sah dann überrascht auf.

»Señor Vega?«, wiederholte sie, als müsste sie auf Nummer sicher gehen, dass sie auch wirklich richtig verstanden hatte.

Ich nickte, woraufhin sie tief durchatmete und sich näher lehnte.

Ein Schatten legte sich über ihr Gesicht. »Es tut mir leid. Señor Vega ist bereits seit über einem halben Jahr nicht mehr hier.«

Aufmerksam runzelte ich die Stirn. »Seit einem halben Jahr?« Hatten da nicht auch Camilas Stalkingangriffe begonnen? Was war, wenn er entlassen wurde und …

»Er ist leider verstorben.«

Ich spürte, wie mir der Boden unter den Füßen weggerissen wurde. Mein Herz setzte aus, ich erstarrte. Verstorben. Javier Vega war tot. Er konnte es also nicht sein. Und er würde mir nicht weiterhelfen können.

Wortlos nickte ich und drehte mich langsam um. Mein Blick verschwamm für einen Moment. Vielleicht vor Müdigkeit. Vielleicht vor Wut. Vielleicht von der enttäuschenden Gewissheit, dass ich zu spät war.

»Danke«, kam es tonlos aus meinem Mund. Ich ging Richtung Ausgang, in meinem Kopf wieder Camila, das Messer an ihrer Kehle, ihr angsterfüllter Blick. Alles in mir schmerzte und ich konnte nichts dagegen tun.

Mein Blick streifte einen dunkelblauen Rahmen. Wie benommen blieb ich stehen, blinzelte, starrte einfach nur. Diese Wand war voller Bilder, doch an einem blieb ich besonders hängen. Ein alter Mann, lebloser Ausdruck, heller Kittel. Ich hatte ihn schon mal auf einem Foto gesehen. Nicht hier, nicht einfach irgendwo, sondern bei einem Menschen, der mir sehr nahestand. Und genau dieser Mensch saß auf dem Bild neben diesem Mann.

Mein Herz setzte aus.

Hellbraunes Haar, ganz anders als heute, doch dieser Ausdruck … unverkennbar. Schlanker Körperbau. Dieses breite, faltige Lächeln. Das Sonnenlicht fiel golden auf ihre Gesichter.

Ich trat näher. Mein Puls pochte in meinen Ohren. Und je genauer ich mir den alten Mann ansah, desto mehr erkannte ich auch ihn. Das hier war Javier Vega, alt und zerbrechlich, ganz anders als der junge Mann auf den Bildern, die von ihm in Zeitungsartikeln kursierten.

Das konnte nicht wahr sein. Woher kannten die zwei sich?

Hastig zückte ich mein Handy, um ein Foto zu schießen. Erst da entdeckte ich sie. Zahlreiche Nachrichten von Camila. *Fuck.*

Miguel

Ixg brauxge

HQ

Neim Vater

Bitte konm chnel

Kapitel 33

Camila

»Da bist du ja endlich. Warum hast du so lange gebraucht?«, sagte er.

Die Luft, die ich in meiner Lunge behielt, drückte mir fest gegen die Brust. Von der anderen Seite des Raumes ertönte das Klackern von Absätzen. Bei genauerem Hinsehen erkannte ich, dass es dunkelrote, spitze Slingback-Pumps waren. Mein Herz rutschte mir in die Hose. Ich kannte diese Schuhe.

»Hast du ihn endlich gefunden?« Das war die Stimme meiner Tante. Mein Vater seufzte tief.

»Nein. Noch nicht.«

»Noch nicht? Wie lange suchst du ihn jetzt schon?! Er wird alles kaputt machen. Wozu bist du überhaupt in der Lage?!« Ihre Stimme war so kalt, dass es mir einen Schauer über den Rücken jagte.

»Beatriz, ich habe es schon mal gesagt, das wird nicht mehr lange gut gehen«, begann er mit belegter Stimme. »Wir können das nicht ewig verheimlichen.« Mein Kopf begann zu pochen. Wovon redete er?

»Fängst du jetzt wieder mit dem Thema an?«

»Wir müssen endlich die Wahrheit sagen. Wenn er zur Polizei geht, wenn er ihr wehtut oder andere erfahren, welche Lüge …«

»Du hältst jetzt den Rand, Raul! Das ist doch lächerlich. Er wird seiner eigenen Schwester nichts antun.« Meine Tante schrie so laut, dass ich die Aggressivität, die sicherlich in ihrem Gesicht stand, förmlich vor mir sah. Alles in mir wurde eiskalt. »Ich werde dir alles wegnehmen, werde dir *Vestura* wegnehmen, wenn du so weitermachst. Und dann kann deine kleine Camila zusehen, was sie ohne das Geld überhaupt ist!«

Unruhe packte mich. Ich konnte nicht in meinem Versteck bleiben. Meine Wut, meine Enttäuschung und mein Unverständnis waren so stark.

»Was soll ich tun?! Er ist verdammt noch mal verschwunden. Ich dachte, ich hätte eine Spur, aber … nichts.«

Mein Herz raste jetzt so laut, dass es in meinen Ohren dröhnte, ehe ich mich langsam, auf unsicheren Beinen, unter dem Tisch hervorschob und auf die Bürotür zutrat. Mein Blick bohrte sich in seinen Rücken.

»Du musst …«, wollte Beatriz beginnen, kurz bevor sie mich entdeckte und ihr alles aus dem Gesicht fiel.

»Warum hast du es mir nicht gesagt?«

Auch mein Vater erstarrte. Nur eine Sekunde. Dann drehte er sich um, seine Miene unlesbar.

»Camila?« Seine Stimme war fest, zu ruhig. »Was machst du hier?«

Ich kam näher. Mein Herz schlug so schnell, dass es mir die Luft nahm. »Du hast ein Foto von Darío. Wieso hast du mir nichts gesagt? Wieso hast du mich in dem Glauben gelassen, er wäre fort?«

Er schürzte die Lippen. »Camila, du solltest nicht hier sein.«

»Hör auf damit!« Meine Stimme war lauter, schriller, als ich es beabsichtigt hatte. »Ich weiß, dass du mir etwas verheimlichst. Dass ihr lügt. Ihr beide! Ich will jetzt die Wahrheit wissen! Was weißt du über meinen Stalker? Was ist eine Lüge? Und … warum sollte Darío mir etwas antun?«

Ein kurzer Schatten huschte über sein Gesicht, so schnell, dass ich mir fast nicht sicher war, ihn gesehen zu haben.

»Kindchen, du bist ja ganz aufgewühlt.« Mein Nacken versteifte sich, als sich Beatriz näherte. Mit verschränkten Armen lachte sie leise. »Ich glaube, sie muss dringend ins Bett. Die Ärmste ist ganz verwirrt.«

»Du hältst jetzt den Mund!« Endlich sagte ich, was ich schon seit Jahren sagen wollte. »In dir steckt nichts als Hass, Arroganz und Lügen. Und ich will endlich die Wahrheit wissen! Warum ist Darío weg? Was habt ihr mit ihm gemacht? Und was ist am 10. Oktober 2007 wirklich passiert?«

Voller Anspannung umfasste Beatriz meinen Kiefer, ihre langen Nägel bohrten sich in mein Fleisch. »Du hast keine Ahnung, wovon du da redest«, zischte sie, ehe ich mich losriss und stattdessen meinen Vater ansah. Im Gegensatz zu seiner Schwester konnte man ihm deutlich ansehen, dass ich recht hatte. Dass irgendetwas faul war. In ihm schlummerte immer noch ein Gewissen.

»Papá, bitte«, flehte ich beinahe lautlos. Doch er wich meinem Blick nur aus, heftete den seinen auf den Boden.

»Du solltest jetzt wirklich gehen. Halt dich da raus, Camila. Ich bitte dich.«

Die Kälte in seiner Stimme gab mir den Rest. Heiße Tränen rannen über meine Wangen. Es tat so unfassbar weh, einen Menschen zu verlieren, den man liebte, ohne dass er fortging. Er stand direkt vor mir. Doch er war längst nicht mehr mein Vater.

»Ich bezahle für eure Lügen«, gab ich leise von mir. Beatriz runzelte die Stirn, mein Vater sah auf. »Was auch immer ihr getan habt …« Nun richtete ich mich direkt an meinen Vater. »*Er* will, dass ihr die Wahrheit sagt. Über was auch immer. Und die Zeit dafür läuft bald ab. Wenn mir etwas passiert, dann ist es ganz allein deine Verantwortung, und das weißt du. Aber es ist dir egal. *Ich* bin dir egal.«

Ohne weiter nachzudenken, drehte ich mich um und rannte los. Meine Beine fühlten sich an wie Blei, aber ich zwang sie, schneller zu werden. Ich musste weg von ihm, weg von der Wahrheit, die mir eiskalt in den Rücken schnitt.

Ich erreichte den Fahrstuhl, sah das rote Lämpchen – zu langsam. Also nahm ich die Treppe, sprang Stufen hinunter, immer weiter, bis ich das Erdgeschoss erreichte. Ich stieß die Seitentür auf, taumelte umher. Die Geräusche hier draußen prallten mit voller Wucht gegen meine Ohren, während ich irgendwie versuchte, die Orientierung zurückzuerlangen. Ich rannte den Bürgersteig entlang, ohne zu wissen, wohin. Wo hatte ich noch mal das Auto gelassen? Ich kämpfte mich durch die Nacht, Hauptsache, fort.

So lange hatte ich keine Panikattacke mehr durchleben müssen und nun überrollte sie mich wie ein Lkw. Ich drückte verzweifelt die Hände gegen mein Gesicht, anschließend auf meine Ohren.

Etliche Fragen huschten mir durch den Kopf. Was verheimlichte mir mein Vater? Wem konnte ich noch trauen? Was war Realität und was Lüge?

»Reiß dich zusammen«, flüsterte ich mir selbst zu, doch es nutzte nichts. Erinnerungen flitzten durch die Dunkelheit vor meinen Augen. Ich sah *seine* Schrift deutlich vor mir, mein zerkratztes Gesicht, diesen Hass, der in all seinen Taten steckte, dieses Datum – und dann die Worte meines Vaters, mein Bruder, der aus irgendeinem Grund nichts mehr mit uns zu tun haben wollte. Mit enger Brust schnappte ich nach Luft.

Gerade als ich dachte, gleich umkippen zu müssen, hörte ich plötzlich seine Stimme.

»Camila!«

Unsicher, ob ich sie mir eingebildet hatte oder nicht, fuhr ich herum und suchte ihn zwischen den Fußgängern, die lachend durch die Nacht taumelten. Sobald ich ihn sah, überflutete mich eine Welle der Erleichterung.

Er hatte seinen Wagen am Straßenrand geparkt und kam mit alarmiertem Ausdruck auf mich zu.

»Miguel!« Ich erreichte ihn, bevor er etwas sagen konnte, und klammerte mich an seinen Arm. »Bring mich hier weg. Bitte.«

Er zögerte nicht, legte eine Hand auf meinen Rücken und schob mich sanft, aber bestimmt in Richtung Auto. Mein Atem war noch immer flach, mein Kopf schwirrte.

Kurz bevor ich einsteigen konnte, hielt uns plötzlich eine vertraute Stimme auf.

»Señora!«

Wir drehten uns um und erkannten, dass Señor Gomez auf uns zukam. Instinktiv huschte ich hinter Miguel, der sich vor dem Sicherheitschef von *Vestura* aufbaute. Beide funkelten sich voller Autorität an.

»Was machen Sie hier, Señor Pérez?«, fragte er abfällig.

»Die Frage ist eher: Was haben Sie hier *nicht* gemacht? Camila war ganz allein!«, fauchte er und trat einen Schritt vor. »Sie haben einen verdammten Job zu erledigen!«

Señor Gomez verschränkte die Arme vor der Brust, sein Gesichtsausdruck wurde hart. »Señora Luminia hat sich rausgeschlichen. Sobald ich gesehen habe, dass sie hier ist, bin ich gekommen. Außerdem geht Sie das gar nichts mehr an. Sie sind nicht mehr zuständig.«

Verunsichert schüttelte ich den Kopf. »Aber …«, stammelte ich. »Woher wussten Sie das? Woher wussten Sie, wo ich bin?«

Señor Gomez presste die Lippen aufeinander. Einen Moment zögerte er, ehe er antwortete. »Ich kann Sie orten. Das ist zu Ihrer eigenen Sicherheit.«

»Sie orten sie?« Miguel trat alarmiert näher. »Weiß Señor Luminia davon?«

»Natürlich!« Mir fiel alles aus dem Gesicht. Deshalb hatte er auch gewusst, dass ich in Sant Cosme gewesen war. »Es war seine Anordnung, um für noch mehr Sicherheit zu sorgen. Das ist keine ungewöhnliche Maßnahme beim Personenschutz, müssten Sie doch wissen.« Señor Gomez trat näher.

»Reicht es nicht, dass sie ununterbrochen von diesem Mistkerl beobachtet wird?!«, rief Miguel wütend. »Ab hier übernehme ich wieder.«

»Nein, das werden Sie ni…«

»Doch, das werde ich. Sie können gerne versuchen, mich aufzuhalten.« Einen ganzen Moment sagte niemand etwas. Miguel atmete noch mal tief durch, ehe er seine Finger mit meinen verschränkte. »Ich weiß, ich habe Fehler gemacht, aber ich habe mir geschworen, Camila mit meinem Leben zu verteidigen und ich werde alles dafür tun, damit sie sicher ist. Ich dachte, das wäre sie bei Ihnen, doch ganz offensichtlich ist dem nicht so. Ihr Schutz liegt in meiner Verantwortung, und mir ist egal, ob Sie das mögen oder nicht.«

Kapitel 34

Miguel

Ich lenkte den Wagen fort von den hellen Lichtern der Innenstadt, hinein in ruhigere Seitenstraßen. Es war spät, der Verkehr ausgedünnt und ruhig, doch in mir tobte ein Chaos, das sich nicht abschütteln ließ.

Ich fuhr auf einen leeren Parkplatz, stellte den Motor ab und drehte mich zu Camila um. Ihre Haltung war angespannt, der Blick leer. Das Straßenlicht erleuchtete ihr Profil nur schemenhaft, doch ich erkannte deutlich, wie erschöpft sie war. Wie sehr sie sich zusammenriss. Und dass sie kaum noch Kraft hatte, es weiter zu tun.

»Was ist passiert?«, fragte ich leise und legte behutsam meine Hand auf ihre. Ich hätte es nicht tun sollen. Ich hatte mir geschworen, Abstand zu halten. Doch mein Körper war schneller als mein Verstand.

Ihr Blick blieb einen Moment auf unseren Händen liegen, bevor sie sprach. Ihre Stimme war kaum mehr als ein Flüstern.

»Ich … ich glaube, mein Vater weiß viel mehr über meinen Stalker, als er zugibt. Ich habe ihn mit meiner Tante sprechen gehört und … Ich habe herausgefunden, dass er die ganze Zeit wusste, wo Darío ist. Er hatte ein Foto von ihm. Bei euch in Sant Cosme.«

Darío.

Ihre Worte schnitten durch mich wie Glas, als auch mich eine Erinnerung an das Gespräch zwischen Raul und Beatriz durchzuckte. Eine, die ich damals noch nicht verstanden hatte, aber jetzt …

Er wird ihr nichts antun, das weißt du! Er nutzt sie nur als Druckmittel, um an dich ranzukommen.

»Ich bin ihm begegnet«, durchbrach sie mein Gedankenchaos, »beim Vorspiel deiner Schwester. Mein Bruder war dort. In Fleisch und Blut. Und er war … so kalt. Abweisend. Als würde er uns hassen. Ich weiß nicht mehr, was ich glauben und wem ich vertrauen soll … Mein Vater und Beatriz haben von irgendeiner Lüge gesprochen und von ihrem Unfall. Was ist, wenn das wirklich zusammenhängt? Wenn Javier Vega wirklich auch mein Stalker ist?«

Ich würde Camila so gerne Klarheit geben, würde ihr so gern sagen, dass es Javier Vega war, und die Sache damit ein für alle Mal für sie beenden, doch …

»Javier Vega ist es nicht«, gab ich schließlich leise von mir. Sie sah aufmerksam auf. »Ich war bei ihm in der Klinik. Ich wollte das beenden. Für dich. Ein für alle Mal. Aber … er ist wohl seit mehr als einem halben Jahr tot.«

Ich zog mein Handy aus der Tasche. Mein Herz klopfte zu schnell, zu laut. Dann reichte ich es ihr. »Dafür habe ich das hier gefunden.«

Sie nahm das Handy an sich, betrachtete das Bild. Ihre Augen weiteten sich vor Schock.

»Das ist Javier und das hier ist …«, begann ich und deutete auf den hochgewachsenen, grinsenden Mann, der neben Javier stand.

»… mein Bruder …«, beendete sie meinen Satz, noch bevor ich weitersprechen konnte. Dabei erfror etwas in mir. Ich starrte sie an, sie starrte auf das Foto.

»Dein Bruder?«, wiederholte ich tonlos, weil plötzlich alles in mir wie ein Strudel aufgewirbelt wurde. *Das* war Darío? Aber wie konnte das sein? Das war doch ...

Vor meinem inneren Auge liefen Erinnerungen ab. Dinge, die nicht zusammenpassten, und Dinge, die plötzlich so viel Sinn ergaben.

»Aber ...«, hörte ich Camila irgendwo weit entfernt sagen, »was hat er mit Javier Vega zu tun? Warum war er bei ihm?«

Ja, warum war er bei ihm gewesen? Woher kannte er ihn? Was hatte ihn nach Sant Cosme getrieben? Wer war er wirklich? Und ... das Tattoo an seinem Handgelenk ... *X.X.MMVII*

»Camila ...«, hauchte ich, während mich eine Erkenntnis erschütterte, »was ist ... was ist, wenn es nicht Javier Vega ist, sondern dein ... dein Bruder?«

Sämtliche Emotionen fielen ihr aus dem Gesicht, nur in ihren Augen stand das Wasser.

»Ich habe deine Tante und deinen Vater vor einiger Zeit auch sprechen gehört«, fuhr ich fort. »Ich hab damals nicht viel verstanden, aber ... sie meinten so was wie: *Er wird ihr nichts antun. Er nutzt sie nur als Druckmittel.* Vielleicht meinten sie Darío ... vielleicht weiß er irgendetwas und ...«

Ich brach ab, weil ich nicht weitersprechen wollte. Weil ich selbst nicht wahrhaben wollte, was mir da gerade durch den Kopf ging. Camila reagierte nicht, wandte nur geistesabwesend den Blick aus dem Fenster, auf ihren Wangen verzweifelte Tränen. Schließlich schüttelte sie den Kopf.

»Ich habe die Nase voll von den Lügen. Mein Kopf dröhnt. Ich weiß nicht mehr, wem ich trauen soll, *was* ich glauben soll. Wer sind die Menschen in meiner Familie?«, weinte sie verzweifelt. »Erst weist mich mein Bruder auf solche hasserfüllte Weise ab, dann erfahre ich, dass mein Vater mit dieser brutalen Bande etwas zu tun hat, mehr weiß, als er zugeben möchte, und anscheinend guten Gewissens zulässt, dass ich weiterhin belästigt werde. Und dann ...« Nun traf ihr enttäuschter Blick mich. »Ich habe dich gebraucht, Miguel! Warum hast du dich nicht gemeldet? Ich habe dir so viele Nachrichten geschrieben. Du hättest mir wenigstens antworten können.«

Das war der Moment, in dem alles in mir brach. Mit einem tiefen Atemzug lehnte ich mich zurück und fuhr mir über das Gesicht. Als ich die Augen öffnete, fiel mein Blick auf ihren Arm. Auf den Schnitt.

»Denkst du, es war einfach, mich von dir fernzuhalten?«, hauchte ich. »Aber zu sehen, wie sie …«, ich brach ab, seufzte und rang um die nächsten Worte, »… dich packen, verletzen und bedrohen und ich konnte nichts machen … Ich habe dich in deinen eigenen vier Wänden nicht schützen können, habe nicht verhindern können, dass du von diesen Mistkerlen verletzt wirst. Du warst bei mir nicht sicher. Ich wollte nicht zulassen, dass du wegen mir noch mal in Gefahr gerätst.«

Ihr Ausdruck war in der Zwischenzeit weicher geworden, doch sie wirkte so müde und erschöpft.

»Und jetzt? Warum bist du jetzt trotzdem hier?«

Das Krampfen in meiner Brust zwang mich, tief durchzuatmen. »Weil du mir wichtig bist. Weil ich dich …« Ich brach ab, um mich zu sammeln, während sich ihre glasigen Augen weiteten, sie aufmerksam aufsah. »Du bist ganz offensichtlich bei deiner eigenen Familie nicht sicher und ich weiß keinen anderen Weg mehr, dich zu schützen. Ich kann zwar nicht sagen, was passieren wird, aber ich weiß wenigstens, dass ich alles für deinen Schutz tun würde, solange du bei mir bist.«

Ihre Augen wurden wieder kleiner. Mit einem tiefen Atemzug lehnte sie sich zurück in die Lehne des Beifahrersitzes und sah einen Moment gedankenversunken hinaus.

»Dann erzähl mir bitte alles. Wer ist diese Bande? Und … was haben sie mit meinem Vater zu tun? Was hast *du* mit meinem Vater zu tun? Ich will endlich Klarheit.«

Unentschlossen presste ich die Lippen zusammen. Sie verdiente die Wahrheit. Wenigstens meine.

»Okay«, hauchte ich also schließlich. »Ich erzähle dir alles, was ich weiß. Aber erst mal müssen wir dich in Sicherheit bringen.«

Bevor wir Camilas Handy entsorgten, damit uns niemand mehr orten konnte, gab sie in mein Navi die Adresse des Strandhauses ihrer besten Freundin ein. Noch ehe wir die Stadt verlassen hatten, war sie eingeschlafen, woraufhin ich sie in eine Decke hüllte, die ich im Kofferraum lagerte.

Ich fuhr die drei Stunden bis nach Valencia ohne Pause, weil ich sie so schnell wie möglich in Sicherheit bringen wollte. Dabei ließ das Rasen meines Herzens kaum nach. Mitzubekommen, wie verzweifelt sie war, wie sehr sie litt und wie viel Angst sie hatte, zerriss mich mehr als alles andere. Vor allem jetzt, wo ich wusste, wer ihr Bruder war, und ich keine Ahnung hatte, wie ich ihr die Wahrheit erzählen konnte, die ich selbst nicht verstand.

Es war bereits drei Uhr nachts, als ich vor einem großen, schwarzmatten Tor zum Stehen kam. Camila hatte mir den Türcode genannt, als wir losgefahren waren, also gab ich ihn nun auf einem Touchpad aus dem Auto heraus ein. Im nächsten Moment glitt die Pforte geräuschlos zur Seite und erlaubte uns Eintritt. Umgeben von Dünen und knorrigen Kiefern, die sich sanft im Nachtwind wiegten, baute sich das Strandhaus der Suàrez majestätisch vor uns auf und erinnerte mich erneut daran, in was für einer noblen Welt Camila lebte – einer, in die ich nie hineinpassen würde.

Ich stellte den Motor vor dem Eingang ab und atmete tief durch. Dabei ließ ich die ruhige Umgebung einen Moment auf mich wirken, starrte hinaus auf das pechschwarze Meer, das nur wenige Meter hinter der Villa begann. Ich wusste, dass wir uns nicht ewig hier verstecken konnten. Auch hier würde ich La Sangre Negra nicht ausweichen können, auch hier würde Camilas Situation nicht besser werden, ganz egal, wie ruhig es auch schien. Doch vielleicht reichte diese Ruhe für den Moment, vielleicht konnten wir beide hier etwas Kraft tanken und verschnaufen.

Ein leises Seufzen lenkte meine Aufmerksamkeit auf Camila. Sie lag zusammengerollt unter der Decke. Die Spuren der letzten Wochen waren ihr ins Gesicht geschrieben und trotzdem war sie immer noch so wunderschön.

Vorsichtig schwang ich mich aus dem Wagen und trat hinüber zur Beifahrerseite. Camila rührte sich nicht, selbst als ich meine Hand sanft auf ihrer Schulter ablegte. Also schob ich meine Arme unter ihren Körper, zog sie vorsichtig an mich und hob sie aus dem Wagen. Federleicht sank ihr Kopf gegen meine Brust und ich konnte den vertrauten Duft von Vanille auf ihrer Haut riechen.

Auch die Tür zum Haus ließ sich mit einem Zahlencode öffnen. Sobald ich den Flur betrat, wurde er automatisch in warmes, gedimmtes Licht getaucht. An den Wänden hingen mehrere abstrakte Gemälde, die Möbel waren in dunklem Holz gehalten und der Boden aus glänzendem Marmor. Je tiefer ich ins Innere trat, desto näher kam ich dem offenen Wohnzimmer, hinter deren riesiger Fensterfront ich den gesamten Horizont und das Meer sehen konnte.

Weil ich davon ausging, dass die Schlafzimmer oben waren, trug ich Camila die breite Treppe hinauf. Intuitiv wählte ich die letzte Tür des langen Korridors, der mich oben empfang. Sobald ich sie öffnete, kam mir das sanfte, silberne Licht des Mondes entgegen, der durch das große Fenster fiel. Ein frisch gemachtes Bett mit beigen Laken stand in der Mitte, worauf ich Camila behutsam ablegte. In dem Moment, als ich mich von ihr lösen wollte, bewegte sie sich. Ein leiser Laut kam über ihre Lippen, dann öffnete sie die Augen.

»Miguel?« Ihre Stimme war rau vom Schlaf. Ihre warmen Finger berührten mein Handgelenk. Instinktiv verschränkte ich meine mit ihren und setzte mich zu ihr, bevor sie sich aufrappelte.

»Wir sind da«, flüsterte ich und strich ihr eine lose Haarsträhne aus dem Gesicht. »Du kannst weiterschlafen.«

Doch sie blinzelte nur träge. Ihr Blick wanderte durch den Raum, dann zum Fenster, hinter dem sich die dunklen Wellen im Mondlicht kräuselten. Schließlich schmunzelte sie traurig.

»Hier habe ich beinahe jeden Sommer verbracht, als ich noch klein war«, hauchte sie. »Wir haben in den Dünen gespielt, Surfunterricht genommen, Sandburgen gebaut … Es war so unbeschwert.« In Gedanken versunken, erhob sie sich vom Bett. Eine gefühlte Ewigkeit blickte sie hinaus zum Strand.

»Da hinten bei den Steinen«, sie deutete hinaus, woraufhin ich mich neben sie stellte und erkannte, dass sich am linken Ende des Strandes eine Steinbucht auftat, »das war unsere Höhle.« Sie schnaufte. Ein Blick auf ihr Profil verriet mir, dass sie schmunzelte, doch ihre Augen waren so traurig. »Papá hat uns immer Obst gebracht, wenn wir den ganzen Tag wieder in der Bucht gespielt hatten. Und manchmal …«, sie holte hörbar Atem, als würden die Erinnerungen ihr die Kehle zuschnüren, »manchmal haben wir Piratinnen gespielt und er … er hat bei allem Quatsch mitgemacht, spielte unsere Geisel oder … er war einfach immer da.«

Eine lose Träne kullerte über ihre Wange. Ewig lang schwiegen wir. Ich ließ ihr die Zeit, die sie brauchte, um mit diesen schmerzhaften Erinnerungen klarzukommen.

Schließlich blickte sie müde zu mir auf und schüttelte verwirrt den Kopf. »Sag mir die Wahrheit, Miguel. Was weißt du über meinen Vater?«

Ein Stechen durchzuckte meinen Kopf, brachte mich dazu, mich abzuwenden und auf der Bettkante niederzulassen. In meiner Seite war wieder dieses penetrante Pochen, das mich an all die Fehler erinnerte, die ich begangen hatte. Ich wusste, ich schuldete Camila die Wahrheit. Doch ich wusste auch, dass sie spätestens dann mein wahres Gesicht sehen würde. Und die Angst, sie könnte mich nie wieder so liebevoll ansehen, wie sie es so oft getan hatte, zerriss mich.

»Dein Vater kam nach einem Kampf zu mir. Ich kannte ihn nicht«, begann ich. Ich konnte mich noch genau daran erinnern, was mir durch den Kopf gegangen war, als ich ihn gesehen hatte. Schock und Entgeisterung, dass jemand wie er – gekleidet in einem makellosen noblen Anzug – sich nach Sant Cosme verirrt hatte. »Er hatte wohl bereits ein paarmal auf mich gewettet und jedes Mal durch meinen Sieg einiges an Geld gewonnen. Er dankte mir dafür, meinte, ich solle weiter so machen und feuerte mich an. Nichts Ungewöhnliches. Männer, die ihr Geld auf mich setzten, kamen ständig zu mir, um mir einzubläuen, auch wirklich zu gewinnen. Als würde das irgendetwas bringen.«

»Mein Vater hat bei deinen Kämpfen in Sant Cosme gewettet?«

»Nicht nur einmal«, fuhr ich fort. »Er war bei fast jedem Kampf dabei. Anfangs dachte ich, er sei einfach irgendein weiterer reicher Mann aus der oberen Liga, der sich im Dreck der Straßen ein wenig Nervenkitzel holen wollte. Aber er war … anders. Während andere nur auf das Geld aus waren, schien er tatsächlich interessiert an mir und meinem Wohlergehen. Nach jedem Kampf kam er zu mir, klopfte mir auf die Schulter, machte mir Mut. Bei manchen Kämpfen wettete er gar nicht, er war einfach nur da.« Ich machte eine Pause und wandte ausweichend den Blick ab. »Camila, die Kämpfe, bei denen ich teilnahm, waren illegale, zum Teil brutale Fights und … ich bin nicht stolz darauf, doch sie brachten Geld und ich habe mir geschworen, meine Familie zu versorgen. Nicht so zu enden wie mein Vater.« Ich spürte Camilas Blick auf mir, während ich die Fäuste ballte und versuchte, mich von den Erinnerungen zu entfernen. »Er war ein Teil von ihnen, ein Mitglied von La Sangre Negra. Ein Netz aus Auftragskillern, Drogenhändlern, brutalen Boxern. Wenn er mal zu Hause war, war er entweder betrunken oder wegen irgendetwas so schlecht drauf, dass er meine Mutter schlug oder mich zu mehr Leistung, mehr *Männlichkeit* triezte.«

Ich schloss die Augen, während die Erinnerungen an meinen Vater durch meine Gedanken schnitten. Sein abgemagertes Gesicht, seine stechend blauen Augen, das leere Versprechen, dass er sich bessern würde. »Ich erinnere mich noch genau daran, als ich das erste Mal eine Waffe in der Hand hielt. Ich war gerade mal zwölf gewesen, als er mich dazu zwang, auf einen Vogel zu zielen und abzudrücken. Ich konnte nicht und er … er ist total ausgerastet. Immer wieder meinte er, was für ein Nichtsnutz ich wäre, dass ich kein richtiger Mann wäre und er nichts mit mir anfangen könnte. Und ich hasse mich bis heute dafür, dass ich nicht einfach schießen konnte.«

»Was redest du denn da?« Camila schüttelte verwirrt den Kopf. »Dass du nicht schießen konntest, macht dich zu dem guten Mann, der du bist.«

»Nein«, ich schüttelte den Kopf, »nicht, als … als ich meine Mutter hätte schützen müssen. Als ich dich hätte schützen müssen.«

Sie öffnete den Mund, doch nichts kam heraus.

»Ich war dreizehn, als er meine Mutter beinahe …«, krächzte ich und brach ab, weil es einfach zu schmerzhaft war. »Er hatte sie wieder geschlagen, ihr mit einem Messer über das Gesicht geschnitten, und ich … ich hatte nach seiner Waffe gegriffen, direkt auf ihn gezielt. Ich hätte schießen, hätte meine Mutter schützen können, verhindern können, dass er sie so verletzt. Doch ich konnte einfach nicht abdrücken. Damals und heute nicht. Dabei hätte ich dich schützen müssen vor diesen widerlichen Mistkerlen. Vor *ihm*. Ich hasse mich so sehr dafür.«

Camila stürmte zu mir, umfasste meine Wangen und schüttelte den Kopf. »Hör auf, dir die Schuld zu geben. Was dein Vater und diese Typen gemacht haben, ist nicht deine Verantwortung!«

»Später dann … in meiner Jugend … ich hatte meine Wut nicht im Griff, habe mich beinahe täglich geprügelt. Zuschlagen konnte ich, nur nicht schießen. Kurz bevor er verschwand, schickte mein Vater mich zum Militär, da war ich so alt wie Valeria jetzt. Doch ich beendete die Ausbildung nie, wollte lieber wieder zurück zu meiner Familie und begann stattdessen mit dem Boxen. Kurz nachdem mein Vater meine Mutter mit Aya geschwängert hatte, verschwand er ein für alle Mal. Ich weiß nicht, wo er heute ist.«

Müde rieb ich mir über die Augen, machte eine Pause, weil ich merkte, dass mich all diese Erinnerungen schlauchten. »Irgendwann überredete dein Vater mich zu einem Kampf in einem Gebiet von Sant Cosme, das ich eigentlich nie betrat. Doch er versprach hohe Preisgelder, und ich … ich habe mir damit eine bessere Zukunft für meine Familie und mich erhofft. Bis dahin wusste ich noch nicht, dass es La Sangre Negra sein würde, gegen die ich kämpfte. Also trat ich gegen ihn an. Gegen César. Und ich war gut, ich hätte gewinnen können, doch … gegen ein Messer kam ich nicht an.«

Camila schnappte hörbar nach Luft. Als ich zu ihr aufsah, war ihr Gesicht verzerrt, die Brauen zusammengezogen, die Hand an ihrem Mund, in ihren Augen stand noch immer das Wasser. »Ich hätte wissen müssen, dass sie nicht fair kämpfen. Dass es bei diesen Kämpfen nie fair zuging. Es ging alles ganz schnell, ich kann mich kaum noch daran erinnern. Alles, was ich noch weiß, ist, dass es plötzlich in meiner Seite steckte und ich zu Boden ging. Dann wachte ich im Krankenhaus auf und … hatte plötzlich ganz viele Schulden an der Backe. Deinen Vater habe ich danach erst mal nicht mehr gesehen, bis … er plötzlich wegen dir zu mir kam.«

»Oh Gott«, hauchte sie. »Ich verstehe nicht, weshalb er überhaupt bei diesen Wetten mitgemacht hat, was er mit La Sangre Negra zu tun hat. Ich erkenne ihn nicht wieder.«

»Ich glaube, weil er sich etwas dazuverdienen wollte«, flüsterte ich müde und schluckte.

»Dazuverdienen? Aber Geld war für ihn doch nie ein Problem.«

Ausweichend wandte ich den Blick zu Boden. »Als ich deine Tante und ihn sprechen gehört habe, sprachen sie auch über Geld. Ich glaube, dass *Vestura* in den roten Zahlen steckt.«

»Was?«, hauchte sie ungläubig. Sie schüttelte den Kopf, verzog das Gesicht. »Ich weiß echt nicht mehr, was ich denken soll … Und was wollen sie jetzt noch von dir? Diese Typen …«

Ich presste den Kiefer zusammen. »Mein Vater hat Schulden hinterlassen und sie wollen, dass ich dafür geradestehe …«

»Was bedeutet das?«

»Ich werde das Geld auftreiben. Du musst dir keine Sorgen machen«, log ich, um sie zu beruhigen, auch wenn ich ahnte, dass das Kapitel noch nicht abgeschlossen war. Schließlich wurde ich immer noch nicht bezahlt und bezweifelte, dass es noch dazu kommen würde. Doch dass sich Camila noch mehr sorgte, war das Letzte, das ich wollte. Auch die Wahrheit über ihren Bruder konnte ich ihr noch nicht erzählen. Das waren schon so viele aufwühlende Dinge gewesen. Sie brauchte eine Pause. Und wenn ich ehrlich war, ich auch. »Weder um mich noch um dich.«

Schließlich legte ich meine Hände an ihre Wangen, schob ihren Kopf sachte zurück, um sie ansehen zu können, und verlor mich für einen Moment in der Frau, die viel zu viel mit meinem Herz gemacht hatte. »Bevor ich dich kannte, war deine Sicherheit ein Job. Doch jetzt … ich würde alles dafür tun, um dich zu schützen. Solange ich bei dir bin, bist du sicher.«

Kapitel 35

Camila

Ich würde alles dafür tun, um dich zu schützen.

Selten hatten ein paar einfache Worte mehr mit mir gemacht als diese. Selten hatte ein Mann mehr von meinem Herz eingenommen als dieser.

Vorsichtig ließ ich meine Fingerspitzen über die Narbe an seiner Stirn fahren. Je weiter ich ihm über all seine Verletzungen, Schürfungen und Blutergüsse streichelte, desto mehr krampfte sich alles in mir zusammen.

»Und wer schützt dich?«, hauchte ich mit noch immer glasigen Augen, ehe ich begann, Küsse auf seinen Verletzungen zu verteilen. Meine Lippen berührten kaum seine Haut, so sanft ließ ich sie über seine Stirn bis hin zu seinem Hals und seinen Schultern fahren, doch es genügte, um in mir ein warmes Kribbeln zu erzeugen. Und die Reaktion seines Körpers zeigte, dass es ihm ähnlich ging. Ich hörte, wie er zischend Luft in seine Lungen sog, flacher atmete. Er streichelte mit seiner Hand über meinen Oberschenkel, als müsse er sich an mir festhalten.

»Dir darf nichts passieren«, hauchte ich gegen seinen Hals, ehe ich meinen Mund wieder mit heißem Atem dagegendrückte. In der Zwischenzeit hatte er seinen Kopf zur Seite gelehnt, um mir besser Zugang zu gewähren. »Wenn das alles vorbei ist, möchte ich nämlich noch ein paar Sachen mit dir machen.«

Langsam zog ich mich wieder zurück, um ihn ansehen zu können. In seinen Augen stand ein Funken Verlangen, sein Mund offen stehend, während sein Blick abwechselnd auf meinen Lippen und meinen Augen ruhte.

»Und was?«

Ich legte die Finger an sein Shirt und zeichnete seine Brust nach, die sich darunter deutlich hervorhob. »Vielleicht kannst du mir noch ein paar Boxstunden geben«, überlegte ich laut, woraufhin sein Mundwinkel zuckte. »Oder wir gehen noch mal nachts baden. Ohne Angst zu haben. Einfach nur, weil es befreiend und schön ist. Vielleicht gehen wir etwas essen. Etwas Richtiges essen, nicht wie bei dem Dinner mit meinem Vater.« Während ich erzählte und in Zukunftsvorstellungen schwelgte, wandelte sich sein Lächeln in melancholische Wehmut. Schwere lag in seinen Augen, so als ahnte er, dass sich diese Vorstellungen niemals bewahrheiten würden. »Vielleicht wird es Tage geben, an denen wir überall unterwegs sind. Vielleicht aber auch welche, an denen wir den ganzen Tag im Bett liegen …«, ich machte eine Pause, ließ mich von ihm näher ziehen und legte die Hände um seinen Nacken, »… nur du und ich.«

Sein Blick war fest auf meine Lippen gerichtet, aus denen in der Zwischenzeit nur noch ein Flüstern kam.

»Ich möchte das alles mit dir erleben«, hauchte ich. »Aber … was ist, wenn es nie dazu kommen wird?«

Miguel streifte mir eine Strähne hinters Ohr. »Wir haben jetzt«, antwortete er atemlos. »Keine Ahnung, was passieren wird. Ob das alles funktioniert, ob wir uns wiedersehen. Aber ich weiß, dass ich mich noch nie so sehr nach jemandem gesehnt habe wie nach dir, Camila Luminia.«

Ich schnappte nach Luft, während mir ein warmes Zittern durch meinen Körper fuhr in dem Moment, als seine Fingerkuppen an der Seite meines Oberschenkels hinauf unter mein Kleid streiften.

»Wenn du nicht bei mir bist, denke ich an dich. Wenn du bei mir bist, stelle ich mir vor, dich zu berühren, zu halten, zu küssen.« Seine Stimme war tief und rau. Mit jedem Wort breitete sich die Wärme seiner Hand weiter zwischen meinen Schenkeln aus, obwohl er mich noch immer kaum berührte. »Und das alles nicht tun zu können, bringt mich beinahe um. Ich verliere den Verstand.«

»Dann tu es«, kam es unkontrolliert aus meinem Mund. In meiner Brust raste es. »Berühre mich, halte mich, *küss mich endlich.*«

Es vergingen nur wenige Sekunden, in denen wir uns ansahen. Unsere Brustkörbe hoben und senkten sich in einem rasenden Takt, die Blicke wechselten zwischen Mündern und Augen. Dann, mit einem zielstrebigen Ruck, erhob Miguel sich, umfasste mein Gesicht mit beiden Händen und drückte mich zurück mit dem Rücken an das Fenster, ehe seine Lippen endlich auf meinen landeten. Er küsste mich stürmisch und voller Verlangen. Das Gewicht seines Körpers drückte mich heftig gegen die Scheibe in meinem Rücken, doch ich fühlte mich geborgen und sicher.

Überrumpelt von all den Gefühlen, dem Kribbeln, dem Brennen in mir konnte ich zunächst nicht einordnen, wo seine Hände überall entlangfuhren, bis ich einen heißen Druck an meinem Hintern spürte. Ich schnappte nach Luft, während er sich darin festkrallte und mit der anderen von meiner Wange hinab zu meinem Nacken fuhr. Alles in mir stand in Flammen und es wurde noch intensiver, als seine Zunge über meine strich. Seufzend hielt ich mich an seinen muskulösen Oberarmen fest, erforschte mit all meinen Sinnen seinen Körper, spürte, schmeckte, hörte. Ich fuhr mit den Fingern unter sein Shirt, nahm wahr, wie seine Bauchmuskeln unter meinen Fingerspitzen zuckten. Die Härte seiner Brust ließ ein Kribbeln voller Erregung von Kopf bis Fuß durch meinen Körper fahren.

Ich erschauderte, zog seine Unterlippe zwischen meine Zähne und biss leicht drauf. Ein tiefes Vibrieren wechselte von seinem Körper in meine Brust, die sich bereits atemlos gegen mein Kleid presste. Zum Glück war das der Moment, in dem Miguel es mir vom Leib riss. Er zog es über meinen Kopf und warf es in die hinterste Ecke. Dann sah er mich an, seine Augen dunkel und voller Lust. Wie eine Raubkatze fuhr er mich damit von Kopf bis Fuß ab, während ich in meiner schwarzen Spitzenunterwäsche vor ihm stand.

Bestimmend drückte ich ihn zurück, sodass er auf die Bettkante sank, baute mich dann vor ihm auf und spürte die Berührung seines Blickes in jedem Winkel meines Körpers. Er streifte meine Brust und meine Nippel wurden steif. Langsam und ihn quälend löste ich die Träger von meinem BH, ließ sie meine Arme hinabfallen und berührte mich selbst überall dort, wo er mich ansah. Mein Herzschlag synchronisierte sich mit dem Pochen in meiner Mitte. Mittlerweile raste es.

Mit einem gekonnten Griff öffnete ich den BH an meinem Rücken. Es raschelte in der Stille, die nur von unserem keuchenden Atem gefüllt wurde, als er zu Boden fiel. Im dunklen Mondlicht wirkten die Schatten in Miguels Augen noch düsterer als sonst. Ein leichter Luftstoß streifte meine Brustwarzen, doch es reichte, um mir einen Vorgeschmack darauf zu geben, wie es werden würde, von ihm berührt zu werden. Langsam trat ich zwischen seine Beine, zog auch ihm das Shirt vom Kopf und meine Knie wurden weich, sobald ich seinen nackten Oberkörper sah. Ein Kribbeln huschte durch meine Fingerkuppe, als ich sie an seine Brust legte und mit den Fingernägeln langsam über seine Haut streifte. Über seine Bauchmuskeln. Immer weiter hinab. Miguel berührte mich nicht, sah mich nur an und reagierte mit einem Zucken auf meine Berührungen. Voller Gier fuhr ich über seinen harten Schritt, umfasste ihn und zerschmolz innerlich, als er dabei erregt den Kopf in den Nacken legte und leise seufzte. Die Lust in mir war kurz davor überzusprudeln.

»Ich weiß, du willst mich schützen«, hauchte ich rau. »Aber heute will ich, dass du mich packst. Ich will, dass du hart zu mir bist. Ich will deine Kraft spüren, ich will, dass du mir zeigst, wie sehr du mich willst.«

»Bist du dir sicher?« Mit einem Ruck schob er mich näher zwischen seine Beine, gab mir einen ersten Vorgeschmack und ich schnappte nach Luft.

»Ja.« Meine Stimme war nur noch ein Flüstern. Es vergingen nicht mal drei Herzschläge, da packte er mich an den Kniekehlen, stand mit mir in seinem Arm auf und drückte mich gegen die Wand. Je fester er sich zwischen meine Beine drückte, desto weiter musste ich sie spreizen, und die Bewegung allein sandte einen warmen Stromstoß durch meinen gesamten Körper. Er küsste mich stürmisch, drang mit seiner Zunge in meinen Mund ein. Haut an Haut gepresst füllten wir den Raum mit heißem Keuchen. Sein Körper strömte Hitze aus, die jeden Winkel in mir in Flammen setzte. Seine Hand wanderte zwischen meine Beine. Ein Streicheln an meiner Mitte, dann wurde es fester, energischer. Als er von meinen Lippen abließ, sank mein Kopf zurück an die Wand.

»Sieh mich an«, forderte er tief, ehe er mein Höschen vorsichtig zur Seite zog. Sein Finger fuhr neckend durch meine feuchte Mitte. Wie von selbst rollten sich meine Augen zurück, ich öffnete mich ihm noch ein Stück weiter, wollte mehr, brauchte mehr. Doch er gab mir nicht mehr. Stattdessen beobachtete er mit einem diabolischen Schmunzeln, wie ich beinahe umkam vor Erregung. Dann, mit einem energischen Ruck, zerriss er mein Höschen. Zerfetzt von seiner Kraft fiel es zu Boden, ehe ich von ihm zum Bett getragen wurde und unsanft in die Laken fiel. Einen Atemzug später baute er sich zwischen meinen Schenkeln auf, hielt meine Hände über meinem Kopf fest und schob mit seinem Knie mein Bein zur Seite, sodass meine Mitte so weit wie möglich geöffnet war. Ich war so empfindlich, dass ich jeden kleinsten Luftstoß wahrnahm. Doch das hielt ihn nicht davon ab, mich weiter zu quälen.

Als er seine Lippen an meinen Hals legte, schloss ich die Augen, während sie feuchte Spuren auf meiner Haut hinterließen. Hitze breitete sich an meinem Schlüsselbein, an der Kuhle zwischen meinen Brüsten aus, gefolgt von einem Schmerz, als er meine Brustwarzen zwischen seine Zähne zog. Ich seufzte auf, vor

Schmerz und vor Verlangen, drückte ihm den Rücken entgegen und hob die Hüfte in der Hoffnung, er würde dasselbe mit meiner Mitte machen. Stattdessen löste er seinen Griff um meine Hände, legte ihn stattdessen dominant, aber nicht zu fest um meinen Hals. Sein Mund ließ kurz von meiner Haut ab.

»Fuck, Camila«, seufzte er und ließ seinen Daumen über meine Lippe gleiten. Düster sah er zu mir hinab, doch ich konnte dennoch diese sanfte Zuneigung in seinen Augen erkennen, denen ich voll und ganz vertraute. Bei Miguel war ich sicher.

»Ich will dich so sehr.« Ich spreizte die Beine, keuchte, sah ihn flehend an.

»Dann zeig mir, wie sehr.«

Das war der Moment, in dem auch er sich nicht mehr zurückhalten konnte. Hastig streifte er sich seine Hose von den Beinen, ehe er aus der Tasche ein Kondom holte und es sich überzog. Dann spürte ich sein Gewicht zwischen meinen Beinen, erschauderte, als die Berührung seiner Härte an meiner feuchten Mitte durch meinen Unterleib fuhr. Quälend langsam rieb er sich an mir, massierte damit meinen empfindlichsten Punkt und ich stöhnte wimmernd auf.

Mit einem harten und verlangenden Ruck stieß er sich schließlich in mich. Eine Welle aus Hitze verbreitete sich von meiner Mitte über meine Brust bis hoch zu meinem Scheitel, füllte meinen ganzen Körper und setzte mich in Flammen. Doch es reichte nicht. Neckend zog er sich wieder aus mir hervor, ehe er sich noch tiefer in mich stieß und begann, mich zu bearbeiten. Sein Mund landete auf meinem, er küsste mich stürmisch, während wir einen gemeinsamen Takt fanden und alles in mir vibrierte. Haut an Haut, Atem an Atem. Es war, als würde ich jedes Zucken seiner Härte, jedes Streicheln seines Fingers an meinem empfindlichsten Punkt, jeden Kuss um das Zehnfache intensiver spüren. Immer und immer wieder stieß er sich in mich und ich stöhnte laut in seinen Mund. Im nächsten Mund löste er seine Lippen und umfasste meinen Kiefer, um mich ansehen zu können.

Stirn an Stirn versank ich in seinen Augen, die so düster, gefährlich und gleichzeitig so schutzbietend waren. Es gab niemanden, bei dem ich mich mehr fallen lassen konnte. Zum ersten Mal seit Langem war da nur er und ich. Ohne all die Dämonen. Ohne all die Schatten.

Im nächsten Moment erhöhte er das Tempo und ich musste die Augen schließen. Flammen der Lust loderten heiß in meiner Brust. Vor allem, als auch er tief stöhnte und mir zeigte, wie sehr er es genoss, sich in mir zu vergraben. Immer und immer wieder. Seine Stöße wurden heftiger, der Druck an meinem Kitzler drängender. So stark, dass ich ahnte, was mich in wenigen Momenten erwarten würde.

»Hör nicht auf«, flehte ich und öffnete die Augen wieder. Seine Hand ruhte noch immer an meiner Kehle. Er drückte fester zu, was meine Gefühle intensivierte. Seine Finger an meinem Kitzler, er in mir, heiß und nass. Bis ich es nicht mehr zurückhalten konnte. Eine glühende Welle der Lust überschwemmte meinen Körper, ich schrie wimmernd auf, wand mich in seinem Griff. Das Zucken seiner Härte und sein Keuchen verrieten mir, dass auch er kurz davor war zu kommen. Ein paar letzte Male stieß er sich hart in mich, bis das Vibrieren seines Stöhnens den Raum erfüllte und seine Härte intensiv in mir zuckte.

Atemlos sank seine Stirn an meine, ich sah ihn an und das Adrenalin ebbte ab. Noch während mein Brustkorb mit jedem Atemzug energisch gegen seinen stieß, wurden meine Glieder schwerer, Müdigkeit setzte ein. Meine Augen fielen zu, dann nahm ich einen sanften Kuss auf meiner Stirn wahr, er streichelte mir über die Wangen. Bevor ich erschöpft in den Schlaf gleiten konnte, vernahm ich seine Stimme.

»Ich werde niemals zulassen, dass dir etwas passiert.«

Kapitel 36

Camila

Das Wochenende mit Miguel fühlte sich an wie ein Traum, in dem es keinen Platz für Angst, Zweifel oder die Vergangenheit gab.

Den gesamten Samstagmorgen verbrachten wir eingewickelt in warme Laken, meine Haut noch prickelnd von seinen Berührungen. Wir blieben einfach so liegen, sahen uns an, als könnten wir im anderen versinken. Am Mittag standen wir barfuß in der Küche, während die warme Meeresluft durch die offenen Fenster strömte. Ich saß auf der Arbeitsplatte, ein Kaffee dampfend in meinen Händen, während Miguel in lockeren Shorts vor mir stand, sich mit müden Augen durch die Haare fuhr und mich dabei betrachtete, als wäre ich das Schönste, das er je gesehen hatte. Im Anschluss liefen wir durch den Sand, ließen uns von den Wellen kitzeln, jagten uns kreischend am Ufer, bis er mich einfing und lachend zu Boden zog. Der feuchte Sand klebte an unserer Haut, doch es war egal, denn jedes Mal, wenn er mich küsste, fühlte ich mich leichter und irgendwie *echter*. Als wäre mein Leben die Illusion und das hier mit ihm die Realität.

»Ich glaube, unsere Pizza ist da«, rief ich von der Terrasse ins Innere des Hauses, als es vorne klapperte. Es war ein dämmriger

Sonntagabend, der Horizont war feuerrot und meine Wangen blassrosa von seinen Küssen.

Ich trat von der Veranda in den Sand und lief an der Fassade entlang in Richtung Vordereingang. Unseren letzten Abend wollten wir mit Pizza auf einer Decke am Strand verbringen. Doch gerade als ich den Lieferanten am Eingangstor entdeckte, erstarrte ich. Das hier war kein Pizzaservice.

Auf seinem verdreckten, vernarbten Gesicht tauchte ein breites Grinsen auf. Er leckte sich über die Lippen, ehe zwei weitere Männer um die Ecke kamen und sich ebenso bedrohlich näherten.

La Sangre Negra.

»Miguel!«, rief ich, wollte mich gerade umdrehen, stieß dabei jedoch gegen einen vierten Mann. Erschrocken taumelte ich zurück.

»Ja, ruf ihn nur«, lachte einer von ihnen. »Wir müssen nämlich dringend mit ihm sprechen.«

Im selben Moment ertönten schnelle Schritte. »Was ist los?« Miguels Ausdruck verdunkelte sich, sobald er sie entdeckte.

»Da hast du es dir aber nett gemacht.« Einer der vier – ich schätzte ihn als den Anführer ein – deutete auf das Haus und hob staunend die Brauen. »Schicke Villa am Meer, heiße Freundin …« Miguel zog mich am Arm hinter sich und baute sich schützend vor mir auf. »Vom dreckigen Straßenboxer zum reichen Schnösel, was?«

»Was wollt ihr, César?«, presste er wütend hervor.

César breitete die Arme aus und lief ein paar Schritte. »Eigentlich wollen wir dir nur die frohe Botschaft übermitteln.« Er zückte ein Messer, ließ seine Klinge über sein Shirt fahren und polierte es mit dem Stoff. »Wir haben für Freitag einen Kampf organisiert. Du wirst doch kommen, nicht wahr?« Ein diabolisches Schmunzeln zuckte an seinem Mundwinkel. »Oder bist du mittlerweile in der Lage zu zahlen? Vielleicht kann deine Freundin das übernehmen?« Die anderen lachten dreckig auf. »Jedenfalls ist es egal, was du tust oder wo du dich hinflüchtest, wir finden dich. Und wenn nicht ...« Er schmunzelte gehässig, deutete mit dem Messer in meine Richtung und sah mir mit seiner schwarzen Seele tief in die Augen. »... werden wir deine Liebsten finden.«

»Ihr fasst sie nicht an!« Miguels Anspannung war so deutlich spürbar, dass ich Angst bekam, er würde sich sogleich auf ihn werfen. Seine Hände zu Fäusten geballt, trat er vor.

»Oh, keine Angst, das werden wir nicht«, meinte César in einem gespielt mitfühlenden Ton. »Solange du tust, was wir sagen, passiert ihr nichts.«

Miguel atmete schwer. Einen ganzen Moment lang herrschte Stille, die Atmosphäre zwischen den beiden so erhitzt, dass ich Angst bekam, jederzeit könnte eine Bombe hochgehen.

»Ist gut«, hauchte Miguel schließlich, woraufhin sich alles in mir zusammenzog.

»Nein«, sagte ich fassungslos, in meinen Augen brannten Tränen. »Bitte, Miguel. Bitte tu das nicht.«

Er ignorierte mich. Sie alle ignorierten mich. César schenkte uns nur noch einen letzten Blick, lachte gehässig und zog sich langsam mit seinen Männern zurück.

»Wir freuen uns schon auf dich«, rief er, ehe sie um die Ecke verschwanden.

Eine viel zu lange Ewigkeit herrschte Stille. Wir standen in der Einfahrt, um uns herum diese Dunkelheit, die jetzt, wo die Sonne ganz fort war, viel zu erdrückend schien. Miguel atmete schwer, die Fäuste noch immer geballt. Mit pochendem Herzen trat ich von hinten auf ihn zu, wollte nach seiner Hand greifen, doch er zuckte bei der Berührung zusammen. Es schmerzte, als er sich umdrehte und ohne etwas zu sagen zurück ins Haus lief. Aufgebracht folgte ich ihm.

»Was hast du jetzt vor?«, fragte ich, während ich ihm in den ersten Stock nachlief. Statt mir zu antworten, sammelte er seine Sachen ein. »Miguel«, flehte ich. »Bitte rede mit mir! Bitte sag mir, dass du nicht für sie kämpfen wirst. Du darfst nicht ...«

»Was habe ich für eine andere Wahl?« Aufgebracht hob er die Arme.

»Was ist mit dem Geld, das mein Vater dir zahlt? Kannst du nicht damit …«

»Das existiert nicht.«

Ich stockte, als sich eine bittere Erkenntnis in mir breitmachte. »Er hat dich nie bezahlt?«, hauchte ich und schüttelte fassungslos den Kopf. »Aber … dann finden wir eine andere Lösung. Ich könnte …«

»Du verstehst das nicht«, seufzte er. »Die wollen *mich*. Und jetzt, wo sie wissen, dass wir beide uns etwas bedeuten … dass du für mich zahlen würdest und es bei dir noch mehr zu holen gibt, werden sie nicht fair spielen, Camila. Ich kann nicht riskieren, dass sie dich belästigen, noch mehr Geld von dir einfordern werden. Verstehst du?« Sein Atem ging schwer, als er eine Pause machte und mich einfach nur voller Schmerz ansah. »Ich muss das tun! Ich muss ihnen beitreten. Sonst kann ich meine Familie nicht mehr schützen. Sonst kann ich dich nicht mehr schützen! Ich würde mir niemals verzeihen, wenn dir noch mal etwas passiert.«

»Und was ist mit dir?! Was ist mit deiner Sicherheit! Ich will genau so wenig, dass dir etwas passiert!«

»Sie wollen mich lebendig in ihrer Bande haben. Als Ersatz für meinen Vater. Sie werden mir nichts tun.«

Verzweifelt schüttelte ich den Kopf. »Aber … wie soll das funktionieren?«

»Ich weiß es nicht!« Aufgewühlt hob er die Arme. »Wie soll das funktionieren, Camila?« Er deutete abwechselnd auf mich und dann sich selbst. »Ich hatte gedacht, du wärst bei deiner Familie nicht sicher und dass ich dir trotz allem immer noch den besten Schutz bieten kann. Doch jetzt? … Ich weiß nicht, was ich tun soll. Alles, was ich will, ist, bei dir zu sein, aber wie soll das gehen, wenn diese Mistkerle auch überall dort sind, wo ich bin? Sie sind wegen mir hierhergekommen. Sie haben uns gefunden. Sie werden mich immer finden.«

Mit Tränen in den Augen trat ich vor ihn und umfasste seine Hand. »Wir werden eine Lösung finden.«

Doch er wandte sich sogleich wieder ab und lief ein paar Schritte durch den Raum. »Denkst du, ich habe nach keiner anderen Lösung gesucht? Es gibt keine! Sie sind unberechenbar, sie werden mich immer finden und nicht in Frieden lassen. Du solltest lieber deinen Cousin anrufen, wahrscheinlich kann er dich besser schützen. Es wäre besser gewesen, wenn ich diesen Job niemals angenommen hätte.«

Seine Worte bohrten sich tief in meine Brust. Ich schüttelte den Kopf. »Das meinst du nicht so.«

»Doch, Camila. Die Gefühle, die ich für dich habe, machen uns nur Probleme. Und ich möchte das nicht mehr. Ich möchte nicht, dass du noch mehr Gründe hast, Angst zu haben.«

Etwas hinter meinen Augen drückte so fest, dass ich blinzeln und den Blick abwenden musste. Vor meinen Iriden bildete sich ein glasiger Film, doch ich schluckte die Trauer hinunter. Schluckte, schluckte, schluckte. Doch es wurde nicht besser.

»Gut, dann war's das wohl.«

Kapitel 37

Tito

An die Bäume konnte ich mich am besten erinnern. Dichte Olivenzweige, in die ich stets geklettert war und in denen ich mich versteckt hatte. Auch heute standen sie noch an genau derselben Stelle, als wären nicht siebzehn Jahre vergangen, als wäre nichts passiert.

Ich zog die Kapuze tiefer ins Gesicht, während ich die breite Auffahrt entlanglief. Neben einem Baum blieb ich stehen, starrte hinauf in die Krone, sah mich selbst durch die Äste springen und hörte die Stimme meiner Mutter nach mir rufen. Manchmal hatten sie mich stundenlang gesucht. Camila war die Einzige gewesen, die stets gewusst hatte, wo ich war.

Mich unsichtbar zu machen, war schon immer meine Stärke gewesen. Damals wie heute hatte ich mich im Hintergrund aufgehalten, Dinge gesehen und gehört, die nie für mich bestimmt gewesen waren, und seitdem trug ich diese Last, die eigentlich nie hätte meine sein dürfen, mit mir. Doch das sollte jetzt ein für alle Mal vorbei sein.

Keine Ahnung, ob es das Richtige gewesen war herzukommen. Doch ich wusste, dass es an der Zeit war, es zu Ende zu bringen. Ich hatte Javier Vega nicht schützen können, doch vielleicht konnte ich Miguel schützen. Vielleicht konnte ich Camila schützen. Dieser Hass hatte mich blind und verbittert gemacht. Ihr verzweifelter Blick verfolgte mich. Ich hätte mich nicht zeigen dürfen, denn seitdem zerriss es mich innerlich. Sie hatten das alle nicht verdient.

Leise schwang ich mich hinter dem Haus über den Zaun und trat in den dunklen Garten. Die Terrasse war in warmes Licht getaucht, der Pool lag still da. Es war viel zu idyllisch, das passte nicht zu den Lügen, die in diesen Gemäuern lebten.

Mein Blick huschte hoch in den zweiten Stock. Das Licht brannte. Wie immer. In meinem Inneren krampfte es, weil mir Erinnerungen mit ihr durchs Gedächtnis huschten. Wie die letzten Jahre versteckte ich meine Sehnsucht hinter meiner Wut.

Langsam näherte ich mich der Terrasse, gerade als Raul hinaustrat. In seiner Hand hielt er ein Glas Whiskey. Er nippte daran, ließ sich seufzend auf einer Liege nieder und vergrub das Gesicht in der freien Hand. Er wirkte verzweifelt und müde. Ich wusste, dass er all das nicht wollte. Ich wusste, dass er eigentlich ein guter Mensch war. Doch das reichte nicht.

Der Kies knirschte unter meinen Füßen, woraufhin er aufschreckte und zurücktaumelte. Eine ganze Ewigkeit starrte er mich an. Dann weiteten sich seine Augen.

»Du …«, stammelte er und trat näher. »Du bist es wirklich!« Ein freudiges Lächeln machte sich auf seinen Lippen breit.

»Ich bin nicht wegen dir hier«, sagte ich scharf und wich zurück. »Sondern wegen Miguel, Camila und all der anderen Menschen, die wegen deiner Lügen bezahlen müssen.«

Das Lächeln fiel ihm aus dem Gesicht.

»Du hast Miguel in die Arme von La Sangre Negra getrieben, hast Geschäfte mit ihnen gemacht. Wegen dir hat er bei diesem einen Kampf mitgemacht, wurde verletzt, hat sie am Hals …«

Er verzog das Gesicht. »Um dich zu finden ... meinen Sohn!«

»Du wolltest mich nur finden, weil du Angst hattest, dass ich alles verrate. Weil du mich zum Schweigen bringen wolltest.«

»Nach all den Nachrichten, die du geschickt hast, nach all den Dingen, die du Camila angetan hast ...«

»Was redest du da?« Entsetzt verzog ich das Gesicht.

»Du hast Camila gedroht, um auf mich Druck auszuüben und mich zum Geständnis zu zwingen. Ich will das doch selbst alles nicht mehr, aber ...«

»Ich würde Camila niemals drohen«, zischte ich und trat näher. Raul sah entgeistert auf. »Ihr könnt mir mit euren Lügen und Inszenierungen fernbleiben. Stattdessen solltest du endlich die Wahrheit sagen. Dich stellen! Sonst richtest du noch weiteren Schaden an.«

Seine Augen waren weit aufgerissen, eine gefühlte Ewigkeit sagte er gar nichts. »Das warst gar nicht du ...? Aber ...« Er ließ einen Laut von sich, der nach einem verzweifelten Schluchzen klang, ließ sich wieder auf der Liege nieder und verzog das Gesicht. »Wer sonst sollte ihr das antun?«

»Ich kenne da jemand, der schon einmal eine Stalkergeschichte inszeniert hat«, meinte ich eiskalt, weil ich dieser Frau alles zutraute.

Raul zuckte zusammen, ehe er panisch den Kopf schüttelte. »Nein, das würde sie nicht tun. Sie ist zwar manchmal ... aber nein ... Was hätte sie für einen Grund?«

»Das würde sie nicht tun?«, fragte ich mit einem gehässigen Lachen. »Es ist letztendlich auch egal. Es geht gerade nicht um das, was sie tut, sondern was du tust. Du musst dich endlich stellen! Es geht hier um Menschenleben und du hast schon eins auf dem Gewissen.«

Ausweichend sah er zu Boden. »Jetzt sitzt La Sangre Negra Miguel im Nacken, bedrohen ihn, bedrohen auch Camila!«

Erschrocken sah er auf. »Camila auch?«

»Sie wissen, dass sie ihm etwas bedeutet«, erwiderte ich. »Die beiden bedeuten sich extrem viel, und wenn du ihnen das auch noch kaputt machst, dann …«

»Das will ich doch gar nicht.« Er raufte sich die Haare. »Aber … wie soll ich Miguel da wieder rausholen? Ich komme nicht gegen La Sangre Negra an.«

Einen Moment kaute ich auf den Worten, die in meinem Mund lagen, presste den Kiefer zusammen, weil ich sie eigentlich nicht aussprechen wollte. Das war das Letzte, was er verdient hatte und was ich ihm geben wollte. Doch es war das Einzige, das Miguel helfen würde.

»Ich helfe dir.«

Kapitel 38

Camila

»Willst du mir nicht endlich sagen, was wirklich los ist?«

Esters mitfühlender Blick bohrte sich in mich. Ich konnte ihn deutlich auf meinem Gesicht spüren, es brannte und drückte, doch ich presste nur die Lippen aufeinander und starrte auf das Kleid in meinem Schoß, an dem ich die letzten Stickereien finalisierte.

»Ich bin einfach nur angespannt wegen der Pasarela«, murmelte ich frustriert, auch wenn es nur halb die Wahrheit war, während sich eines der Models in einem meiner Kleider im Spiegel betrachtete. In wenigen Tagen fand die Pasarela Futuro statt, und die verbrachten Ester und ich in den Atelierräumen zwischen seidigen Stoffen, Stecknadeln und Nähmaschinen. Es gab noch einiges zu tun, was ich nachholen musste: die Anprobe mit den Models, Anpassungen der Kleider, Raussuchen passender Accessoires und Finalisierung der Ablaufpläne. Wegen dem Streit mit meinem Vater, dem Drama mit meinem Stalker und … Miguel hatte ich die letzten Wochen vollkommen die Zeit vergessen, mich nicht konzentrieren können und fühlte mich dementsprechend total unvorbereitet.

Ester setzte sich vor mich, sodass ich gezwungen war, sie direkt anzusehen. Dabei zuckte mein Blick an ihr vorbei zum Eingang des Ateliers der Uni. Weil Miguel nicht mehr an meiner Seite war, hatte Felipe sich umgehend auf den Weg gemacht, um stattdessen nach mir zu schauen. Er müsste jeden Moment eintreffen. Als Übergang, bis er bei mir war, lungerte seit Tagen ein Bodyguard um uns herum, den mein Cousin beauftragt hatte. Ich wusste, dass Felipe auch während meines Aufenthalts in Madrid jemand beauftragt hatte, mich im Auge zu behalten, weshalb es mich nicht wunderte, dass er auch Leute hier in Barcelona kannte, die das übernahmen. Sicher fühlte ich mich dennoch nicht, und dass Felipe auf dem Weg hierher war, verriet mir, dass er diesen Job lieber selbst übernahm. Ich war froh, wenn er endlich bei mir war.

»Du bist jetzt seit drei Nächten bei mir, meidest die Anrufe deines Vaters und …«, sie sah sich um und zuckte mit den Schultern, »wo ist Miguel? Was ist passiert?«

Für einen Moment kehrte das Herzrasen zurück. Die Erinnerung an César, Miguels Worte, sein blaues Gesicht, der Kampf … In meinen Augen brannten heiße Tränen, die ich mir hastig aus dem Gesicht wischte. Doch es war zu spät. Ich konnte meiner besten Freundin nichts mehr vormachen.

Also erzählte ich ihr alles. Von Anfang bis Ende. Erzählte ihr von den Nachrichten, der Begegnung mit meinem Bruder, der Geheimnistuerei meines Vaters und Miguel. Am meisten erzählte ich ihr von Miguel und all dem Schmerz, der dieser Name in mir auslöste. Die Brutalität der La Sangre Negra, die Angst um ihn, die schönen Gefühle, die er ausgelöst, und jene, die er hinterlassen hatte.

»Scheiße, Camila.« Ester hatte seit zwei Minuten die Hände vor dem Mund zusammengeschlagen. »Das ist ganz schön viel Mist, den du da mit dir rumträgst. Warum hast du mir nichts gesagt?«

»Ich weiß es nicht«, seufzte ich. »Es war so viel, dass ich zwischendrin kaum Luft holen konnte.«

»Tut mir so leid, dass ich letztens so kurzfristig abgesagt habe«, seufzte sie und ergriff meine Hand. Ihre dunklen Augen waren gequält zusammengezogen. »Ich hätte für dich da sein sollen.«

»Du bist für mich da. Jederzeit. Und das weiß ich. Du und Matteo, ihr seid einfach die besten Freunde überhaupt«, versicherte ich ihr. »Das ganze Chaos hat mich einfach nicht klar denken lassen.«

Ester nickte. »Und du denkst wirklich, dein Stalker könnte etwas mit dem Vorfall von deiner Tante vor so langer Zeit zu tun haben?«

»Jedenfalls sagen das seine Nachrichten aus ... Aber ich weiß langsam nicht mehr, was Realität und was gelogen ist ... Ich fühle mich wie eine Marionette in irgendeinem Spiel.« Frustriert legte ich das Kleid beiseite und sah mich anschließend im Saal um. »Und als wäre das alles nicht schon genug, steht jetzt auch noch die Pasarela an und ich fühle mich so schlecht vorbereitet.«

»Hey, atme mal durch«, sagte Ester mit beruhigender Stimme und nahm mir die Stecknadeln ab. »Wir schaffen das gemeinsam, okay? Du bist nicht allein.«

Ich bemühte mich um eine ruhige Atmung, sog tief Luft in meine Lunge und versuchte, meinen Herzschlag wieder zu beruhigen.

»Ganz genau.« Eine helle vertraute Stimme tauchte hinter mir auf und mein Herz rutschte mir in die Hose. Ich drehte mich um und entdeckte Felipe am Eingang des Raumes. Doch er war nicht allein. Sierra hatte ihn begleitet.

»Das ist nicht wahr!« Ich kreischte, während sie auf mich zukamen. Ein breites Lächeln zog sich über mein gesamtes Gesicht und eine vertraute, wohlige Wärme, die ich nur mit meinem Cousin verband, breitete sich in meiner Brust aus, sobald ich in seine Arme sank. »Du bist ja mitgekommen, Sierra!«

»Ich habe gehört, dass du in Sachen Eventvorbereitung eine helfende Hand gebrauchen kannst«, meinte Sierra mit einem Zwinkern, ehe ich auch sie in eine Umarmung zog.

»Ihr seid die Besten!«

Felipe legte seine Hände auf meine Schultern, wurde für einen Moment etwas ernster und lehnte sich vor. »Wie geht es dir? Ist noch mal etwas passiert?«

Meine Brust wurde schwer, als ich reflexartig an Miguel statt an meinen Stalker denken musste. Das negative Gefühl drückte ich beiseite, versuchte mich stattdessen an einem Lächeln, weil ich mich in diesem Moment einfach nur freuen wollte.

»Außer dem Pasarela-Chaos nichts«, gab ich von mir und sah mich um.

»Deswegen sind wir alle hier«, sagte Ester. »Du hast genug um die Ohren und wir alle wollen, dass du das, was du schon immer erreichen wolltest, genießen kannst. Matteo kommt später auch noch, er muss noch sein Projekt fertigstellen, dann bekommen wir das gemeinsam hin.«

Ich atmete tief durch, ehe mich ein starkes Gefühl von Erleichterung übermannte. »Ich weiß gar nicht, was ich sagen soll«, krächzte ich und wischte mir über die feuchten Augen.

Sierra trat vor und fuhr mir sachte über die Schulter. »Dann sag einfach gar nichts und lass uns machen.«

Natürlich übernahm Sierra mit Marketing- und Eventerfahrung alles Organisatorische – sie checkte den Ablauf, erstellte mir eine Übersicht, stellte sicher, dass alle Models wussten, wann sie wo sein mussten. Felipe hingegen blieb an meiner Seite, half mir beim Abstecken der Kleider, obwohl er keine Ahnung davon hatte, und schenkte mir immer wieder Kraft. Ich wusste nicht, wie ich die Pasarela überleben sollte, doch jetzt, wo sie an meiner Seite waren, fühlte sich das Licht am Ende des Tunnels viel näher an.

Kapitel 39

Miguel

Der Nachmittag war viel zu golden für die Dunkelheit, die in mir herrschte. Sonnenlicht fiel durch die großen Fenster des Jugendzentrums, warf warme Muster auf den Boden und tanzte über die bunten Wände. Von überall drangen Stimmen von Kindern an meine Ohren, irgendwo lief leise Musik. Doch in mir war alles viel zu still.

»Miguel, du bist dran«, sagte Aya, woraufhin ich aufsah. Meine Schwester saß quer über meinem Schoß auf dem Sofa im Aufenthaltsraum, eine Decke über ihren Knien und in ihrer Hand Spielkarten. Valeria spielte Klavier. Ihre schmalen Finger glitten zärtlich über die Tasten. Ich kannte das Stück nicht. Es war irgendetwas Sanftes, etwas, das sich nach zu Hause anhörte. Ihre Stirn war leicht gerunzelt, wie immer, wenn sie sich konzentrierte.

»Du verlierst ständig, weil du nicht aufpasst.« Aya sah beleidigt aus. Vermutlich, weil ihr die Herausforderung fehlte, denn ich war schon seit Tagen nicht richtig bei der Sache. Immer wieder vergaß ich, Karten zu ziehen, reagierte zu spät oder lachte an den falschen Stellen. Aya warf mir einen schiefen Blick zu, als ich von meinem Stapel eine Karte zog, und schüttelte den Kopf.

»Und gleich verlierst du wieder.«

Ich lächelte schwach. »Tut mir leid, ich bin etwas müde«, log ich.

Ich war nicht müde. Ich dachte nur die ganze Zeit an den Abend, der vor mir lag. An das, was ich tun musste.

Dies würde mein letzter Tag in Freiheit sein und ich hatte keine Ahnung, wie ich das überleben sollte. Wie ich überleben sollte, meine Familie zu enttäuschen, in die Fußstapfen meines Vaters zu treten, Valeria und Aya zu verlassen. Ich hatte Aya die Kindheit ersparen wollen, die ich und Valeria hatten, mit einem Familienmitglied, das mit Kriminellen zu tun hatte und bei dem man nie gewusst hatte, ob es heimkommt. Nun war ich gescheitert.

Ich schloss für einen Moment die Augen, wollte mir diesen Moment einprägen: Ayas Freude, wenn sie gewann. Valeria, die Klavier spielte. Das Licht. Der Geruch nach Staub, Desinfektionsmittel und Kakao.

»Warum ist Camila nicht mitgekommen?« Ayas Frage brachte mich dazu, die Augen wieder zu öffnen, und mit einem Mal wirkte der Raum gar nicht mehr so warm wie zuvor. Das Licht war fort, die Sonne weitergewandert. Es dämmerte. Langsam war es Zeit zu gehen.

»Sie kann leider nicht.«

Sie runzelte skeptisch die Stirn. »Und morgen? Kommt sie morgen?«

Ausweichend wandte ich den Blick ab, gab mir alle Mühe, mir nicht anmerken zu lassen, wie sehr mein Inneres bei der Frage krampfte. Ich wusste, dass sie sicher war. Seit ihr Cousin bei ihr war, sicherer denn je. Ich hätte sie niemals wieder ohne Bodyguard allein gelassen. Dennoch war der Schmerz, nicht bei ihr sein zu können, so stark, dass meine Augen feucht wurden.

»Bestimmt kommt sie bald mal wieder«, krächzte ich, erhob mich und küsste Aya auf den Kopf. Skeptisch starrte sie mich an.

»Was ist denn los, Miguel?« Damit stellte auch Valeria ihr Klavierspiel ein, drehte sich um und sah zu mir auf. Ich schenkte ihnen ein Lächeln.

»Alles gut. Ich bin nur müde und muss jetzt weiter zur Arbeit«, log ich.

»Zu Camila?« In Ayas Augen ein Strahlen, in mir pure Dunkelheit. Trotzdem lächelte ich, trotzdem nickte ich.

»Mamá holt euch später ab. Macht keinen Mist.« Damit drückte ich auch Valeria einen Kuss auf die Stirn, wandte mich dann ab, weil der Druck in meinem Inneren langsam, aber sicher zu stark wurde. Nur noch wenige Stunden, dann war es so weit. Heute Nacht würde ich ein Teil von ihnen werden, für sie kämpfen und mein bisheriges Leben hinter mir lassen.

Doch davor musste ich noch eine wichtige Sache erledigen.

Meine Schritte fühlten sich schwer an, als ich in die kleine Einfahrt einbog. Neben der rostigen Garage stand ein Motorrad. Schwarz. Vertraut. Das alles kannte ich, doch seit Neustem war es mir so seltsam fremd.

Mein Klopfen kam zögerlich, dann umso energischer. Es dauerte einen Moment, ehe ich ein Rumpeln hörte und die Tür geöffnet wurde. Vor mir mein bester Freund Ricardo. *Oder vielleicht doch … Darío?*

Er öffnete den Mund, schloss ihn anschließend wieder. Sein Ausdruck war nicht überrascht, aber dennoch überrumpelt. Irgendwie wissend und schuldbewusst. Etwas sagte mir, dass er wusste, weshalb ich gekommen war.

»Miguel«, stammelte er und öffnete die Tür noch etwas weiter. »Komm rein.«

Ich zögerte nicht, trat sofort ins Innere und blieb in dem kleinen Wohnzimmer, das an den Flur grenzte, stehen. Er deutete auf den Sessel, doch ich lehnte ab. Ohne groß drum herumzureden, kam ich sofort zur Sache.

»Du bist Darío Luminia?«

Er sah mich direkt an. Dann zuckte sein Kiefer, was für mich Antwort genug war.

»Du hast deiner Schwester das verdammte Herz gebrochen«,

presste ich hervor und trat näher, woraufhin er den Blick zu Boden wandte. »Ich hätte es wissen müssen. Deine Tattoos.« Aufgewühlt deutete ich auf sein Handgelenk. Er blieb viel zu ruhig. Wieso blieb er so ruhig? »Die zwei X. Du bist ...«

»Ich bin schon lange nicht mehr Darío«, kam es viel zu gelassen aus seinem Mund.

»Wieso nicht? Wieso hast du deine Schwester so leiden lassen?«

Schmerz huschte über seinen Ausdruck, ehe er den Kopf senkte. »Ich weiß, dass es falsch war, sie zu verlassen«, hauchte er, »aber ... manchmal muss man Opfer bringen, um das Richtige zu tun.« Er hob sein Handgelenk, deutete auf sein Tattoo. »Der 10. Oktober 2007 ist der Tag, an dem für mich ein neues Leben begann. Ohne die Schuld, die meine Familie trägt.«

»Also bist du es, der Camila all das antut? Du bist Camilas Stalker?«

»Ich würde meiner Schwester niemals so was antun!«

»Aber sie verlassen und verletzen ... das geht für dich?«

Er wandte sich ab, weil er mir nicht in die Augen sehen konnte. »Wenn du eins über diese Familie wissen musst, dann, dass sie lügen, über alles. Beatriz Luminia hatte nie einen Stalker. Das war alles inszeniert! Javier Vega ist unschuldig gewesen! Raul und seine Schwester haben ihm das angetan. Und ich bin mir sicher, hinter den Angriffen auf Camila steckt auch wieder irgendein dummes Spiel der Luminias.«

Mein Magen drehte sich um. Verwirrt starrte ich ihn an, konnte jedoch nicht antworten.

»Was denkst du, weshalb La Sangre Negra auf dich aufmerksam geworden ist? Raul hat dich nur zu diesem Kampf gedrängt, weil er dich an sie ausgeliefert hat. Sie wussten, wenn du einmal mitkämpfst, gehörst du dazu. Dann kommen sie an dich ran. Raul hat für sie gearbeitet, Geld gewaschen, Aufträge angenommen.«

Die Emotionen brannten mir in meiner Kehle, wurden mit heißer Galle hinaufgespült. Um ruhig zu bleiben, lief ich ein paar Schritte und raufte mir die Haare. »Warum? Warum hat er das getan?«

»Wegen mir«, erwiderte Ricardo. »Er wollte wissen, wo ich bin. Er sucht mich schon seit Jahren, wahrscheinlich um zu verhindern, dass ich irgendetwas verrate.«

»Und warum bist du gegangen?«

Als ich mich wieder ihm zuwandte, wirkte er direkt viel ruhiger und bedachter.

»Weil ich es nicht ausgehalten habe, dass mein Vater das Leben eines unschuldigen Menschen zerstört. Ich konnte nicht fassen, dass er das wirklich tut. Javier Vega arbeitete schon so viele Jahre für meine Tante, war nie auffällig, und dann sollte er plötzlich ein Stalker und gefährlicher Angreifer sein?« Sein Gesicht war schmerzverzerrt, während er sich erinnerte. »Nur wenige Stunden nach dem Vorfall habe ich meinen Vater mit Beatriz sprechen gehört und da wurde mir alles klar. Sie hatten ihm den Angriff angehängt, um irgendetwas anderes zu verschleiern. Als ich meinen Vater darauf ansprach, versuchte er, alles zu leugnen, doch er ist ein mieser Lügner. Ich wusste, dass meine Tante ihn dazu angestachelt hatte, ich wusste, dass sie ihn im Griff hatte – und das bis heute noch. Ich hatte so gehofft, dass er sich trotzdem durchsetzt, dass er für die Wahrheit geradesteht, doch er ist ein mieser Feigling, der sich hinter seiner Halbschwester versteckt, für die er sowieso nie gut genug war.« Ricardos Stimme war hassverzerrt. »Ich war so wütend und enttäuscht von meiner Familie, bin sogar zur Polizei gegangen, doch die nahmen einen Fünfzehnjährigen nicht ernst. Vermutlich hat Beatriz sogar die Justiz fest im Griff, oder hast du das Gefühl, die Polizei nimmt Camilas Stalkingangriffe ernst?«

Ich überlegte, erinnerte mich zurück. Er hatte recht. Tatsächlich hatte ich bisher nicht viel von irgendwelchen Polizeiermittlungen mitbekommen – nicht mal, als Camilas Stalker nachweislich in ihr Zimmer eingebrochen war und ihr eine Scherbe hinterlassen hatte. Ich hatte Señor Luminia zwar davon berichtet, woraufhin er gemeint hatte, er würde es weitergeben, genauso wie die Scherbe als Beweismittel, aber … wo waren die Beamten gewesen? Señor

Luminia hatte schon bei unserem ersten Gespräch davon geredet, die Polizei würde nichts finden. Hatten sie überhaupt richtig gesucht? Oder waren sie von Beginn an gar nicht so stark involviert gewesen, weil die Luminias sie nicht ausreichend miteinbezogen hatten? »Ich war sauer auf meine Familie, sauer auf das System, also bin ich abgehauen. Zuerst kam ich bei Freunden unter, hatte eigentlich gar nicht vorgehabt, für immer zu verschwinden, doch zu sehen, dass er einfach so weitermachte, nachdem sie das Leben eines Menschen zerstört hatten, hat mich noch weiter fortgetrieben. Ich wollte nicht mehr dazugehören, ich wollte diesen Namen nicht mehr tragen, baute mir eine neue Identität auf, suchte mir einen Job, versuchte, mein altes Leben hinter mir zu lassen. Auch wenn es wehtat, Camila und meine Mutter loszulassen, wusste ich, dass ich niemals wieder in diesem Haus glücklich sein würde. Und es wirkte auch nicht so, als würden sie mich sonderlich vermissen, sie waren glücklich, haben fröhliche Ausflüge gemacht, immer gelacht.«

»Doch nur, um Camila diesen Verlustschmerz erträglich zu machen! Du hast keine Ahnung, wie sehr sie leidet wegen dir.«

Er atmete tief durch, schien einen Moment zu überlegen und schluckte. »Mag sein«, flüsterte er. »Und ich bereue das sehr. Aber damals war es für mich das einzig Richtige, zu gehen. Das war nicht meine Welt, ich wollte nicht zu dieser ausbeuterischen Elite gehören, denen andere Menschen egal waren.«

»Und Javier Vega? Das Foto mit ihm … Wart ihr befreundet?«

Sein Blick fiel zu seinem Bücherregal, dorthin, wo ich das Foto vor einigen Wochen gefunden hatte, damals, als ich noch nicht verstanden hatte, was es bedeutet. »Ich habe seinen Fall verfolgt. Ich wusste, dass er in eine psychiatrische Klinik eingewiesen worden war, weil er sich so gegen die Anschuldigungen gewehrt hatte, dass er als psychisch krank eingestuft worden war. Stell dir das mal vor … da schnippst eine der mächtigsten Frauen Spaniens mit dem Finger und dein Leben ist vorbei. Plötzlich hinterfragt niemand mehr die Lücken in der Story, plötzlich bist du psychisch krank, weil du unbedingt die Wahrheit klarstellen willst. Ich begann, Javier zu besuchen, verbrachte Zeit mit ihm in der Klinik, weil er niemand anderes hatte, versuchte, ihm irgendwie etwas zurückzugeben, auch wenn ich wusste, dass das, was meine Familie angerichtet hatte, nicht wiedergutzumachen war.«

Fassungslos schüttelte ich den Kopf. »Aber …«, begann ich und trat noch mal näher. »Camilas Stalker … die Dinge, die ihr passieren … das ist alles real. Und es hat etwas mit damals zu tun. Mit dem 10. Oktober. Jemand will es deiner Familie heimzahlen. Ein Racheakt. Ich kann mir beim besten Willen nicht vorstellen, dass das inszeniert ist.«

Ricardo schüttelte den Kopf. »Kann sein, dass es real ist, aber ein Racheakt würde keinen Sinn ergeben.«

»Warum nicht?«

Seine Brauen verdunkelten sich. Die Tiefe, mit der sein Blick in meinen Augen einsank, jagte mir einen Schauer über den Rücken. »Wer sollte denn dahinterstecken? Javier ist nicht nur mittlerweile tot, sondern auch alleinstehend gewesen. Es gibt niemanden, der das tun könnte. Es tut mir leid, aber die Wahrheit tut weh … Ich traue Beatriz Luminia alles zu.«

Das ungute Gefühl, dass Ricardo recht haben könnte, machte sich in mir breit. Was war, wenn er die Wahrheit sprach? Ihre Familie ihr das antat? Ein Teil von mir hoffte es tatsächlich für sie, denn das bedeutete, dass sie nicht wirklich in Gefahr steckte. Ein anderer wollte, dass das alles endlich ein Ende fand.

»Aber wieso?«, fragte ich. »Was würde es Beatriz Luminia bringen, Camila das anzutun?«

Ricardo zuckte mit den Schultern. »Was weiß denn ich? Beatriz hat schon immer gerne ihre Machtspielchen gespielt – vor allem, wenn es um ihren Bruder ging. Vielleicht versucht sie, Raul einzuschüchtern. Vielleicht will sie irgendetwas von ihm, will ihn noch mehr schwächen. Camila ist dabei nur Mittel zum Zweck.«

Ich hielt inne, ging in mich, versuchte, die vielen Fragen in meinem Inneren mit seiner Erklärung zu beantworten. Doch es war unmöglich. »Das ergibt trotzdem keinen Sinn. Das ist mir zu einfach«, hauchte ich gedankenversunken. »Was ist, wenn du falschliegst? Deine Schwester könnte in ernsthaften Schwierigkeiten stecken. Ist dir das egal? Kannst du wirklich mit diesem Wissen leben? Ich …« Ich brach ab, als mein Handy vibrierte. Die Nachricht auf meinem Bildschirm ließ das Blut in meinen Adern gefrieren.

Unbekannte Nummer

Wir freuen uns auf dich …
César.

»Ich muss jetzt gehen«, meinte ich mit zittriger Stimme und wandte mich ab, bereit, mich zu stellen.

»Tu das nicht, Miguel. Geh nicht zu ihnen.« Ich stockte, drehte mich noch mal um. »Was ist mit deiner Familie?«

Ich schnaufte gehässig, schüttelte fassungslos den Kopf. »Ich tu das *für* sie«, hauchte ich. »Und du? Was ist mit deiner Familie?« Langsam trat ich näher. Ricardo sah mich schuldbewusst an. »Camila ist einer der selbstlosesten Menschen, die ich kenne. Du hast so viel wertvolle Zeit mit deiner Schwester verschwendet, und ich an deiner Stelle würde mir das niemals verzeihen.«

Kapitel 40

Camila

Der Tag der Pasarela Futuro begann mit purem Adrenalin.

Schon früh am Morgen war die Veranstaltungshalle ein einziges Chaos aus Designern, Models, Organisatoren und Visagisten, die hektisch durch die Reihen eilten, letzte Anpassungen an den Outfits vornahmen oder sich über Zeitpläne stritten. Ein elektrisierendes Kribbeln lag in der Luft, eine Mischung aus Stress, Vorfreude und purer Anspannung. Und ich mittendrin.

Mein Herz pochte mir bis in die Schläfen, als ich durch die Gänge huschte, meine Mappe fest an meine Brust gedrückt.

Obwohl ich mich die letzten Tage dank meiner Freunde gut hatte ablenken und vorbereiten können, saß mir die Angst noch immer eiskalt im Nacken. Es war noch nicht vorbei, das wusste ich. Ich hatte noch immer keine Ahnung, was mein Stalker von mir wollte, ob ich mich jemals wieder mit meinem Vater versöhnen könnte und wie es nach dem heutigen Tag weitergehen würde.

Ich hatte Miguel seit dem Wochenende nicht mehr gesehen. Seit der Begegnung mit La Sangre Negra war Funkstille. Kein Anruf. Keine Nachricht. Nichts. Und ich wusste, das würde auch so bleiben. Sicherlich war das sein Weg, mich zu schützen. Und obwohl ich wusste, dass es vorbei war – dass es vorbei sein musste –, kehrten meine Gedanken immer wieder zu ihm zurück. Ich fragte mich, wo er war. Ob es ihm gut ging. Ob er heute kämpfen und sich opfern musste. Und ob ich ihn je wiedersehen würde.

Ein Teil von mir wollte sich heute nur auf meine Kollektion konzentrieren, auf die Bühne, auf all die Arbeit, die ich hineingesteckt hatte. Aber ein anderer Teil – ein viel zu großer Teil – war bei ihm.

»Camila, das Kleid braucht noch einen Feinschliff am Saum. Kannst du mal schauen?«, rief Ester mir zu, während sie sich mit einer Stecknadel vor das Model kniete. »Wir haben genau vier Minuten, dann geht sie zum Hair und Make-up!«

Ich brauchte einen Moment, um wieder im Hier und Jetzt anzukommen, und schüttelte den Kopf, als könnte ich die Gefühle damit auch abschütteln. »Ich komme sofort!«

Mein Atem ging flach, als ich mich an den Stoffbahnen und Nähmaschinen vorbeizwängte. In einer Ecke saß Matteo mit seiner Kamera, machte spontane Behind-the-Scenes-Fotos und zwinkerte mir aufmunternd zu.

»Wie fühlst du dich?«, fragte er, während ich mich zu Ester gesellte und ihr half, die Nadeln richtig zu setzen.

»Wie ein wandelndes Nervenbündel.«

Er lachte. »Du wirst das rocken, Camila. Vertrau mir. Und danach«, er fasste mir an die Schulter und sah mich eindringlich an, »danach werden wir alle endlich feiern.«

Ich nickte ihm dankbar, aber gehetzt zu, und versuchte, mich zu beruhigen. Doch sobald ich an den Vorhang trat und durch einen Spalt hinaus in den Zuschauerraum sah, stockte mein Atem.

Mein Vater war nicht da.

Sein Platz in der ersten Reihe – der, der extra für ihn mit einem Namensschild versehen worden war – blieb leer. Irritiert wanderte mein Blick weiter durch die Reihen. Doch ich fand ihn nicht. Er *musste* da sein, schließlich war er Ehrengast. *Vestura* war einer der Hauptsponsoren der Show. Selbst wenn unsere Beziehung am

Abgrund stand – ein solcher Termin war für ihn bislang immer Pflicht gewesen.

Die Stille, die seine Abwesenheit in mir hinterließ, war laut. Ich wusste nicht, ob ich enttäuscht, wütend oder erleichtert war.

Neben dem leeren Platz saß – natürlich – Beatriz. Aufrecht, stolz, mit gerunzelter Stirn und zusammengepressten Lippen. Sie gehörte als eine der wichtigsten Persönlichkeiten in der Modewelt Spaniens selbstverständlich ebenfalls zu den Ehrengästen der Veranstaltung und sah sich mit gehobenem Kinn in der Menge um. Als würde auch sie nach ihm Ausschau halten.

Mein Mund wurde trocken.

Wieso war er nicht hier?

Wo war er?

»Camila?« Sierra legte mir beruhigend eine Hand auf die Schulter. Felipe und sie hatten bereits bemerkt, wohin ich so verbissen geschaut hatte. Während Felipes Ausdruck dunkler wurde, sobald er seine Mutter entdeckte, verzog Sierra mitfühlend die Lippen. Obwohl meine Tante sie wie Dreck behandelte, blieb sie immer ruhig, was ich sehr bewunderte.

»Mein Vater ist nicht da«, hauchte ich.

Felipe runzelte die Stirn, während Sierra mir ein aufmunterndes Lächeln schenkte.

»Er kommt bestimmt noch. Das hier ist deine Nacht. Deine Show. Lass dir das von niemandem kaputt machen.«

»Sie hat recht«, bestärkte Felipe seine Freundin und zog sie an sich, ehe er mir in die Wange zwickte. »So was lässt er sich doch nicht entgehen. Hier«, er reichte mir eine Wasserflasche, »du bist ganz blass.«

Dankbar nahm ich sie entgegen und trank einen Schluck.

»Danke, dass ihr da seid.«

Felipe lächelte mich warm an, ehe er mich in eine Umarmung zog und mir über den Rücken fuhr. »Immer.«

Ich presste die Augen zusammen, sobald sich der Druck in meiner Brust in eine heiße Träne verwandelte, die hinter meinen

Lidern brannte. Zu wissen, dass ich trotz all dem Chaos, trotz all der Angst und trotz der Grässlichkeiten, die in meiner Familie herrschten, niemals allein war, gab mir so viel Kraft.

Gerade als ich noch mal hinaus frische Luft schnuppern wollte, drang eine laute Stimme durch die Lautsprecher.

»Nächste Präsentation: Camila Luminia!«

Ich warf einen letzten Blick durch den Vorhang in die Menge und stockte. War da hinten bei der Bühnentechnik wirklich ein Schatten oder wurde ich wieder paranoid? Ein eiskaltes Kribbeln fuhr über meinen Nacken. Hier waren überall Menschen. Zuschauer, Fotografen, Techniker. Wieso also sollte irgendetwas in mir Alarm schlagen, nur weil ich hinter der letzten Reihe eine Bewegung gesehen hatte?

Trotzdem starrte ich weiter in die Dunkelheit und nahm die Menschenmenge nur am Rande meines Sichtfeldes wahr. Erst als mich jemand sanft am Arm rüttelte, löste ich mich aus meiner Starre.

»Okay, es geht los!«

Miguel

Noch bevor ich die rostige Metalltür erreichte, war da wieder dieser Schmerz an meiner Seite. Die Narbe unter meinem Shirt spannte, als wüsste sie genau, wo ich war. Als könnte sie sich erinnern.

An das Messer.

An das Blut.

An die Schreie.

Der Boden der verlassenen Lagerhalle war staubig, rissig, die Luft abgestanden, durchzogen von Schweiß, Blut und längst verflogener Gewalt. Das Licht der untergehenden Sonne fiel durch die zerbrochenen Fenster und zerstreute sich auf dem Boden wie Asche.

Obwohl ich nicht wollte, ging ich weiter und näherte mich der schweren Metalltür. Ein hochgewachsener Mann kam mir entgegen und stellte sich mir in den Weg.

Groß. Glatze. Die Lederjacke spannte über seinen breiten Armen. Eine Zigarette hing in seinem Mundwinkel, nur dieser winzige Funken glühte in der Dunkelheit.

Er musterte mich langsam, dann grinste er.

»Miguel Pérez?«

Ich antwortete nicht, presste nur den Kiefer zusammen und nickte. Für einen Moment dachte ich, er würde gleich zuschlagen. Stattdessen spuckte er die Kippe aus, zertrat sie und zog das alte Metall auf.

»Drinnen wird nicht diskutiert. Kein Theater, kein Rückzieher. Du weißt, worauf du dich einlässt.«

Ich antwortete nicht, passierte einfach die Tür und folgte ihm ins Innere. Der Flur dahinter war schmal, roch nach feuchtem Beton und alten Motoren. Lampen flackerten, warfen Licht auf abblätternde Wände. Ich hörte Stimmen, das dumpfe Hämmern von Musik, vereinzelt Lachen – nicht aus Freude, sondern aus diesem grausamen, harten Vergnügen, das nur die Männer von La Sangre Negra kannten.

Aus den Nebenräumen, die wir passierten, wurden mir Blicke zugeworfen. Ich wusste, dass sie nur auf mich gewartet hatten. Sobald wir den großen Raum betraten, drückte die Luft noch schwerer gegen meine Lunge. Ein Ring aus dicken Seilen stand in der Mitte. Ich erinnerte mich, sah mich selbst darin stehen, darin liegen. Mein Blut auf dem Boden. Jetzt war es fortgewischt.

Um den Ring herum waren Tische aufgebaut. Manche Männer standen, andere saßen auf umgestürzten Kisten, rauchten und spielten Karten. Ihre Augen wanderten zu mir und prüfend über meinen Körper.

Es war ein einziges Klatschen, das meine Aufmerksamkeit zurück zum Ring zog. César war hineingetreten, applaudierte und grinste mich an. Er war schwarz gekleidet, wie immer. Hemd,

Jacke, Handschuhe. Hinter ihm tauchte auch Delgado auf. Sein widerliches Grinsen ging mir durch Mark und Bein. Wie sehr ich sie hasste. Sie alle.

Ich blieb mitten im Raum stehen, starrte hoch zu ihm. Auch César sah mich an, auf seinen Lippen ein siegessicheres und zufriedenes Lächeln.

Der Glatzkopf neben mir packte mich am Kragen und zog mich hinauf in den Ring, wo ich mich losriss. Jetzt stand ich direkt vor César.

»Pérez. Ich bin beeindruckt.«

Ich antwortete nicht.

»Ich wusste, du würdest kommen«, fuhr er fort, sein Tonfall schmeichelhaft, aber wie immer mit etwas Teuflischem darin. »Ehrlich gesagt, ich bewundere deine Loyalität. Familie und so. Sehr rührend, wie sehr du Rauls Tochter liebst. Du würdest alles für sie tun. Sogar dich selbst aufgeben.«

Statt etwas zu sagen, biss ich mir auf die Lippe und senkte den Blick auf meine Hände. Sie waren zerschunden. Überall Schwielen und alte Narben. Spuren meiner Wut. Spuren meiner Kämpfe. Spuren eines Lebens, das ich nie gewollt hatte. »Ich glaube, du schätzt mich falsch ein, César«, sagte ich leise und sah wieder auf. »Nur weil ich hier bin, bedeutet das nicht, dass ich auch für euch kämpfen werde.«

Césars Lächeln gefror. Eine unangenehme Anspannung legte sich über den ganzen Raum. Schließlich lachte er. Seine Schergen stimmten mit ein. »Du musst lebensmüde sein.«

»Ich bin hier, weil ich dachte, ich hätte keine Wahl. Aber vielleicht ist das nicht wahr. Vielleicht … hab ich sie doch.« Ohne ihn aus den Augen zu lassen, trat ich einen Schritt zurück. »Vielleicht bin ich ja bereit, unterzugehen. Aber nicht für euch.« Delgado wollte mit einem Messer auf mich zustürmen, doch César hob die Hand und stoppte ihn.

»Willst du dich wirklich zum Helden machen, Miguel? Hier? Vor diesen Männern?« Sein Blick glitt schneidend wie eine Rasierklinge über mein Gesicht. »Glaubst du, es macht dich zu etwas Besserem, wenn du stirbst, während deine Familie alles verliert?« Stille. Ich atmete schwer. Meine Rippen taten weh. Alles tat weh. Mein Herz. Mein Kopf.

»Lieber sterbe ich«, begann ich dann, »als meine Würde zwischen euch Mistkerlen zu verlieren.«

César nickte langsam. Eine gefühlte Ewigkeit herrschte Stille. Keiner regte sich. Da war nur noch immer diese hochexplosive Spannung, die den Raum erfüllte. Bis er schließlich die Hand hob.

»Gut.« Er presste bedauernd die Lippen zusammen. »Es war mir eine Freude, dich kennengelernt zu haben.«

Damit nickte er seinen Männern zu, die sich umgehend auf mich stürzten. Ich konnte gar nicht zählen, wie viele es waren, so schnell trafen mich ihre Fäuste und Tritte. Mit voller Härte schlug ich zurück, sah Blut spritzen, fühlte mein eigenes aus meiner Lippe laufen. Einer warf mich zu Boden, doch ich riss ihn mit. Meine Rippen brannten, der Schädel dröhnte, alles wurde dumpf.

Irgendwo lachte Delgado. Ich sah auf, gerade als er mit dem Stiefel auf mich zielte und sein Bein hob. Es war Camilas Gesicht, das mir in dem Moment vor Augen trat. Ihr Lächeln, der Wind, der an ihren Strähnen zehrte, die tiefrote Abendsonne auf ihren Wangen. Dieser Anblick linderte die Schmerzen und gab mir neue Kraft. In letzter Sekunde wich ich Delgados Stiefel aus, rollte mich zur Seite und hievte mich wieder auf die Beine. Ein Mann kassierte einen festen Haken, einem anderen brach ich die Nase. Im nächsten Moment stürzte sich Delgado auf mich, legte das Messer an meine Kehle, sein Atem streifte mein Gesicht. Er lachte wieder. »Das war's dann wohl.« Die Klinge drückte sich bereits in meine Haut, als ein lauter Knall ertönte.

Kapitel 41

Camila

Das Licht tanzte über den Laufsteg wie flüssiges Gold, verfing sich in den Akzenten meiner Kleider. Ich stand seitlich, direkt hinter dem schweren, dunklen Samtvorhang, das Herz hämmerte gegen meinen Brustkorb. Die letzten Wochen, all die schlaflosen Nächte, die unzähligen Tränen – in diesem Moment spielte das alles keine Rolle.

Denn es lief perfekt.

Meine Models glitten über den Laufsteg, jedes Kleid erzählte seine eigene Geschichte. Fließende Seide, schwerer Brokat, glitzernder Tüll – meine Handschrift lag auf jedem Zentimeter Stoff. Der Applaus brandete auf, als das zweitletzte Model den Laufsteg verließ. Und dann kam es: mein Showpiece.

Ein Kleid, das wie flüssiger Mondschein fiel – silberweiß, mit fein eingestickten Details, die im Licht aufleuchteten wie winzige Sterne. Es schwebte über den Catwalk getragen von einem ruhigen, ernsten Model mit strengem Haarknoten und offenem Blick.

Je länger ich es betrachtete, desto mehr krampfte es in meiner Brust. Denn ich sah darin ihn. Jene Nacht im Meer, von Mondschein geküsst, sein Atem auf meiner Haut, Unsicherheit und

Sehnsucht zwischen uns. Damals hatten Miguel und ich noch nicht verstanden, was das zwischen uns war. Heute schmerzte es umso mehr.

Die Musik wurde leiser. Die Lichter senkten sich leicht. Mein Herz pochte mir immer heftiger in den Schläfen, je näher das letzte Model dem Ende der Bühne kam. Ich wusste, gleich war es so weit. Gleich wurde ich aufgerufen.

»Und nun begrüßen Sie mit mir: die Designerin der Kollektion *Elegancia para todos* – Camila Luminia!«

Für einen Moment stand ich wie festgewurzelt da. Dann atmete ich tief durch und trat hinaus, das Gesicht von tausend Scheinwerfern beschienen, das Herz flatternd wie ein aufgeschreckter Vogel. Applaus ertönte. Donnernd dröhnte er in meinen Ohren und für einen Moment wurde mir schwindelig. Trotz all der Eindrücke, die meine Sinne vollkommen überforderten, verbeugte ich mich. Meine Augen glitten über das Publikum. Der Platz meines Vaters war nach wie vor leer. Er war nicht gekommen. Er war nicht da. Ihm war das alles scheißegal.

Trotzdem zwang ich mich zu einem Lächeln, strahlte der Menge entgegen und versuchte, den Moment in mir abzuspeichern. Das hier war mein Erfolg. Ich hatte es verdient, ihn zu genießen. Noch einmal atmete ich tief durch, nahm den Applaus in mich auf und nickte dem Publikum anerkennend zu. Dann wandte ich mich ab, um die Bühne wieder zu verlassen.

Doch dann flackerte das Licht.

Ein kurzes Zucken, ein Stromstoß, der in absoluter Dunkelheit endete.

Ein dumpfer, knackender Laut ertönte, als auch die Musik abrupt abbrach. Die gespannte Stille, die folgte, war so dick, dass man sie hätte zerschneiden können. Einige Zuschauer konnte man verunsichert tuscheln hören. Sicherlich dachten sie, es würde sich um eine technische Panne handeln.

Doch ich wusste sofort: Das hier war kein Unfall.

Panisch wirbelte ich herum. Die Bildschirme, die über dem

Laufsteg hingen – riesig, klar sichtbar für das ganze Publikum –, sprangen plötzlich an.

Ein Rauschen. Schwarz-Weiß-Streifen. Bis plötzlich zwei Gesichter auftauchten.

Mein Vater und Beatriz.

Ich kannte das Foto. Es war vor ein paar Jahren bei einem Pressetermin aufgenommen worden. Beide zeigten ein nüchternes, beinahe arrogantes Lächeln, während sie in die Kamera starrten. Eine ganze Ewigkeit passierte nichts. Dann hörte man das Geräusch von Wassertropfen. Ich realisierte, dass es aus dem Lautsprecher kam, sah mich mit rasendem Herzen in der Dunkelheit um. Das erschrockene Raunen der Menge ließ meinen Blick wieder zurück zum Bildschirm huschen.

Blut.

Die Tropfen liefen über das Gesicht meines Vaters und meiner Tante, flossen langsam über ihre Augen, ihre Wangen, ihre Münder, tauchten sie in ein grausames Rot. Sie verloren ihre Menschlichkeit. Ihre Gesichter wurden zu monströsen Fratzen.

Die blutige Farbe zog einen langen Strich über das Foto. Buchstaben formten sich. Es begann mit einem M, lief weiter mit einem Ö. Spätestens beim dritten Buchstaben ahnte ich, welches Wort es werden würde. Mir rutschte das Herz in die Hose, mein Puls raste.

MÖRDER. MÖRDER. MÖRDER.

Ein keuchendes, kollektives Einatmen hallte durch den Raum. Die Unruhe wurde lauter, spürbarer. Der Tumult brach wie eine explodierende Welle über die Menge herein. Stühle kippten. Menschen drängten zur Tür. Jemand fiel, ein anderer rief nach Hilfe. Ich stand wie versteinert da und suchte in der Dunkelheit, nur durchbrochen vom Licht des Bildschirms, nach einem Hinweis. Suchte nach der Person, die dafür verantwortlich war. Das Gesicht meiner Tante war wutverzerrt, ihr Blick so düster wie nie zuvor. Ein Mann der Security führte sie in Richtung Ausgang, ehe das Licht der Bildschirme erneut flackerte – dann wurden sie schwarz. Dann wurde der ganze Raum schwarz.

Ich wollte mich bewegen. Zurückweichen. Weglaufen. Doch ich war wie erstarrt.

Ein Atem, heiß und viel zu nah, streifte meinen Nacken. Gerade als ich mich umdrehen wollte, packte eine Hand meinen Oberarm und zog mich bestimmend zurück. Ich sog scharf die Luft ein, dann wurde mir etwas Weiches auf den Mund gedrückt und alles wurde schwarz.

Miguel

Der Geschmack von kaltem Eisen breitete sich in meinem Mund aus.

Meine Ohren rauschten nur noch, als sei ich unter Wasser. Ich wusste nicht mehr, wo oben und unten war – ob das Stechen in meinem Schädel von der Faust an meiner Schläfe kam oder vom Druck meiner eigenen Gedanken.

Von allen Seiten stürzten sie sich auf mich.

Ich schlug nur noch blindlings um mich, instinktiv, ziellos. Hände, Fäuste, Schreie – alles verschwamm zu einer einzigen dunklen Masse.

Nicht nachlassen. Bleib am Leben.

Es war Delgados Messer, das mich zum Stillstand brachte. In der grellen Reflektion der Neonröhre blitzte es auf. Es war, als könnte ich es spüren, bevor es mich überhaupt berührte. Mein Körper kannte es bereits. Er erinnerte sich.

»Das war's dann wohl, Pérez« war das Letzte, was ich hörte, bevor ein lauter Knall ertönte und Chaos ausbrach. Ich wusste erst nicht, von wo die Schreie kamen, hatte keine Orientierung, als Delgado von mir abließ und wegrannte. Ich taumelte zurück, erst dann sah ich sie.

»POLIZEI! ALLE AUF DEN BODEN!«

Die Halle wurde von grellem Licht geflutet. Dutzende bewaffnete Männer in voller Montur stürmten herein. Schwarze Westen, Helme, Sturmgewehre. Blaue und weiße Blitze zuckten über Wände und Gesichter.

Ich sog scharf die Luft ein und taumelte. Mein Kopf war leer und gleichzeitig viel zu voll. Delgado versuchte noch mal, auf mich loszugehen, aber da waren schon zwei Beamte bei ihm. Sie packten ihn und warfen ihn gegen den Ringpfosten. Etwas knackte. Er schrie.

Ich stand da, mitten im Ring, zwischen Blutlachen und Scherben, kaum mehr bei Bewusstsein und versuchte, mit den Geschehnissen klarzukommen. Stimmen schrien durcheinander. Einer der Typen zog ein Messer – Sekunden später lag er auf dem Boden, ein Gummiknüppel in seinem Gesicht.

La Sangre Negra war gefallen.

Wie umgestoßene Spielfiguren, zerstreut und schreiend lagen sie auf dem Boden.

»Miguel Pérez?« Ein bewaffneter Polizist kam direkt auf mich zu. Er hob seine Marke. Ich sah sie nur verschwommen. Das Einzige, was mir im Gedächtnis blieb, waren seine stechend blauen Augen und die dunklen buschigen Brauen. Instinktiv hob ich die Arme, bereit, mich abführen zu lassen. Denn ich gehörte hierher. Ich hatte mitgekämpft, hatte bei den illegalen Wettkämpfen mitgemacht und stand in direkter Verbindung zu La Sangre Negra. Ob ich es wollte oder nicht, ich war ein Teil von alldem.

Der Beamte blieb direkt vor mir stehen, rührte mich aber nicht an. Sein Gesicht blieb neutral. Die Waffe gesenkt.

»Mein Name ist Kommissar Duarte. Kommen Sie bitte mit. Draußen wartet ein Krankenwagen. Wir werden uns um Sie kümmern.«

»Was …? Wieso …«

Verwirrt runzelte ich die Stirn, auch wenn selbst diese kleine Bewegung schmerzte. Dennoch folgte ich ihm mühsam und atemlos hinaus. Die Nacht schlug mir entgegen. Das grelle Blinken zahlreicher Einsatzwagen brannte in meinen Augen und ich kniff die Lider zusammen. Überall waren Polizisten. Ich entdeckte César, hörte ihn brüllen, während er abgeführt wurde.

Dann stockte ich, erstarrte umgehend, als ich ihn sah.

An einem der Einsatzwagen stand Raul Luminia und sah mich eindringlich an. Ruhig. Irgendwie friedlich. Was zur Hölle … hatte er mit der Polizei Geschäfte gemacht? Um mich auszuliefern?

Mein Magen zog sich zusammen.

»Was … was wird mir vorgeworfen?« Meine Stimme klang brüchig. Señor Duarte neben mir hielt inne und drehte sich um.

»Nichts. Sie sind ein freier Mann, Señor.«

Ich starrte ihn an.

»Ein … freier Mann?«, wiederholte ich. »Aber …«

»Glück gehabt, Señor Pérez«, unterbrach er mich und hob missbilligend die Brauen, als würde er mich alles andere als gerne gehen lassen. »Aber das wurde bereits für Sie geregelt.« Schließlich warf er einen kurzen Blick zu Señor Luminia, der in diesem Moment seelenruhig in das Polizeiauto stieg – Handschellen an den Handgelenken. Kein Widerstand. Keine Widerworte.

Nur ein letzter Blick aus dem Fenster. Direkt zu mir. Täuschte ich mich oder tauchte auf seinen Lippen ein trauriges Lächeln auf? Dann nickte er beinahe warm, bevor das Fahrzeug wegfuhr. Mein gesamter Mund wurde trocken.

Ratlos stand ich da, starrte ihnen nach und wusste nicht, was ich nun mit mir anfangen sollte. Als ich die Hände hob, erkannte ich das Ausmaß meiner Verletzungen. Meine Finger waren blutig, der Schädel brummte. Erst als eine warme Hand auf meiner Schulter landete, regte ich mich wieder.

Benommen drehte ich mich um und sah direkt in seine Augen. Ricardo. Er betrachtete die Wunden in meinem Gesicht. Dann nickte er in Richtung der Einsatzkräfte.

»Er hat endlich das Richtige getan«, hauchte er.

Ich schüttelte den Kopf. »Was …«

»Die Polizei ist schon lange hinter La Sangre Negra her. Raul hat ihnen von seinem Geschäft mit ihnen erzählt und sich selbst geopfert.«

»Aber …«, ich schüttelte den Kopf, »warum haben sie ihn im Gegenzug nicht gehen lassen?«

»Das wollten sie«, sagte Ricardo. »Aber er hat darauf bestanden, dass du stattdessen die Freiheit bekommst, die du verdient hast.«

Fassungslos schüttelte ich den Kopf und wusste nicht, was ich sagen sollte. War es wirklich wahr? War all dieser Mist endlich rum? War ich … frei?

Meine Gedanken wanderten zu meiner Mutter, Aya, Valeria. Ich sah sie deutlich vor mir. Ich durfte bei ihnen bleiben.

Ich hätte niemals damit gerechnet, dass mir ausgerechnet Señor Luminia das Leben retten würde.

»Er wird sich endlich der Wahrheit stellen.« Als ich aufsah, starrte Ricardo ins Leere, die Augen glasig, der Blick viel zu traurig, beinahe sehnend. Er schien in einer Erinnerung festzustecken.

»Und du?«, fragte ich. »Was hast du jetzt vor?«

Er hob den Blick und presste die Lippen zusammen. »Ich glaube«, begann er, »ich selbst muss auch einiges in Ordnung bringen.«

In dem Moment spürte ich ein Vibrieren in meiner Jackentasche, im selben Augenblick, in dem unter den Polizisten plötzlich ein hektisches Treiben entstand. Während ich mein Handy aus der Tasche friemelte, beobachtete ich, wie einige sich hastig in die Autos schwangen und losfuhren, sie riefen sich Codes zu, die ich nicht verstand. Auch Ricardo hob verwundert die Brauen.

Eine unbekannte Nummer strahlte mir vom Display entgegen. Noch bevor ich den Anruf annahm, gefror sämtliches Blut in meinen Adern.

»Miguel?« Das war Ester. Sie klang panisch, verweint. Mein Herz setzte aus. »Du musst unbedingt zur Pasarela kommen. Camila … Sie ist verschwunden.«

Kapitel 42

Camila

Dunkelheit.

Vor meinen Augen, in meinem Inneren. Fest, Schwer. Undurchdringlich.

Ein heißes Gefühl breitete sich in meiner gesamten Brust aus, als hätte ich Feuer eingeatmet. Als ich mit der Hand darüberreiben wollte, spürte ich einen Widerstand. Ich konnte meine Arme nicht bewegen, sie waren am Rücken fixiert. Die Panik, die mich nun überrollte, ließ mich beinahe ohnmächtig werden. Ich hörte mich selbst keuchen, ein kurzer, rauer Ton, fast wie ein Winseln. Mein Kopf rauschte. Kein Gedanke kam zu Ende. Kein Atemzug reichte aus. Es war, als würden die Fesseln auch um meinen Hals liegen, als würden alle Gliedmaßen abgeschnürt werden.

Camila.

Eine Stimme hallte durch meinen Kopf. Eine verblasste Erinnerung, gleichzeitig so glasklar.

Tief einatmen, Camila. Hör mir zu. Du kannst das.

Erneut schnappte ich nach Luft. Tiefer, kraftvoller, je klarer Miguels Worte durch mein Gedächtnis hallten. Langsam, ganz langsam spürte ich, wie mein Atem etwas ruhiger wurde. Doch es reichte nicht. Diesmal reichte es nicht.

Ich bin hier. Du bist in Sicherheit.

Die Erkenntnis, dass er nicht bei mir war, dass er irgendwo da draußen vielleicht gerade im Ring stand und ich ihn nie wiedersehen würde, sandte heiße Tränen in meine Augen. Ich schluchzte angsterfüllt auf, gerade als der Boden unter mir ruckelte. Erst jetzt versuchte ich, mit all meinen übrigen Sinnen herauszufinden, wo ich war. Ich bewegte einen Finger, fuhr damit über den Untergrund. Er war rau, hartes Polster, gedämpft. Dann schwankte es wieder. Ein monotones Vibrieren, ein Dröhnen.

War ich in einem fahrenden Auto? In einem Kofferraum? Wo würde er mich hinbringen? Was würde er mir antun?

Angestrengt robbte ich mich herum, um weitere Dinge ausmachen zu können, irgendwelche Hinweise, die mir hier raushelfen würden.

Die Luft war stickig. Es roch nach Staub und Leder, nach altem Benzin und … aufmerksam hielt ich inne. In der Luft lag etwas, das ich kannte. Etwas Vertrautes.

Ein Parfüm. Moschus. Zimt. Und dieser leicht herbe Duft von Pfefferminzöl, der mich an einen bestimmten Ort erinnerte. Oder an eine Person.

Ich kannte diesen Geruch. Vermutlich kannte ich dann auch meinen Stalker. Meinen Entführer.

Keine Ahnung, wie lang wir noch fuhren, bis der Wagen plötzlich langsamer wurde. Es hätten Stunden, es hätten aber auch nur Minuten gewesen sein können. Sobald er stoppte, war es nur noch das Pumpen meines Herzens, das ich hören konnte. Ich vernahm ein Knirschen. Standen wir auf Schotter? Kies? Die Tür wurde zugeschlagen, das Auto ruckelte, dann näherten sich Schritte.

Mit trockener Kehle presste ich die Lippen zusammen und hielt den Atem an. Doch als die Kofferraumklappe geöffnet wurde, schnappte ich dennoch panisch nach Sauerstoff. Kühle Nachtluft schlug mir entgegen. Das grelle Licht einer Taschenlampe brannte in meinen Augen. Schmerzerfüllt presste ich sie zusammen. Es roch nach feuchter Erde, Pflanzen, ein Hauch von Weihrauch.

Erst als der Lichtkegel hinabsank, traute ich mich, die Augen wieder zu öffnen. Durch die Tränen war alles verschwommen. Ich brauchte einen Moment, um die Umgebung wieder scharf zu stellen.

Umrisse eines Körpers, der sich näherte. Je dichter er kam, desto schärfer wurde sein Gesicht und …

Mein Herz vergaß für einen Moment zu schlagen, setzte einfach aus. Purer Stillstand. Die Welt hörte auf, sich zu drehen, während meine Lippen stumm einen Namen formten.

»Du …?«

Kapitel 43

Miguel

Als wir um die letzte Kurve bogen, traf mich der Anblick der *EstiloArte* wie ein Faustschlag.

Die Fassade war von dem Flackern zahlreicher Blaulichter verzerrt. Absperrbänder flatterten im Wind. Polizisten bewegten sich durch die Dunkelheit, sprachen hastig in Funkgeräte, wiesen Leute ab. Zwei Einsatzwagen standen quer über die breite Promenade, ihre Türen offen, daneben weitere Fahrzeuge.

Mein Herz verkrampfte sich.

Ich stieg aus dem Auto, noch bevor Ricardo ganz gebremst hatte. Mit schnellen Schritten lief ich auf die Menge zu, suchte sie nach bekannten Gesichtern ab. Nach Ester. Nach ihr. Doch Camila war nirgendwo auszumachen. Gäste wurden von der Polizei befragt und zahlreiche Reporter waren auf der Suche nach dem perfekten Bild. Erst als eine kreischende Stimme zu mir vordrang, erkannte ich ein Gesicht, bei dem mir das Blut in den Adern gefror. Sie sah mich direkt an.

»Das ist er!«, rief Beatriz Luminia und deutete in meine Richtung, während sie auf mich zukam. Im selben Moment sah der Mann neben ihr auch auf. Ich erkannte ihn sofort. Camilas Cousin Felipe. »Sicherlich hat er sie entführt!«

Entführt? Mein Herz setzte gleich mehrere Schläge aus.

Verärgert trat ich auf sie zu. »Ich würde Camila niemals etwas antun!«

Felipe kam auf mich zu. »Du bist Miguel? Ihr Bodyguard?«

»Ja, das ist er«, zischte seine Mutter. »Schau ihn dir an. Er hat sie verführt! Camila würde sich niemals auf jemanden wie dich einlassen!«

»Sei endlich still, Mutter!«, zischte Felipe. Ihr Kopf zuckte entsetzt herum.

»Wie redest du denn mit mir?! Frag ihn doch mal, woher er die Verletzungen hat! Er ist ein Krimineller!«

»Lügen zu verbreiten und die Schuld auf andere abzuwälzen, ist wirklich deine Lieblingsbeschäftigung, was, Tante?«

Die Blicke beider zuckten hinter mich. Ricardo hatte sich genähert. Als auch ich mich umdrehte, hatte er die Arme vor der Brust verschränkt und funkelte Señora Luminia voller Wut an.

»Darío?«, hauchte Felipe geschockt, in dem Moment, in dem seine Mutter voller Rage auf ihn zutrat.

»Das passt ja super! Du steckst da doch mit drin, erpresst deinen Vater seit Jahren!«

»Ach ja? Weswegen sollte ich ihn denn erpressen? Erzähl doch mal deinem Sohn, was du getan hast!«

»Wovon spricht sie?« Felipe sah hastig zwischen den beiden hin und her.

»Frag deine Mutter«, sagte Ricardo. »Frag sie, was sie mit Javier Vega gemacht …«

»Das ist gerade zweitranging!«, ging ich dazwischen, weil mir mein Herz vor Sorge beinahe aus der Brust sprang. Anschließend wandte ich mich direkt an Felipe. Meine Stimme war kaum mehr als ein raues Krächzen. »Ester hat mich angerufen, wo ist sie? Und wo ist Camila? Was ist passiert?«

»Ester ist mit den anderen sofort gegangen. Sie sind bei Esters Familie in Sicherheit.« Felipe schüttelte den Kopf und presste die Lippen zusammen. »Wir wissen nicht, wo Camila ist. Sie ist verschwunden.« Mein Herz setzte gleich mehrere Schläge aus. »Sie war gerade auf der Bühne, kurz nachdem ihr letztes Model durch war …« Er hielt inne, seine Stimme zitterte. »Dann gingen die Bildschirme und die Musik aus. Irgendjemand hat sich ins System gehackt. Statt der Showbilder wurde auf einmal ein Foto eingeblendet. Von Raul … und meiner Mutter. Mit Blut verschmiert und … Das Wort *Mörder* war draufgeschrieben.«

Mir wurde schlagartig schlecht. Ich presste die Zähne zusammen und zwang mich, ruhig zu bleiben.

»Camila stand da oben«, fuhr Felipe fort. »Direkt im Spotlight. Man konnte die Angst in ihrem Gesicht deutlich erkennen und … bevor ich sie da runterholen konnte, ging das Licht aus und …«, krächzte er und verzog angsterfüllt das Gesicht, »sie war einfach weg.«

Ein kalter Stich durchfuhr meine Brust, in meinen Ohren wurde es plötzlich ganz taub.

»Wir haben überall gesucht, alle befragt. Niemand hat etwas gesehen. Die Polizei hat das Gelände durchsucht, die Technik abgeschaltet, alles überprüft … dann habe ich diese Nachricht bekommen …«

Felipe zückte sein Handy und hielt es mir vors Gesicht. Beim Lesen der Nachricht, die anonym verschickt wurde, wurde mir eiskalt.

Jetzt ist die Wahrheit dran.
X.X.MMVII

Ich wusste, was sie bedeutete. Ein Blick zu Beatriz Luminia, die in dem Moment ganz bleich wurde, verriet mir, dass auch sie die SMS bekommen hatte und ganz genau wusste, was dahintersteckte.

»Der Stalker ist diesmal also wirklich real …«, murmelte Ricardo, sein Blick angespannt.

Felipe runzelte die Stirn. »Wieso zur Hölle sollte er nicht real sein?!«, fragte er mit lauter Stimme und ging auf ihn zu. »Warum tauchst du jetzt auf?!« Ricardo blieb überraschenderweise ganz ruhig. »Camila hat jahrelang wegen dir gelitten und dann gehst du so mit ihr um!« Ohne Vorwarnung packte er ihn am Kragen, drückte ihn gegen einen Laternenpfahl.

»Felipe!« Ich drängte mich dazwischen und packte ihn an der Schulter. »Das bringt uns nichts! Verdammt noch mal, hör auf!«

Er atmete stoßweise und ließ langsam los. »Du hast keine Ahnung, Felipe«, gab Ricardo leise von sich. »Ihr sucht an der vollkommen falschen Stelle. Javier Vega ist …«

»Das reicht jetzt!«, unterbrach Señora Luminia ihn und wandte sich anschließend an die Beamten. »Sie sollten die beiden definitiv prüfen. Sie haben alle mit Camilas Verschwinden zu tun!«

»Señor Pérez? So schnell sieht man sich wieder?« In dem Moment, in dem einer der Beamten auf Ricardo und mich zugehen wollte, trat plötzlich ein bekanntes Gesicht an uns heran. Kommissar Duarte. Und ich hätte niemals gedacht, dass ich mich jemals darüber freuen würde, einen Polizisten wiederzusehen.

»Da seht ihr's!«, keifte Señora Luminia. »Er ist der Polizei bestens bekannt. Da wundert es mich nicht, dass er für all das verantwortlich ist.«

»Señor Pérez?«, fragte Señor Duarte verwundert an Señora Luminia gerichtet, sein Ausdruck ernst. Dann schüttelte er den Kopf. »Es tut mir leid, Señora, so gerne ich für Sie bereits Antworten über den Aufenthaltsort Ihrer Nichte hätte, muss ich Sie leider enttäuschen. Señor Pérez hat mit alldem nichts zu tun. Er hat ein Alibi, das ich selbst bezeugen kann.«

»Aber …«

»Lasst mich los! Miguel!« Hastig drehte ich mich um, als plötzlich Raul Luminia nach mir rief. An einem der Polizeiwagen kämpfte er mit zwei Beamten, die ihn zurückhielten. Auch Señor Duarte ging auf ihn zu.

»Señor Luminia, ich dachte, wir schaffen das ohne Aufstand«, gab er von sich, ehe er einschritt und ihn an seinem in Handschellen geketteten Arm packte.

»Raul? Was geht hier vor sich?!« Es war ein unfassbar befriedigendes, aber kurzweiliges Gefühl, mit anzusehen, wie Señora Luminia Panik bekam.

»Bitte! Es geht um meine Tochter!«, flehte Raul die Beamten an, woraufhin er uns einen Hilfe suchenden Blick zuwarf. »Miguel, Felipe … ihr müsst sie finden. Bitte, Darío. Diesmal ist es real.«

Man konnte die Angst deutlich aus Señora Luminias Lachen heraushören. »Raul, du bist verrückt geworden. Was redest du denn jetzt? Hast du zu viel getrunken?«

Doch er ignorierte sie, sah nur uns an. Sein Ausdruck war so felsenfest und sicher, wie ich ihn noch nie an ihm gesehen hatte. Sein gesamtes Gesicht war hochrot, die Augen blutunterlaufen. Die Angst schien ihm durch alle Adern zu rauschen.

»Egal, was er will, ich werde es tun. Ich werde die Wahrheit erzählen. Ich werde mich stellen.«

»Okay, das reicht jetzt, Señor.« Einer der Beamten zerrte ihn zurück zum Auto.

»Bitte! Bitte versprecht es mir! Miguel, ich weiß, du würdest alles für ihren Schutz tun«, rief er noch. »Felipe! Darío! Bitte! Er hatte ein Kind, hört ihr? Er hatte ein Kind!«

Dann verschwand er hinter getönten Scheiben. Die Autotür knallte zu, der Wagen fuhr fort, in mir tausend Fragezeichen. *Er hatte ein Kind?*

»Was zur Hölle geht hier vor sich?«, fragte Felipe geschockt.

»Ich erzähle dir alles im Auto«, sagte Ricardo mit glasklarem Blick. »Ich glaube, ich weiß, wo wir suchen müssen. Kommt mit.«

Noch bevor Felipe sich in Bewegung setzen konnte, packte seine Mutter ihn am Arm.

»Du wirst dich nicht auf diese Verschwörungstheorien einlassen. Du wirst da nicht mitgehen.«

»Doch, das werde ich!«

»Wenn du das tust«, sie trat näher an ihn heran, zog die Nase kraus, ihre Augen voller Hass und Angst, »bist du nicht mehr mein Sohn.«

Felipes Ausdruck änderte sich kaum. Langsam musterte er ihr Gesicht, ließ sich Zeit, dann riss er sich los. »Du warst sowieso nie eine richtige Mutter.«

Kapitel 44

Tito

Die Wahrheit hing während der Autofahrt schwer zwischen uns. Auch nachdem ich Felipe alles erzählt hatte, drückte sie noch fest gegen meine Brust. Seit mir klar war, dass Camila wirklich in Gefahr war … ich wusste nicht, wann mein Herz das letzte Mal so gerast hatte.

All die Jahre, die ich mit meiner Schwester verloren hatte, und das nur, weil ich zu stur und verbittert gewesen war, würde ich nie zurückbekommen, und langsam, aber sicher begann sich in mir alles zu klären und Reue trat ein. Unser Vater hatte einen Fehler gemacht, aber mit meinem Fortgehen hatte ich nicht nur ihn bestraft, sondern auch sie. Meine Gedanken drehten sich darum, was hätte sein können und was noch kommen könnte. Falls Camila unversehrt da rauskam. Falls sie mich nach allem überhaupt noch wiedersehen wollte.

Was es auch kostete, ich würde alles dafür geben, sie da rauszuholen.

Ein Blick in den Rückspiegel verriet mir, dass Felipe den Blick starr auf das Handy in seiner Hand gerichtet hatte. Seit er die Wahrheit über seine Mutter kannte, hatte er kein Wort mehr gesagt. Miguel saß auf dem Beifahrersitz, die Fäuste fest auf die Knie gepresst, sein Blick unruhig, als würde er jede Sekunde aufspringen wollen. Wir drei wollten alle dasselbe. Es *musste* einfach gut gehen.

Er hatte ein Kind.

Die Worte meines Vaters hallten durch mein Inneres. Seitdem sah ich dieses Bild vor mir. Verschwommen. Doch ich erinnerte mich. In meinen Unterlagen musste irgendwo etwas zu finden sein.

Wenige Momente später bogen wir in meine Straße. Noch bevor ich den Motor ausgeschaltet hatte, öffnete Miguel die Tür. Auch ich stieg aus, Felipe folgte. Als ich das schwere Tor zum Innenhof aufschob und wir die Stufen zu meinem Apartment hinaufstiegen, war es Felipe, der als Erster die Stille durchbrach. Seine Stimme war tief und heiser.

»Ich hätte es wissen müssen«, begann er. Ich drehte mich zu ihm um. Er sah mich an, nicht mehr mit Wut, sondern mit etwas, das mich überraschte: Verständnis. »Kurz vor der Jubiläumsgala letztens … Ich habe Raul und meine Mutter sprechen gehört, über damals, über … eine Lüge. Aber ich habe nicht verstanden, was sie meinten. Dabei hätte ich es wissen müssen. So was Grausames kann nur von meiner Mutter kommen …« Mitfühlend presste ich die Lippen zusammen. Egal, wie schlecht sein Verhältnis zu ihr auch war, es war sicherlich dennoch schrecklich, eine solche Wahrheit über die eigene Mutter zu erfahren. »Auch wenn ich dir für das, was du Camila angetan hast, niemals verzeihen kann … ich weiß jetzt, warum du gegangen bist. Und ich verstehe es.«

Ich antwortete nicht, nickte ihm nur ruhig zu und öffnete hastig die Wohnungstür. Sobald ich eingetreten war, bedeutete ich ihnen, mir zu folgen. Ich ging zu einem Sideboard im Wohnzimmer, zog eine Schublade auf und holte einen Stapel alter Mappen hervor.

»Javier war immer allein. Ich dachte, ich wäre der einzige Mensch, der sich noch für ihn interessierte«, begann ich zu erzählen, während ich in der Mappe blätterte. »Aber als mein

Vater vorhin meinte, er hätte ein Kind gehabt … da ist mir etwas eingefallen. Das hier sind meine Unterlagen zum Fall Javier Vega«, sagte ich leise. »Ich habe damals alle Zeitungsartikel aufgehoben, Fotos mit ihm, während ich ihn besucht habe …«

Ich legte die Mappe auf den Tisch. Miguel beugte sich sofort vor, begann Fotos und Dokumente durchzusehen.

»Ich erinnere mich nicht mehr gut, aber ich glaube, dass in seinem Zimmer eine Kinderzeichnung hing. Ich habe mir nie große Gedanken darum gemacht, dachte, er hatte sie vielleicht von jemandem aus der Kinderabteilung, aber …« Ich fand die Fotos. Es waren nicht viele. Auf einem war ich gerade mal zwanzig, saß neben ihm auf der Bettkante, mein Lächeln breit, seins verloren. »Vielleicht war es sogar die Zeichnung seines eigenen Kindes …«

Miguel stockte, als er ein Foto hervorzog. »Was ist das da hinten? Ist sie das?«

Wir folgten seinem Blick und gingen näher an das Foto heran. »Ja, das ist sie.« Es war ein Foto von Javier in seinem Stuhl am Fenster, die Sonne hatte geschienen, doch er sah alt und müde aus. Im Hintergrund, nur halb auf dem Foto drauf und etwas unscharf, erkannte ich die Zeichnung an der Wand. Sie war schief, eine Ecke hing schlaff hinab. Doch als ich das Foto näher an meine Augen führte, erkannte ich etwas.

Es war ein gemaltes Haus, darüber eine Sonne. Krakelig und bunt. Davor erkannte ich zwei Figuren: einen Mann mit dunklen Haaren – sicherlich Javier – und daneben ein Junge mit schwarzen Haaren. Nichts Auffälliges, es hätte jedes Kind dieser Welt sein können.

»Was ist das da in der Hand des Jungen?«, fragte Felipe. Miguel riss mir das Foto aus der Hand, inspizierte es genauer, bis seinem Gesicht jegliches Blut entwich.

»Schwarze Locken. Und in der Hand … eine Kamera.«

Ein langer Moment der Stille. Schließlich legte Miguel das Foto ab und sah uns beide an.

Seine Stimme war kaum hörbar. »Ich glaube, ich kenne ihn.«

Kapitel 45

Camila

Die Wahrheit hallte in mir nach wie ein Schrei, während ich ihn einfach nur anstarrte.

Erst verspätet bemerkte ich, dass er in der einen Hand die Taschenlampe, in der anderen einen rostigen Schlüsselbund hielt. Sein Gesicht lag im Schatten, nur seine Augen schimmerten, als hätte jemand darin eine dunkle Flamme entfacht.

»Ich weiß, du hast Fragen«, murmelte er und trat einen Schritt zur Seite. »Aber bitte mach kein Theater.«

Er deutete auf meine Fesseln. Dann griff er in seine Jackentasche, zog ein Messer hervor und ging damit auf mich zu. Ich trat instinktiv zurück, versuchte, mich zu befreien, doch er schüttelte nur den Kopf.

»Ich will dir nichts tun, Camila«, versicherte er mir und packte meinen Arm. »Aber wenn du auch nur daran denkst, wegzulaufen, garantiere ich für nichts.« Erst als das Messer durch das Seil an meinen Handgelenken glitt, atmete ich auf.

»Wo sind wir?«, fragte ich heiser, während ich mich umsah. Wir standen in einem verwilderten Garten. Vertrocknetes Gras streifte meine Beine, die Hecken waren überwuchert, ein rostiges

Schaukelgestell ragte aus dem Gras wie ein trauriges Gerippe vergangener Tage. Im Hintergrund erhob sich aus der Dunkelheit ein zweistöckiges Haus, das aussah, als hätte es die letzten Jahre geschlafen.

»Hier hat alles angefangen«, antwortete er ruhig. »Das war mein Zuhause.«

»Das hier … war dein Zuhause?«

Er nickte langsam, sein Blick war plötzlich nicht mehr nur finster, sondern traurig. Bestimmt umfasste er meinen Oberarm und zog mich an den Rand des Gartens.

»Mein Vater hat es hier geliebt, diesen Garten … Auch wenn er nicht oft hier war, weil er in Madrid arbeiten musste.«

»Dein … Vater?« Meine Stimme schwankte, sobald wir an einer umgestürzten Steinplatte stehen blieben.

»Ja«, hauchte er und deutete zum Stein. »Mein Vater.«

Meine Augen brauchten einen Moment, um sich an die Dunkelheit zu gewöhnen, dann erkannte ich, dass auf dem Stein Buchstaben geschrieben standen. Langsam beugte ich mich näher, kniff die Lider zusammen, bis …

Mir blieb die Luft weg.

Marcella Vega / Javier Vega
†08.02.2008 / †18.12.2023
In liebevoller Erinnerung, euer Sohn Matteo

Voller Schock sah ich auf, direkt in die Augen meines besten Freundes. Traurig und düster und doch so vertraut.

»Du bist …«

Er wandte sich ab. »Ich war sechs, als sie meinen Vater zu Unrecht verhafteten«, begann er. Als er mich ansah, erschlug mich der Hass in seinen Augen beinahe. »Deine Tante und dein Vater hängten ihm etwas an, das er nie getan hat, stellten ihn als verrückten Stalker dar. Nur wenige Monate nach seiner Einweisung starb meine Mutter an einem Herzinfarkt. Sie hielt das alles nicht aus.«

In meinem Inneren herrschte dieser Wirbelsturm aus Gefühlen. Schock, Wut, Angst, Hass, Trauer. Es war so viel, dass mir übel wurde.

»Ich kam zu einer Pflegefamilie. Zu drei verschiedenen. Von den ersten zwei wurde ich schlecht behandelt, allein gelassen … Das Haus meiner Eltern stand seitdem leer. Erst vor wenigen Jahren war ich das erste Mal wieder hier, fand Tagebücher meiner Mutter, Briefe meines Vaters und verstand, dass alles eine Lüge gewesen ist, also besuchte ich meinen Vater, doch … er war längst nicht mehr gesund. Letztendlich haben ihn die Klinik, die Medikamente und die vielen Schuldzuweisungen krank gemacht. An manchen Tagen erkannte er mich gar nicht wieder.« Er machte eine Pause und schüttelte den Kopf. »Auch wenn ich meine Pflegeeltern liebe und sie mich wie einen richtigen Sohn behandeln, hat es mich zerstört, meinen Vater so zu sehen. Und als er dann starb … Ich konnte das alles einfach nicht vergessen. Ich konnte nicht vergessen, was mir genommen wurde. Was *deine* Familie mir genommen hat!«

Matteo hockte sich vor das improvisierte Grab. Seine Hand fuhr sanft über den auf den Stein gekratzten Namen: Javier Vega.

»Man hat meinem Vater Dinge untergeschoben. Gegenstände, die deiner Tante gehörten, um zu beweisen, dass er von ihr besessen war. Und dann hat man ihm nicht mal die Chance gegeben, sich zu verteidigen.«

Meine Kehle war wie zugeschnürt. Ich wusste nicht, was ich sagen sollte. Wie hatte mein Vater so etwas tun können …?

»Hast du dich deshalb mit mir angefreundet?«, hauchte ich enttäuscht. »Um mir wehzutun? Um mich leiden zu lassen für das, was meine Familie getan hat?«

Er drehte sich zu mir um. Trotz all der Dinge, die er mir angetan hatte, waren seine Augen noch immer so vertraut.

»Um deiner Familie wehzutun.«

»Du hast aber *mir* wehgetan, Matteo. Du bist in meine Privatsphäre eingedrungen, hast mich beschmutzt, belästigt, erniedrigt. Hast du eine Ahnung, was du in mir angerichtet hast?!«

»Ja, weiß ich.« Er nickte. »Das war ein Opfer, das ich bringen musste. Auch wenn es mit der Zeit immer schwieriger wurde. Glaub mir, ich habe das nicht gerne getan. Du warst wirklich meine Freundin, aber … Ich musste deinem Vater und deiner Tante zeigen, wie es sich anfühlt, die Kontrolle zu verlieren, wie es ist, *wirklich* von einem verrückten Stalker heimgesucht zu werden. So hart es auch ist, du warst die einfachste Möglichkeit, an deine Familie heranzukommen, und ich wusste, wie sehr dein Vater leiden würde, wenn es seiner Tochter nicht gut geht.«

Ich wich zurück. In meinen Augen brannten heiße Tränen. Das Rauschen in meinen Ohren wurde lauter.

»Du hast mich vergiftet, mich mit Blut beschmiert, bist während meiner verletzlichsten Momente in mein Zimmer vorgedrungen. Du hast andere auf mich gehetzt!«

»Ich wusste, dass Selena dich nicht mochte, also habe ich die Chance genutzt, sie noch mehr gegen dich aufzubringen, damit sie die Drecksarbeit für mich erledigt und dir das Leben schwer macht, weil es mir immer schwerer fiel.«

»Aber es war leicht, mit anzusehen, wie ich leide?«

»Nein, das war es auch nicht«, antwortete er, auch wenn ich ihm kein Wort glaubte. Ich erkannte ihn nicht wieder. Er war so kalt, so verbittert, so verloren. »Es war relativ einfach, an den Haustürschlüssel zu kommen, um nachts bei euch reinzukommen. Als ich das erste Mal in deinem Zimmer war, dachte ich kurz, du hättest mich erwischt, doch dann … du warst wie gelähmt. Da checkte ich, dass du unter Schlafparalysen leidest, nicht aufwachen konntest.«

»Und das in Madrid? Das Feuer?«

Sein Blick verdunkelte sich. »Das Anwesen deiner Tante war *der* Ort, an dem die Lügen begannen. Am liebsten hätte ich alles niedergebrannt. Dass Freddy so viele Zigarren rauchte, war für mich ein gefundenes Fressen, um die Aufmerksamkeit auf ihn zu lenken.«

Geschockt schüttelte ich den Kopf. »Du warst das wirklich alles. Du hast mir, ohne mit der Wimper zu zucken, das Leben zur Hölle gemacht.«

Er ging auf mich zu, woraufhin ich zurückwich. Seine Brauen verdunkelten sich, im nächsten Moment packte er meine Arme erneut und schob mich zum Haus. »Es tut mir leid, aber es musste sein. Deinen Vater in Angst und Sorge zu sehen, war das, was mir Genugtuung gab.«

»Was willst du jetzt tun?«, fragte ich mit stockender Stimme, zappelte in seinem Griff, ehe wir die Tür passierten und in einem dunklen, heruntergekommenen Flur standen. »Willst du mir wehtun?«

»Nicht, wenn du mitspielst«, sagte er, öffnete die Tür zum Keller und schob mich die kalten, steinigen Treppen hinab.

»Matteo, hör auf. Bitte lass mich gehen«, krächzte ich angsterfüllt. Es roch nach Feuchtigkeit, Schimmel und alter Farbe. Die kalte Leere hier unten war bedrückend.

»Du wirst ihnen sagen, was passiert ist«, presste er hervor, als wir einen in rotes Licht getauchten Raum betraten. Es roch nach Chemikalien und altem Gerümpel. Ich blinzelte, dann traf es mich wie ein Faustschlag.

Überall hingen Fotos. Hunderte. Sorgfältig arrangiert, wie in einer Galerie. Immer wieder entdeckte ich mein eigenes Gesicht. Ich, wie ich spätabends im Atelier saß. Ich in Miguels Hoodie an unserem ersten Abend in Sant Cosme. Ich im Café, während ich auf mein Handy starrte und auf eine Antwort von Ester wartete.

Auf einem anderen Foto entdeckte ich meinen Vater, aufgenommen vor unserem Haus, neben ihm Beatriz. Mein Magen verkrampfte sich. All diese Szenen. All diese Momente, in denen ich mich unwohl, verfolgt, beobachtet gefühlt hatte … Er war wirklich dort gewesen.

»Dein Fotoprojekt«, hauchte ich, ein kalter Schauer rann mir über den Rücken. »Das war eine Lüge?«

»Nein.« Er schüttelte den Kopf. »*Masken des Alltags* ist keine Lüge. Deine Familie ist es. Und ich habe eure Masken aufgenommen, die Wahrheit dahinter abgelichtet.« Während er sprach, sah ich mich weiter um. In den Ecken standen Kisten gefüllt mit alten

Gartengeräten, Kinderspielzeug, Dinge eines verlorenen Lebens. In der Mitte des Raumes befand sich ein Stuhl, davor eine Kamera. Er stieß mich zum Stuhl. »Es ist Zeit für die Wahrheit und du, Camila Luminia, wirst sie der Welt erzählen, wenn dein Vater und deine Tante nicht kooperieren wollen.«

»Was willst du von ihnen? Dass mein Vater sich stellt? Das wird er tun, sag es ihm einfach …«

»Es ihm einfach sagen?!« Er lachte. »Was glaubst du, wollte ich mit den Drohungen bewirken? Ich wollte dir nicht wehtun, sondern ihm zeigen, dass er die Wahrheit erzählen soll. Dein Vater hatte lange genug Zeit, sich zu stellen. Nach allem, was passiert ist, wusste er, um was es deinem Stalker ging, um was es *mir* ging. Ich habe euch genug Zeit gegeben! Doch er hat sich weiterhin für die Lüge entschieden, hat sich dafür entschieden, seine Tochter im Stich zu lassen.«

Tränen fluteten meine Augen und flossen über meine Wangen. Matteo hatte recht. Letztendlich hatte mein Vater gewusst, worauf Matteo mit all seinen Nachrichten hinauswollte. Selbst ich hatte irgendwann realisiert, um welche Nacht es ihm ging. Doch mein Vater hatte weiterhin in Kauf genommen, mich in Gefahr zu bringen, um sich selbst zu schützen.

»Ich werde das Video nicht direkt veröffentlichen, sondern es zuerst an deinen Vater und deine Tante schicken. Das ist ihre letzte Chance, sich zu stellen. Wenn sie es nicht tun, werde ich es hochladen. Alles, was ich will, ist, dass die Wahrheit ans Licht kommt, und ich mit genug Geld woanders neu anfangen kann. Für seine Tochter wird er das tun.«

Panisch schüttelte ich den Kopf. »Vielleicht mein Vater, doch meine Tante wird da nicht mitspielen. Ihr bin ich nicht wichtig, sie wird ihren Ruf niemals für mich opfern und Geld bekommst du auch nicht von ihr.«

»Wenn sie die Wahrheit nicht erzählt, wirst du es tun. Ich werde das Video veröffentlichen und dich erst gehen lassen, wenn ich das Geld habe. Dein Vater wird nachgeben. Er ist schwach.«

Matteo wandte sich ab, lief zur Kamera und raufte sich unentschlossen die Haare. »Bitte, Matteo«, flehte ich weiter. »Ich bin deine beste Freundin! Bitte lass mich gehen, ich besorg dir das Geld und sorge dafür, dass meine Familie dafür geradesteht.«

»Sei still!«, brüllte er und mein Herz setzte aus. Ich hatte keine Ahnung, ob ich ihn jemals schreien gehört hatte. Dann startete er hastig die Kamera. »Du wirst jetzt reden. Wir bleiben so lange hier, bis du das erledigt hast.«

Kapitel 46

Miguel

»Suchen Sie mir alles raus, was Sie über Javier Vega haben.«

Felipe saß auf der Rückbank, das Handy am Ohr, während ich mit zusammengebissenen Zähnen durch die Nacht raste. Meine Finger lagen verkrampft am Lenkrad, der Blick war nach vorne gerichtet, doch meine Gedanken waren nur bei Camila.

Ich hatte noch keine Ahnung, wohin wir fahren mussten, doch wir vermuteten Richtung Madrid, deswegen hatten wir uns schon auf den Weg gemacht. Denn dort hatte alles begonnen.

»Adresse, alte Wohnorte, irgendwas. Bitte beeilen Sie sich!«, sprach Felipe weiter. Er hatte seine Assistentin angerufen, während Ricardo die Polizei informiert hatte. Dabei konnten wir uns noch gar nicht sicher sein, dass unsere Theorie auch stimmte.

Schließlich hätte dieser Junge auf der Zeichnung irgendjemand mit einer Kamera sein können. Doch die Vertrautheit, die Camilas Stalker zu ihr hatte, die vielen Dinge, die er über sie wusste, und dann diese schwarzen Locken auf der Zeichnung … Matteo.

Ich wollte nicht glauben, dass ausgerechnet er ihr das alles angetan hatte. Ihr bester Freund.

»Ich hab etwas!«, rief Felipe. »Eine Adresse. Ein altes Haus zwischen Madrid und Barcelona. Das war sein letztes gemeldetes Eigentum.«

Er tippte die Koordinaten ins Navi. Noch eine Stunde. Eine verdammte Stunde.

»Scheiße«, murmelte Ricardo, während ich fester aufs Gaspedal drückte und auf die nächste Autobahn fuhr. »Wir haben keine Zeit.«

»Gib der Polizei Bescheid«, bat ich ihn. »Vielleicht können sie ihre Kollegen von dort informieren. Dann sind sie schneller da.«

Er nickte, zückte sofort sein Handy und gab die Information weiter. Der Rest der Fahrt war erfüllt von Anspannung, niemand sprach ein Wort. Der Asphalt rauschte unter uns vorbei, neben uns der Wind und in meinem Kopf die wachsende Panik. Es war kaum auszuhalten. Immer wieder sah ich Camilas angsterfülltes Gesicht vor meinem inneren Auge. Ich sah ihre Tränen, die ich so sehr hasste, die Panik, die durch ihren Körper zuckte, diese Hilflosigkeit in ihren Augen. Ich hätte sie niemals allein lassen dürfen.

Meine Sinne waren taub, als wir endlich die Straße erreichten. Es war viel zu ruhig in der dunklen Nachbarschaft. Die Polizei war noch nicht hier. Ich hörte nur meinen Herzschlag. Das Haus lag etwas abseits. Hinter den Fenstern brannte kein Licht, sie waren teilweise zerschlagen, das Tor hing schief in den Angeln.

»Sieht verlassen aus, als wäre niemand da«, sagte Ricardo leise.

»Oder genau deswegen sind sie hier«, antwortete ich und stieg aus. Die anderen folgten.

Im Vorgarten lag verschiedenstes Gerümpel. Sicherlich hatten sich die letzten Jahre immer mal wieder Obdachlose oder Diebe hier eingenistet. Ich schnappte mir eine alte Rohrstange vom Boden, die im hohen braunen Gras lag, ehe wir uns vorsichtig über den knirschenden Kies und dann durch das zugewachsene Gartentor schlichen.

»Schaut.« Felipe war am Rand stehen geblieben, starrte zu Boden. Hastig näherte ich mich und erkannte einen groben Stein, in den etwas eingraviert war.

»Javier Vega«, murmelte Ricardo und schenkte uns einen alarmierten Blick. »Wir sind richtig.«

Ohne zu zögern schob ich mich zur kaputten Hintertür. Drinnen angekommen, begrüßte uns Dunkelheit und Kälte. Das Holz war morsch, voller Staub und Geschichte. Mit jedem Schritt knarzte es laut unter unseren Füßen. Mein Blick glitt umher, das Rohr hielt ich fest umklammert.

Vorsichtig schlichen wir weiter hinein, überprüften jeden Raum. Am Ende des Ganges tat sich ein großes Zimmer auf. Ein altes Sofa mit zerfetzten und fleckigen Polstern verriet, dass dies das Wohnzimmer gewesen sein musste. Vergilbte Vorhänge tanzten im Wind, der durch die zerbrochenen Fenster wehte. Ein Knacken unter meinen Füßen ließ mich innehalten. Ich war auf irgendetwas getreten und hob hastig das Bein. Ein zersprungener Bilderrahmen. Sobald ich ihn aufhob und mir das Foto – eingerissen und verdreckt – entgegenstrahlte, stockte mir der Atem. Mein Herz raste, setzte dann aus, schlug unregelmäßig.

»Wir hatten recht«, flüsterte ich und reichte den anderen das Foto. Auch wenn man nicht viel erkennen konnte, reichte das Lächeln des kleinen Jungen, um zu offenbaren, wer hier einst gelebt hatte.

Matteo.

Felipe schnaufte, rieb sich dann verzweifelt über das Gesicht. »Dieser Mistkerl war so oft bei uns in Madrid zu Besuch, hat sich als Camilas bester Freund ausgegeben.«

Ein Moment der Stille herrschte, ehe ich im Augenwinkel einen Schatten ausmachte. Ich konnte nicht schnell genug reagieren, bevor ein Krachen ertönte und Ricardo mit voller Wucht von etwas getroffen wurde.

Er stürzte mit einem keuchenden Laut zu Boden.

»Ricardo!«

Ich schrie auf, rannte los und versuchte, Matteo zu packen. Felipe war ebenfalls sofort bei mir, doch Matteo war verdammt schnell. Im nächsten Moment prallten die beiden aufeinander.

Matteos Baseballschläger traf mich am Bein, ich schrie schmerzerfüllt auf und ging zu Boden. Keine Ahnung, was als Nächstes passierte, doch ich vernahm ein Ächzen. Es musste von Matteo gekommen sein.

»Du Mistkerl!«, brüllte Felipe, ehe seine Faust in seinem Gesicht landete. Benommen sah ich mich um, versuchte, den Schmerz wegzuatmen. Gerade als Matteo Felipe an der Kehle packte und ihn gegen die Wand schleuderte, zuckte Felipes Bein hoch in seinen Schritt. Langsam glitt mein Blick an ihnen vorbei. Erst da erkannte ich das schwache rote Licht, das hinter einer Tür hervorkroch. *Camila.*

Ich hievte mich auf die Beine, doch mein linkes sackte wieder ein. Es war zu stark verletzt. In dem Moment, in dem Felipe zu Boden ging, weil Matteo ihm etwas über den Kopf gezogen hatte, entdeckte er mich und stürzte in meine Richtung. Ich holte mit der Eisenstange aus, doch er packte sie rechtzeitig und kämpfte dagegen an. Seine blutige Fratze brannte sich in mein Gedächtnis. Matteo. Der liebe, freundliche und zurückhaltende Matteo war für all das verantwortlich. Ich erkannte ihn nicht wieder.

Er schien nicht damit gerechnet zu haben, dass Felipe noch bei Bewusstsein war. Wenn auch etwas benommen, kam Camilas Cousin wieder auf die Beine und schlug gegen Matteos Schläfe. Er taumelte zur Seite und landete in Felipes Griff, woraufhin ich durch den Flur stolperte und die Kellertür öffnete. Humpelnd hangelte ich mich am Geländer entlang. Dann entdeckte ich sie.

»Camila!« Ihr Name brach aus mir heraus wie ein lang zurückgehaltener Atemzug.

Sie hockte in einer Ecke, Tränen in den Augen, gefesselt an einen Stuhl, umgeben von warmem rotem Licht. Unsere Blicke trafen sich, kurz bevor etwas in mir brach. Ich fühlte, wie mir die Luft entwich. Mein Herz setzte aus.

Sie war hier.

Sie lebte.

Sie atmete.

Der Knoten in meiner Brust riss auf. Ich hatte sie gehen lassen, um sie zu schützen. Weil ich geglaubt hatte, dass es das Beste gewesen war. Doch in diesem Moment – hier, jetzt, ihr Gesicht voller Angst – erkannte ich, wie falsch ich gelegen hatte.

Ich konnte nicht sagen, wie meine Beine mich zu ihr trugen, trotz der Verletzung, doch ich schaffte es. Ohne zu zögern ließ ich mich vor ihr auf die Knie fallen und durchtrennte mit schnellen hektischen Bewegungen die Fesseln an ihren Handgelenken. Sobald sie frei war, fiel sie mir entgegen. Ich fing sie auf, drückte sie so fest an meine Brust, dass niemand sie mir mehr nehmen konnte.

»Ich hätte dich nie allein lassen dürfen«, flüsterte ich in ihr Haar, schloss die Augen und hielt sie fester. »Ich dachte, du wärst besser dran, wenn ich Abstand halte. Aber das war der größte Fehler, den ich je gemacht habe.«

»Bitte geh nicht mehr weg«, war neben einem leisen Schluchzen alles, was sich ihrer Kehle entrang, während ihre Hände sich in mein Shirt krallten und sie an meiner Schulter weinte.

»Ich bin hier. Ich bleibe bei dir. Du bist nicht mehr allein. Nicht eine Sekunde länger.«

Unsere Herzen schlugen um die Wette. Ich spürte ihres deutlich in ihrer Brust, je fester ich sie an mich drückte. Gerade als ich dachte, sie würde sich etwas beruhigen, polterten hinter mir Schritte die Treppe hinab.

»Ich werde es posten!«, rief Matteo, der mitten im Raum stehen geblieben war, zückte sein Handy und hielt es hoch. Seine Augen waren blutunterlaufen, das Gesicht blutverschmiert. »Ich poste das Video! Wenn ihr mich nicht gehen lasst – ich schwöre es!«

Felipe war ihm nachgeeilt, blieb am Fuß der Treppe stehen, in der Hand den Baseballschläger, mit dem zuvor Matteo um sich geschlagen hatte. Einen Moment standen sie atemlos da, keiner rührte sich, alle starrten nur, als könnte jeden Moment eine Bombe hochgehen.

Es war ein anderes unpassendes Geräusch, das uns alle herumfahren ließ. Das metallische Klicken einer entsicherten Waffe. Felipe drehte sich um und trat zur Seite, woraufhin die Sicht auf die Kellertreppe frei wurde. Unsere Blicke glitten die kalten Stufen hinauf, wo eine hochgewachsene schlanke Gestalt aus der Dunkelheit trat.

Beatriz Luminia. Sie war uns gefolgt.

»Lösch es. Jetzt!«, zischte sie. Ihre Augen voller Wahnsinn, die Hand zitternd auf Matteo gerichtet. Langsam kam sie die Treppe hinab. »Sonst schwör ich, bring ich dich um.«

Mein Blick zuckte zu Felipe, dessen Ausdruck voller Dämonen war. Sprachlos taumelte er zurück, sah seine Mutter an, als hätte er sie noch nie gesehen. Ich konnte mir nicht ausmalen, wie es in ihm aussehen musste.

»Mutter …«, hauchte er fassungslos, seine Stimme nur ein Krächzen.

Matteo trat auf sie zu, sein Blick voller Hass. »Töte mich doch. Wäre nicht das erste Mal, dass du ein Leben auslöschst! Und während ich draufgehe, erfährt die ganze Welt, was du getan hast.«

»Bitte nicht!«, flehte Camila weinend ihre Tante an, ihre Wangen voller schwarzer Mascara, die Augen hochrot. »Bitte tu es nicht.« Trotz der Grausamkeit, die Matteo ihr angetan hatte, wollte sie ihn noch immer schützen.

»Du denkst, das wird dir helfen? Du denkst, man wird glauben, was du Camila gezwungen hast zu sagen?« Sie lachte gehässig. »Letztendlich bist du doch nur ein mieser, unbedeutender, verrückter Stalker, der ganz nach seinem Vater kommt, was du mit deiner Aktion der ganzen Welt beweist.«

»Halt den Mund!«, brüllte Matteo. »Mein Vater war ein ehrlicher Mann! Er hat dir nichts getan!«

»Mutter, du hast keine Ahnung, was du tust!«, gab Felipe von sich. »Bitte leg die Waffe weg.«

»Oh doch«, erwiderte sie, die Waffe noch immer fest im Griff. »Ich war schon immer die Einzige in der Familie, die ganz genau wusste, was sie tut. Die die Probleme anderer lösen und aus dem Weg schaffen musste! Vor allem die Probleme deines nutzlosen Vaters!« Sie sah Camila an und rümpfte die Nase. »Und das nur, weil mein Vater unbedingt deine dreckige, arme Großmutter aus Sant Cosme heiraten musste. Das ist genau das Problem, von dem ich immer spreche. Menschen aus unserem Stand sollten sich niemals mit so was zufriedengeben.« Nun traf ihr Blick mich. »Sieht man ja an deinem Vater, Camila. Er ist ein verdammter Schwächling, der der ganzen Familie nur Probleme …«

Plötzlich ging alles viel zu schnell. In einer Sekunde rannte Ricardo die Treppe hinunter, an seinem Kopf eine große Platzwunde, in der nächsten warf er sich auf seine Tante und versuchte, ihr die Waffe aus der Hand zu nehmen. Sie taumelten an die Wand. Schockiert erstarrten wir alle für einen Moment. Eine gefühlte Ewigkeit wusste niemand, was er unternehmen sollte. Alle standen unter Strom, beobachteten die Waffe zwischen den beiden, um die sie kämpften, die ständig in eine andere Richtung zeigte, was es uns schwer machte, einzuschreiten.

»Mamá, bitte!« Felipe hatte den Baseballschläger gehoben, doch sein Ausdruck zeigte deutlich, wie schwer ihm der Gedanke fiel, auf seine eigene Mutter einzuschlagen. »Hör auf!«

»Es ist Zeit für die Wahrheit!«, presste Ricardo hervor, umgriff fest den Lauf der Waffe und versuchte, sich aus dem Schussfeld zu drücken. Doch sie war direkt auf ihn gerichtet.

Ich trat näher, stockte jedoch. Ich wollte sie nicht provozieren. Sie durfte nicht auf meinen besten Freund schießen.

»Du sagst mir nicht, wann es Zeit ist!« Beatriz' Gesicht war hochrot. So rot, dass es nur eine Frage der Zeit war, bis sie abdrückte. *Fuck.* Was sollte ich tun? Wie konnte ich einschreiten, ohne dass es weiter eskalierte?

»Mamá!«, brüllte Felipe verzweifelt. Seine Atmung ging stoßweise, auch er zögerte. Doch nicht lange.

Im nächsten Moment warf er sich auf seine Mutter. Genau im selben Moment, in dem ein Schuss fiel.

Ich zuckte zur Seite, in meinen Ohren ein lautes Dröhnen, das von meinem Herzschlag begleitet wurde. Erst als ich Camilas Schreie hörte, kamen meine Sinne wieder zurück.

»DARÍO!«

Kapitel 47

Camila

Sicherlich waren erst Minuten vergangen, seitdem ich der Polizei hatte erzählen müssen, was passiert war, doch es fühlte sich an, als würde ich schon seit Tagen hier sitzen, den Blick starr auf die Wanduhr dieses kahlen Präsidiums gerichtet. In meinem Inneren waren bloß diese Erinnerungen, die sich wie ein kaputter Film immer und immer wieder in mir abspielten. Das einschneidende Gefühl der Fesseln an meinen Handgelenken, die Kamera, Miguels verletztes und blutiges Gesicht … der Schuss.

Irgendwo vernahm ich Stimmen, hektische Schritte, das Klicken einer Tastatur. Der Pappbecher mit lauwarmem Wasser, an den ich mich krallte, zitterte. Trotz der Decke um meine Schultern war mir eiskalt.

Ich hatte keine Ahnung, an welcher Stelle ich mit dem Verarbeiten der Wahrheit anfangen sollte. Damit, dass mein bester Freund derjenige war, der mich jetzt seit fast einem Jahr heimsuchte? Damit, dass mein Vater das Leben eines unschuldigen Mannes zerstört hatte? Oder damit, dass meine Tante tatsächlich kaltblütig auf meinen Bruder geschossen hatte?

»Ihre Aussage hat uns sehr geholfen, wir sind ansonsten vorerst hier fertig. Kann Sie jemand abholen?«, drang von irgendwo die Stimme einer Polizistin zu mir durch. Nur langsam hob ich den Blick in ihr unscharfes Gesicht. »Wir haben Ihre Mutter angerufen, aber sie ist sofort zu Ihrem Bruder ins Krankenhaus gefahren.«

»Darío«, stammelte ich geistesabwesend. Ich musste wie eine Verrückte wirken. »Und … Miguel. Wo ist er?«

»Miguel geht es gut.« Felipes Stimme. Erst jetzt realisierte ich, dass er neben mir saß. An seinem Kopf war eine genähte Platzwunde. Wann hatte der Arzt ihn behandelt? Was war in den letzten Stunden passiert? Ich wusste es nicht mehr. »Er ist im Krankenhaus wegen seinem Bein, du brauchst dir keine Sorgen zu machen.« Schließlich wandte er sich wieder der Polizistin zu. »Ich rufe meine Freundin Sierra an.«

Sierra. Ester. Wo waren sie? Wie ging es ihnen? Was war passiert seit der Pasarela Futuro? Ich konnte mich an nichts erinnern.

»Und wo ist mein Vater?«, brachte ich heiser hervor.

Keine Ahnung, warum ich das fragte. Keine Ahnung, warum ich mich immer noch für ihn interessierte, nachdem er uns allen das angetan hatte. Wieso konnte man trotz der Grausamkeit einer Person sie immer noch lieben? Selbst wenn man das eigentlich nicht wollte.

Die Polizistin verzog das Gesicht. »Ihr Vater sitzt in Untersuchungshaft. Wir …«

»Ich will ihn sehen.«

Die Polizistin stockte. »Es tut mir leid, das geht leider nicht.«

»Bitte«, flehte ich. »Bitte lassen Sie mich zu ihm.«

Ihr Blick huschte unschlüssig umher, ehe sie den Kopf schüttelte. »Ich kann nicht …«

»Ich übernehme das.«

Meine Aufmerksamkeit wurde auf einen hochgewachsenen älteren Polizisten gerichtet, der zu uns trat. Das Licht des Flurs zeichnete einen scharfen Umriss um seine Schultern, bevor die Tür wieder hinter ihm zufiel. Die Polizistin wich mit einem knappen Nicken zurück. Er musterte mich, sein Blick durchdringend, aber nicht unfreundlich.

»Señora Luminia?«, fragte er und lehnte sich dann zu mir runter. »Ich bin Kommissar Duarte. Ihr Vater ist noch hier im Präsidium. Er hat alles gestanden.«

»Er hat … er hat gestanden?«, hauchte ich.

»Ja, er kam selbst zu uns und hat ausgesagt.« Sein Blick huschte auf seine Armbanduhr. »Wir bereiten gerade die Papiere für die Überführung ins Untersuchungsgefängnis vor«, überlegte er laut. »Das dauert meist ein wenig. Vielleicht kann ich Ihnen fünf Minuten beschaffen.«

Fünf Minuten.

Keine Ahnung, ob das reichen würde. Aber vermutlich würde keine Zeit der Welt reichen, um zu verstehen, was er getan hatte.

Ich schluckte schwer. »Bitte«, flüsterte ich. Ich wusste nicht, ob ich hören wollte, was mein Vater mir zu sagen hatte – oder ob ich einfach nur seine Augen sehen wollte. Die Wahrheit in ihnen. Die Schuld.

»Camila, bist du sicher?«, fragte Felipe neben mir und legte seine Hand auf meine Schulter. Ich nickte hastig.

»Ja, ich muss ihn noch mal sehen. Ich muss das alles irgendwie verstehen.«

Duarte schien kurz zu überlegen, ehe er sich unschlüssig umsah. Dann nickte er mir zu. »Kommen Sie mit.«

»Wenn etwas ist«, sagte Felipe, gerade als ich aufgestanden war, »ich bin hier draußen und warte auf dich.«

Eine Träne löste sich aus meinem Augenwinkel. Ich war so dankbar, dass ich nicht allein war. Dass Felipe hier war.

Alles in mir war steif, wie eingefroren, als ich Duarte hinaus in einen Flur folgte. Mein Kopf war schwer, meine Gedanken träge. Und doch lief ich weiter. Durch sterile Gänge, an offenen Bürotüren vorbei, an flimmernden Bildschirmen.

Duarte öffnete eine Tür zu einem kleinen Raum. Keine Zelle, aber auch kein normales Büro. Ein Besprechungsraum.

Seine in Handschellen geketteten Hände waren das Erste, das ich erblickte. Sie lagen auf einem kahlen Tisch. Langsam trat ich vor, erblickte zwei Stühle, ein Spiegel, der keiner war und …

»Sie haben fünf Minuten«, sagte er. »Ich bin direkt hinter der Tür. Sie können jederzeit gehen.«

Ich nahm seine Worte kaum mehr wahr, sah nur noch ihn. Meinen Vater. Seine traurige Haltung. Dann sein freudiger und gleichzeitig so niedergeschlagener Blick. Als er mich sah, richtete er sich kurz auf, auf seinen Lippen ein Lächeln, das sofort wieder verblasste.

Langsam trat ich ein. Die Tür fiel hinter mir ins Schloss. Ich blieb direkt vor ihr stehen. Bewegte mich nicht. Spürte nur, wie die Tränen mich überfluteten.

»Camila«, krächzte er. »Ich bin so froh, dass es dir gut geht. Wenn dir etwas passiert wäre, dann …«

»*Wenn mir etwas passiert wäre?*«, wiederholte ich fassungslos. Vor meinen Iriden ein Meer aus Tränen. »Mir *ist* längst etwas passiert! Und es ist *deine* Schuld! Er hat mir das angetan, um deine Taten zu rächen!«

Mein Vater verzog die Lippen. »Ich weiß. Und es tut mir so unfassbar leid. Ich habe die Gefahr falsch eingeschätzt, ich dachte … Na ja, Beatriz meinte, dass es sicherlich Darío war, der dir drohte, um uns zu erpressen. Ich war der festen Überzeugung, dass er dir nicht ernsthaft wehtun würde, wenn er es wirklich war … Aber als mir klar wurde, dass er es nicht war, da habe ich mich gestellt, damit es endlich endet.«

»Es ist aber zu spät. Denk ja nicht, dass ich dir deswegen verzeihen werde. Ich bin nur wegen einer Sache hier«, krächzte ich. »Ich will es verstehen. Ich will wissen, warum du das alles getan hast.« Sein Blick glitt hinab zu seinen Händen. »Was ist vor siebzehn Jahren wirklich passiert?«

Eine gefühlte Ewigkeit starrte er ins Leere, dann nickte er. Ohne mich anzusehen, begann er zu sprechen.

»Javier Vega war nie der Stalker deiner Tante. Er hat sie auch nicht gestoßen«, hauchte er bitter. »Sondern ich.«

Mein Atem stockte, blieb mir einfach im Hals stecken, als alles langsam Sinn ergab. Die Lüge, von der Beatriz und Raul gesprochen hatten, die Nervosität, die Anspannung …

Er sprach weiter. »Wir hatten uns heftig gestritten. *Vestura* war in den roten Zahlen und Beatriz hat mir ständig vorgeworfen, unfähig zu sein und die Firma zu ruinieren … sie vertraute mir nicht, sie ließ mich nicht mitentscheiden. Dabei … dabei war *Vestura* die Idee meiner Mutter. Es war unser eigenes Erbe. Und trotzdem gehört es in größeren Teilen deiner Tante, trotzdem hat sie die Macht. Sie sprach immer wieder davon, was für eine bescheuerte Idee diese Marke gewesen war, dass sie nur Probleme bereitet hatte und unser Vater niemals mit meiner Mutter …«

Er brach ab, schüttelte den Kopf, der Mund verzerrt. »Die Art und Weise, wie sie über sie sprach, machte mich so wütend. Ich war bereit, in *Vestura* mein Herzblut zu stecken, doch Beatriz ließ mich nie an den längeren Hebel.« Voller Scham sah er auf. »An dem Abend hatten wir wieder gestritten. Es ist eskaliert. Ich weiß schon gar nicht mehr, über was genau. Es ging wieder um Geld, um Kontrolle. Ich war so wütend, dass ich sie gestoßen habe. Unüberlegt. Ohne Absicht, ihr ernsthaft wehzutun. Doch sie stolperte, fiel in den Glastisch in genau dem Moment, in dem Javier Vega hereinkam. Er hatte alles gesehen.«

»Aber … es war doch ein Unfall!«, stieß ich hervor. »Ein dummer Unfall! Warum habt ihr das nicht einfach gesagt?«

»Das wollte ich«, murmelte er. »Aber deine Tante … Sie bestand auf Stillschweigen. Sie wollte das Ansehen des perfekten Familienunternehmens nicht kaputt machen. Denn das macht *Luminia* schließlich aus. Dass es ein traditionelles Unternehmen voller Liebe ist. Du kennst doch deine Tante, für sie zählt der Schein mehr als alles andere. Ein Skandal wie dieser – dass es in den Reihen von Luminia zu Gewalt kommt –, das hätte den Ruf der Familie und – was noch viel wichtiger ist – den Ruf der Marke kaputt gemacht. Die Klatschblätter hätten uns zerrissen, Dinge hinzugedichtet.« Er schnaufte gehässig und schüttelte den Kopf. »Glaub mir, wenn es nach mir gegangen wäre, hätte ich mich sofort gestellt, doch … deine Tante war so besessen von unserem Ruf. Sie wollte sich keinen Skandal erlauben und hat dafür ein Menschenleben in Kauf genommen.«

Ich spürte, wie sich Wut und Enttäuschung in mir verdichteten. »Du hättest dich gegen sie stellen können! Du hättest zur Polizei gehen können.«

Er sah auf, Tränen in den Augen. »Das wollte ich, wirklich! Doch … sie drohte mir, dir und Darío alles zu nehmen. Eure Zukunft. Eure Chancen. Ich hatte Angst, euch zu verlieren. Ich wollte euch doch nur schützen.«

»Ist das der Grund, weshalb Darío fortgegangen ist?«

»Ja, er hat es mitbekommen und … er konnte mit dieser Lüge nicht leben.«

Das schmerzhafte Ziehen in meiner Brust brachte mich dazu, mich abzuwenden. Die Tränen, die nun meine Sicht fluteten, glichen einem Tsunami. Tief versuchte ich durchzuatmen, doch dieser Schmerz überrumpelte mich.

»Und was war das mit Miguel?«, krächzte ich mit bemüht kraftvoller Stimme, ehe ich mich umdrehte und ihn wieder ansah. »Warum … warum warst du bei diesen Kämpfen dabei? Wieso hast du ihn dazu gedrängt, gegen diese Bande anzutreten?«

Er zögerte, sah ausweichend auf die Handschellen um seine Gelenke und verzog das Gesicht. »Weil ich Geld brauchte.« Verwirrt schüttelte ich den Kopf. »Deine Tante hatte nicht nur mich, sondern auch meine Finanzen unter Kontrolle, also suchte ich eine Gelegenheit, unbemerkt an eigenes Geld zu kommen und weiter nach Darío zu suchen. Ich habe wirklich alles versucht, zahlreiche Privatdetektive auf ihn angesetzt, selbst nach ihm gesucht und … nichts. Er war schon immer so gut im Verstecken gewesen. Dabei hatte ich deiner Mutter doch versprochen, deinen Bruder zu finden … das war alles, was ich je gewollt habe. Als La Sangre Negra mir Infos zu Darío versprachen, begann ich Geld für sie zu waschen, war bei den Kämpfen dabei.« Ein trauriges Lächeln legte sich auf seine Lippen, das mir die Kehle noch enger zuschnürte. Es verschwand, sobald er weitersprach. »Dieser Bandenchef zeigte mir ein Foto von Darío, und damit hatte er mich. Doch für weitere Details verlangten sie noch ein paar Extraleistungen … Sie wollten, dass ich Miguel zu diesem Kampf überrede. Die Hintergründe kannte ich nicht, ich dachte, sie sahen in ihm vielleicht eine ebenbürtige Konkurrenz oder so und ... Miguel war ständig bei irgendwelchen zwielichtigen illegalen Fights dabei. Ich hatte nicht damit gerechnet, dass sie ihn so verletzen würden ...«

Ich starrte ihn fassungslos an, die Hand an meinem Mund. »Du hast kein einziges Mal über dein Handeln nachgedacht? Nicht hinterfragt, in was für Schwierigkeiten du ihn bringen könntest.«

»Ich habe das nur getan, um die Familie wieder zu einen.«

»Indem du andere Familien trennst?!«, brüllte ich. »Du hast Matteo die Familie genommen, du hast Miguels Leben riskiert und meins gleich mit!«

Er schloss die Augen, ein leiser Laut der Verzweiflung entrang sich seiner Kehle. »Ich wollte es wiedergutmachen. Wollte Miguel dort rausholen, ihm einen richtigen Job geben. Etwas Ehrliches, Echtes.«

»Du hast ihn nie bezahlt«, entgegnete ich bitter.

»Das wollte ich wirklich ... doch deine Tante hätte einen professionellen Personenschützer niemals erlaubt. Sie hätte gemeint, dass das Geldverschwendung wäre, weil sie davon ausging, dass Darío die Bedrohung ist und dir niemals etwas antun würde. Obwohl ich das auch glaubte, war ich mir nicht sicher genug, um dich allein zu lassen. Ich wollte trotzdem jemanden an deiner Seite haben und weil Miguel in einer schwierigen Lage war, bot ich ihm den Job an. Auch wenn ich noch nicht wusste, wie ich ihn bezahlen sollte, war ich mir sicher, dass es einfach sein würde, ihn hinzuhalten, bis ich sein Geld beschafft hatte. Er brauchte diesen Job, er brauchte das Geld. Und ich brauchte ihn. *Du* brauchtest ihn. Er hatte das Zeug, dich zu schützen, er ist ehrlich und aufrichtig. Es war die beste Entscheidung, ihn anzustellen. Ich wollte jemanden an deiner Seite haben, der ...«

»... der mich kontrolliert?«, beendete ich seinen Satz. »Der kontrolliert, wer mit mir Kontakt aufnimmt, und verhindert, dass Darío mir die Wahrheit erzählt. Das ist es doch, oder? Du hattest keine Angst um mich, du hattest Angst, dass ich die Wahrheit erfahre, und kaum hattest du jemanden, der mich überwacht, konntest du wieder in Ruhe der Arbeit nachgehen. Deshalb hast du mich auch zu Hause eingesperrt und nach Madrid geschickt, deshalb hattest du mir mein Handy weggenommen. Du hast Miguels Situation schamlos ausgenutzt, dabei ging es dir nicht um meinen Schutz. Dir ging es immer nur um deinen eigenen.«

Weitere Tränen rannen über meine Wangen, liefen hinab in meinen Mund. Einen Moment konnte ich nicht atmen, rang nach Luft und Ruhe. Zu erkennen, dass all die Menschen, die ich liebte, in Schwierigkeiten steckten wegen meinem eigenen Vater … Ich wusste nicht, ob ich jemals mit diesem Schmerz leben konnte.

»Camila«, hauchte er, doch ich wusste, dass ich recht hatte, und er wusste nicht, wie er mich vom Gegenteil überzeugen sollte. »Ich wollte …«

»Alles, was aus deinem Mund kommt, ist *ich wollte, ich wollte.*« Ich schüttelte den Kopf. »Du willst immer das Richtige tun, aber tust es nie! Das macht es nicht besser!«

»Camila, ich weiß … ich habe viele Fehler gemacht und ich war ein absolut … schrecklicher Vater«, krächzte er. Ich wandte mich ab, weil mich die Wut und die Trauer überrollten.

»Ja, das warst du! Du warst nie da für mich. Du hast mich allein gelassen!«

Ich hörte ihn seufzen. »Ich lag bei so vielen Dingen falsch. Ich habe dich im Stich gelassen, dachte, du kommst allein zurecht, und habe nicht gesehen, wie sehr du mich gebraucht hast. Ich weiß, dass ich das nie wiedergutmachen kann.« Seine Stimme zitterte mindestens so heftig wie mein ganzer Körper.

»Es tut mir so unfassbar leid«, weinte er. »Ich hoffe, du kannst mir irgendwann verzeihen.«

Weitere Ewigkeiten vergingen, in denen ich versuchte, zur Ruhe zu kommen. Ich atmete tief ein, legte den Kopf in den Nacken, sah zur Decke. Doch ihn noch einmal anzusehen, war unmöglich.

»Das wird sich zeigen«, hauchte ich, ehe ich zur Tür ging. »Leb wohl, Papá.«

Epilog

Camila

DREI MONATE SPÄTER

Es begann mit Scherben. Damals sowie heute.

Das Licht der starken Nachmittagssonne fiel durchs Fenster und brach sich in dem zersplitterten Glas, das vor mir umhüllt von Seide lag. Ein Neuanfang, oder der Versuch, das alles zu verarbeiten.

»Wenn wir da jetzt noch kleine Diamantdetails hinzufügen …«, überlegte Felipe neben mir laut und beugte sich über seinen Laptop, auf dessen Bildschirm ihm der Entwurf meines Abendkleides entgegenstrahlte. Die *Shattered*-Kollektion. Eine Sammlung von Stücken, in die ich all meine Wut, meine Trauer, meinen Schmerz hineingepackt hatte. Und während ich noch nicht sicher war, was ich damit machen wollte, war Felipe bereits Feuer und Flamme, daraus ein gemeinsames Projekt zu kreieren. *Luminia* und *Vestura*. Eine Familie. Eine *richtige* Familie, jetzt, wo wir beide dafür verantwortlich waren.

Diamanten brechen nicht. Das war Beatriz' Motto. Das war die Motivation, mit der sie vor allem Felipe täglich zur Bestleistung getriezt hatte. Nun sah man, dass sie eben doch brechen konnten. Dass die Luminias brechen konnten. Und dass ein Bruch eben nicht immer etwas Negatives bedeuten musste.

»Ich sehe das schon vor mir.« Nachdenklich kniff er die Augen zusammen, als hätte er tatsächlich schon eine schillernde Vision vor seinem inneren Auge. Dann umgriff er meine Hand und nickte mir ermutigend zu. »Ich glaube, wir können aus dem ganzen Mist etwas Neues, Besseres erschaffen. Du kannst jetzt endlich deine eigenen Designs, deine eigenen Ideen einbringen, kannst die Pläne, die du immer hattest, wirklich ausarbeiten, ohne dass dich jemand aufhält.«

Meine Mundwinkel zuckten, weil da tatsächlich eine Flamme in mir leuchtete. Eine Hoffnung, eine Vorfreude, endlich das wahr werden zu lassen, was ich schon immer wollte: bei *Vestura* mitarbeiten, Mode erschaffen, Kunst. Doch diese Freude wurde von all den Umständen, die mir das ermöglichten, überschattet.

Mein Vater saß immer noch in Untersuchungshaft, Beatriz und Matteo drohte ebenso ein Prozess, mein Bruder lag im Krankenhaus und ich wusste immer noch nicht, ob ich ihm überhaupt verzeihen konnte. Und ob ich jemals wieder ein normales Leben führen würde. Ohne das Gefühl von Blicken im Nacken, ohne zu erschrecken, wenn etwas hinter mir raschelte, ohne bei jedem Brief vom Schlimmsten auszugehen, ohne Angst zu haben, wenn ich abends im Bett lag.

»Was ist, wenn deine Mutter recht hatte?«, hauchte ich unsicher. »Ich meine … sie wollte mich nie designen lassen, weil sie meinte, ich wäre nicht gut genug, meine Ideen hätten kein Marktpotenzial …«

»Camila.« Felipe legte mir die Hand auf die Schulter. »Wann wirst du endlich sehen, dass du genug bist? Alles, was du tust, was du sagst, was du fühlst, machst und erschaffst – du bist wundervoll. Und egal, was kommt, egal, wofür du dich entscheiden wirst, wir werden das Beste draus machen.«

»Das Beste draus machen …«, wiederholte ich. »Ich weiß schon gar nicht mehr richtig, wie das geht … Darío … er kommt heute aus dem Krankenhaus und …« Felipe sah mich mitfühlend an und umfasste meine Hand. »Mamá geht es, seitdem er wieder da ist, so viel besser. Sie war die letzten Wochen jeden Tag bei ihm im Krankenhaus, als wäre nie etwas passiert, als hätte er sich nicht damals dazu entschieden, sie und mich zu verlassen, nur weil Papá uns alle angelogen hat.«

»Du bist immer noch sauer«, stellte Felipe mit einem verständnisvollen Nicken fest.

»Du etwa nicht? Ich … ich bin irgendwie alles. Wütend, enttäuscht … froh! Ich freue mich, dass er wieder da ist, aber … es ist, als wäre er mir fremd. Wie soll ich ihm gegenübertreten, wie soll ich … ich muss doch …«

Sobald mein Cousin mich in seinen Arm zog und mir besänftigend über den Kopf streichelte, floss es aus mir heraus. Ich hatte gedacht, dass ich meine Tränen in den letzten Wochen aufgebraucht hätte, doch es schien, als wäre der Tank wieder voll. Laut schluchzend krallte ich mich an sein Shirt. Ich hatte Angst vor der Vergangenheit, vor der Zukunft, vor dem, was hätte sein können und was werden könnte. Ich hatte plötzlich keine Ahnung mehr, wo ich stand, was ich wollte und was ich tun sollte.

»Hör zu«, begann Felipe und schob mich sachte von sich fort, um mich ansehen zu können, »du *musst* gar nichts. Lass es auf dich zukommen. Mit der Zeit wirst du wissen, was das Richtige sein wird und wie du dich fühlen wirst. Und bis dahin entspannst du dich erst mal.« Er tippte mir auf die Nase, was mir ein Lächeln ins Gesicht zauberte. »Vielleicht hilft dir auch das Wochenende. Ich glaube, in Esters Strandhaus wirst du gut runterkommen.«

»Danke«, seufzte ich und drückte mich noch mal Schutz suchend an ihn. Die Strahlen der Sonne fielen warm auf mein Gesicht. Für einen Moment genoss ich einfach nur diesen Augenblick und erlaubte mir zu hoffen, dass alles gut werden würde.

Das warme Kondenswasser meines Atems rann die Fensterscheibe hinab. Ich saß schon viel zu lange hier, die Stirn gegen den Rahmen der Autotür gelehnt, der Blick starr auf den Eingang des Krankenhauses gerichtet.

Immer wieder schob sich die Tür auf. Menschen kamen und gingen. Bei jedem, der hinaustrat, setzte mein Atem einen Moment aus. Und setzte wieder ein, als ich erkannte, dass sie es nicht waren. Die Welt um mich herum wirkte gedämpft, als wäre ich nicht Teil von ihr, nur Zuschauerin.

Doch dann sah ich meine Mutter. Ich rappelte mich auf, mein Herz schlug schneller. Einen Moment blieb sie stehen und sah mit einem Lächeln zurück. Ihre Augen waren noch immer so müde, die Ringe darunter dunkel, dennoch war sie kaum wiederzuerkennen. Sie hatte ihren Sohn wieder. Ich wusste, ihr Herz würde niemals ganz heilen, doch wenigstens war es mittlerweile wieder etwas geflickt. Ich hoffte, das würde meines auch irgendwann sein.

Unsicher rutschte ich tiefer in meinen Sitz, sobald er hinaustrat. Er lief vorsichtig, die Schulter war noch bandagiert. Seine Haare waren so dunkel, sein Gang erwachsen. Ich erinnerte mich so gut an früher. An seine Art zu lächeln, die vielen Fältchen um seine Augen, die Art, wie er seine Arme beim Gehen mitschwang.

Meine Finger umklammerten das Lenkrad. Ich hätte einfach sitzen bleiben und beobachten können, wie er und Mamá in das Auto ihres Fahrers stiegen und wegfuhren, doch irgendetwas in mir – ein kleiner, hoffnungsvoller und neugieriger Teil – bewegte sich plötzlich. Langsam legte ich die Hand an den Türgriff und stieg aus dem Wagen. Die Sonne auf meiner Haut war mild und warm, der Wind dafür umso kälter. Kies knirschte unter meinen Schuhen, sobald ich langsam näher trat.

Sein Blick landete auf meinem Gesicht. Er blieb stehen. Eine gefühlte Ewigkeit sahen wir uns an, der verlorene Bruder und ich. Sie sagten, weil ich noch so jung gewesen war, hätte ich mich sowieso niemals an ihn erinnern können. Doch ich erinnerte mich. Ich kannte ihn. Kannte die liebsten Orte im Garten, an denen er sich versteckte, wusste, dass er das Ende jeden Films am liebsten umgeschrieben hätte, weil da so viel Fantasie in ihm steckte. Ich wusste, dass sich auf seiner Stirn beim Klavierspielen eine Falte abzeichnete, die sonst nie auftauchte, und ich wusste, dass er immer bei mir gewesen war. *Bis er mich irgendwann doch verlassen hatte.*

Plötzlich stand er vor mir. Ich hatte gar nicht mitbekommen, dass wir aufeinander zugegangen waren. Meine Mutter lächelte uns an und hauchte mir einen Kuss auf die Schläfe.

»Ich fahre schon mal vor«, meinte sie. »Cami, fährst du Darío heim?«

Bevor ich antworten und protestieren konnte, hatte sie uns zugezwinkert und sich umgedreht. Etwas unbeholfen sah ich ihr nach, wandte mich anschließend wieder ihm zu, richtete den Blick aber auf den Boden. Nur zögerlich hob ich ihn schließlich.

»Hi.« Er war der Erste, der sprach. Beim Klang seiner Stimme durchzuckten mich schmerzhafte Erinnerungen. *Ich gehöre nicht zu deiner Familie und das ist auch gut so.*

»Hi«, krächzte ich, weil der Kloß in meiner Kehle alles zuschnürte.

»Schön, dass du gekommen bist.«

»Ist es das?«, hauchte ich. Über seinen Ausdruck huschte ein Schatten. »Das letzte Mal warst du nicht wirklich erfreut, mich zu sehen.«

Er nickte und schien einen Moment zu überlegen. »Du hast recht«, antwortete er. »Ich habe Panik bekommen und … es tut mir so unfassbar leid, wirklich. Ich war so verbittert … Ich habe mein Verhalten sofort bereut.«

Weil ich nicht wusste, was ich darauf antworten sollte, verschränkte ich die Arme vor der Brust, sah kurz unbeholfen zum Wagen zurück.

»Wie geht es dir?«

»Viel besser. Mamá hat …« Er stockte und auch ich verspürte ein seltsames Ziehen in meiner Brust. Es war so ungewohnt, ihn vor mir stehen zu sehen und über unsere Mutter sprechen zu hören, als hätte sich nie etwas geändert. »Sie hat sich gut um mich gekümmert.« Er beendete seinen Satz nur zögerlich.

»Ihr geht es besser, seitdem du wieder da bist.« Er verzog das Gesicht, als hätte er Schmerzen. Vermutlich, weil er sich bewusst war, dass er der Grund war, weshalb sie überhaupt krank geworden war. Gut. Er sollte spüren, was er ausgelöst hatte.

»Komm, ich bringe dich heim«, sagte ich und drehte mich zum Wagen um, weil ich dieser unangenehmen Situation endlich ein Ende bereiten wollte. Im Augenwinkel erkannte ich, dass er einstieg, während ich mich anschnallte. Dann klickte es. Sobald er neben mir saß und die Autotür ins Schloss fiel, herrschte Stille. Da war nur unser Atem und das leise Tippen seiner Fingerspitzen auf den Knien. Dabei huschte eine Erinnerung durch mein Gedächtnis. Ich auf dem Rücksitz hinter Papá, Darío neben mir, auf seinen Ohren Kopfhörer, die Finger im Takt tippend auf dem dunklen Leder des Sitzes.

Hastig startete ich den Wagen und fuhr los. Eine ganze Ewigkeit sagte niemand etwas, dann durchbrach er die Stille.

»Und wie geht es dir?« Der Klang seiner Stimme verriet, dass er nicht auf einfachen Small Talk aus war. »Nach all dem …«

»Ich weiß es nicht.« Meine Antwort kam viel zu schnell, aber meine Stimme war fest. Ich krallte mich ans Lenkrad und heftete den Blick fest auf die Straße. »*Besser* wäre eine Lüge, aber alles andere irgendwie auch … Es geht mir nicht schlecht, aber … es ist, als hätte ich keine Gefühle mehr in mir. Nach allem, was passiert ist mit Matteo, mit Papá und …« Vorsichtig spähte ich in seine Richtung. »Mit dir …«

»Ich bin froh, dass du heil da rausgekommen bist.«

Ich presste die Lippen zu einer schmalen Linie zusammen, die ein Lächeln andeuten sollte. Anschließend fiel mein Blick auf seine Hand, die auf seinem Bein lag, an seinem Gelenk ein Tattoo. Schmerz durchzuckte mich.

»Steht das für den 10. Oktober?«, fragte ich. »Den Tag, an dem du entschieden hast, uns zu verlassen.«

Ausweichend fuhr er sich über die Haut, als könnte er die Tinte, ihre Bedeutung und meine Frage einfach wegreiben.

»Weißt du«, begann er dann. »Ich bereue nicht, dass ich gegangen bin. Ich bereue nur, dass ich dich und Mamá allein gelassen habe. Ich habe erst zu spät gemerkt, wie falsch das von mir war. Ich war noch so jung und dumm und voller unkontrollierter Gefühle gewesen und es ist, als wäre ich die letzten Jahre genau dieser Junge geblieben. Stur. Blind. Ich hab mich von all der Enttäuschung leiten lassen …«

Nickend starrte ich weiterhin auf die Straße, reagierte eine ganze Zeit lang nicht und ließ mir seine Worte durch den Kopf gehen. Obwohl ich mit Wut und Enttäuschung gerechnet hatte, war da plötzlich ein anderes Gefühl in mir.

»Ich glaube manchmal, ich hätte dasselbe getan.«

»Was?«

Meine Schultern zuckten. »Ja, irgendwo kann ich dich verstehen. Diese Wut, die ich für Papá empfinde … Ich glaube, sie würde ausreichen, um mich in sie hineinzusteigern, unüberlegte Dinge zu tun …«

»Nur wärst du nicht so dumm und stur wie ich und wärst wahrscheinlich zurückgekommen.«

Mein Mundwinkel zuckte. »Ich war schon immer klüger als du.«

Er schnaufte, also wagte ich einen Blick in seine Richtung. Auf seinen Lippen lag ein vorsichtiges Lächeln. Da war noch der Junge in ihm, den ich so geliebt hatte.

»Also …«, ich atmete tief durch in dem Moment, in dem wir an einer Ampel in Sant Cosme zum Stehen kamen, »du leitest ein Jugendzentrum?«

»Ja«, er lachte leicht, »irgendwie … ist mir das so in die Arme geflogen. Mich hat es wegen Abuela nach Sant Cosme gezogen, ich wollte wissen, wo sie aufgewachsen war. Als Übergang habe ich im Jugendzentrum aushelfen wollen und … irgendwie hat mir die Arbeit mit den Kindern und Jugendlichen so viel gegeben, dass ich nicht aufhören wollte. Es hat sich angefühlt, als könnte ich ihnen etwas zurückgeben, etwas von dem Leid wiedergutmachen, das Menschen wie … Beatriz und unser Vater verursachen.«

»Das ist eine gute Sache«, gab ich zu. »Ich finde die Menschen in Sant Cosme auch wundervoll.«

»Das sind sie … bei ihnen konnte ich mich irgendwie vollkommen entfalten, mich fallen lassen.«

Meine Lippen formten ein leichtes Lächeln, als ich an Miguel, Aya, Valeria und Marisol dachte. Ich wusste seltsamerweise genau, wovon mein Bruder sprach. »Bei ihnen war ich einfach nur Ricardo. Nicht Darío Luminia.«

»Als ich bei Felipe in Madrid untergetaucht bin, war ich einfach nur Carla Linares«, erzählte ich. »Ich weiß, was du meinst.« Die Ampel sprang auf Grün, woraufhin ich wieder losfuhr und an der nächsten Kreuzung rechts abbog. »Wie soll ich dich nennen?«, fragte ich dann noch. »Darío oder Ricardo?«

Er musterte mich, in seinen Augen Hoffnung. »Heißt das … du willst mich vielleicht wieder öfter sehen?«

Meine Zähne krachten aufeinander, ich presste sie zusammen. »Das weiß ich noch nicht, aber … vielleicht wäre das schön.«

Sein Lächeln entlockte auch mir ein Schmunzeln. Und dann war da doch plötzlich wieder ein Gefühl in mir. Nur ein Hauch. Ein klitzekleines Zucken in meiner Brust. Dieses Gefühl von Nachhausekommen.

»Früher hast du mich immer Tito genannt, weißt du noch?« Die Wehmut in seiner Stimme löste in mir ein Krampfen aus. Natürlich konnte ich mich erinnern. »Du kannst mich nennen, wie du möchtest. Hauptsache, du redest wieder mit mir.« Der Klang seiner Stimme war weich und voller Vorsicht.

Ich hielt vor seiner Wohnung, stoppte den Motor, sah hinaus. Sant Cosme. Nur ein paar Straßen weiter lag das Jugendzentrum, das Boxstudio, *Miguel.*

»Ich muss ehrlich zu dir sein«, begann ich zögerlich, ehe ich ihn ansah, »ich weiß nicht, wie schnell ich das hinter mir lassen und … dir voll und ganz verzeihen kann.«

Sein Lächeln war verschwunden. Stattdessen nickte er nun ernst. »Natürlich.«

»Aber …«, setzte ich noch mal von Neuem an, unsicher, was ich hier gerade überhaupt tat, »wir sind das Wochenende in Esters Strandhaus … weißt du noch?«

»Natürlich erinnere ich mich …«, hauchte er. Täuschte ich mich oder waren seine Iriden leicht glasig?

»Jedenfalls … wenn du möchtest, kannst du natürlich auch kommen.«

Er blickte mich lange an, und irgendetwas in seinen Zügen löste sich. »Ich glaube, das fände ich schön.«

Ich nickte nur, für einen Moment unfähig zu sprechen. Ein Kloß hatte sich in meiner Kehle gebildet, aber er war weich. Kein Druck, kein Zorn mehr. Nur Erinnerungen. Nur Hoffnung.

»Also bis dann«, sagte ich leise, ehe er ausstieg. Bevor er die Tür schloss, hielt er inne.

»Danke, Cami.«

Ich sah ihn an.

Und vielleicht war das der Moment, in dem sich meine Dunkelheit lichtete.

»Denkst du, er wird noch kommen?« Esters Stimme gesellte sich zu der Geräuschkulisse aus dem Knacken des Lagerfeuers, dem Rauschen des Meeres und dem kalten Januarwind, der an meinen Haaren zerrte. Ich löste den Blick vom Horizont, lehnte mich zurück in den gemütlichen Outdoor-Sessel und bekam von meiner besten Freundin ein Weinglas in die Hand gedrückt.

»Keine Ahnung«, murmelte ich und nippte an dem Weißwein. Ein Lachen lenkte meine Aufmerksamkeit in Richtung Küche. Die verglaste Terrassentür offenbarte, wie Felipe und Sierra kichernd vor dem Herd standen und die Paella nach dem Rezept von Sierras Mutter vorbereiteten. Auch Ester schenkte den beiden Verliebten einen Blick, ehe sie sich neben mir niederließ und zudeckte. Ihr Gesicht nahm einen traurigen Ausdruck an, ich konnte sie schlucken sehen, bevor sie sich mir wieder mit einem Lächeln zuwandte. Die Sache mit Matteo nahm sie noch mal auf ganz andere Art und Weise mit. Sie hatte ihn geliebt. Oder das, was wir dachten, was er war.

»Wie geht es dir?« Ich ergriff ihre Hand. Das hatte ich die letzten Wochen oft getan. Ester war fast immer bei mir gewesen, um mich nicht allein zu lassen, um für mich da zu sein. Und ich war ihr so dankbar für alles, was sie getan hatte. Doch dabei vergaß sie schnell, dass auch sie trauerte. Nicht nur um einen Freund, sondern um eine Liebe.

»Es geht schon«, sie zuckte mit den Schultern, »ich hoffe, dieser Mistkerl bekommt, was er verdient. Ich würde ihm am liebsten in die Augen sehen und ihm eine verpassen für das, was er dir angetan hat.«

Es war klar, dass Ester die Starke spielte. Die, die ihre beste Freundin verteidigen musste und ihre eigenen Gefühle dabei vollkommen hinten anstellte. Dabei litt sie vermutlich genauso sehr. Nur auf eine andere Art.

»Was würdest du ihm sagen, wenn du ihn noch mal sehen würdest?«

Meine Frage brachte sie dazu, den Blick nachdenklich ins Leere schweifen zu lassen. Eine ganze Ewigkeit lang schien sie in Gedanken festzuhängen.

»Dass er hätte geliebt werden können, wenn er nicht so viel Hass in sich getragen hätte.«

Ich nickte, auch wenn alles in mir krampfte.

»Will jemand mal probieren?« Felipe stand im Türrahmen, in der Hand einen Löffel.

Ester sprang von ihrem Sitz auf. »Liebend gern.«

»Ich muss mir mal kurz die Füße vertreten. Bin gleich wieder da«, meinte ich, deutete zum Strand und erntete leicht enttäuschte Blicke. Dennoch trat ich die holzigen Stufen der Veranda hinab und zog meine Jacke enger um die Schultern. Es war kalt. Obwohl der Sommer lange angehalten hatte, hatte er sich mittlerweile verabschiedet, und hier am Meer kroch die feuchte Kälte in jeden Winkel meines Körpers. Trotzdem zog es mich näher heran, dorthin, wo die sanften Wellen immer wieder nach meinen Füßen langten. Mit jedem Schritt nahm ich einen tiefen Atemzug. Von irgendwo brachte der Wind das Echo eines vergessenen Kinderlachens zu mir rüber. Vielleicht war es meines, vielleicht das von Darío. Vielleicht war es auch nur Einbildung. Doch es zeigte mir, dass es irgendwo in mir drin noch schlummerte.

Ich ließ mich an einer ruhigen Stelle im Sand nieder, die Beine zur Brust gezogen, den Blick hinaus aufs Meer gerichtet. Sah dorthin, wo Himmel und Meer langsam miteinander verschmolzen und dieselbe Farbe annahmen. Es war eine Bewegung in meinem Augenwinkel, die meine Aufmerksamkeit zur Seite zog.

»Camila!« Ich brauchte einen Moment, um zu realisieren, wer gerade auf mich zugerannt kam.

»Aya?«, fragte ich, auf meinen Lippen ein breites Lächeln, ehe ich mich erhob und sie in meinen Armen empfang. »Ihr seid ja wirklich gekommen …«

»Ja, Miguel hat gesagt, es ist eine Überraschung.« Sobald ich ihn erblickte, wurde ich von Wärme geflutet. Mit einem sanften Lächeln kam er vom Haus auf uns zu, immer noch leicht humpelnd. Im Hintergrund sah ich, dass Valeria und Marisol bei den anderen standen, sie winkten uns zu. Dann entdeckte ich zwischen ihnen Darío. Für einen Moment und aus dieser Entfernung wirkten sie alle wie eine große Familie. Felipe und Sierra, Ester, Marisol und die Mädels, Darío. Und vielleicht würde es auch irgendwann tatsächlich wieder so sein. Vielleicht war da einfach noch zu viel Entfernung zwischen uns. Vielleicht musste ich einfach nur langsam wieder näher treten, Schritt für Schritt.

»Ich dachte, du weißt nicht, ob du es schaffst«, sagte ich, sobald Miguel bei uns ankam. Im selben Moment rief Marisol ihre jüngste Tochter zu sich, woraufhin sie zurück zum Haus lief.

Miguel trat näher, sein Blick streichelte sanft mein Gesicht. »Vielleicht habe ich ein bisschen gelogen.«

Ich strahlte ihn an. »Und das Training?«

Seit jener Nacht war es für uns alle schwierig gewesen, sich wieder ein bisschen Normalität zu erkämpfen. Miguels Bein war zum Glück nur verstaucht gewesen und durch die Mithilfe meines Vaters hatte er endlich beruhigt zu seiner Familie zurückkehren können, befreit von dieser widerlichen Bande. Das Einzige, wofür ich Papá dankbar war. Dennoch waren viele Fragen geblieben. Wie es nun weiterging, was Miguel arbeiten sollte, wie er die Krankenhausschulden bezahlen konnte.

Zum Glück hatte Felipe, der nun das Oberhaupt beider Marken war, für die Machenschaften meines Vaters geradegestanden und dessen Schulden bei Miguel beglichen. Miguel hatte mir das Leben gerettet – auf jede erdenkliche Art und Weise – und er verdiente weitaus mehr als irgendeine Summe Geld. Doch mit diesem Geld hatten seine Familie und er wenigstens die Möglichkeit, neu anzufangen. Keine Schulden, keine illegalen Jobs, keine Probleme.

Und nun hatte er sich vor einer Woche mit meinem Bruder darauf geeinigt, das Jugendzentrum auf den Boxclub zu erweitern und einen Ort für verhaltensauffällige Jugendliche zu schaffen. Er arbeitete als Boxtrainer, was bisher riesigen Anklang gefunden hatte. Ich war mächtig stolz auf ihn.

»Das habe ich auf nächste Woche verlegt. Ich glaube …«, er sah sich um, »wir haben alle dieses Wochenende nötig.«

Keine Ahnung, warum sich plötzlich Tränen in meinen Augen ansammelten. Vermutlich war es eine Mischung aus Erleichterung, Freude und all dem restlichen Schmerz, der aus mir rausfloss. Und das war okay. Ich durfte Angst haben. Ich durfte mich fallen lassen. Hier, bei Miguel.

Er trat sofort einen Schritt näher, zog mich in seinen Arm und streichelte mir über den Hinterkopf.

»Ich bin froh, dass du da bist«, hauchte ich.

Seine Lippen landeten auf meiner Stirn. Sanft legte er seine großen Hände an meine Wangen, betrachtete mich wie ein funkelndes Juwel.

»Wir haben schließlich noch einiges vor, nicht wahr?« Er schmunzelte. »Du bekommst noch Boxstunden von mir.«

»Ich bin deine fleißigste Schülerin.« Er lachte leicht und deutete dann zum Meer.

»Und Baden bei Nacht. Ohne Angst. Einfach nur, weil es befreiend und schön ist. Danach gehen wir etwas essen. Etwas Richtiges, nicht das, was deine Familie gern isst«, wiederholte er meine eigenen Worte, die einst voller Unsicherheit über meine Lippen gekommen waren. Sein Lächeln wurde sanft und melancholisch. »Oder wir verbringen ein ganzes Wochenende nur im Bett. Nur du und ich. Das ist alles, was ich mir wünsche. Weil ich dich liebe.«

Ich stellte mich auf die Zehenspitzen, reckte das Kinn und legte meine Lippen auf seine. Eine Hand fuhr über meinen Rücken, die andere über meinen Hinterkopf. Schützend umschlang sein Körper meinen. Es gab keinen sichereren Ort auf der Welt als hier bei ihm.

»Ich liebe dich auch«, hauchte ich.

Es würde dauern, bis die Scherben in mir aufhörten zu schneiden, bis *meine* Welt sich wieder ganz anfühlte. Vielleicht würde es nie so weit kommen, vielleicht würde immer eine schmerzende Wunde bleiben. Doch ich wusste, dass in *unserer* Welt selbst das Zerbrochene mir nichts mehr anhaben konnte.

Ende

Danksagung

Danke an das gesamte HarperCollins-Team, Sara, Ann-Kathrin, Johanna, Sophie, Rabea, Pascalina und all die anderen, die im Hintergrund dafür sorgen, dass ich meine Geschichten erzählen darf. Danke für die wundervolle Zusammenarbeit und dass ihr an meine verrückten Ideen glaubt und mitwirkt.

Danke an Ebru – du weißt, glaube ich, warum. Ich lieb dich so.

Danke an Fam. Du hast das Beste aus Camilas und Miguels Geschichte rausgeholt, und es war so schön, sich mit dir auszutauschen.

Ein großes Dankeschön an meine Familie und Freund:innen (fühlt euch bitte alle alle alle angesprochen). Bei Infinite Nights habe ich so sehr gezweifelt, während ihr an mich geglaubt, mich gestützt habt und jederzeit für mich da wart. Danke!!

Ich glaube, mein größter Dank wird auf immer und ewig euch gelten. Meinen Leser:innen. Ihr seid der Grund, warum ich das machen darf. Ich werde euch das niemals zurückgeben können, aber versuche es trotzdem mit meinen Büchern.

CONTENT NOTE

Dieses Buch enthält potenziell triggernde Inhalte:

- Stalking
- Entführung
- physische Gewalt/Kämpfe/Beschreibungen von Verletzungen inkl. Blut
- Drogenkonsum
- Häusliche Gewalt
- Detaillierte Beschreibung von Panikattacken infolge eines traumatischen Erlebnisses
- Sexuelle Übergriffe
- Schlafparalysen
- Krankheit/Depression
- Kriminelle Bandenaktivitäten